「ごめんなさい、マール」
——イルティミナさんの唇が、
僕の唇に押しつけられた。
少年マールの転生冒険記
2
～優しいお姉さん冒険者が、
僕を守ってくれます!～

マール
優しく素直な新米冒険者。転生者だが、以前の記憶は曖昧。
イルティミナと出会い、彼女の仲間達と異世界を旅することに。
ソルティス・ウォン
イルティミナの妹。優れた魔法使いで努力家だが、ちょっと小生意気。
食いしん坊で、お菓子や美味しい食べ物に目がない一面も。

イルティミナ・ウォン
強く優しく美しい、マール憧れの完璧お姉さん冒険者。
彼女もマールを大事に思っているが、たまに愛情が暴走することも。
キルト・アマンデス
イルティミナ達のリーダーで、「鬼姫」の異名を持つ凄腕戦士。
酒豪で姉御肌でもあり、頼れる人柄。何やら秘めた過去が……？

「――鬼剣・雷光斬」

少年マールの転生冒険記

～優しいお姉さん冒険者が、
僕を守ってくれます！～

月ノ宮マクラ

2

口絵・本文イラスト　まっちょこ

CONTENTS

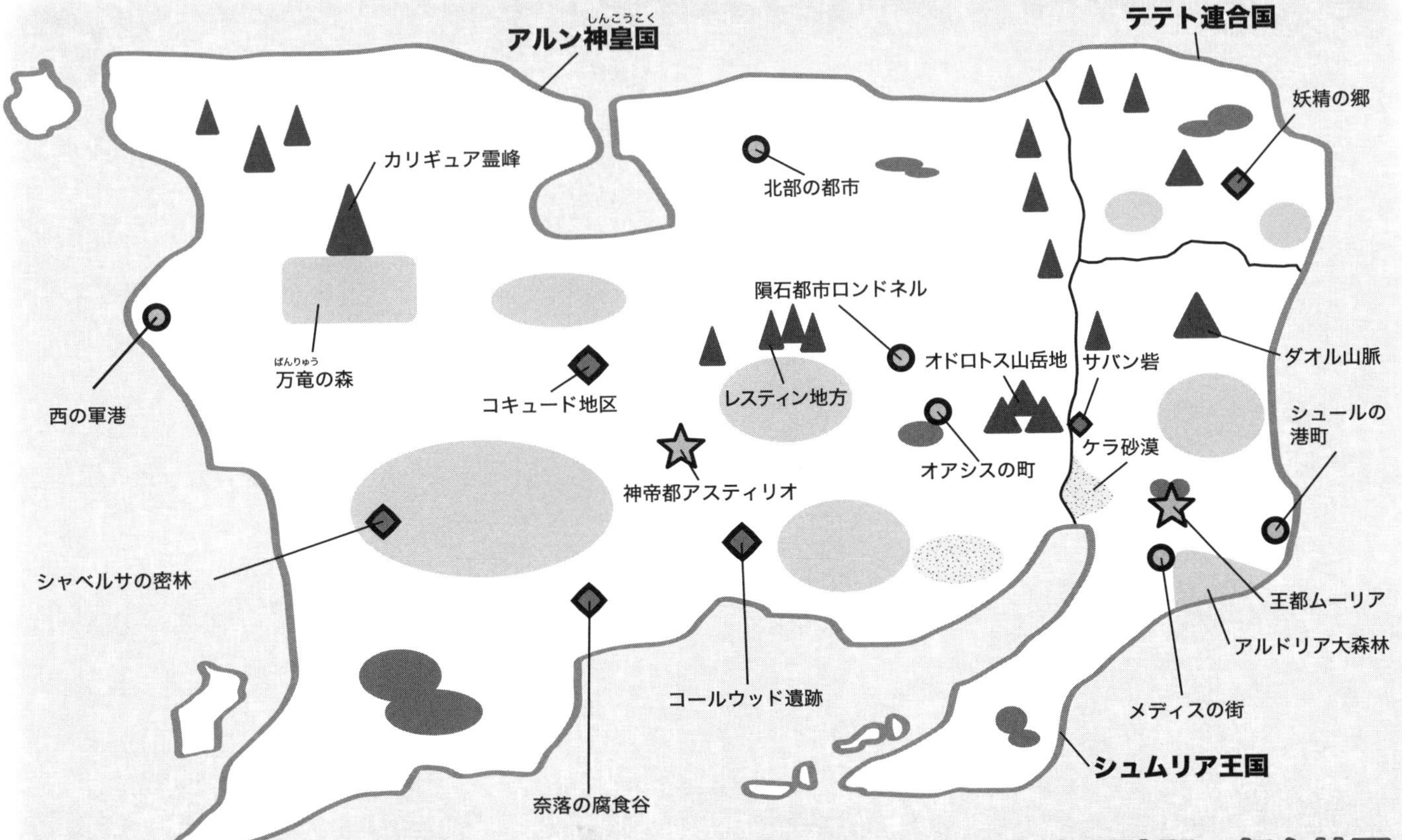

「少年マールの転生冒険記」舞台地図

第一章　説得と交渉

階段を下りた僕《ぼく》らを待っていたのは、思いもよらぬ光景だった。

（え？　何、これ？）

まず目に入ったのは、１階の酒場にある木製テーブルが１つ、ひっくり返っている姿だ。

そばには、椅子《いす》が２つも倒《たお》れ、その近くには、木製のジョッキが転がって、中身の液体を床《ゆか》に広げている。

そして、その惨状《さんじょう》の中心にいるのは、あの２人――イルティミナさんとキルトさんだった。

（え？　ちょっと２人とも何やってるのっ⁉）

驚《おどろ》くことに、あのイルティミナさんが、なぜか怒《いか》りの表情で、キルトさんのシャツの襟《えり》を締《し》め上げるように掴《つか》んでいた。

「キルト……っ、貴方《あなた》は、自分が何を言ったか、わかっているのですかっ？　そのような話、私は到底《とうてい》、受け入れられません！」

「頭を冷やせ、イルナ。そなたも、本当は、わかっているはずじゃ」

キルトさんは、抵抗《ていこう》もせず、その黄金の瞳《ひとみ》で、ただ目前の仲間の怒りを見つめている。

え、えぇ⁉

（もしかして、あの2人、喧嘩《けんか》してるっ？）

思わず、隣《となり》のソルティスを見る。

でも、彼女《かのじょ》も2人の喧嘩を初めて見たのか、ただ驚きの表情で、今の2人には声をかけることもできない様子だった。

酒場にいた他《ほか》の冒険者《ぼうけんしゃ》の人たちは、すでに2人の魔狩人《まりゅうど》たちの暴風圏《ぼうふうけん》から離《はな》れた場所にいた。

こういう荒事《あらごと》には慣れているようで、静観している人、無視している人、酒の肴《さかな》にして楽しんでいる人などなど、反応は様々だ。

でも、喧嘩を止めようという人は、1人もいない。

（まぁ……そうじゃなかったら、アルセンさんが僕らを呼びに来ないよね？）

そのアルセンさんは、「あぁ……」とひっくり返ったテーブルなどの惨状に、嘆《なげ》きの声をこぼしている。

「わかるわけがないでしょう！」

ブォン
怒りの声と共に、イルティミナさんが大きく腕《うで》を振《ふ》って、キルトさんを投げ飛ばした。

（うわ、危ないっ!?）

けれど、キルトさんは空中で猫《ねこ》のように回転して、近くのテーブルの上に着地する。

その場でゆっくりと立ち上がり、黄金の瞳で、静かにイルティミナさんを見つめ返した。

その紅《あか》い唇《くちびる》から、低く、決して譲《ゆず》らぬ声が漏《も》れる。

「ならば、わかるまで何度でも告げよう。――あの坊主《ぼうず》は、このメディスの街に置いていく。ここで、お別れじゃ」

………。

え？

その意味が浸透《しんとう》した瞬間《しゅんかん》、胸の中の何かが凍《こお》りついた。

（あの坊主……って、僕だよね？）

「キルト……っ！」

イルティミナさんが、白い歯をむき出しにして、怒りの表情を見せる。

その手にあった白い槍《やり》が反応して、翼飾《つばさかざ》りがカチャカチャと羽根を広げていく。

それを見た瞬間、たまらずにソルティスが叫《さけ》んだ。

「イルナ姉！　キルト！　ちょっとやめてよ！　さっきから、何やってるのっ⁉」

必死の叫びに、２人はハッとこちらを見た。

そこには、呆然《ぼうぜん》と立ち尽《つ》くす僕の姿もあって――イルティミナさんの白い美貌《びぼう》が、一瞬《いっしゅん》で強張《こわば》った。白い槍の翼飾りは、ガチンと閉じる。

「あ、ち、違《ちが》う……違うのです、マール。今の話は、何かの間違《まちが》いで……っ」

「何も違わぬ」

鉄の声が、彼女の言い訳を断《た》ち切った。

キルトさんは、テーブルの上から降りると、硬《かた》い表情で、僕へと言う。

「マール。そなたには、このメディスに残ってもらう。これ以上、わらわたちと共にあることはできぬ」

「…………」

「キルト、貴方はまだ……っ！」

イルティミナさんの怒りの声は、なぜか遠く聞こえた。

僕は、目を閉じる。

（あぁ……そっか）

そうだった。

あまりに優《やさ》しい時間だったから、僕はついつい、自分の立場を忘れてしまっていたんだ。

（馬鹿《ばか》だなぁ、僕は……）

自嘲《じちょう》しながら、深呼吸する。

うん、大丈夫《だいじょうぶ》。

こんな心の痛みなんて、問題ない。僕は、大丈夫なんだ。

言い聞かせ、思い込ませる。

そして、まぶたを開けた。

「…………」

僕はその場にしゃがんで、ひっくり返ったテーブルに手をかけた。重かったけれど、ドスンと音がして、なんとか元に戻《もど》すことができた。

次は、椅子。

倒れたそれを起こして、テーブルに並べていく。

「マ、マール……？」

思いがけない僕の行動に、イルティィミナさんが不安そうな声を出す。

キルトさんも、何も言わずに、それを見ている。

コン　コン
転がっていた木製のジョッキを、テーブルに置いた。中身は、全部、床に呑《の》ませてしまったみたいだけれど、これはもうどうしようもないよね？

僕は「ふぅ」と息を吐《は》いて、アルセンさんや、他の冒険者の人たちを振り返る。

「ごめんなさい、お騒《さわ》がせをしました」

ペコッと、頭を下げる。

冒険者の人たちは、目を丸くして、互《たが》いの顔を見合わせる。アルセンさんは、「マール君……」と痛ましげな顔をした。

ソルティスは、なんとも言えない表情で、僕を見ていた。

僕は、困ったように笑って、そして、あの２人を振り返る。

「イルティィミナさん、キルトさん、事情はなんとなくわかりました。でも、この話の続きは、僕たちの部屋でしよう？」

「マール……」

「そうじゃな。そうしよう」

イルティィミナさんは恥《は》じ入るように顔を伏《ふ》せ、キルトさんは、生真面目《きまじめ》な表情で頷《うなず》いた。

僕も、できる限り笑って、2人に頷いたんだ。

◇◇◇◇◇◇◇

部屋に戻った僕らは、それぞれの場所に、自分たちの腰《こし》を落ち着けた。

キルトさんは、机に備えられていた、この部屋で一つだけの椅子へ。

僕は、自分のベッドの上へ。

イルティィミナさんは、当たり前のように僕の隣に座《すわ》って、僕の手を握《にぎ》ってきた。その指からは、絶対に離さないという意思が伝わってくる。

（ありがとう、イルティィミナさん……）

その優しさは、いつも僕の心を温かくしてくれる。

そしてソルティスは、どちらの味方もできないためか、姉とキルトさんと同じだけ離れた位置の、自分のベッドへと座った。

重苦しい沈黙《ちんもく》が、室内には落ちている。

（ん……やっぱり、元凶《げんきょう》の僕から、言いだささないと駄目《だめ》だよね？）

大きく深呼吸して、僕は、会話の口火を切った。

「キルトさん」

「うむ？」

「さっき、イルティミナさんにした話を、僕にも教えてもらえますか？」

ギュッ
痛い。

イルティミナさんの指に、急に強い力が加わった。

——でも、それは嬉《うれ》しい痛みだ。

それに力づけられるから、僕は、目を逸《そ》らさずにキルトさんを見ることができる。

キルトさんの黄金の瞳は、ジッと僕を見つめる。

そして、大きく頷いた。

「わらわは、話す相手の順番を、間違えたかもしれぬな」

「え？」

「いや、なんでもない。——イルナに話した内容は、先ほど、そなたも聞いた話と変わらぬ。

『マールは、メディスの街に置いていく』——それだけじゃ」

ズキッと胸が痛んだ。

一度、深呼吸して、心を整える。

その時、イルティミナさんが、キルトさんに対して、何かを言おうとした。

ギュッ
僕は、繋《つな》いだ手を強く握り返した。

驚いたように、彼女は僕を見る。

そして彼女は、吐き出しかけていた言葉を、無理に喉《のど》の奥《おく》へと戻してくれる。

(ごめんなさい。ありがとう、イルティミナさん)

僕は、キルトさんに、できる限り落ち着かせた声で訊《たず》ねた。

「理由を聞いても？」

「無論じゃ。その権利が、そなたにはある」

頷いて、彼女は言った。

「そして、理由は単純じゃ。——そなたが、わらわたちと共にあれば、誰《だれ》かが死ぬ」

「……誰かが、死ぬ？」

意味がわからない。

納得《なっとく》できぬ僕に、彼女は、銀の髪《かみ》を揺《ゆ》らして、前屈《まえかが》みになった。黄金の視線が、近くから僕の瞳を射抜《いぬ》く。

「わらわたちは、魔狩人じゃ。そして、そなたは、ただの子供であろう？」

「………………」

「魔狩人の仕事は、魔物《まもの》を殺すことじゃ。じゃが、それは、わらわたち自身も、魔物に殺される危険を背負った上でのことなのじゃ。そこに、足手まといとなる『ただの子供』を同行させる余裕《よゆう》はない」

イルティミナさんが、反射的に口を挟《はさ》んだ。

「マールは、私とソルティスの命を助けました！　足手まといではありません！」

「そこは、大いに感謝しておる。――じゃが、それはたまたまじゃ。違うか？」

キルトさんの声は、僕に向いている。

……わかってる。

イルティミナさんが何を言おうと、僕自身が、一番わかっているから誤魔化《ごまか》せない。

キルトさんは、そこまで承知なのだ。

「……その通りです」

「運の強さは、褒《ほ》められるべきものじゃ。じゃが、頼《たよ》るには足りぬ。この先も共にあれば、どうなるか、わかるの？」

「…………」

「そうじゃ。弱いそなたは、死ぬ。或《ある》いは、そなたを庇《かば》って、わらわたちの誰かが死ぬ。……すぐではないかもしれぬ。しかし、いつか必ずその時は訪《おとず》れよう？　その約束された不幸を、わらわは、こやつらのリーダーとして看過はできぬ」

「…………」

「無論、仲間の恩人である、そなた自身の命も、案じてのことじゃ」

鉄のように硬いのに、その声は、妙《みょう》に温かい。

きっとこの人は、本当に強くて優しい人なのだろう。だからこそ、その正しさは、とても厳しいのだ。

「私は、納得できません！」

うなだれる僕を見て、イルティミナさんが焦《あせ》ったように声をあげた。

「そうか？」

「私は、約束をしたのです。マールは、私の命を救ってくれた。ならば、その恩を絶対に忘れない、決して一人にはしないと！」

「ふむ、ならばどうする？」

「ど、どう……？」

突然《とつぜん》言われて、イルティミナさんは戸惑《とまど》った。

「わらわたちは、赤牙竜《せきがりゅう》ガドの討伐《とうばつ》を報告しに、王都ムーリアまで行かねばならぬ。まさか王都まで連れていく気か？」

「当然です」

「ならば、その先は？」

「それは、ずっと一緒《いっしょ》に……」

「魔物を殺す戦場に、この幼い坊主を、毎回、連れていくのか？」

「……い、いえ。……それなら、私の自宅に」

「留守番させるか？　1年のほとんどを、旅暮らしとなる魔狩人のそなたの家で？　それが、そなたのいう約束を果たすことになるのか？」

「…………」

「仮にそうしたとして、そなたが魔物に殺されたら、残されたマールはどうなる？　まさか、今回、死にかけたというそなたが、『私は、絶対に死なない』などと言い出しはすまいな？」

イルティミナさんは、何も言えなくなってしまった。

納得はしていない。

でも、感情がついていかないだけで、きっと理解はしてるのだ。

――キルトさんは、正しいと。

キルトさんは、僕を見る。

「そなたの身は、メディスの聖シュリアン教会に預けるつもりじゃ。そなたには恩があるゆえ、その分の寄付もしよう。無下には扱《あつか》われぬはずじゃ。無論、そなた自身にも幾《いく》ばくかの金銭を渡《わた》してやる。……俗《ぞく》な話ですまぬがの」

「いえ……」

僕を安心させる、とても優しい声だった。

ずっと黙《だま》っているソルティスは、何かを言いたそうな気配もあったけれど、やっぱり何も口にはしなかった。

うん、彼女はそれでいいと思う。

「たまには、わらわたちもメディスに顔を出そう。何も、今生《こんじょう》の別れではないのじゃ。のぅ？」

「はい……そうですね」

僕は……頷いた。

イルティミナさんが驚いたように僕を見る。

僕の手を握る力は、痛くて堪《たま》らない……でも、キルトさんは、あまりに正しかった。

「すまぬな」

物わかりが良い僕に、キルトさんは安心したように、でも、申し訳なさそうに謝《あやま》った。

「いいえ」

僕は、笑って、首を横に振った。

だって――僕は、そんなに物わかりが良くなかったから。

「話の内容はわかりました。――でも、僕は、聖シュリアン教会のお世話になる気はありません」

「……何？」

キルトさんの美貌が、固まった。

イルティミナさんが、「マ、マール？」と真紅《しんく》の瞳を丸くする。

ソルティスも、意外そうな顔で僕を見つめる。

少し怖《こわ》い声で、キルトさんが問いただしてくる。

「それは、どういう意味じゃ？　わらわたちに、無理矢理《むりやり》にでも、ついて行くということか？」

「キルトさんたちと別れるのは、承知です。でも、そのあと僕は、1人でも勝手に王都に行く」

僕は首を振った。

「うぅん」

「……は?」

キルトさんの呆《ほう》けた顔は、ちょっと見物《みもの》だった。

（なんだか、可愛《かわい》いかも）

小さく笑ってしまう。

「マ、マール? それはいったい、どういうことです?」

「いや、言葉通りだよ」

そう隣のイルティミナさんに答えて、僕は、ソルティスを見る。

「だって、ソルティスが教えてくれたから」

「へ? 私?」

キルトさんとイルティミナさんの視線が、彼女に向く。

傍観者《ぼうかんしゃ》の立場にいるつもりだった彼女は、突然、矢面《やおもて》に立たされて、焦った顔だ。

僕は頷いた。

「うん。王都に行ったら、タナトスの魔《ま》法《ほう》文字とか、魔《ま》法陣《ほうじん》のこととか、調べられるんでしょ?」

「そ、それは……うん、できるわよ?」

「じゃあ、僕は行くよ、王都に」

いや、違うな。

自分の小さくなった手のひらを、ジッと見つめる。

「というか自分のためにも、絶対に王都に行かないと駄目なんだ。たとえ、1人になっても」

ギュッと握って、断言した。

イルティミナさんと別れるのは辛《つら》いし、悲しいし、きっと泣くだろう。でも、それでも僕は、知らなければいけないんだ。

神魔《しんま》戦争のことも、タナトスのことも、マールの肉体のことも、石の台座のことも、悪魔《あくま》のことも――全部、そう全部だ。

（そのために僕は、この世界に転生させられたんだろう？）

見えない運命の手に、僕は問う。

そして、そんな僕の宣言に、彼女たちは呆然としてしまっていた。

やがて、キルトさんが額を押《お》さえて、

「待て、マール」

「ん？」

「今の発言は、本気か？」

うん。

「キルトさんたちとは関係なく、僕は王都に行くつもり。それは、絶対だよ？」

「………………」

「マール、それはなぜ？」

イルティィミナさんも聞いてくる。

「ん〜？」

どうしてと言われても、自分はともかく、他人を納得させるような上手《うま》い説明は、できない気がする。

「強《し》いて言うなら、僕は、失った記憶《きおく》を取り戻したいんだ。それを探す手がかりが、王都にあるから」

「……記憶、ですか」

「ふむ」

イルティィミナさんは、困ったように呟《つぶや》き、キルトさんは難しい顔で、あごに手を当てる。

僕は、姿勢を正して、キルトさんに向き直った。

「なので、キルトさん。1つだけお願いがあるんだけど……」

「む？　なんじゃ？」

「王都まで行くにもお金が必要だし、もしよかったら、これを買い取ってもらえないかな？」

僕は、シャツの下から、青い魔法石のペンダント――『命《いのち》の輝石《きせき》』を引きずり出した。

イルティィミナさんが「それはっ」と焦ったように言い、キルトさんとソルティスが、怪訝《けげん》そうに、僕の手元を覗《のぞ》き込む。

次の瞬間、気づいたソルティスが、座っていたベッドからガバッと跳《は》ねて、僕の手に飛びついた。

「ちょっ……これ、『命の輝石』じゃないっ⁉」

「何っ⁉」

キルトさんの黄金の瞳も、丸くなる。

ソルティスの小さな手のひらが向けられると、魔法石の青い文字が反応して、フォンフォンと強い光を放つ。

「間違いないわ……本物よ……」

彼女は、力なく、その場にへたり込んだ。

キルトさんが、怒《おこ》ったように僕を見る。

「……マール？　そなた、これをどこで？」

「いや、えっと……僕の暮らしてた塔《とう》にあったものだけど？」

あれ？

「イルティミナさん、話してないの？　イルティミナさんにも、これを使った話とか」

「すみません。詳細《しょうさい》までは、まだ……」

イルティミナさん、申し訳なさそうな顔だ。

キルトさんが、「待て待て待て！」と慌《あわ》てたように言う。

「ちょっと待て！　まさかと思うが、イルナ？　そなた、命を救われたというのは、この『命の輝石』を使われたということかっ⁉」

「それではありませんが……」

言いながら、彼女も自分の首から、魔法石が灰色になった『命の輝石』を取り出す。

「あ、まだ持ってたんだ？」

「ええ、マールに助けられた証ですからね」

驚く僕に、彼女は、うっとりと灰色の宝石を見ながら言う。

キルトさんは、大きな間違いに気づいたような顔で、口元を押さえている。

ソルティスは、「それちょうだい！」と姉に飛びつき、「駄目ですよ」と手刀でベシンと叩《たた》き落とされる。

……何、この反応？

天を仰《あお》ぎ、それから、キルトさんは僕を見る。

「すまぬ、マール」

「え？」

「わらわは、の。イルナの命を救ったという話は、単に『癒《いや》しの霊水《れいすい》』で、深手を癒された程度の話と思っておった。じゃが、違ったのじゃな？　イルナは本当に、落とした命を、そなたに拾い上げられたのじゃな？」

いや、僕じゃなくて、命の輝石がなんだけど……。

僕の沈黙を、彼女は『肯定《こうてい》』と受け取ったようだ。

「そうか……。それでは、割に合わぬな」

「えっと、キルトさん？」

「すまぬな、マール。これは買い取れぬ。……というか、これは値段がつけられぬ品なのじゃ」

「え？」

どういうこと？

唖然《あぜん》とする僕の手から、パッと青い魔法石を取り上げたソルティスが、うっとりしたようにそれを眺《なが》めて言う。

「あのね、ボロ雑巾《ぞうきん》？　この『命の輝石』って、市場で取り引きされてないの」

「え？　なんで？」

「価値があり過ぎるのじゃ」

そう言って、キルトさんは銀髪《ぎんぱつ》を揺らして、ため息をつく。

「これは本来、各国の王家しか持っておらぬ、古代の宝物《ほうもつ》なのじゃ」

「王家の宝物……？」

「うむ。王家の者が、暗殺から逃《のが》れるため、あるいは、生まれた幼い後継《あとつ》ぎが病で旅立たぬため、その身代わりの命として身に着けるのが、これじゃ。一般《いっぱん》の者が目にする機会は、まずないし、わらわも、この生涯《しょうがい》で見るのは2度目じゃ。それも前は、使用済みの物じゃったがの」

「私なんて、どっちも初めてよぉ？」

うっとりソルティスは、眼鏡の奥で、その紅い瞳を細めている。

でも、キルトさんは難しい顔をして、

「毎年、多額の報酬《ほうしゅう》の依頼《いらい》を受けて、何百、あるいは千人以上の冒険者が、古代の遺跡《いせき》に送り込まれ、そして命を散らす。このたった1つの『命の輝石』を見つけるために、どれほどの犠《ぎ》牲《せい》が払《はら》われているか」

「…………」

「わかるか、マール？　『命の輝石』とは、それほどの宝物なのじゃよ」

ごめんなさい……あまりに大きな話すぎて、実感がないです。

（え？　だって、これ、最初は3つもあったんだよ？）

転生した僕は、実は、最初からとんでもないお宝を手にしていたようだ……。

と、イルティミナさんが妹の手から、ヒョイと『命の輝石』を取り上げる。

「あ～っ！」と悲鳴をあげる妹を無視して、彼女は、それを手ずから僕の首にかけ直してくれた。

「マールは、それほどの宝を、一介《いっかい》の魔狩人でしかない私のために使ってくれたんです」

「……そ、そうだったんだ」

知らなかった。

でも、だからこそ、イルティミナさんは、命を助けられたことに大袈裟《おおげさ》なほど感謝してくれて、ずっと僕に良くしてくれてたんだ。

「もし、その価値を知っていたら、私のために使いませんでしたか？」

「え？」

まるで心を読んだように、聞いてくる。

僕は、想像してみた。

もし僕が、その価値を知っていて、目の前に死にそうなイルティミナさんがいたら……？

当たり前だけど、答えはすぐに出た。

「使うよ、絶対に」

「…………。フフッ、そうですか」

イルティミナさんは、瞳を伏せて、嬉しそうに微笑《ほほえ》んだ。

繋いでいる彼女の手が、なんだか、とても熱くなった気がする。……気のせいかな？

そんなことを思っていると、キルトさんが、パンッと自分の膝《ひざ》を叩いた。

「あい、わかった」

「？」

「マール、そなたのことは、わらわたちが王都まで連れていく」

「……え？」

なんで急に？

と、ソルティスもその手を大きくシュバッと上げて、

「賛成っ！　私も、もう少しボロ雑巾から、詳《くわ》しい話を聞きたいわ。あと、使われてない『命の輝石』なんて、滅多《めった》にお目にかかれないもの！　色々と調べたいっ！」

「えっと……本当にいいの？」

「仕方あるまい。仲間が『命の輝石』で救われた……その対価を、どう支払《しはら》えばいいのか、正直、わらわも見当がつかぬ」

「いや……別に、対価なんていらないんだけど」

というか、僕の方こそ、イルティィミナさんに助けられっぱなしで、どうお礼をすればいいのか、わからないぐらいだったんだ。

「もし欲《ほ》しいなら、命の輝石、タダであげてもいいし」

「阿呆《あほう》っ」

ゴツッ
イテッ？

キルトさんの拳骨《げんこつ》が、脳天に落ちた。

イルティィミナさんが、慌てて、「だ、大丈夫ですか、マール？」と叩かれた部分を撫《な》でてくれる。

い、いや、大丈夫。

そして涙目《なみだめ》で見上げる僕を、キルトさんはジッと見つめ、やがて困ったように嘆息《たんそく》した。

「年齢《ねんれい》の割に、頭の回転も良い。度胸もある。……じゃが、人の良さが致命的《ちめいてき》か？」

「………」

「まぁ、良い。イルナではないが、育て甲斐《がい》のありそうな子であろう。――先払《さきばら》いの報酬は受け取っておるのじゃ。まずは王都までの護衛の依頼、このキルト・アマンデスの名において承《うけたまわ》る。よろしく頼《たの》むぞ、マール？」

ズイッと僕の前に、手が差し出される。

僕はポカンとしながら、それを見つめ、それから、キルトさんを見上げた。

その黄金に煌《きら》めく瞳に、今までに何度か見た、あの悲しげな光はなかった。ただ力強く、頼もしい輝《かがや》きだけが満ちている。

まるで、みんなを照らす太陽みたいな笑顔《えがお》だった。

（あはは……この人、本当に凄《すご》い人だね？）

僕は、彼女の手を握る。


こうして僕、マールは、この３人の美しい冒険者たちと一緒に、王都ムーリアまで旅立つことが決定したのである――。

第二章　金印《きんいん》の魔狩人《まりゅうど》

気がついたら、窓の外に広がるメディスの街が、夕日に赤く染まっていた。

(もう、こんな時間なんだ？)

話しているのに夢中で、時間の経《た》つのも忘れていたみたいだ。

キルトさんも、外の様子に気づく。

ポニーテールにした銀髪を赤く輝かせながら、それを揺らして、僕らを振り返り、

「ふむ、少し早いが夕食にでもするか？」

「賛成～♪」

ソルティスが、間髪容《かんはつい》れずに即答《そくとう》した。

うん、お昼も3人前食べたっていうし、この子は『食欲魔人《しょくよくまじん》』のようだね。

キルトさんも、さすがに苦笑《くしょう》する。

「マールは、どうですか？」

「うん。僕もお腹《なか》が空いたかも」

イルティィミナさんに聞かれて、僕も頷いた。

お昼にフィオサンドを食べただけだし、僕も成長期の肉体だから、食欲は強い方みたい。

第三章　酒夜《しゅや》の告白

――楽しい時間だった。

酒場の中には、他の冒険者たちの声が賑《にぎ》やかに響《ひび》いている。それをＢＧＭに、美味しい料理に舌鼓《したつづみ》を打ち、僕らは、他愛《たあい》ない話に花を咲《さ》かせる。

うん、転生してから一番、賑やかな時間だったと思う。

でも不思議なことに、そういう時に限って、悪いことも起きるみたいで、

（あれ？）

僕はふと、隣のイルティミナさんの異変に気づいた。

いつの間にか、彼女の料理を食べる手が止まっている。どうしたんだろう、あんなに美味しい料理なのに？

ガタッ

彼女は突然《とつぜん》、片肘《かたひじ》をテーブルについた。え？

そうして身体《からだ》を支えながら、彼女は、辛そうに息を吐《は》く。その美貌《びぼう》は、耳まで紅潮して、それを美しい髪《かみ》が柔《やわ》らかく隠《かく》している。頬を流れた汗《あせ》が、白い首筋を伝っていく。

「ど、どうしたの？　イルティィミナさん、大丈夫《だいじょうぶ》？」

「……あ」

声をかけると、彼女はハッと顔を上げる。

心配そうな僕を見つけると、彼女は、いつものような笑顔を作った。

「な、なんですか、マール？　私は、どうもしませんよ？」

「………」

嘘《うそ》だ。

他の人には、どう見えるかわからない。でも、僕には、それが無理に作った笑顔にしか見えなかった。

「嘘つかないで」

「………」

「イルティィミナさん、具合、悪いんだよね？　……それとも、本当のことが言えないぐらい、僕は頼《たよ》りない？」

話してもらえない自分が情けなくて、ちょっと泣きたくなってしまった。

そんな僕を見て、イルティィミナさんは慌てたように「い、いえ、そんなことは！」と、否定する。でも、次の瞬間、眩暈《めまい》を起こしたように彼女の上半身がグラッと傾いた。

（危ない！）

反射的に両手を伸《の》ばして、彼女を抱《だ》きとめる。

イルティミナさんの身体は、火がついたように熱くなっていた。

そこに至って、ようやく同席していた2人も、僕らの様子に気がついた。

「え、どったの？」

「イルナ？　どうかしたか？」

僕の腕《うで》の中で、イルティミナさんは「はぁはぁ」と荒《あら》く呼吸を乱している。

さすがにキルトさんが立ち上がった。

僕らのそばに来ると、イルティミナさんの額に手を当て、その白い手首から脈を取る。彼女は表情をしかめ、そして視線を巡《めぐ》らせる。その黄金の瞳《ひとみ》が止まったのは、カウンターにある木製のジョッキを見つけた時だった。

そこには、半分だけ、ビールのような金色の液体が残されている。

キルトさんは、唸《うな》るように言った。

「ふむ……どうやら、酒精にやられたか」

「酒精？」

僕は、オウム返しに聞き返す。

「酒のことじゃ。こやつは、あまり酒に強くない」

え？

つまり、酔《よ》っぱらってるってこと？

僕は、唖然とする。

でも、ソルティスが怒ったように、そんな僕を見る。

「ただ酔ってるんじゃないわよ。血中の魔力《まりょく》も暴走してるんだから」

「え……血中の魔力？」

「イルナ姉の体質なの。疲《つか》れてる時に、アルコールを摂取《せっしゅ》すると、魔力のコントロールが利かなくなるの。辛いんだから！」

そ、そうなんだ？

魔力の知識がない僕には、よくわからない。

（でも、辛そうなのはわかるよ）

今も苦しげな息が、支える僕の首にかかっている。

キルトさんが「ふむ」と頷《うなず》いた。

「滅多に起きることではないが、心身ともに、疲労《ひろう》が重なっておったせいか。もう少し、様子を見てやるべきであったの」

「あの……それって、やっぱり僕のせいかな？」

不安になって、聞いてしまった。

イルティミナさんは、昨日から、ずっと大変だった。

僕みたいな子供を連れて、トグルの断崖《だんがい》を100メートルも登って、アルドリア大森林を40キロも踏破《とうは》し、闇《やみ》のオーラの赤牙竜《せきがりゅう》ガドと死闘《しとう》を繰《く》り広《ひろ》げ——それらは全《すべ》て、昨日1日で起こったことだ。その上、メディスの街まで徹夜《てつや》で歩き、今日は、僕の観光案内までさせてしまった。

僕が、メディスに残るかどうかの話でも、その優《やさ》しい心には、大きな負担をかけてしまっただろう。

「そなたのせいではない」

キルトさんは、きっぱりと言った。

「これは全て、イルティィミナ自身のせいじゃ。自身の疲れも把握《はあく》せず、酒を口にするのがいかん」

「そうよ。うぬぼれるのも、大概《たいがい》にしなさい、ボロ雑巾《ぞうきん》」

ソルティスが、ベシッと僕の後頭部を手刀で殴《なぐ》る。

そして、少し柔らかい声になって、

「ま、イルナ姉も『ボロ雑巾と王都まで行ける』ってことで安心して、浮《う》かれちゃったんでしょ。珍《めずら》しいわ、こんな失敗するイルナ姉なんて」

「…………」

僕は、イルティィミナさんの顔を見る。

苦しそうに息を吐いて、僕を見る真紅《しんく》の瞳は、優しいものだった。

「マール、心配させて、ごめんなさいね」

「ううん」

「大丈夫ですよ？　部屋で少し休めば、すぐによくなりますから」

そう言って、彼女は、椅子《いす》から降りようとする。

(おっと!)

彼女の足が泳いで、僕は慌てて、また彼女を抱きしめる。

「す、すみません」

恐縮《きようしゆく》し、顔を赤くするイルティミナさんに、僕は首を振った。

そして、後ろの２人を振り返る。

「キルトさん、ソルティス。僕、イルティミナさんと一緒《いつしよ》に、ちょっと部屋まで行ってくるよ」

「ふむ、その方が良さそうじゃな」

「そうねー。１人だと、階段とか心配だし」

２人も頷いてくれる。

イルティミナさんは、少し慌てたように僕の身体を遠ざけようとしながら、何かを言おうとした。

「イルティミナさん……僕に支えられるの、嫌《いや》?」

口の動きが止まった。

そして、代わりに、大きなため息がこぼれ落ちる。

「まさか。嫌ではありません」

よかった。

僕は、安心して笑ってしまった。

「……マールは、いけない子ですね？　私の血は、また別の意味で、暴走しそうです」

「え？」

「いえ、なんでもありませんよ」

笑って、彼女は覚悟《かくご》を決めたように、僕の肩に体重を預けてくれた。

ちょっと密着して、恥《は》ずかしい気持ちもある。

だけど、そんなことを気にしている場合じゃないから、僕は彼女の腰《こし》にしっかりと手を回しておく。

「すまぬな、マール。イルナのこと、任せるぞ？」

「イルナ姉、ゆっくり休んでね」

心配する２人の声に、僕らは頷いた。

そうして、至近にある互《たが》いの顔を見る。

「じゃあ、行こう？」

「はい、マール」

頬を赤くした彼女が頷いて、僕らは身を寄せ合いながら、３階に通じる階段の方へと歩き始めた――。

◇◇◇◇◇◇◇

イルティミナさんに肩を貸しながら、僕らは無事に階段を上り切って、３階に辿《たど》り着いた。

「ごめんなさい、重かったでしょう？」

「ううん」

申し訳なさそうなイルティミナさんに、僕は首を振る。

嘘じゃない。

初めて、彼女を見つけた時、僕は、トグルの断崖から塔《とう》まで、彼女を背負って歩いたんだ。

それを思えば、自分の足でも歩いてもらった分、今の方が全然、楽だった。

「軽かったよ、イルティミナさん」

「そ、そうですか」

なんだか、少し照れたようにうつむくイルティミナさん。

（？？？）

まぁ、いいか。

とりあえず階段を上がり切ったことで、転落の危険はなくなったんだ。ちょっと一安心。

そうして僕は、部屋の扉《とびら》を開ける。

室内は、もう薄暗《うすぐら》くなっていた。

窓からは、メディスの街の光と、２つの月の光が差し込んでいる——そのおかげで、視界は一応、確保されていた。

（照明は、点《つ》けなくていいよね）

それよりも、まずはイルティミナさんを、ベッドに横にしてあげたかったし、もし、そのまま眠《ねむ》るなら、灯《あか》りは要《い》らない。

「足元、気をつけてね？」

「はい」

暗い中を、僕らは密着しながら、ベッドの方へ近づいていく。

そうしてイルティミナさんは、清潔なシーツの上に、大きなお尻《しり》を下ろした。やはり、起きているのは辛《つら》いようで、すぐにベッドに身体を横たえてしまう。

「ふぅぅ」

大きな吐息《といき》が一つ、桜色の唇《くちびる》からこぼれる。

深緑の美しい髪は、シーツの上に広がって、窓からの明かりにキラキラと輝いている。白い肌《はだ》は紅潮して、しっとりと汗に濡《ぬ》れていた。

（……変なコト考えるな、僕）

紳士《しんし》な僕は、心の中で自分を殴っておく。

「じゃあ、寝《ね》るのに邪魔《じゃま》だろうから、僕はもう行くね？」

彼女のそばにいたい気持ちもあったけど、我慢《がまん》する。

でも、立ち上がろうとした僕のシャツの袖《そで》を、イルティミナさんの白い指が摘《つ》まんでいた。

「もう少し……一緒にいてもらえますか？」

「………。うん」

不安そうな声だったので、僕は、頷いた。

部屋に一つだけある椅子を引っ張って来て、ベッド脇《わき》に座《すわ》って、イルティミナさんの手を握《にぎ》る。彼女の手は、とても熱かった。その白い指は、すぐに僕の手を握ってくる。

彼女は、安心したように笑った。

「ありがとう。マールは、優しいですね？」

「ううん」

僕は、困ったように首を振る。

3人はああ言ったけれど、今回のことは、やっぱり僕のせいなんだ。イルティミナさんがあまりに優しいから、僕は、それに甘《あま》え続けて、大切な彼女をこんな目に遭《あ》わせてしまった。

謝《あやま》りたかった。

でも、謝っても、彼女は認めないだろうし、余計に困らせるだけなので、それを口にもできない。

（どうしてだろう？）

今も、こんな子供の手を握ってくれる彼女に、僕は、つい聞いてしまった。

「どうしてイルティミナさんは、僕に優しいの？」

「……え？」

驚いたように、真紅の瞳が僕を見る。

それを見返しながら、僕は、ずっと思っていたことを口にする。

「僕は、ただの他人だよ？」

「…………」

「たまたま、イルティミナさんの命を助けたけれど、そのお礼は、充分《じゅうぶん》にしてもらってる。うん、充分以上だ。……それなのに、どうして僕に、そんなに優しくしてくれるの？」

わからなかった。

自分で言うのもなんだけど、僕は『得体の知れない子供』だと思う。

なぜか森の奥《おく》で1人で暮らしていた。しかも、記憶《きおく》がない。

たとえ命を救われても、こんな子供には、関わりたくないと考えるのが普通だと思うんだ。

でも、彼女は違《ちが》った。

足手まといの僕を見捨てずに、森から連れだしてくれて、時には、自分が赤牙竜の囮《おとり》になって、命がけで僕を守ろうとしてくれた。

（なんでなの？）

本当にわからなかった。

戸惑《とまど》いや不安の光に、僕の青い瞳は揺《ゆ》れている――イルティミナさんの真紅の瞳は、それを黙《だま》ったまま見つめ返し、やがて、大きく息を吐いて、彼女はこう答えた。

「私が、マールに優しいのは、きっと私自身のためですよ」

「…………」

「少し、昔話をしましょうか？」

困惑《こんわく》する僕に、彼女は、いつものように優しく笑った。

そして、天井《てんじょう》を見ながら、寝物語《ねものがたり》をするように語りだす。

「私は昔、遠い山奥《やまおく》の村で生まれ、暮らしていました」

「…………」

「そこは、人里を離《はな》れた何もない村でしたが、のどかで大らかで、村の人もみんな優しくて、私は、その村のことが大好きだったんです」

話している彼女の瞳は、とても優しかった。

でも、そこに急に影《かげ》が落ちる。

「ですが今から7年前、私が13歳《さい》の時に、私の暮らしていた村は、人狩《ひとが》りの襲撃《しゅうげき》に遭ってなくなりました」

「……え？」

「父様や母様、そして優しい村の人たちに守られて、私と当時6歳だった幼いソルは、村を脱《だっ》出《しゅっ》させてもらいました。でも、村の人たちは皆《みな》、殺されて、生き残ったのは、私たち姉妹だけだったんです」

一度、彼女は、大きく息を吐く。

「よくある、珍しくもない話ですよね？」

「………」

「それから、私は、幼い妹を守りながら生きるのに、必死でした。村の人たち以外の他人を、私は信用できませんでした。だから私は、自分だけを頼りに、この世界で生きてきたんです」

そう告げる彼女は、僕と繋《つな》いでいない方の手を見つめていた。

その手が経験してきた、彼女のこれまでの人生には、いったいどれほどの痛みや苦しみがあったんだろう？　僕には、とても想像することもできない。

「――でも」

その手を握って、彼女は瞳を伏《ふ》せる。

そして、開いた真紅の瞳は、小さく笑いながら、僕を見た。

「正直に言えば……私は、誰《だれ》か頼れる大人に、自分のことを助けてもらいたかったんですよ？」

「………」

「だから私は、マールにとっての、そんな大人になりたかったんです」

ギユッ
僕の手が、強く握られる。

「ごめんなさい、自分勝手な話ですよね？」

「ううん」

嬉《うれ》しかった。

ただ嬉しくて、ありがたくて、泣きたくなるほどに。

そんな僕を見て、イルティミナさんは『よしよし』とあやすように、頭を撫《な》でてくれる。

そうして、彼女は、紅《あか》い瞳を伏せる。

「もう1つだけ……別の理由もあります」

「え？」

「私は、子供が産めません」

え……？

あまりに唐突《とうとつ》で、一瞬、意味がわからなかった。

「3年前にわかりました。村を逃《に》げる時に負った深手が原因で、私は、子供を産めない身体になっていたんです。女としては欠陥品《けっかんひん》です。一生、母親として生きることは、なくなりました」

「…………」

「でも、マールは可愛《かわい》くて、だからつい、自分の子供のように甘やかしたくなったんです」

行き場のない母性を、僕に向けた——泣きそうな笑顔《えがお》で、彼女は、そう告白してくれた。

（イルティミナさん……）

僕は、自分の心の中を、覗《のぞ》き込む。

そうして見つけた正直な気持ちを、僕は、彼女にぶつけてみた。

「じゃあ、イルティミナさんと結婚《けっこん》する男の人は、幸せだね」

「え？」

彼女は、驚いた顔をする。

僕は笑った。

「だって、子供に奥さんの愛情を、奪《うば》われることがないんだもん。その分も、イルティミナさんに愛してもらえるんだよ？　その人、すっごく幸せだよ」

「――――」

結婚って、子供が欲《ほ》しくてするわけじゃないんだ。

大好きな人とずっと一緒にいたいから、その人と幸せになりたいから、するんだと思う。子供はきっと、その幸せの一つで、全てじゃない気がする。

（まぁ、前世でＤＴっぽい、僕の勝手な意見だけどね？）

でも、本当にそう思った。

そして、イルティミナさんは、

「マール」

グイッ
わっ？

突然、僕の手を引き寄せ、きつく抱きしめられた。

（えっ？　あ、あの？　イルティミナさん？）

ちょっと慌《あわ》てる。

でも、抜け出そうとした時、彼女の手が震《ふる》えていることに気づいた。

（いや……手だけじゃない）

イルティミナさんは、身体中《からだじゅう》を震わせていた。

――泣いてる。

抱きしめられる僕からは、その顔は見えない。

でも、わかる。

彼女はポロポロと涙《なみだ》をこぼして、声を殺して、泣いていたんだ。

「…………」

僕は何も言わず、彼女の頭を撫でた。

サラサラした綺麗な髪を、優しく、慈《いつく》しむように、イルティミナさんが僕に向けてくれた愛情のように、撫でてやった。

触《ふ》れた途端《とたん》、ビクッと彼女の身体が震えて、

「ふっ……う……ううう……」

堪《こら》えきれない嗚咽《おえつ》が聞こえ始める。

そこにいるのは、きっと7年前のイルティミナさんだった。

抱《かか》えきれない重荷を負わされた、可哀想《かわいそう》な女の子――その頃《ころ》、そばにいられなかった悔《くや》しさを晴らすように、せめてと、僕《ぼく》は、その少女の髪を優しく撫で続ける。

それしかできなかった。

「マール、あぁ……マールぅ」

暗い室内に、すがるような彼女の声が、いつまでも響いていた――。

第四章　キルトとの夜

（……あれ？）

ふと僕は、目を覚ました。

すぐ目の前には、まぶたを閉じたイルティィミナさんの美貌が、驚《おどろ》くほど近くにある。どうやら彼女に抱きしめられたまま、いつの間にか、眠ってしまったらしい。

（パブロフの犬かな、僕は？）

抱《だ》き枕《まくら》にされると、条件反射で寝てしまうとか……ちょっと自分が恥ずかしい。

そうして僕は、彼女を起こさないよう注意して、身体を起こす。

部屋は、もう真っ暗だ。

壁《かべ》にある照明が、淡《あわ》くオレンジ色に室内を照らしている。誰が点けたんだろう？

視線を巡らせると、隣のベッドにソルティスが寝ていた。

「くか～、くか～」

紫色《むらさきいろ》の柔らかそうな髪を、シーツに散らして、幸せそうなイビキを立てている。仰向《あおむ》けになったお腹《なか》は、ポッコリ膨《ふく》らんでいた。うん、君、いっぱい食べたんだねぇ？

なんだか、そのお腹を撫でたくなる。

それを我慢して、他のベッドも覗いてみる。

「……キルトさん、いないね？」

まだ酒場にいるのかな？

この部屋には、時計がないので時間がわからない。

僕は、窓辺に立った。

メディスの街は、家々の灯りや街灯によって、光に美しく飾《かざ》られていた。

黒い影になって見える家々も、日本とは違う独特の形をしていて、なんだか幻想的《げんそうてき》にも見える。特に、聖シュリアン教会は、ライトアップもされているようで、遠くからでも『綺麗だな』と素直《すなお》に思えた。

空を見上げると、紅と白２つの月が星々の中に輝《かがや》いている。

（紅の月があの高さだと……今、22時ぐらいかなぁ？）

時計がなくても、時間がわかる――僕も、異世界生活に慣れてきたようだった。

室内を振《ふ》り返る。

イルティミナさんもソルティスも、ぐっすりと眠っている。美人姉妹の姉の方は、泣いた目元がちょっと赤くなっていたけれど、もう苦しそうな様子もなくて、どこか安心しているような寝顔《ねがお》だった。

（うん、よかった）

それに、つい笑った。

それを見て、キルトさんは安心したように笑った。

そして、またジョッキをあおろうとする。

そんな彼女へ、僕は、なんとなく思ったことを言ってみた。

「なんだか、キルトさんって……２人のお母さんみたいだね？」

ゴフ……ッ
キルトさん、急にむせた。

うわ？

「だ、大丈夫？」

「い、いや、問題ない。少し驚いただけじゃ」

口元を腕で拭《ぬぐ》って、彼女は、苦笑いする。

「しかし、母親みたい……か。わらわも、年じゃのぉ」

「年って……」

キルトさん、若いくせに変なことを言う。

呆《あき》れる僕に、彼女は聞いた。

「そなた、わらわが幾《いく》つに見える？」

「ん、25ぐらい、かな？」

寝室《しんしつ》の話で、イルティミナさんは20歳だと知ったから、そこから多めに５歳ぐらい足してみたんだ。個人的には、もうちょっと若い22、23ぐらいだと思ってるけど……。

でも、キルトさんは、可笑《おか》しそうに笑って、

「今年30ぞ」

「…………。嘘《うそ》ぉ!?」

思いっきり、キルトさんの美貌《びぼう》を覗き込む。

白い肌には、艶《つや》も張りもあって、シミやシワは一切《いっさい》ない。銀色に輝く髪《かみ》だって、凄《すご》く綺麗《きれい》だ。

外見だけなら、大人びた10代と言われても信じるレベルだよ?

（喋《しゃべ》り方《かた》や雰囲気《ふんいき》があるから、年を多めに言ったけれど……）

まさか、30歳とは……。

驚く僕に、キルトさんは、嬉しそうに頬《ほお》を緩《ゆる》ませる。

「そなた、良い反応をしてくれるのぉ。女を喜ばせるコツを知っておるわ」

……いや、正直な反応です。

呆《ほう》ける僕の頭を、キルトさんはクシャクシャと撫でる。

そして、そのまま、グッと引き寄せられた。

（わっ？）

コツッとおでこ同士がぶつかる。

お酒の甘い匂《にお》いのする声が、僕へと甘く囁《ささや》いた。

「これからしばらくは、このような女たちとの旅になる。——どうか、よろしく頼《たの》むぞ、マール」

「ふむ、起きたか」

「おはようございます、マール」

2人の笑顔が向けられる。

彼女たちの近くの壁には、あの雷《いかずち》の大剣《たいけん》や白い槍《やり》が立てかけられている。床《ゆか》には、赤牙竜《せきがりゅう》の牙《きば》の積まれた大型リュックと、サンドバッグみたいに大きな皮袋《かわぶくろ》があった。皮袋は、多分、キルトさんの荷物だろう。

すでに旅立ちの準備は、万端《ばんたん》といった感じだった。

(そっか。今日、王都に行くんだったね)

窓から見える空は、まだ白い。

本当に、太陽が東の空に顔を覗かせただけの早朝の時間だった。

コツッ
(イテッ?)

大杖の先端《せんたん》が、僕の額を叩いていた。

「ほら、ボーっとしてないで、ボロ雑巾《ぞうきん》も準備する!」

「あ、うん」

ソルティスに怒《おこ》られて、僕は、慌ててベッドから飛び降りた。

とはいえ、僕の準備なんて、イルティミナさんに買ってもらった旅服に着替《きが》えるだけである。

でも、旅慣れた3人に比べると、僕の格好は、まだ『着せられている感』が強いかな?

（その内、しっくりしてくると思うけど……）

そんなことを思っていると、イルティミナさんが近づいてきた。

僕の前に、膝をついて、

「ここ、少し曲がっていますよ？」

その白い手が、襟元《えりもと》を直してくれる。

「あ、ありがと」

「いいえ。――フフッ、とてもよく似合っていますよ、マール」

優《やさ》しく、甘い微笑《ほほえ》みで褒《ほ》めてくれる。

その笑顔を見て、ふと思った。

（イルティミナさん……少し、雰囲気、変わった？）

どこが？　と言われると、返事に困るんだけど、表情がすっきりしたように明るく見えた。

あの夜の告白で、心境に何か変化があったのかな？

その優しい微笑みは、より美しく澄《す》んでいて、

（なんだか、もっと綺麗になったよね？）

ちょっと見惚《みと》れてしまう。

「？　マール？」

「あ、ううん。なんでもない」

キョトンとする彼女に、我に返った僕は、慌てて、誤魔化《ごまか》し笑いを浮《う》かべた。

そんな僕らに向けて、キルトさんの声が言う。

「マールの準備も終わったか？　ならば、そろそろ発つとしよう」

「あ、うん」

「はい」

僕らは頷《うなず》き、イルティミナさんも立ち上がる。

キルトさんは、赤い布に包まれた大剣を背負い、大きな皮袋の紐《ひも》を肩に担《かつ》いで、持ち上げる。

ソルティスが「ほい、イルナ姉」と白い槍を姉に投げ、イルティミナさんは片手でそれを受け止める。そして、彼女も大型リュックを背負った。

一同を見回して、

「では、行くぞ」

キルトさんの声が告げると、彼女は、先頭に立って歩きだした。

ソルティスが、それに続く。

そして、イルティミナさんの左手が僕の右手を、いつものように握って、

「行きましょう、マール」

「うん」

僕らは笑い合い、２人のあとを追いかけて、部屋を出た。

「ふんふん?」

「夜は、途中《とちゅう》の村に停留して、宿に泊まることになります。とはいえ、メディスのような立派な宿ではありませんので、あまり期待はしないでくださいね」

あ、それは大丈夫《だいじょうぶ》。

「僕、『葉っぱ布団《ぶとん》』で平気な子だよ?」

「フフッ、そうでしたね」

思い出したのか、彼女は苦笑する。

そうして会話をしながら歩いていくと、やがて、城壁の近くに、円形の大きな広場が見えてきた。

そこには、何十台という馬車たちが、整然と停まっている。

小さい物は、2人乗りの馬車から、大きい物は、20人ぐらい乗れそうな竜車まで、色や形、大きさもそれぞれだ。

(まるで前世のタクシー乗り場や、バス乗り場みたいだね?)

僕ら4人は、その乗降場へと入っていく。

多くの馬車や竜車がある中で、キルトさんが声をかけたのは、6人乗りの竜車の御者《ぎょしゃ》さんだった。『4人なのに、なんで6人乗り?』と思ったけど、考えたら、こっちには大型リュックや皮袋という荷物があった。きっと、その辺も考慮《こうりょ》しての6人乗りなんだろう。

そして、その客車を引く竜は、3メートルぐらいの四足竜だ。

(うわ、おっきいな)

一見すると、巨大《きょだい》なトカゲみたいだ。

全身が、灰色の鱗《うろこ》で覆《おお》われている。

鋭《するど》い牙の生えた口には、金属製の拘束具《こうそくぐ》が填《は》められていて、四肢《しし》の先からは、鋭い爪《つめ》が生えている。

(……ちょっと生臭《なまぐさ》いね?)

でも、強靭《きょうじん》そうな肉体からは、『竜』らしい強い生命力を感じる。

御者さんは、2人いた。

年配の男の人と、まだ若そうな男の人だ。多分、旅の間、交代で竜を操《あやつ》るんだろう。

(竜さん? これから3日間、よろしくね?)

心の中で声をかけ、僕は、灰色竜のクリッとした目を覗《のぞ》き込む。

「おい、坊主《ぼうず》! 不用意に、竜に近づくな! 危ないぞ!」

若い御者さんが、大声で警告する。

(え、危ないの?)

思った瞬間《しゅんかん》、イルティミナさんの白い手が僕の襟《えり》をつかんで、グイッと後ろに引いた。

ブォン

顔の前を、灰色の長い尾《お》が通り抜《ぬ》ける。

「……………」

硬直《こうちょく》する僕に、イルティィミナさんが困ったように笑って、教えてくれる。

「マール？　竜車の竜は、口輪をしていますが、あの爪でやられたり、尻尾《しっぽ》で殴《なぐ》られる事故はたまにあるんです。しつけられてはいますが、相手は『竜』です。ペットとは違いますから、気をつけてくださいね」

「馬鹿《ばか》ねぇ、ボロ雑巾？」

ソルティスにも、呆れた顔をされてしまった。

僕は、魂《たましい》が抜けたような顔で、コクンと頷くしかなかった……。

さて、そんな僕の情けない一幕の間、キルトさんは、年配の御者さんとずっと話していた。

どうやら、料金についてらしい。

竜車の料金は、人数ではなく、重量で決まるみたいだ。僕らは、かなり重い荷物なので、相当の金額になるらしく、支払《しはら》いの際、キルトさんの手には、銀色の1千リド硬貨《こうか》が何枚か見えていた。うわぁ……。

やがて、話を終えて、キルトさんが戻ってくる。

「待たせたな。出発は、20分後に決まった」

20分後？

不思議そうな僕に、キルトさんは教えてくれる。

「他にも、王都に向かう馬車や竜車がある。それらと共に行くためじゃ。その方が馬車ギルドとしても、護衛の人数を少なくできるし、料金も安くなる」

あ、そうなんだ。

「それまで、各々《おのおの》、トイレなどは済ませておけ。あとは、好きにして構わぬ」

「うん」

「わかりました」

「了解《りょうかい》よ」

「ただし、出発の5分前には、ここに戻れよ？　――よし、では、自由にしろ」

キルトさん、引率《いんそつ》の先生みたい。

（でも初めての団体行動だから、僕《ぼく》には、ありがたいかな）

心の中で、感謝する。

まぁ何はともあれ、そうして僕らは、15分ほどの自由時間を手に入れたんだ。

◇◇◇◇◇◇◇

広場の公衆トイレで用を足すと、もうやることがなくなった。

（ま、のんびり待つかな？）

気楽に構えて、僕は、乗降場に作られたベンチに腰《こし》かける。

「あら、ボロ雑巾？」

すると、ちょうど同じタイミングで、ソルティスもそこに座《すわ》った。その手には、近くの露店で買ったらしい揚《あ》げ菓子《がし》の袋《ふくろ》がある。

さすが、食《く》いしん坊《ぼう》少女。

「やぁ、ソルティス」

「アンタも、ここで出発まで待つ気？」

「うん」

「ふ～ん？　ま、15分じゃ、できることなんてないもんね」

ヒョイ　パクッ　ムグムグ……

彼女は、そう言うと、サーターアンダギーみたいな揚げ菓子を、1つ、口の中に放《ほう》り込む。

（美味《おい》しそうに食べるなぁ）

見惚れていると、彼女が、こちらを見た。

「食べたいなら、1つあげようか？」

「え？　いいの？」

ちょっとびっくり。

彼女は、独占《どくせん》するタイプかと思ってた。

「いいわよ。その分、あとで塔《とう》での話、色々と聞かせてよね？」

あ、そういうこと。

笑っている彼女に、納得《なっとく》する。

「うん、わかった。――じゃあ、1つもらうね？」

「どーぞ」

というわけで、1つもらう。

モグモグ
「美味《うま》い」

「でしょ？」

ソルティスは、なぜか嬉《うれ》しそうだ。

そうして彼女は、また揚げ菓子を摘《つ》まんで、自分の口の中に放り込んでいく。

なんだか穏やかな時間だった。

僕は、ふと視線を巡《めぐ》らせて、他の2人の冒険者の様子を見る。

イルティミナさんは、御者さん2人を手伝って、あの大型リュックを竜車の荷台に載《の》せているところだった。かなり重量があるので、御者さんたちだけに任せては、大変だと思ったのだろう。

（うんうん、イルティイミナさん、優しいよね？）

ちなみに、僕も手伝おうとしたら、「マールには無理ですよ？」と、笑顔《えがお》で断られました。しくしく。

そして、もう1人のキルトさん。

彼女《かのじょ》は、今、10人ぐらいの冒険者の人に囲まれていた。

最高ランク『金印《きんいん》』の魔狩人《まりゅうど》キルト・アマンデスだと気づかれて、彼らに声をかけられてしまったんだ。

でも彼女は、嫌《いや》な顔一つせず、声をかけてくる1人1人に丁寧《ていねい》に応対している。お酒の邪魔《じゃま》をしなければ、昨夜のように、冷たくあしらわれることもないらしい。そして、その方が、色々と情報収集にもなるのだと、さっきイルティィミナさんに教わった。

(だけど、10人も相手にするのは、大変そうだね)

と、そんな僕の視線に、ソルティスが気づいて、

「ま、仕方ないわよ。キルトは、『金印』だもん」

と、笑った。

うん……。

それにしても、『金印』かぁ。

(そういえば、前にイルティィミナさんは、ドワーフおじさんに、自分を『銀印《ぎんいん》』の冒険者だって言っていたっけ)

「ねぇ、ソルティス？　冒険者のランクって、いくつあるの？」

「ん？　5つよ」

砂糖にまみれた指を舐《な》め、彼女は、それを一つずつ折り曲げる。

「上から、金、銀、白、青、赤ね」

あれ？

「それって、リド硬貨と同じ色？」

「そうそう」

ソルティスは、大きく頷く。

（なるほど、わかりやすいね）

『ふむふむ』と学習する僕に、彼女は、ちょっと呆れた顔をする。

「ボロ雑巾ってさ。本っ当～に、世間知らずなのね？」

「……面目《めんぼく》ない」

ズバッと言われて、ちょっと落ち込む。

「でも、面目ないついでに、もう1つ……じゃあ、ソルティスは何印なの？」

「ん？　『白印《はくいん》』よ」

そう言って、彼女は右手の甲《こう》を、こちらに向ける。

ポウッ
そこに白い光を放つ、魔法の紋章《もんしょう》が浮かび上がった。

（え……？）

「な、何それ⁉」

「だから、『冒険者印《ぼうけんしゃいん》』よ。冒険者ギルドに登録すると、こういう魔法の紋章が与《あた》えられるの。まぁ、冒険者の身分証みたいなものよ」

へ～、格好《かっこ》いい！

白い光が消え、魔法の紋章も消えると、あとには白い肌《はだ》だけが残る。

「ランクが上がると、光の色も変わるわ」

「そうなんだ。じゃあ、ソルティスは、次に、銀の光になるんだね？」

「そうね」

頷いて、彼女は肩《かた》を竦《すく》める。

「でも、きっと、ずいぶん先よ？　私が『白印』になったのも、先月の話だし」

「そうなの？」

「ま、自分で言うのもなんだけど、冒険者としてまだ3年で、しかも13歳《さい》で『白印』の私は、かなり早い方だもの。――うん、尊敬していいのよ、ボロ雑巾？」

と、ソルティスは、からかうように笑った。

あはは。

でも、彼女はやっぱり優秀《ゆうしゅう》だったんだね。

僕に色々と教えてくれたソルティスは、また揚げ菓子を、美味《おい》しそうに口に放り込む。

(う～ん、僕からも、何かお礼をしたいな)

僕は少し考えて、首にかけていた魔法石のペンダント――ただし、灰色になった魔法石の方を、取り出した。

「ソルティス、これあげる」

「え？」

突然《とつぜん》、首にかけられて、彼女は、キョトンとする。

灰色の魔法石を、砂糖まみれの手で摘まんで、怪訝《けげん》そうに見つめる。すぐに、その正体に気づいて、真紅《しんく》の瞳がギョッと見開かれた。

「ちょ……アンタ、これ⁉　命《いのち》の……っ⁉」

うん、でも使用済みだけどね？

「前に、僕が死んだ時に、使っちゃった奴《やつ》なんだ。もう魔法の力はないんだけど、研究資料とかにならないかな？」

「なるなる！　え……でも、いいの？」

「うん」

僕が持ってても、役に立たないし、むしろ、ソルティスなら活用してくれそうだ。

(それに、もう1つ、使ってない方も、僕にはあるんだしね)

僕は、人差し指を口に当てた。

「他《ほか》の人には、内緒《ないしょ》だよ？」

「わ、わかったわ」

コクコクと頷いて、そしてソルティスは、不思議そうに僕を見る。

「ボロ雑巾ってさ……もしかして、すっごくいい人？」

「さぁ？」

僕は、苦笑《くしょう》する。

彼女は、そんな僕の顔と、手にある灰色の魔《ま》法《ほう》石を、交互《こうご》に見比べる。

そして、笑った。

「ありがと、マール！　私、すっごく嬉しいわ」

…………。

弾《はじ》けるような、輝《かがや》く笑顔だった。

（ちょっと反則だ……）

ソルティスって、幼いけど、凄く美人なんだ。

それが無防備に笑って、しかも、突然の名前呼び――恥《は》ずかしながら、僕は正直、ドキドキしてしまった。

でも彼女は、そんな僕のことは、もう眼中になくて、今は、手の中にある灰色の魔法石を太陽に透《す》かしたり、うっとり夢中で眺《なが》めている。

「あら、２人とも楽しそうですね？　どうかしたのですか？」

そこに、荷積みが終わったイルティミナさんが、やって来た。

ソルティスは、慌《あわ》てて、灰色の魔法石をシャツの下に隠《かく》し、僕は、そんな彼女を背中に隠して、イルティミナさんに笑いかける。

「あ、うん。えっと、ソルティスが僕に、お菓子を分けてくれたんだ。美味しかったよ」

「まぁ、それは珍《めずら》しいですね？」

「あはは。──イルティィミナさんも、荷積み、お疲《つか》れ様《さま》。大変だったでしょ？」

「フフッ、大丈夫ですよ。心配してくれてありがとう、マール」

イルティィミナさんは微笑み、そして、竜車の方を見る。

「そろそろ、出発ですね」

「うん」

「今回は、私たちの竜車も含めて、３台で王都を目指すことになりそうです。それと護衛の冒険者も、５名つくそうですよ？」

「そうなんだ」

ソルティスが、軽く肩を竦める。

「別に、私らには護衛、要《い》らないけどね～」

まぁ、３人とも強いもんね。

イルティィミナさんは、妹に苦笑する。

「他の馬車には、一般人《いっぱんじん》もいますから。無事な旅には、大事なことですよ？」

「はいはい」

そんな風に話していると、今度はキルトさんが戻ってきた。

「ふむ。皆《みな》、集まっているな？」

「うん」

「はい」

「もちろん」

答える3人を見て、彼女は、大きく頷く。

「よし。では、皆、竜車に乗れ。王都に向けて出発するぞ」

言われて、僕らは立ち上がる。

ソルティスは、残った揚げ菓子をザラザラと、全部、口の中に流し込んで、強引《ごういん》に咀嚼《そしゃく》する。

膨《ふく》らんだほっぺは、まるでリスみたいだ。

僕とイルティミナさんは、苦笑する。

でも、キルトさんは、笑いもせず——というか、ソルティスの様子に気づいてもいなくて、
ただ、これから僕らが向かう大門の方を見ていた。

（？）

「キルトさん、どうかした？」

「あ、いや……」

珍しく歯切れが悪い。

彼女は、短く息を吐《は》いて、

「先ほど話していた他の冒険者から、少し気になる噂《うわさ》を聞いての」

「噂？」

聞き返す僕の顔を、キルトさんは見つめる。

そして、小さく笑うと、誤魔化すように僕の頭をクシャクシャと撫《な》でた。わっ？

「いや、なんでもない。——もはや、出発の時間じゃ。まずは、竜車に乗り込むぞ」

「……う、うん」

乱れ髪《がみ》を手で押《お》さえる僕の前で、キルトさんは、竜車の中に入っていく。

残された3人は、顔を見合わせる。

もちろん答えは、出てこない。

「とにかく、行きましょう」

イルティイミナさんに促《うなが》されて、僕らも、竜車の中に乗り込んだ。

ガラン　ガラン
乗降場にある鐘《かね》の音が響《ひび》き渡《わた》って、僕らを乗せた竜車は動きだし、他の2台の車両と共に、
ここメディスの街を出発していった——。

第六章　竜車《りゅうしゃ》での口づけ

僕らを乗せた竜車は、メディスを出発して、王都ムーリアへの街道を進んでいく。

（うわ、これが竜車なんだ？）

前世も含めて、初めての体験に、車内の僕は少々、興奮気味だ。

竜車の客室は、思ったより狭《せま》くない。

というより、広い。

３人掛《が》けの座席が、車内の前後に造られているけれど、その間には、床に固定されたテーブルがあった。座席の背もたれと座面には、赤いクッション素材が使われて、お尻《しり》や背中も痛くならない。

天井《てんじょう》には、照明が埋《う》め込まれ、窓にはカーテンも付けられている。座席の手すりや窓枠《まどわく》など、細部にも装飾《そうしょく》が施《ほどこ》されて、かなりの高級感があった。

（凄《すご》い凄い、もっとチープだと思ってたのに！）

ちょっと予想外。

ちなみに、車内前方の座席に、キルトさんが座っていて、その横には、あの大型リュックとサンドバッグみたいな皮袋《かわぶくろ》が積まれていた。車内後方の座席には、イルティミナさんを挟《はさ》んで、僕とソルティスがそれぞれの窓側に座っている。

僕は、カーテンを開いて、窓から外を見る。

(思ったより、速くはないね?)

竜車の進む速度は、人が走るぐらい——時速10数キロぐらいだった。

街道は、土を固めた道で、3車線ぐらいの広さがある。

道の左右には、だいたい500メートルごとに石塔《せきとう》が建っていて、今は朝なのでわかり辛《づら》いけれど、その先端が淡《あわ》く光っている。きっとこの光があれば、夜でも、街道を進めるだろう。

(これ、王都まで続いているのかな?)

首をかしげる僕を乗せ、竜車は、そんな街道を、トコトコと進んでいく。

ガタッ　ゴトト
(うわわ、結構、揺《ゆ》れるんだね)

サスペンションが悪いのか、土の道のせいなのか、時折、竜車が大きく跳《は》ねることがある。

でも、遊園地のアトラクションみたいで、ちょっと楽しい。

僕は、座席に膝立《ひざだ》ちになって、今度は、後方の窓ガラスを覗き込んだ。

僕らの竜車の後ろを、2台の車両が追走している。

1台は、僕らの竜車よりも一回り小さい4人乗りの馬車、もう1台は、逆に一回り大きい10人乗りぐらいの竜車だ。この2台の車両と一緒に、僕らは、王都ムーリアを目指すことになる。

そして、後方の2台の御者席《ぎょしゃせき》には、明らかに御者とは違う、武装した人たちの姿があった。

（あの人たちが、護衛の冒険者かな？）

見えているのは、各車に1人ずつ。

イルティミナさんが、護衛は5人と言っていたから、他の人たちは、車内で休んでいるのかもしれない。

見えているのは、精悍《せいかん》な顔つきの青年と、雰囲気《ふんいき》のある壮年《そうねん》の男性だ。

それぞれ、剣と盾《たて》、巨大な戦斧《せんぷ》を装備している。

（ちょっと強そう……）

イルティミナさんたちと、どっちが強いんだろう？

（いやいや、こっちには金印《きんいん》のキルト・アマンデスがいるんだぞ！　負けるわけない！）

なんて虎《とら》の威《い》を借りて、勝手に対抗心《たいこうしん》を燃やしている、馬鹿《ばか》な僕である。

さて、そんな冒険者たちを乗せた2台の車両の向こうには、だんだんと遠くなっていく城壁に包まれた都市メディスがあった。

「………………」

ちょっとだけ、心が寂《さび》しさを覚えた。

森に1人だった僕が、転生した異世界で、初めて訪《おとず》れた街だ。

本当に、人がいっぱいで、賑《にぎ》やかな場所だった。

見るもの、聞くもの、触《ふ》れるもの、全《すべ》てが新鮮《しんせん》で、とても楽しかった。また、来ることがあるのかな？

「ばいばい、メディス」

小さく、さよならの挨拶《あいさつ》を呟《つぶや》く。

土煙《つちけむり》の向こうに、メディスの街の城壁は消えていく。僕は、それを見届けて、座席に座り直す。

（…………）

ウズウズ
……駄目《だめ》だ、我慢《がまん》できない。

僕は、座席から降りて、キルトさんのいる前の座席に移動する。キルトさんと荷物の隙間《すきま》に、
小さい身を入れて、前方の窓から景色を楽しもうとする。

「ちょっと、ボロ雑巾《ぞうきん》？　少し落ち着きなさいよ。うっとうしいったらないわ！」

ソルティスが呆《あき》れた声を出す。

「う、ごめん。……でも、楽しくって！」

「まぁまぁ、ソル。大目に見てあげてください。――マールにとっては、初めての竜車の旅なのですよね？」

「うん！」

イルティミナさんの援護《えんご》を受けて、僕は、元気よく頷く。

彼女の妹は、渋《しぶ》～い顔だ。

隣にいたキルトさんが、苦笑いする。

「そういえば、ソルが初めて馬車に乗った時も、似たような感じであったの？」

おや？

少女の顔が真っ赤になって、すぐに抗議《こうぎ》の声を張り上げる。

「あ、あれは、私がまだ小《ち》っちゃかった頃《ころ》の話でしょ!?」

「そうであったか？」

「うぅ〜、なんなのよ、2人してボロ雑巾の肩を持って〜。あとで、こいつがどうなっても、私、知らないからね！」

柔《やわ》らかそうな紫《むらさき》の髪《かみ》を散らして、ツンとそっぽを向く。

（？？？）

僕がどうなるっていうんだろう？

でも、今の僕には、その疑問よりも目の前の景色の方が重要だった。改めて、窓ガラスから前を見る。

（おぉ、引っ張ってる、引っ張ってる！）

年配の御者さんの手綱《たづな》の先で、あの大きな灰色竜が、僕らのいる客車を引きながら、ノッシノッシと歩いていた。

四肢の先にある爪が、ガッチリと土の地面をホールドし、1トン近い重量を引いている。

本当に、凄い力だ。

土の地面の凹凸《おうとつ》も無視して、一定の速度のまま、進んでいく。

（竜って、凄いんだなぁ）

あまりにパワフルな生物に、ちょっと圧倒《あっとう》される。

そして、僕らの進路の先には、大きくそびえる山々があった。

その緑豊かな山たちは、今は、早朝の空気に青く霞《かす》んでいる。街道は、その麓《ふもと》の方へと、真《ま》っ直《す》ぐに伸《の》びていた。

「もしかして、あの山を越《こ》えるの？」

「うむ、そうじゃ」

キルトさんは頷き、そして、いつものイルティミナ先生が教えてくれる。

「あれは、クロート山脈ですね。予定では、あの山の中腹にある村の宿で、一晩を過ごすことになっています」

「そうなんだ？」

「まぁ、小さな村です。宿の他には、特に何もありませんけれどね」

ふぅん？

「なぁに、酒が飲めれば、それで良いわ」

キルトさんは、豪快《ごうかい》に笑う。

うん……本当に、お酒が好きなんだねぇ。

そんなパーティーリーダーの発言に、イルティミナさんは苦笑して、ソルティスはまだ機嫌《きげん》が直っていないのか、ずっと窓の方を向いている。

僕は、また自分の席に戻《もど》る。

もう一度、カーテンを開けて、外を眺めた。

（あぁ、楽しいなぁ）

知らない景色を見て、面白《おもしろ》い話も聞けて、最高じゃないか。

「旅って、いいね！」

「フフッ、そうですね」

イルティミナさんの笑顔に、機嫌を良くして、僕はまたしばらく、落ち着きのない時間を過ごしていくのだった――。

◇◇◇◇◇◇◇

あれから1時間ほどが経《た》った。

「……だから言ったのに」

ソルティスの呆れた声が突《つ》き刺《さ》さる。

そんな僕は今、座席にもたれかかって、波のように襲《おそ》ってくる吐《は》き気《け》と戦い、グッタリしていた。あぁ、気持ち悪い……。身体がずっと揺れていて、胃の辺りがムカムカしている。

——そう、僕は竜車に酔《よ》ったのだ。

（完全に、竜車の揺れを舐めてました……しくしく）

最初の内は、良かった。

でも、興奮が抜けてくると、ずっと続いていた振動《しんどう》は、ボディーブローのように効いてきて、
ついに気持ち悪さを引き寄せてきたんだ。

イルティミナさんが、僕の手を握《にぎ》りながら、心配そうな顔をしている。

「大丈夫ですか、マール？」

「……駄目、……もう死にそう」

強がる元気もありません。

キルトさんが、思い出したようにポンと手を叩《たた》き、呆れているソルティスを見た。

「そういえば、ソルも、初めての竜車では同じ結末であったな？」

「……苦い記憶《きおく》よ」

フッと笑って、遠い目をする少女。
キ、キルトさん……そういうことは、もっと早く思い出して欲《ほ》しいです。
（だからソルティスは、僕に『落ち着け』って言ってたんだね？）

意外と彼女は、優《やさ》しい子なのだ。

でも、できれば、はっきり理由まで言って欲しかったよ……うぅ、気持ち悪い。

弱り切った僕に、３人は、困ったように話し合う。

「どうする？　ボロ雑巾のために、竜車を一度、停めてもらう？」

「そうしましょう！」

「いや、駄目じゃ。他の車両と団体で行動しておるのじゃ、マール1人のために停められぬ」

「あ～、そっか」

「良いではありませんか、他の車両には、先に行ってもらえば！」

イルティミナさんは、必死に食い下がる。

でも、キルトさんは、難しい顔だ。

「しかしの。今はともかく、王都までは、あと3日ぞ？　酔うたびに停めていては、話にならぬ。今後のことも考えるなら、少々酷《こく》じゃが、このまま竜車の揺れに慣れさせた方が、マールのためにも良かろう」

「……しかし」

「あとは、吐いてもいいように、袋を用意してやるかの」

そう言って、キルトさんは、大きな皮袋の中をゴソゴソやる。

（うぅ……みんなの前で、吐きたくないよ～）

ささやかな男の意地が、訴《うった》える。

イルティミナさんは、痛ましげな表情で、苦しむ僕を抱《だ》きかかえた。

ムギュッ
大きな胸の押し潰《つぶ》される感触《かんしょく》が、頬《ほお》に当たる鎧《よろい》から伝わってくる。白い手は、僕の背中を上から下へ、吐き気を落ち着かせようと撫でてくれている。

ソルティスは、残念そうに息を吐く。

「……ボロ雑巾から、ゲロ太郎《たろう》に改名かしら？」

ソルティス、お願い、勝手に名前を変えないで……僕、マールだから……。

やがて、キルトさんは、荷物の中から水筒《すいとう》の袋を取り出して、中身を窓から捨てようとする
——と、それを見ていたイルティミナさんの真紅の瞳《ひとみ》が、大きく見開かれた。

「そうだ。そうでした！」

「ん？　なんじゃ？」

「どしたの、イルナ姉？」

「マール、もう少し待っててくださいね？」

2人の仲間に答えず、イルティミナさんは、僕を座席に戻して、自分の大型リュックを急いで漁《あさ》りだす。

ガサゴソ　ポイ　ポイ
多くの荷物が床《ゆか》に放り出され、

「あった！」

イルティミナさんの手にあったのは、キルトさんの持っている物と同じ水筒袋《すいとうぶくろ》だった。

はて……あれは、なんだっけ？　何かを忘れている気がする。

「マール、これを飲んでください」

「…………」

イルティミナさんに、飲み口を差し出される。

でも、僕は、動けなかった。

（口を開けたら、吐いちゃいそう……）

グッタリしたままの僕を見て、イルティミナさんは、美貌《びぼう》をしかめた。

そして、何かを決意した顔になると、

「ごめんなさい、マール」

謝《あやま》って、その飲み口に、自分が口をつけた。

中身を口に含《ふく》むと、白い手が、僕のあごを強引に持ち上げる。


――イルティミナさんの唇《くちびる》が、僕の唇に押しつけられた。


（……え？）

柔らかな、プルンとした濡《ぬ》れた感触。

そして、驚《おどろ》く僕の唇の間へと、彼女の長い舌が差し込まれる。そこから、トロトロと液体が流れ込んできた。

「……んむっ？」

混乱しながら、僕はむせるように嚥下《えんげ》する。

視界の隅《すみ》で、キルトさんとソルティスの驚いた顔が見えている。

やがて、液体全てが流し込まれると、ようやくイルティミナさんの唇が離《はな》れていった。

「ん……っは」

ケホ　ケホ
僕は、軽く咳《せ》き込みながら、彼女を見上げる。

イルティミナさんの白い美貌は、無我夢中《むがむちゅう》といった表情のまま、心配そうに聞いてくる。

「どうですか？」

えっと……何が？

そう聞こうと思って、ふと気づいた。

（あれ？　なんか、気持ち悪さが……消えてる？）

そして、思い出す。

彼女の手にある水筒袋の中身は、確か、

「癒《いや》しの霊水《れいすい》……？」

「はい、そうです。よかった……顔色が戻りましたね？　無事に効いたようです」

「…………」

あぁ、そっか。

イルティミナさんは、『癒しの霊水』を僕に飲ませてくれて、その力で酔いが治ったんだ。

苦しみから解放されて、僕は、大きく息を吐く。

「ありがとう、イルティミナさん。おかげで助かったよ……」

「いいえ。よかった、マール」

笑い合って、僕らは互《たが》いの顔を見る。

視線が、なぜか、彼女の桜色のふっくらした唇に吸い寄せられた。

「………」

「………」

2人一緒《いっしょ》に、顔が赤くなる。

キルトさんがあごを撫でながら、「なるほどの」と頷《うなず》いた。

「癒しの霊水で、酔いを治したか。しかし、理屈《りくつ》はわかるが……」

「……もったいないわ」

ソルティスは、ありえないって顔で、首を振《ふ》っている。

でも、イルティミナさんは、僕を庇《かば》うように抱きしめて、2人に反論する。

「マールの苦しみを救うのに、もったいないことなどありません。そもそも、これは彼《かれ》の私物です。何か文句があるのですか？」

「いや、ないが」

「うん。もったいないだけ」

彼女の剣幕《けんまく》に、2人はプルプルと首を振る。

確かに、癒しの霊水は、怪我《けが》も治せる回復薬だ。

（普通《ふつう》、ただの車酔《くるまよ》いには、もったいなくて使わないよね？）

でも、イルティミナさんは使ってくれた。

迷いもなく、ただ僕のことを助けるために、そう決断してくれたんだ。

思わず、僕を抱きしめる彼女の顔を、見上げた。

「…………」

ゆっくりと青い目を伏《ふ》せる。

そして僕は、もう少しだけ力を抜《ぬ》いて、彼女の胸に甘《あま》えるように、ソッと自分の体重を預けてみることにしたんだ――。

第七章　クロート山脈の村にて

『癒《いや》しの霊水《れいすい》』に気づいてからは、竜車《りゅうしゃ》の旅は、快適そのものだった。

酔いを感じたら、一口飲めば、それで治るんだ。

そして、その安心感のおかげなのか、それとも身体《からだ》が慣れたのか、2時間もしたら、もう酔うこと自体もなくなった。

（あぁ、よかった）

元気になった僕《ぼく》に、イルティミナさんも嬉しそうに笑っている。

さて、その頃になると竜車は、クロート山脈の山道を登り始めていた。

車体は斜《なな》めに傾《かたむ》き、速度も、人が歩くのと変わらないレベルまで落ちている。

ただ街道《かいどう》そのものは、3車線の広さを保ったままなので、一定のペースで進めている。道路脇《わき》には、灯《あか》りの石塔《せきとう》たちも、500メートル間隔《かんかく》でまだ設置されている。王都に向かう街道だからか、山道でも整備はきちんとされているみたいだ。

窓からは、山を包み込む緑の木々が見えている。

（だいぶ、登ってきたなぁ）

麓の方に視線を向ければ、僕らが通ってきた街道が、草原に1本線となって見えていた。

相変わらずの、お布団《ふとん》チェック。

触《さわ》ってみると、メディスの柔らかな布団とは違って、しっかりした手応《てごた》えだ。うん、もうちょっと藁を増やしても、いい気がするなぁ？

その間に、３人は、それぞれの荷物を床に下ろし、装備を外している。

「ほんと狭い宿よね～」

「こら、失礼ですよ？」

「ま、山間の村では、こんなものであろ」

ベッドに腰かけ、鎧の留め具を外しながら、そんな会話をしている。

（やっぱり、狭いんだ？）

心の中で苦笑しながら、僕も旅服の上着を脱《ぬ》いでいく。

イルティミナさんに買ってもらった大事な服なので、丁寧《ていねい》に畳《たた》んで、自分の布団の上に置いておいた。

やがて、銀髪《ぎんぱつ》をポニーテールにしたキルトさんが、「さて」と僕らを振り返る。

「遅《おそ》くなったが、昼食を食べに1階へ行くか？」

「賛成～♪」

ソルティスも、眼鏡少女になって頷いている。

窓の外の太陽を見ると、多分、時間は午後2～3時ぐらいだろう。

竜車だったので、お昼ご飯は抜きだった。

「行きましょう、マール」

「うん」

イルティミナさんと頷き合って、僕らは、1階の食堂へと向かった。

1階には、6人の御者さんと、あの巡礼者さんたちの一団も食事をしていた。

軽く会釈《えしゃく》だけして、僕らは、カウンター席に座る。

相変わらずメニューの読めない僕は、「イルティミナさんと同じ物をください」と誤魔化《ごまか》して注文する。ちなみに、イルティミナさんが注文したのは、小麦パンと卵入り野菜スープのセットだった。

ソルティスは、大盛り焼肉定食とアイスクリーム、キルトさんは、ステーキと炒《いた》めたライス、それにやっぱりお酒を頼《たの》んでいた。

15分ほどで出てきた料理は、

(うんうん、悪くないね?)

アルセンさんの料理ほどではないけれど、普通に美味《おい》しかった。

その頃になると、あの親子3人や、護衛の冒険者さんたちも食堂に集まってくる。

結構、賑やかになってきた。

今日は他《ほか》に泊《と》まり客《きゃく》がいないみたいで、食堂には、僕らだけしかいない。

やがて食事も終わって、僕は、食後の果実ジュースを飲んでいたりする。

(なんの果物だろ?)

甘くて、ちょっと酸味のあるさっぱり系だ。

でも、前世の記憶と結びつかない。ひょっとしたら、こっちの異世界だけにあるフルーツかな？

奥《おく》の席では、キルトさんが、お酒のジョッキを何杯《なんばい》もあおっている。イルティミナさんは、僕と同じ果実ジュースを楽しんでいて、さすがに今日は、お酒は控《ひか》えているようだ。

ソルティスは、デザートのアイスを何回もおかわりしている。

（ひーふーみー……うん、15枚かぁ）

彼女の隣《となり》に積み上げられた、アイスのお皿の数である。さすがソルティスだ。

奥のテーブル席では、巡礼者さんたちの一団が、食事が終えて、それぞれの部屋に戻ろうとしていた。

ふと、その人たちの足元を見たら、靴《くつ》がかなりくたびれている。

（それだけ、あちこちの聖シュリアン教会を、巡礼《じゅんれい》してきたってことなのかな？）

いったい、どれだけの長旅だったんだろう？

僕がいるのは、シュムリアという王国らしい。

でも、そもそも僕は、この国の広さを知らない。いやそれどころか、メディスから王都ムーリアまでの距離《きょり》だって知らないんだ。

竜車で3日というのは、わかるけど、

「今日1日で、どのくらい走ったんだろ？」

それがわからない。

と、呟く僕の顔を、スプーンを咥《くわ》えたまま、ソルティスが見ていた。

「何よ、ボロ雑巾？　そんなこと知りたいの？」

「え？　あ、うん」

「だいたい、５万５０００メードよ。王都まで、３分の１の行程なんだから」

55キロ？　ってことは、

「じゃあ、メディスから王都ムーリアまでは、だいたい16万５０００メードってこと？」

「そ」

頷いて、ソルティスは、感心したように僕を見る。

「アンタ、掛《か》け算《ざん》できるのね？　ちょっと驚いたわ」

「あはは、ありがと」

ということは、こっちの世界では、計算のできない人もいるんだね。

僕は、眼鏡少女を見ながら、聞いてみた。

「あのさ、ソルティス？　メディスから王都までのルートって、どんな感じなの？」

「どんなって……」

「僕、地図を見たことないからわかんなくて」

この先、また山があるのか、川があるのか……それも知らないんだ。

眼鏡の奥の瞳を丸くして、彼女は「そうなの？」と驚いた顔だ。

それから少し考えて、自分のシャツの胸元《むなもと》を触る。

「ま、もらっちゃったし、いいかな？」

「？」

「灰色」

あ。

理解した僕に、彼女は、ニヤッと笑って、

「よし！　じゃあ、このソルティス様が教えてあげちゃうわ！」

カツン
元気よく言ったソルティスは、突然《とつぜん》、手にしたスプーンを目の前のアイスに突き刺した。2つに別れたアイスの片方を、丸いお皿の下側に、もう片方を、右側に置く。

「このお皿が、アルバック大陸よ。で、周りは海ね。——まぁ、大雑把《おおざっぱ》だけど」

「うん」

「で、ここが、昨日まで私たちのいたメディス」

スプーンの先が示したのは、下側のアイスだ。

僕は、右側のアイスを指差した。

「じゃあ、こっちが王都ムーリア？」

「そ」

彼女は、笑って頷く。

スプーンは、メディスから王都ムーリアまで、溶《と》けたアイスの線を残して移動する。

「メディスから王都ムーリアまでは、こんな風に街道で繋《つな》がってるの。途中《とちゅう》には、クロート山脈とレグント渓谷《けいこく》があって、街道は、そこを通っていくわ。明日、泊まる予定の宿は、そのレグント渓谷の先にあるのよ」

「へぇ？」

「そこから王都ムーリアまでは、なだらかな丘陵《きゅうりょう》地帯。特に、何もないわね」

そうなんだ。

「はい。ソルティス先生、質問！」

「何かね、ボロ雑巾君？」

「この街道の他にも、王都に行くルートってないの？」

「あるわ」

溶けたアイスの街道の途中から、スプーンがもう一本、山なりの線を引く。

「旧街道《きゅうかいどう》よ。今は、レグント渓谷に、立派な橋が架《か》けられてて、真っ直ぐ行けるの。でも昔はね、レグント渓谷を迂回《うかい》するルートしかなかったのよ」

「これが、その迂回ルート？」

「そ」

頷いて、

「でも、もう誰《だれ》も使わないわ。王国も整備をしてないから、きっと獣道《けものみち》みたいになってるはずよ」

スプーンでクシャクシャと、そのアイスの線をかき消した。

なるほどね。

色々と勉強になった。

（それにしても、ソルティスって物知りだなぁ）

同い年ぐらいのはずなのに、色んなことを知っている。

僕は、思い切って、頼んでみた。

「あのさ、ソルティス？　もしよかったら、他にも教えてくれる？」

「ん？　他って？」

「この世界のこと。シュムリア王国とか、アルバック大陸とか、もしあるなら、他の大陸のこととか」

僕の青い目は、きっと期待と好奇心《こうきしん》に輝《かがや》いていただろう。

ソルティスは、「そ〜ね〜」と呟くと、15枚のお皿から2枚を取り出して、テーブルの上にコトコトと置いた。

その位置は、アルバック大陸のお皿の左隣《ひだりどなり》、そして、その2つのお皿の真下だ。

小さな手は、その3つのお皿をグルッと囲むように動かされる。

「ま〜簡単に言うと、これが世界よね」

「ほほう？」

「左のこっちは、ドル大陸、下のは、暗黒大陸。――ドル大陸は、アルバック大陸と違って、獣人《じゅうじん》が多い国よ。こっちでは珍《めずら》しい竜人《りゅうじん》とかいるしね。でも、文明的にはそんなに変わらないし、ドル大陸の7つ国とは、普通に交流もあるわ」

「へぇ」

頷いて、僕は、下のお皿を指す。

「じゃあ、暗黒大陸は？」

名前からして、なんだかドル大陸とは違いそうだ。

案の定、ソルティスの幼い美貌が曇《くも》った。

「こっちは未開の地。大陸があるのは、40年前に発見されたわ。でも、各国から何回か開拓団《かいたくだん》が送られてるけど、毎回、全滅《ぜんめつ》してるの」

「毎回……全滅？」

「そ。40年間、ずっと」

「…………」

「だから、何がどうなってるのか、さっぱりわからない土地よ？　興味はあるけど、正直、行きたくはないわ。――暗黒大陸には、『神魔《しんま》戦争で生き残った悪魔《あくま》』がいる、なんて噂《うわさ》されてるぐらいなんだから」

悪魔……。

その単語に、ドクンと心臓が跳《は》ねた気がした。

ソルティスは、息を吐《は》いて、

「ま、そんな感じかな？　あとはシュムリア王国だっけ？」

「あ、うん」

「まぁ、ここはアルバック大陸の南東にある、小さな国よね。アルバック大陸の7割が神皇国《しんこうこく》アルンの領土、残りの2割がシュムリア王国。あとの1割は、20の小国が集まったテテト連合国よ」

「……アルン、凄《すご》いね？」

「そりゃ、世界最大の国だもん。攻《せ》められたら、シュムリアなんて一瞬《いっしゅん》で溶けるわ」

おいおい。

僕の表情を見て、ソルティスは可笑《おか》しそうに笑った。

「大丈夫《だいじょうぶ》よ。あそこは、正義と愛の国だから、戦争の心配はないの」

あぁ、そういえば、正義の神アルゼウスと愛の神モアが人気なんだっけ？

「それに今のアルン皇帝《こうてい》の奥さん、元シュムリアの王族だしね。ま、現皇帝の治世の間は、大丈夫でしょ」

「ふぅん」

それなら、確かに大丈夫かも。

（でも、そういうのって、政略結婚《けっこん》なのかな？）

それでも、幸せな夫婦生活を送っているなら、いいんだけど――なんて、余計なお節介《せっかい》を考えてしまう僕だった。

◇◇◇◇◇◇◇

「で？　他に聞きたいことって、まだあるの？」

ソルティスが、溶け始めたメディスをパクッと食べて、そう聞いてくる。

そうだなぁ……と、僕は少し考えて、

（あ、そうだ）

ふと思いついた。

「赤道ってどの辺？」

「セキドウ？」

「あ、えっと……この世界を南北２つに分ける線、かな？」

「ん～、それならここじゃない」

シュッと白い指が走ったのは、アルバック＆ドル大陸と暗黒大陸の間の海域だ。

（なるほど。やっぱり僕らがいるのは、北半球なんだね）

「じゃあ、もう一つ」

僕は、自分の指を、世界地図の内側から外側まで、動かしていく。

「こうして海を進んでいくと、どうなる？」

「どうなるって……」

「グルッと世界の反対側に続いたりしない？」

「しないわよ」

……あれ？

「……しないの？」

「当たり前でしょ？　世界の端《はし》まで行ったら、『境界《きょうかい》の霧《きり》』に包まれて、そのまま進んでも、必ず元の場所まで戻されるわ」

おっと……これは予想外だ。

（この異世界も、地球みたいな惑星《わくせい》だと思ったんだけど……違うのかな？）

いや、もしかしたら『境界の霧』は魔法《まほう》みたいな何かで、この惑星上で人が移動できる範囲《はんい》を限定している可能性もあるよね。

（でも、何のために？）

うう〜ん。

悩《なや》ましいけれど、今は、そこの答えは出なさそうだ。

ソルティスは、考え込む僕を、なんだか不思議そうに見ていた。

「ボロ雑巾ってさ」

「ん？」

「なんか、物の考え方が独特よね？　まるで別の世界の人みたい。なんか知識のすり合わせをしてる感じ？」

「…………」

ちょっと驚いた。

この幼い少女は、多くの知識だけでなく、鋭《するど》い観察眼もある本当に頭のいい子だった。

僕は、笑った。

「ソルティスって、凄いね？」

「は……？　な、何よ、急に？」

「だって、色んなことを知ってるんだもん。ちょっと格好《かっこ》いいよ」

「そ、そう？　――ふふん、尊敬していいのよ、ボロ雑巾？」

「うん、尊敬するよ」

本当に。

（きっと、いっぱい努力したんだよね？）

ソルティスは、凄い子だ。

でも、これだけの能力を得るためには、彼女はきっと、この年齢《ねんれい》の女の子が得られる色々な何かを、捨ててきたんだと思う。

姉のためにしたその覚悟《かくご》には、ただただ尊敬の念しかない。

僕の視線を、彼女はくすぐったそうに無視して、溶けかけた王都ムーリアもパクッと食べる。

（ん？）

ふと気づけば、そんな僕ら年少組を、２人の年長組のお姉さんたちが、とても優しい表情で見守っていた。

「フフッ」

「今日の酒も、また美味《うま》いのぉ」

２人の視線に、僕は照れたように苦笑《くしょう》する。

そして誤魔化すように、僕も果実ジュースの残りをゴクゴクと飲んだんだ――。

第八章　エルフさんと握手！

一時は賑《にぎ》やかだった食堂も、人数が減ると、少し落ち着いてきた。

巡礼者さんの団体や御者《ぎょしゃ》さんたち、3人連れの親子たちが自分たちの部屋に戻《もど》ったことで、
今、食堂にいるのは、僕ら4人と護衛の冒険者さんたち5人――計9人だけになっている。

彼らも食事は終わっているらしく、絶賛、酒盛り中だ。

(おかげで、お酒の匂《にお》いが凄いよね)

食堂中に、充満《じゅうまん》している。

ちょっと心配になって、イルティミナさんの横顔を窺《うかが》う。

でも、果実ジュースを楽しむ白い美貌は、特に問題はなさそうだ。よかった、さすがに匂いだけでやられることはないらしい。それとも、この間と違って、体調がいいのかな？

そんなことを思っていたら、彼女は、ふと後ろを振り向いた。

(ん？)

気づくと、キルトさん、ソルティスも後ろを見ていて、

「――失礼ですが、『月光《げっこう》の風《かぜ》』の魔狩人《まりゅうど》キルト・アマンデスさんですよね？」

え……？

突然の声がかかり、僕も振り向く。

そこにいたのは、まだ若い青年だった。

年齢は、イルティミナさんと同じ20歳《さい》ぐらいかな？　短めの黒髪《くろかみ》に、日に焼けた肌《はだ》をしている。鍛《きた》えられた身体《からだ》は、ただ立っているだけでも戦士の雰囲気《ふんいき》があって、男の僕から見ても『格好いい』と素直《すなお》に思えた。

うん、装備は外しているけれど、あの護衛の冒険者さんの1人だった。

そして、彼の隣にはもう1人、金色の髪《かみ》をした女性がいる。

（エ、エルフさんだ！）

ドキンと心臓が跳ねる。

ファンタジー世界の王道中の王道、みんなの憧《あこが》れ、エルフさんが目の前にいらっしゃった。

白い肌は透《す》き通るようで、身体の線が細い。儚《はかな》げな雰囲気は、人というよりもまさに妖精《ようせい》だ。

見た目は、青年冒険者さんと同じ20歳ぐらいに見えるけれど、エルフなので実年齢《じつねんれい》はわからない。

100歳？　200歳？　もしかしたら、もっとかも……？

うん、まさに神秘である。

名指しされたキルトさんは、2人を見返す。

「そなたらは？」

「自分は、冒険者ギルド『黒鉄《くろてつ》の指《ゆび》』に所属する白印《はくいん》の冒険者クレイ・ボーリング、隣は、仲間のシャクラです。——今回、キルトさんと仲間の方がいらっしゃると聞いて、ご挨拶《あいさつ》に来ました」

クレイさんは、屈託《くったく》のない笑《え》みで、右手を出してくる。

（笑うと子供みたいな人だなぁ）

ちょっとギャップがあって、面白《おもしろ》い。

でも、『憧れの人に会えて嬉《うれ》しい』って気持ちが、とても伝わってくる。

ちなみに、隣のソルティスは『またか』って顔だ。

イルティミナさんも、よくあることなのか、珍しくもなさそうに彼の行動を見ている。

キルトさんは、クレイさんの右手を握《にぎ》った。

「ふむ。それは、わざわざ、すまんな」

「いいえ。——こちらとしても、金印《きんいん》の貴方《あなた》がいてくれるとは、道中、とても心強いですよ」

それを聞いて、ソルティスが「ちょっと」と口を挟《はさ》んだ。

「私ら、ただの竜車の客よ？　いざという時、客を守って戦うのは、アンタらでしょ？　こっちを当てにしないでよ」

「あ、すまない。そういう意味ではないんだが……」

クレイさん、ちょっとバツが悪そうだ。

僕は、フォローする。

「でも、キルトさんって、そばにいるだけで安心感があるもんね」

「ふむ、そうか？」

キルトさんは、苦笑する。

僕の意図を察して、ソルティスは小さな肩《かた》を竦《すく》めて、矛《ほこ》を収める。

クレイさんは、ありがたそうに僕を見た。

「もちろん、いざとなれば、自分たちが戦います。ただ今回は、少し嫌《いや》な情報を耳にしているんです。こうして声をかけたのも、実は、もしもの場合を考え、そのこともお伝えできればという思いもありました」

「……嫌な情報？」

僕は、オウム返しに聞き返す。

彼は頷《うなず》き、

「人喰鬼《オーガ》の話かの？」

先を制して、キルトさんが口にした。

クレイさんたちは、「知ってらしたんですか？」と驚《おどろ》いた顔をする。

いや、イルティミナさんやソルティスも驚いていた。もちろん、僕もである。

「何それ、キルト!?　私たちも聞いてないわよ？」

「すまんな」

彼女は謝《あやま》り、僕を見る。

「メディスで、そういう噂を耳にした。じゃが、マールにとっては、初めての竜車《りゅうしゃ》の旅じゃ。

知らずに済むなら、最後まで伝えず、楽しい気分でいさせてやりたかったのでの」

え、僕のため？

イルティミナさんは、「なるほど」と大きく頷く。

「それならば、仕方ありません。許しましょう」

「は？　イルナ姉？」

ソルティス、ギョッとしてます。

「ソルティス、何か問題が？」

「…………。ううん、いいわ」

諦《あきら》めのため息。

そして彼女は、「……2人とも、過保護すぎよ」とボソボソ呟《つぶや》き、僕を横目で睨《にら》む。……いや、僕を睨まれても。

僕ら4人の様子に、クレイさんは戸惑っていたようだけど、また気を取り直したように話し始めた。

「キルトさんのお話の通りです。王都までの街道で、オーガの目撃《もくげき》情報があったんです。ですが、自分たちのパーティーは、白印が2人に、青印《せいいん》が3人……」

「ふむ、戦力としては、微妙《びみょう》じゃな」

「はい。恥《は》ずかしながら、確実に勝てるとは言えません」

厳しい表情で、彼は、実力不足を認める。

（オーガって、そんなに強いんだ？）

「無論、全力を尽《つ》くして、皆《みな》さんに被害《ひがい》は出させません。もしもの時は、自分たちが足止めをして、皆さんには先に行ってもらうつもりです。……ただもう一つ、野盗の情報もあるのです」

「ふむ？　そちらは知らなんだな」

「20人規模の野盗だそうです。万が一ですが、オーガと戦い、消耗《しょうもう》したところを20人の野盗に襲《おそ》われれば、かなり厳しい状況《じょうきょう》になります」

彼《かれ》は、悲痛な顔だ。

隣の女エルフさん――シャクラさんが、気遣《きづか》うようにクレイさんの背中に手を当てる。

クレイさんは気づいて、小さく笑った。

（……むむ？）

ピーンときた。

2人は、恋人《こいびと》同士かもしれない。

でも、それはひとまず置いといて、

「あの……王都までの街道って、いつも、そんなに危険なの？」

僕は、素直な疑問を口にする。

イルティミナさんが、美しい髪を柔《やわ》らかく揺《ゆ》らして、「いいえ」と首を振《ふ》った。

「王都付近の街道は、王都の守備隊が、月に3度も巡回《じゅんかい》していますし、通常ならば、護衛も雇わぬ旅人もいるほど平和な道です。今回の件は、とても珍しいケースといえるでしょう」

「そうなんだ？」

「ただ、このケースで護衛が５人となると……」

イルティイミナさんの視線は、キルトさんに向く。

「馬車ギルドに、やられましたね。恐《おそ》らく、鬼姫《おにひめ》キルトの存在を知って、護衛の人数を絞《しぼ》ったようです」

「なんじゃ、わらわのせいか？」

「せいですよ」

イルティイミナさん、断言しちゃった。

（つまり、もしもの時は、キルトさんがなんとかしてくれるでしょ？　って、馬車ギルドが思ったんだね）

それで、護衛の人数を増やさないまま、出発させたんだ。

ある意味、護衛対象に金印の魔狩人キルト・アマンデスがいたために、クレイさんたちも割を食った形だ。

「馬車ギルド、酷《ひど》いね」

「まぁ、オーガも野盗も出ない可能性もあるしね。むしろ、出ない可能性が７割はあるでしょ」

ソルティスは、そう言う。

そんな僕《ぼく》らに、クレイさんは、生真面目《きまじめ》な表情で告げる。

「ですが、たとえ３割でも可能性はあります。それをキルトさんには、伝えておきたかった」

「ふむ、そうか」

「もちろん、自分たちも全力は尽くしますし、全滅する気もありませんよ」

そう言って、彼は笑った。

キルトさんは、そんな彼を見つめ、やがて大きく頷く。

「話はわかった。心に留《と》めておく。――お前たちは、ただ与《あた》えられた仕事を懸命《けんめい》にこなせ。結果は問わぬ。それ以上は、こちらも望まぬ」

「はい」

「これで、難しい話は終わりじゃ」

そして彼女は、自分のジョッキに酒瓶《さかびん》を傾《かたむ》ける。

それを、クレイさんの前に突《つ》き出し――そして、太陽のように笑った。

「飲め。次は、楽しい話でもしようではないか?」

「！　はい！」

クレイさんは、表情を輝かせ、大きく頷く。

ソルティスは『やれやれ』って顔だ。

イルティミナさんも、ため息をこぼして、自分の果実ジュースのグラスを傾ける。

一気飲みする恋人のそばで、シャクラさんは、ちょっと苦笑いをしていた。

「あの……」

僕は、そんな彼女に声をかけた。

「握手してもらってもいいですか？　僕、エルフさんに会うの、初めてで」

シャクラさん、ちょっと驚いた顔をしたけれど、すぐに笑って、頷いてくれた。やったー！

差し出された白い手を、少し緊張《きんちょう》しながら握る。

（ほ、細い……）

そして、ちょっと冷たい手だった。

でも、スベスベしてて、心地《ここち》いい。

前世を含《ふく》めて、人生で初めて、エルフさんに触った！　うんうん、異世界転生して、よかった……。

僕の心は、ほっこりしてしまう。

エルフに感動する子供の姿に、みんなが呆《あき》れたように、あるいは可笑しそうに笑った。イルティミナさんは「……マールは、エルフが好きなんですね」と、なんか複雑そうに呟いていた。

やがて、クレイさんの仲間たちとも合流して、空いたテーブル席へと移った。

「今日は、わらわがおごってやる。好きなだけ、英気を養うが良いぞ！」

太っ腹なキルトさん。

歓声《かんせい》があがって、落ち着いてきた食堂が、また賑やかになった。

僕も、その輪に交じって、クレイさんや仲間の人たちから、色んな冒険《ぼうけん》の話をしてもらった。

初めての依頼《いらい》で、ゴブリンに負けて、失敗してしまったこと。

リベンジに成功して、嬉し泣きしたこと。

遺跡《いせき》で迷子になったこと。

仲間と喧嘩《けんか》して、パーティーを解散したこと。

今の仲間に出会ったこと。

たくさんの土地や街に出かけて、色々な世界を見てきたこと。

いっぱい、いっぱい話してもらった。

（冒険者かぁ……）

楽しそうなクレイさんたちの様子に、僕の中で、イルティミナさんたちに対するのとは少し違《ちが》う形で、『冒険者への憧れ』が湧《わ》いてくる。

――村の空が赤く夕暮れに染まっても、宿屋の食堂からは、僕らの賑やかな声がいつまでも聞こえていた。

第九章　イルティミナとの勉強会

日が傾き、夕方になっても、宴《うたげ》はまだ終わらない。

お酒が大好きなキルトさんと大食い少女のソルティスを残して、僕とイルティミナさんは、先に部屋に戻ることにした。

――赤い夕日が、窓の外に輝いている。

「2人きりですね、マール」

「う、うん」

「フフッ、大丈夫。そんなに緊張しないで？　優《やさ》しく教えてあげますから、私に全《すべ》て、任せてください」

「うん、よ、よろしくお願いします、イルティミナさん」

ドキドキしながらベッドに座《すわ》る僕の隣で、彼女《かのじょ》は、美しい髪を耳の上にかきあげる。

桜色の唇《くちびる》が、ゆっくりと開いて、

「――では、アルバック共通語の読み書きを、お勉強しましょうね？」

と微笑《ほほえ》んだ。

はい、そうです。

前に約束していた、文字の読み書きができない僕へのお勉強会が始まっただけです。

（……イルティミナさんって、色っぽいなぁ）

あんなに甘《あま》く囁《ささや》かれると、違うお勉強を想像しちゃうよ？

うん。

まぁ、想像する僕が、全て悪いんだけどね。

と、いうわけで、勉強の時間が始まった。

イルティミナさんの白い手は、ベッドの上に1枚の紙を広げる。そこには、たくさんの文字が整然と並んでいて、

「これが、アルバック共通語の全文字になります」

「へ～？」

僕は、数を数えてみる。

ひーふーみーよーいつむー……おや、46文字？

（ひらがなと一緒《いっしょ》だ）

ちょっと驚く。

そんな僕に、彼女は、1文字ずつを指で示して、読み方を教えてくれる。ふむふむ、日本語と似てるけど、ちょっと発音が違う感じだね。

「では、次は、私に続けて、マールも口にしてください」

「うん」

示した文字を、イルティミナさんが読んで、すぐに僕も続く。

「あ」

「あ」

「いぃ」

「いぃ」

「うるぅ」

「うるぅ」

マールの肉体は、喋《しゃべ》ることはできるので、僕の発音は完璧《かんぺき》だった。イルティミナさん――いや、イルティミナ先生は、満足そうに頷《うなず》く。

「素晴《すば》らしいですよ、マール。とても上手です」

あはは、ありがと。

（でも、これ全部を覚えるの、大変そうだね）

悩んでいると、その表情に気づいて、彼女は優しく笑う。

「大丈夫ですよ、マール。これは、歌で覚えるんです」

「歌？」

驚く僕の前で、彼女は背筋を伸《の》ばして、大きく息を吸う。

「♪～～♪～～♪～♪♪～～」

おぉ？

とても綺麗《きれい》な歌声だった。

まるで童謡《どうよう》のような、子守唄《こもりうた》のような、のんびりしたテンポの柔らかい歌だった。

歌詞に意味はない。

ただ発音だけを、メロディーに乗せている。

(あぁ、『ABC』の歌と同じだ)

前世でアルファベットを覚える時に、『きらきら星』のメロディーで歌った感覚だ。なるほど、この方が覚えやすいよね。

(きっと、この異世界の子供たちも、こうして発音を覚えるんだね?)

しばらく、その素敵《すてき》な歌声に聞き入る。

やがて、そのメロディーは終わりを迎《むか》え、イルティミナさんは、「ふぅ」と大きく息をついた。

パチパチパチ
「凄い、凄い！　イルティミナさん、とっても綺麗な歌声だったよ！」

「フフッ、ありがとうございます」

僕の拍手《はくしゅ》に、彼女は、ちょっと照れ臭《くさ》そうだった。

「では、今度は、マールも一緒に歌いましょう?」

「はーい」

というわけで、僕も、歌声を響《ひび》かせる。

最初は、一小節ずつ、やがて、それを繰《く》り返して、全部通して歌うようになっていく。

そして気づく、新事実。

（……僕って音痴《おんち》だ）

何度やっても、音程がずれる。

イルティミナさんが歌が上手なので、僕の下手さは、余計に浮《う》き彫《ぼ》りになっている。

「だ、大丈夫ですよ？　大事なのは、楽しく歌って、読み方を覚えることですから」

両手を床《ゆか》について、うなだれる僕に、イルティミナさんは、焦《あせ》ったように言う。

うぅ……必死なフォロー、ありがとうございます……。

（しばらくは、１人で歌って練習しよう……）

夕日に照らされながら、心の中で固く誓《ちか》い、ちょっと遠い目になる音痴なマール君であった
――。

◇◇◇◇◇◇

発音の読み練習は、いったん置いておいて、今度は、文字の書き練習だ。

アルバック共通語の全46文字の形は、今後も練習して暗記するとして、まずはどうしても覚えておきたい言葉が幾《いく》つかある。

「イルティミナさん、僕の名前の『マール』って、どう書くの？」

「フフッ、それは大切なことですね」

彼女は、笑った。

そして、新しい白い紙を用意して、そこに筆を走らせる。

書かれたのは、3文字。

「これが『マール』です」

「…………」

これが、僕の名前。

僕自身を、表す文字なんだ……。

(ちょっと不思議な気分だね？)

特に、特徴《とくちょう》もなく、シンプルな字体だった。

でも、僕にとっては特別な、一生、付き合っていくことになる文字なんだ。

(なんだか、温かいような、くすぐったいような……)

小さく笑いながら、その墨《すみ》の文字を、指でなぞる。

イルティミナさんは、とても優しい目で、そんな僕の行動を眺《なが》めていた。

なんだか、気分が高揚《こうよう》した僕は、美人先生に元気よく声をかける。

「じゃあじゃあ、次は『イルティミナ』ってどう書くの？」

「私の名前ですか？」

「うん！」

これは、僕の名前と同じか、それ以上に大事な文字だ。

イルティィミナさんは驚き、それから、少し恥ずかしそうにしながら、紙に筆を走らせる。

書かれたのは、６文字だ。

勝手なイメージだけど、流れる風みたいな字体だった。

「これが、イルティィミナさんの名前？」

「はい」

僕は、その６文字も、指でなぞっていく。

（これが、イルティィミナ、か）

うん、もう1回なぞる。

大切な字だから、すぐに覚えよう。もう1回なぞる。もう1回。もう1回……。

「…………」

「あ、あの、マール、そのぐらいで……」

え？

なんだかわからないけれど、自分の名前を、何度もなぞられたイルティィミナさんは、ちょっと赤くなっていた。

（？？？）

ま、覚えたからいいか。

「えっと、じゃあ次は『キルト』と『ソルティス』を教えて?」

「はい」

僕の言葉に、彼女は、また優しく笑った。

そして、書かれた3文字と5文字を、僕は、また指で何回かなぞる。

こうして4人分の名前が、頭の中にも刻まれる。

うん、目を閉じても、ちゃんと文字の形が、光の残像のように残っているぞ。

僕は、イルティミナさんの書いた紙は、裏返した。

ちょっと遠くに置いておく。

そして、新しい紙と筆を借りて、
サラサラ
4人の名前を書いて、それを、イルティミナ先生に見せてみた。

「どうかな? これで間違《まちが》ってない?」

受け取った紙を、彼女は、驚いたように凝視《ぎようし》する。

「……まさか、もう覚えてしまったのですか?」

「うん」

よかった、間違ってないらしい。

笑う僕を、彼女は、唖然《あぜん》としたように見つめていた。

「なるほど……マールは、私が思った以上に、頭が良いのですね?」

「そう？」

自分ではわからない。

でも、もしそうだとすれば、それはきっと、この『マールの肉体』のおかげだろう。

（物覚えのいい身体《からだ》で助かるよ。……ありがと、マール）

自分の手に、心で語りかける。

そして、イルティミナさんは美しい髪を揺らして、大きく頷いた。

「わかりました。それでは、マール。もしよければ、このまま、もう少し色々な言葉を覚えてみませんか？」

「うん、お願いします！」

元気よく返事をする僕に、美人のイルティミナ先生は、満足そうに笑ったのだった――。

◇◇◇◇◇◇

それから、イルティミナさんは、色々な言葉を教えてくれた。

『犬』、『猫《ねこ》』、『竜《りゅう》』、『火』、『水』、『風』、『土』とか。

『はい・いいえ』、『好き・嫌《きら》い』、『男・女』とか。

『歩く』、『食べる』、『座る』とか。

それらの文字が、白い紙を埋《う》め尽くしていく。

（なるほど……なんか、わかってきたぞ？）

そうしている内に、僕は、コツを掴《つか》んできた。

元々、マールの肉体は、アルバック共通語を喋れるんだ。その発音にあった文字を見つけ出せれば、単語だけなら、知らないものでも意外と書ける気がした。

例えば、『毛玉ウサギ』も、

『け』『だ』『ま』『う』『さ』『ぎ』

の発音となる文字を書けばいいんだ。

日本語のように、漢字、ひらがな、カタカナの複合された文章じゃないから、とても覚えやすい。

（そう考えると、日本語って滅茶苦茶《めちゃくちゃ》、覚えるのが大変だなぁ？）

日本語を書ける外国の皆さんは、本当に、凄い人たちだ……心から尊敬です。

あと文法に関しても、日本語とはちょっと違った。

『僕の名前はマールです』

というのが、アルバック共通語だと、

『僕の名前　です　マール』

となる。

うん、ここは英語っぽいね。もしくは、漢文？

詳《くわ》しく突きつめると、また違うようだけど、そこまで深く掘《ほ》り下げる必要もないだろう。だってテストがあるわけでもないし、実生活で困らなければ、それで充分《じゅうぶん》なんだから。

（それに僕、もう喋れるしね）

全ての文字の発音が覚えられれば、読み書きで困ることは、なくなるはずだ。

……まぁ、今はまだ、うろ覚えだけど。

（よし、音痴だけど、がんばって歌おう）

そうこうしている内に、窓の外は、だいぶ暗くなってきた。

室内の暗さに気づいて、イルティミナさんは、紙に文字を書いている僕の手元から、視線をあげる。立ち上がって、部屋の壁《かべ》にある照明に、火を灯《とも》した。

ぼんやりした灯《あか》りが、室内を照らす。

「マール、今日の勉強会は、このぐらいにしましょう」

「え？」

言われて、顔をあげる。

気づけば、僕の周りには、文字でびっしり埋め尽くされた紙たちが、何十枚も散らばっていた。

（うわ、いつの間に!?）

夢中で気づかなかった。

イルティミナさんは、クスクスと笑う。

そして、優しい目になって、

「マールは、本当に頭のいい子ですね。私は、驚いてしまいました」

「そ、そうかな？」

「フフッ、これでは、勉強会は、あと数回で終わってしまいそうですね」

ちょっと寂《さび》しそうな声だ。

そっか。

でも、僕としては、知りたいことが、まだまだたくさんあるんだよなぁ。

「あのイルティミナさん？」

「はい？」

「文字の読み書き以外のことも、僕に教えてもらえないかな？」

「……え？」

彼女は、驚いた顔をする。

僕は、真剣《しんけん》な眼差《まなざ》しで、イルティミナさんを見つめた。

「…………」

「…………」

なぜか、その白い美貌《びぼう》の頬《ほお》が、赤くなった。

「マ、マール？　私に、な、何を教えろと？」

「え？　えっと――」

「いけません。そういうことは、まだ早いというか……私もまだ、経験が――」

「アルバック共通語以外に、世界には、どんな言語があるのかとか」

「え？」

「え？」

「…………」

「…………」

僕らは、互《たが》いの顔を見つめ合う。

なんだろう？　何か、誤解があったような……？

やがて、イルティミナさんは目を閉じて、真っ赤になった頬を両手でパンパンと叩《たた》く。

そして、大きく深呼吸したあとの表情は、どこか安心したような、残念そうな、複雑なものだった。

コホン
一度、咳払《せきばら》いして、

「失礼しました。――他《ほか》の言語について、ですね？」

「う、うん」

イルティミナさんは、何かしらの気持ちを切り替《か》えたようなので、僕も姿勢を正す。

「そうですね、アルバック大陸においては、この共通語を知っていれば、どの国でも問題ありません。ですが、テテト連合国には、その他にも、独自の言語があるようです」

「へ～、そうなんだ？」

「20の小国の集まりですからね。その国ごとの言語も、存在します。しかし現在は、どの小国でも、多く使われるのは、やはりアルバック共通語です。連合国となって、より共通の言語が重要になったのもありますね」

なるほどね。

「しかし、ドル大陸に関しては、別です。あちらは、ドル共通語という全く別の言語が存在します」

「ふむふむ？」

「あちらの7つ国は、元々は、大きな1つの獣人《じゅうじん》の国でした。その時代の言語がドル共通語であり、今も、7つ国の公用語として使われています。国々によって、多少の訛《なま》りの違いはあるようですが、言語そのものは同一ですよ」

ふぅん。

同じ日本語でも、東北や関東、関西、沖縄《おきなわ》とかで、微妙に違うような感じかな？

イルティミナさんは、少し考えながら、

「あとは、そうですね。……特殊《とくしゅ》なもので、エルフ語やドワーフ語などもありますか」

「エルフ⁉」

反射的に、聞き返す。

イルティミナさんは、困ったような顔で「はい」と頷いた。

「種族としての言語ですね。とても独特の発声で、私たちには、上手《うま》く発音できない音もあります」

「へ〜へ〜？」

なんだか、面白そうだ。

そして、ふと、あの女エルフさん――シャクラさんの存在を思い出す。

「じゃあ、シャクラさんに聞けば、エルフ語を教えてもらえるかな？」

「…………」

「僕、あとで頼《たの》んでみようかな？」

「……マールは」

ん？

イルティミナさんが、なんだか悲しそうに笑っていた。……え？

「マールは、エルフが好きなんですね？」

「う、うん」

まぁ、好きというか、憧れかな？

「そうですか。では、あとで私からも、彼女にお願いしてみましょう」

「…………」

なんで、そんな顔で笑うんだろう？

イルティミナさんのその笑顔《えがお》は、痛々しくて、僕の胸はズキッと痛んだ。

そのまま無言で、彼女は、僕の周囲に散らばった紙を集めていく。

「あの……イルティミナさん？」

「……………」

彼女は、何も答えない。

ただ真紅《しんく》の瞳《ひとみ》を伏《ふ》せて、集めた紙束を、トントンと整えている。

そして、その動きが、ふと止まった。

（……ん？）

その瞳は、集めた紙の一番上を見つめて、驚いたように見開かれている。

何を見てるんだろう？

僕は、彼女の背中側に回って、それを見た。

そこには、僕が練習で書いた、たくさんの文章がある。その何百もあるそんな文章の1つに、こんな1文があった。

『マールは、イルティミナが大好きである』

……………。

（わぁあああっ!?）

僕は慌《あわ》てて、その紙を引っこ抜《ぬ》いた。

イルティミナさんが、真っ赤になる僕を見る。

「ち、違うの！　これ、練習だから！」

「…………」

「だ、だから、これは嘘《うそ》……じゃないけど！　内緒《ないしょ》の話で！　いや、違くて！　そのあのえっと――」

何を言ってるのか、自分でもわからない。

大慌《おおあわ》てな僕を、彼女は呆《ほう》けたように見つめ、そして、プッと吹《ふ》き出した。

（わ、笑われた……）

彼女はクスクスと笑いながら、機能停止して真っ白になった僕を見つめる。

「フフッ、そうですか。マールは、私が大好きなんですね？」

「…………」

「大丈夫《だいじょうぶ》ですよ、マール。とても嬉しいです。――だって『イルティミナも、マールが大好きである』ですから」

大人の微笑みで、優しくそう言ってくれる。

（あぁ、フォローさせて、ごめんなさい）

……このまま消えたいぐらい、恥ずかしいよぅ。

僕が背中に隠《かく》した紙を、彼女は優しく取り上げる。他の紙たちと一緒に重ね、けれど、その一文だけを、指で丁寧《ていねい》に切り取った。そうして、手のひらに乗るそれを、しばらく眺めた。

そして、僕の頭を、優しく撫《な》でて、

「ありがとう、私の可愛《かわい》いマール」

甘く溶《と》けるような声で、そう言った。

嬉《うれ》しいけれど、僕は、恥ずかしくて動けない。

そんな子供の僕へと、イルティイミナさんは優しく微笑みかける。

そして彼女は、手にした切《き》れ端《はし》を、まるで宝物であるかのように両手で優しく折りたたみ、
その懐《ふところ》へ、ソッとしまったんだ――。

第十章　崩壊した橋

勉強会のあとは、特に何もなく、穏《おだ》やかな時間が流れていった。

お風呂《ふろ》に入ったり、夕食を食べたり、ちょっと時間があったから、メディスの街やアルセンさんの宿、竜車《りゅうしゃ》のことを思い出して、絵に描《えが》いたりしていた。

ちなみに、イルティミナさんや、食堂から戻《もど》ってきた2人は、僕の絵を見て、ちょっと驚《おどろ》いていた。

「マールは、絵が本当に上手ですね？」

「ボロ雑巾《ぞうきん》のくせにやるじゃない。……ちょっと生意気だわ」

「ふ〜む。将来は、画家かの？」

そ、そうかな？

（単に、特徴だけ描いてるんだけどね）

個人的には、異世界での日々を忘れないよう、日記の代わりに絵を描いてる感覚なんだ。いつか文字が書けるようになったら、文章も付け加えようかな？

そうして、夜も更《ふ》ける。

藁《わら》敷《じ》きのちょっと硬《かた》いベッドに横になって、千切った例の1文を眺めてニヤニヤ笑《え》みをこぼすイルティミナさん、お腹《なか》をぷっくりさせたソルティス、アルコールの匂《にお》いのするキルトさんと一緒に、一晩を過ごした。

前日が、寝不足《ねぶそく》だったからかな?

僕もあっという間に眠《ねむ》ってしまって、そして、翌日の朝を迎えたんだ——。

◇◇◇◇◇◇

街道《かいどう》の旅2日目も、天気は快晴だ。

午前9時ぐらいに、僕らを乗せた竜車は、山の中腹にあった村から出発する。クレイさんたち護衛の冒険者《ぼうけんしゃ》や、他の乗客たちを乗せた後方の2台も、もちろん一緒だ。ゴトゴトと車輪を揺らしながら、王都ムーリアに続く山道を、3台で進んでいく。

僕は、窓のカーテンを開ける。

見えるのは、街道沿いに生い茂《しげ》った、緑の木々たちだ。その流れる景色の上には、クロート山脈の山々が青く霞《かす》んで見え、その奥《おく》には、早朝の青空が広がっている。

(…………)

でも、こんな綺麗な景色を眺めても、僕の気分は、不思議と高揚しなかった。

そんな様々な思いを抱《かか》えた僕らを乗せて、竜車は進んでいく。やがて、クロート山脈を越《こ》え、僕らはレグント渓谷《けいこく》へと差し掛《か》かった——。

◇◇◇◇◇◇

村を出発して4時間ほど、突然、街道の右側から木々がなくなり、大地に走る大きな亀裂《きれつ》が現れた。

「わ……谷だ！」

それは、巨大な渓谷だった。

トグルの断崖《だんがい》ほど、高くはない。でも、谷底まで40メートル以上はある。

その谷底には、川が流れていて、陽光を青く反射しながら、まるで青い大蛇《だいじゃ》のようにくねり、遥《はる》か遠方まで続いていた。また岸壁《がんぺき》からは、幾本もの滝《たき》が流れて、川面《かわも》に白い飛沫《しぶき》と七色の虹《にじ》を生んでいる。流れもかなり急らしく、水面に生えた岩にぶつかって、激しい渦《うず》を巻いている場所も多くあったんだ。

「どうやら、レグント渓谷に入ったようですね」

隣《となり》のイルティミナさんが、僕の横から窓の外を見て、頷《うなず》いている。

（これが、レグント渓谷……）

緊張《きんちょう》で、思わず唾《つば》を飲む。

落ちたら、絶対に助からないよね、これ。……ちょっと怖《こわ》い。

対岸までは、場所によって差があるけれど、100~200メートルぐらい離《はな》れている。

そこには、背の低い山々が並んでいる。

山の麓《ふもと》には、灯りの石塔《せきとう》が見えているから、昨日ソルティスが言っていた『立派な橋』を渡《わた》ると向こうの街道に行けるみたいだ。

僕らを乗せた竜車は、レグント渓谷に沿って、街道を進んでいく。

そうして、30分ほどが経過した。

ガクンッ
突然、竜車が急停止した。

後部座席の僕ら3人は、思わず、前につんのめる。

（な、何事!?）

一瞬《いっしゅん》、オーガか野盗の襲撃《しゅうげき》かと思った。

でも、争いの物音は聞こえない。

30秒ほど待っても、何もなく、僕らは顔を見合わせる。

コンコン
「すみません、少しよろしいですか？」

その時、竜車の扉《とびら》がノックされ、年配の御者《ぎょしゃ》さんの声がした。

一番近い僕が、扉を開ける。

そこに立っていた御者さんは、とても困った顔をしていた。

「どうしたの？」

「申し訳ありません、少々、予定外の事態が起こりまして……どなたか、確認《かくにん》のため、ご足労を願えますか？」

予定外の事態？

御者さんは、そう言いながら、竜車の進行方向を気にしたように見ている。

「ふむ。ならば、わらわが行こう」

キルトさんはそう言って席を立ち、竜車を降りる。

「そなたらは、ここで待て」

竜車の扉が閉まった。

残された僕らは、困惑《こんわく》したように互いの顔を見た。

「なんだろ？」

「さて？」

「ま、いいわよ。キルトに任せて、待ちましょ？」

結局、結論はそうなる。

そして5分ほどして、キルトさんが戻ってきた。

でも、彼女《かのじょ》は、とても難しい顔をしていた。まるで、さっきの御者さんみたいに。

「すまぬが、そなたらも来てくれ」

え？

イルティミナさんが、形の良い眉《まゆ》をひそめる。

「どういうことです？　いったい何があったのですか？」

「説明するより、見せた方が早い」

キルトさんはそう言うと、ため息をこぼして、豊かな銀髪《ぎんぱつ》をクシャクシャとかく。

怪訝《けげん》な思いをしながら、僕らは、竜車を降りた。

キルトさんに先導されながら、僕らは、街道を歩いていく。

と――100メートルほど前方に、レグント渓谷に架《か》かった、石造りの大きな橋が見えてきた。

街道と同じ3車線の幅《はば》があり、灯りの石塔も設置された立派な橋だ。

その手前に、人が集まっている。

その数は、6人。

各車両の御者さんが3人、親子連れのお父さんが1人、巡礼者《じゅんれいしゃ》さんが1人、そして、護衛の冒険者のリーダーであるクレイさんが1人――その計6人だ。みんな、一様に難しい顔をして、何事かを話し合っている。

（何を話してるんだろう？）

そう思いながら近づいて、

「あれ？」

僕は、おかしなことに気づいた。

あの橋……途中《とちゆう》から、色が黒く変わっている？

最初はそう思った。

でも、違《ちが》った。

「ちょっと、何よあれ？」

ソルティスが、唖然としたように呟《つぶや》く。

同じものを見つけて、イルティミナさんの真紅の瞳が細められていく。

「まさか……あの橋、崩《くず》れていませんか？」

「まさか、ではない」

キルトさんは、頭上の青空を見上げて、ため息のように言った。

「王都《おうと》大橋《おおはし》が崩れて、わらわたちは、これ以上、先に進めなくなっているのじゃ」

◇◇◇◇◇◇◇

状況《じょうきょう》を説明すると、王都大橋を支える橋脚《きょうきゃく》の１本が崩れ、橋の中央部に大穴が開いているのだそうだ。

一見すると、橋は広いので、穴の横側を通れそうに思える。

そして、親子連れのお父さんは、そうしようと主張した。

でも、御者さんやキルトさん、クレイさんが反対した。

橋脚がないのだ。

一見、通れそうな場所も、崩れる可能性は高いのだ、と。

巡礼者さんの代表は、メディスに戻ることを提案する。橋を渡れない以上、ここにいても意味はない。メディスに連絡《れんらく》して、復旧を待ってから再出発しよう、と。

実に、正論だ。

でも、これに反対したのは、キルトさんとお父さん。

『討伐依頼《とうばついらい》の期日』と『休暇《きゅうか》明けにある仕事の契約《けいやく》』に間に合わない、というのが理由だ。

では、どうするのか？

「旧街道《きゅうかいどう》？」

「でしょうね」

僕の呟きに、頷くソルティス。

前に話してくれた、レグント渓谷を迂回《うかい》するルートを使うしか、王都への道はなさそうだった。

（でも、今は獣道《けものみち》みたいになってるんだよね？）

大丈夫なのか、少し不安だ。

遠巻きに見ている僕らの前で、大人たちの話し合いは、まだ続いている。

ふと見れば、イルティィミナさんは、崩れた橋の上にいた。近くには、クレイさんも立っている。

遠目に見ると、美男美女でお似合いだ。

（…………）

お邪魔虫《じゃまむし》な僕は、そっちに近づいていく。

イルティィミナさんは、穴の縁《ふち》ギリギリに膝《ひざ》をついて、白い指で崩壊した部分を触《さわ》っていた。

白い指先が、黒く汚《よご》れる。

顔をしかめたクレイさんの声が、聞こえてくる。

「どう思います？」

「間違いなく、火薬のあとですね。……橋脚が崩れた原因は、長雨による川の増水などではなさそうです」

「やはり人為的《じんいてき》なもの、ですか」

クレイさんはため息をつき、イルティィミナさんは立ち上がる。

話が聞こえた僕は、立ち止まってしまっていた。

（まずいことを、聞いちゃったかも？）

誰《だれ》かが、橋を破壊《はかい》した。

なんのために？

決まってる。旧街道に、僕らを誘導《ゆうどう》するためだ。

（あぁ、胃が痛くなってきた……）

3割の確率は、10割に変更《へんこう》かな？

でも胃が痛そうなのは、僕だけじゃない。

クレイさんは、腰《こし》に差した剣《けん》の柄《つか》を、落ち着きなく指で叩きながら、隣にいる銀印《ぎんいん》の魔狩人《まりゆうど》を見る。

「それでも、旧街道を使いますか？」

「貴方《あなた》も冒険者なら、クエスト期日の重要性は、わかっているでしょう？　私たちは、そうします。他の車両の決断は、知りません」

「はぁ、参ったな」

「とりあえず、彼《かれ》らに情報だけは伝えましょう」

イルティミナさんは、冷徹《れいてつ》に告げる。

そして、こちらを振《ふ》り返り、

「マ、マール⁉︎」

僕に気づいて、とても焦《あせ》った顔をした。

「なぜ、ここに？　いえ、それより、今の私たちの話は……」

「あ、うん。……聞こえちゃった」

「…………」

白い美貌が青ざめた。

「だ、大丈夫ですよ、マール？　別に、これは野盗の仕業《しわざ》と決まっていませんし、旧街道で襲われるとは限りませんし、もし万が一、そのような輩《やから》に襲われても、必ず、私が追い払《はら》ってみせますし、可愛いマールには指一本触《ふ》れさせないので――」

早口で慌てるイルティミナさん。

クレイさんは、なんだか呆然《ぼうぜん》と、彼女の変貌《へんぼう》ぶりを見ていた。

あはは……。

なんとか彼女を宥《なだ》めて、僕らは崩壊の理由を、キルトさんたちに伝えてみた。

話し合いは、やはり、更《さら》に紛糾《ふんきゅう》する。

「危険すぎます！　私たちは反対だ」

「いやいや、そのための護衛でしょう？　今までも危険だったことに変わりはないんだ」

巡礼者さんの代表は強く反対し、お父さんは、それでも王都へ行こうと主張する。

キルトさんは、「ふむ」と腕組みして、

「クレイ。そなたはどうじゃ？」

と聞いた。

皆《みな》の視線が、彼に集まる。

「護衛としては、反対です。罠《わな》にみすみす突っ込む理由はないでしょう」

「そうか」

「ただし、私たちの依頼人《いらいにん》は、馬車ギルドです。護衛の仕事である以上、それでも旧街道を行くならば、同行しますよ。しかし、皆さんの安全を考えれば、メディスに戻るのが最良だと思いますが」

「なるほどの」

キルトさんは大きく頷き、

「では、メディスに戻る道は、なぜ安全だと思うのじゃ？」

と聞いた。

皆、「え？」となる。

「野盗が、旧街道で待ち伏《ぶ》せている可能性は高い。じゃが、メディスに戻ることを予見して、待ち伏せしている可能性もあるのじゃぞ？」

「それは……」

クレイさんは口ごもる。

巡礼者さんの代表も、ちょっと迷った顔だ。

（そうかなぁ？）

でも、僕は疑問だ。

それなら、戻るのを待たずに、最初からここに来る途中で襲ったんじゃないの？　もしくは、壊《こわ》れた橋を見て足を止めた、まさに今とか。

襲うタイミングは、いくらでもあったはずだ。

(そこで襲わなかったなら、罠を張った旧街道で待ってると思うんだけどな)

コソッとキルトさんに聞いてみたら、彼女はニコッと笑って、

「黙《だま》っとれ」

ゴツッ
皆に見えない位置で、頭を叩かれた。うぅ……。

イルティミナさんが、慌てて、叩かれた場所を撫でてくれる。

鉄のように力強く、雄々《おお》しい声が、その場にいる皆に言う。

「橋の復旧にも時間がかかる。今を逃《のが》せば、王都に行くのは2ヶ月後になるであろうな」

「…………」

「ゆえに、そなたたちの決断がどちらにせよ、わらわたちは旧街道を行く。共にあれば、このキルト・アマンデスの大剣は、そなたたちの身を守るために振るうこともできよう。しかし、道を分かてば、どうにもならぬぞ?」

美しい黄金の瞳が、集まる全員を睥睨《へいげい》する。

ドンッ
背負っていた大剣が外され、目前の地面に突《つ》き刺《さ》さった。柄を握《にぎ》る右手の甲《こう》で、黄金に輝《かがや》く魔《ま》法《ほう》の紋章《もんしょう》が光を放つ。

「我《わ》が剣の前には、野盗も魔物《まもの》も敵ではない！　この金印《きんいん》の輝きは、そなたらを守る光となろう！　それでも、メディスに戻りたいのならば、もはや止めはせぬ！　――さぁ、答えよ！　そなたたちは、このキルト・アマンデスと共に来るか？　否《いな》か？」

空気が震《ふる》え、魂《たましい》が揺《ゆ》さぶられる。

それほどの力強さ。

金印の魔狩人キルト・アマンデスは、まるで女王のような威圧《いあつ》感で、集まった人々を魅了《みりょう》していた。

彼らの顔を見れば、もう答えなんて必要ない。

（やるなぁ、キルトさん……）

慣れているイルティミナさんやソルティスは、肩を竦める。

キルトさんは満足そうに、皆を見回した。

――そうして僕らが、レグント渓谷を迂回する旧街道を進むことは、満場一致《まんじょういっち》で決定したんだ。

第十一章 不穏なる旧《ふる》き街道へ

「ま、心の底では、全員が王都ムーリアへ行きたがっていたからの。最初から、皆、心の天秤《てんびん》は揺れていたのじゃ」

再出発した竜車《りゅうしゃ》の中で、キルトさんは、さっきの説得について、そんな風に教えてくれた。

「それを邪魔する『命の危険』という重さが、天秤の反対側に乗っていた。わらわは『キルト・アマンデス』という名前で、その重さを減らしただけじゃ。あとは勝手に、皆の心の天秤が傾《かたむ》いた。――それだけのことよ」

「ふぅん？」

僕は頷き、正直な感想を言う。

「でも、あの時のキルトさん、なんか詐欺師《さぎし》っぽかったよね」

「失敬な!?」

心外そうなキルトさん。

同席している美人姉妹は「プッ」と吹き出し、黄金の瞳に睨《にら》まれて、慌てて、素知らぬ顔をした。

（あはは、ごめんなさい）

だけど、無事に王都へ進みだして、やっぱりよかったと思う。

2ヶ月も復旧を待つなんて、さすがに嫌《いや》だもの。

僕だって、多少のリスクを冒《おか》しても、旧街道から王都ムーリアを目指したかったんだ。

「みんなを説得してくれて、ありがと、キルトさん」

「ふん、じゃ」

お礼を言ったけど、キルトさんは、拗《す》ねて、そっぽを向いてしまった。あらら……？

苦笑しながら、僕は、カーテンを開いて、窓の外を見た。

僕らを乗せた竜車は、崩れた王都大橋《おうとおおはし》から、数十メートルほど戻り、雑草に覆《おお》われた旧街道へと入っていた。

最初は、そこが道だと気づかなかった。

それほどに、旧街道との分岐《ぶんき》には、背の高い草がたくさん生えていたんだ。

草の中には、古びた石碑《せきひ》があって、

『お　うとむ　ーり　あ』

『め　で　ぃす』

というアルバック共通語の文字と、そのすぐ下に、進路を示す矢印が彫《ほ》られていた。

（うんうん、ようやく僕も、文字が読めるようになってきたぞ！）

まだスラスラは読めないけど、嬉しいね。

あと石碑の前には、大きな立て看板があって、『きん　したち　いりき　けん』と書いてあった。え〜と、『立ち入り禁止！　危険！』ってことだよね？　誰かが間違《まちが》って、旧街道を使わないようにと作られたんだと思う。

（きっと、王都大橋ができた頃《ころ》に、建てられた物なのかな？）

でも今は、草に埋《う》もれて、旧街道も看板も、人々から忘れ去られている感じだ。

ゴトゴト　ゴトンゴトン
竜車の揺れも、今までと違って、だいぶ大きい。

元々は、王都へと通じる街道だったから、旧街道のならされた土の道は、やっぱり3車線分もあって広い。でも、今はその土を突き破《やぶ》って、多くの雑草が生えているし、ひび割れもたくさんある。

道の両脇《りょうわき》には、先端《せんたん》の光の消えた石塔が並んでいて、その多くは倒壊《とうかい》し、石の残骸《ざんがい》として転がっていた。

（なんだか、お墓みたいだ）

石の残骸を見ると、あのアルドリア大森林・深層部にあった、壊れた6つの石の台座を思い出す。

竜車を引っ張る灰色竜は、その雑草たちをなぎ倒しながら、人気のない旧街道を力強く進んでいく。多くなったデコボコに車輪が軋《きし》み、振動《しんどう》は絶え間なく、僕らのお尻《しり》を突き上げ続ける。

「大丈夫ですか、マール？」

「うん」

酔《よ》うのを心配してくれたイルティィミナさんに、僕は、手にした水筒《すいとう》を見せて、笑う。

今のところは、大丈夫。

もし酔ったら、すぐ飲むつもりだった。みんなも酔ったら、飲んでもらっていいからね？

窓の外には、荒《あ》れ果てた旧街道が、どこまでも続いている。

（それにしても……）

「本当にこの先で、野盗たちが罠を張っているのかな？」

「いるでしょうね」

僕の呟きに、イルティィミナさんが答えた。

「橋を破壊したというのは、王都守備隊の騎士《きし》たちを足止めする狙《ねら》いもあるはずです。だとすれば、野盗たちは、必ず、壊れた橋のメディィス側にいるでしょう」

「でも、メディィスからここまでの道中、僕らは襲われなかった」

「はい。つまり、野盗たちは今、旧街道にいることになります」

そっか。

「あの……有り得ないかもしれないけど、僕らを『襲わない』って可能性はないの？」

護衛の冒険者を見て、諦《あきら》めたとか……。

イルティィミナさんは、申し訳なさそうに笑い、柔《やわ》らかく髪《かみ》を揺らして、首を横に振る。

「20人規模の野盗というのは、本来、もっと大きな商隊などを狙うような集団です。車両3台とたった5人の冒険者に怯《ひる》むとは思えません。そして、その人数の野盗たちは、食べていくために、常に獲物《えもの》を狙っているものです」

「そう……」

やっぱり襲われるのか……。

うなだれる僕に、イルティミナさんは苦笑して、励《はげ》ますように抱《だ》きしめてくれる。

「大丈夫ですよ、マール。何度も言いますが、その程度の野盗など、私たちの敵ではありません。ここにいるのは、赤牙竜《せきがりゅう》を倒した魔狩人《まりゅうど》たちなのですよ？」

「うん、そうだね」

あんまり心配させるのも嫌なので、僕は、がんばって笑う。

そんな僕らを見つつ、ソルティスが「でもさ」と口を開いた。

「今回、あっちの5人パーティーが護衛の本命でしょ？　私らとしては、どう立ち回るの？」

「そうさの」

キルトさんは、少し考える。

「基本的に、向こうの2台はクレイたちに任せよう。そして、わらわたちは、この竜車だけを守る」

「それでいいの？」

みんなを守るって、啖呵《たんか》を切ったのに？

僕の表情に、キルトさんは苦笑した。

「基本的にと言ったであろ？　順序立てて説明する。——まず襲撃があったならば、御者《ぎょしゃ》を竜車内に避難《ひなん》させる。代わりに、わらわとイルナが外じゃ。マールとソルは、中にいるんじゃぞ？」

「うん」

「わかったわ」

「大抵《たいてい》、野盗というのは、道を塞《ふさ》ぎ、足の止まった獲物へと、まず周辺の高台などから、弓などで遠距離《えんきょり》から仕掛《しか》けてくることが多い」

ふむふむ。

「じゃが、生憎《あいにく》とわらわは、接近戦が主体での。足となる竜が射殺されては敵《かな》わぬゆえ、わらわは竜車のそばで、矢を落としたり、突っ込んでくる阿呆《あほう》を相手にしながら、竜を守ることに専念する」

「では、私は？」

「遠距離から仕掛けてくる奴《やつ》らを、全《すべ》て殺せ」

淡々《たんたん》とした『殺せ』という命令に、僕の背筋は、ゾクッとした。

そう……今回の相手は、魔物じゃない。

人間なんだ。

でも、イルティミナさんは当たり前のように「わかりました」と頷いた。

だから、気づく。

（……人を殺したことが、あるんだ）

今も僕を抱きしめてくれる、この手で、知らない誰かの命を。

「もしクレイたちが苦戦しているようなら、先に、そちらを手助けしろ。こちらの竜車は、わらわが何時間でも守り続けてやるゆえの」

「はい」

「ソルは、竜車の中から魔法を使え。大技《おおわざ》はいらぬ、まずは支援《しえん》に徹《てつ》しろ。マールは、御者と一緒《いっしょ》に、全てが終わるまで大人しくしておれ」

「ほ～い」

「うん」

動揺《どうよう》を隠《かく》して、僕は頷く。

でも、イルティミナさんは「？」と不思議そうに僕を見る。

「マール、どうかしましたか？」

「ううん」

わかってる。

綺麗事《きれいごと》だけで、この世界は生きられない。

(僕だって、あの時、躊躇《ちゅうちょ》なく邪虎《じゃこ》を殺したじゃないか)

僕は、ギュッと彼女を抱きしめ返した。

イルティミナさんは驚き、そして、その頬《ほお》をかすかに染める。

僕は、首を横に振った。

「大丈夫《だいじょうぶ》、ちょっと緊張してきただけ」

「そ、そうですか」

「あらら～？　じゃあボロ雑巾《ぞうきん》、改め、キンチョー弱虫君に改名かしら？」

ソルティスのからかいも、今はありがたかった。

ちなみに、ありがたい彼女は、実の姉に、ゴチンと脳天を殴《なぐ》られました。

キルトさんは困ったように笑い、座席に深くもたれる。

「まぁ、20人程度の野盗ならば、どうとでもなる。むしろ、わらわとしては、人喰鬼《オーガ》のことが気になるがの」

「…………」

「本来、このような地域に現れぬ魔物じゃ。――何か面倒《めんどう》なことにならねば、良いがの」

そう言って、背後の窓を見上げる。

その黄金の瞳《ひとみ》は青い空を映し込み、紅《あか》い唇《くちびる》から悩《なや》ましげな吐息《といき》がこぼれ落ちた――。

第十二章　悪夢の鬼

ジリジリと心を焦《こ》がす時間が流れ、やがて、空は茜色《あかねいろ》に染まっていった。

遠い山々が黒く陰《かげ》り、赤く照らされた3台の車両は、山を削《けず》ったような谷間の旧街道へと差しかかる。

――いつ襲われるのだろう？

その緊張に僕が疲《つか》れた頃、突然、キルトさんとイルティミナさんが進行方向の窓を見た。

「――来たか」

「はい」

（え？）

驚《おどろ》いたのと同時に、世界が震動した。

ドォオン　ドドォオオン
竜車《りゅうしゃ》の前方にあった街道脇《かいどうわき》の大きな木の根元で、爆発《ばくはつ》が起こった。

メキメキと音を立てて、木は倒れ、道を塞ぐ。

激しい土煙《つちけむり》と枝葉が舞《ま》い散り、驚いた灰色竜は、大きくいないて、仰《の》け反《ぞ》るように前足を跳《は》ね上げた。手綱《たづな》を握っていた若い御者さんが、慌《あわ》てて、暴れる竜をコントロールする。

「うわっ⁉」

竜車が大きく傾き、僕は、座席から落ちる。

立ち上がろうとする僕の背中を、イルティミナさんの白い手が押《お》さえた。

「また、揺れるかもしれません。そのまま姿勢を低くしていなさい」

「う、うん」

「イルナ、行くぞ」

キルトさんは、竜車の扉を開ける。

イルティミナさんは、「はい」と頷き、僕を見た。

「すぐ終わらせます。ここで待っていてくださいね」

「気をつけて。怪我《けが》しないでね？」

彼女は答えず、ただ嬉《うれ》しそうに笑った。

「ソル。マールを頼《たの》みます」

「はいよ」

白い槍《やり》を手にして、イルティミナさんは開いた扉から、外に出ていった。

バスッ
彼女が消えた直後、鈍《にぶ》い音がして、竜車の扉に矢が突き刺さった。

「ひぃぃ！」

「くそ、マジに襲ってきやがった！」

悲鳴と悪態をこぼしながら、御者さんたちが竜車に飛び込んでくる。慌てて、扉が閉まる。

バスッ　バスバスッ
連続した音が、竜車の壁《かべ》に響《ひび》く。

（凄《すご》い数の矢を撃《う》たれてる？）

緊張と恐怖《きょうふ》を覚えながら、僕は、窓から外を見た。

僕らを見下ろす両側の崖上《がけうえ》に、弓を構える黒い人影《ひとかげ》が何人も見えた。そこから、何本もの矢が、雨のように降り注いでくる。

ガシャン
（うはっ⁉）

覗《のぞ》いていた窓に直撃《ちょくげき》して、ガラスが砕《くだ》けた。

「馬鹿、窓に近づきすぎよ！」

ソルティスの手が、焦ったように僕の襟《えり》を掴《つか》んで、後ろに引っ張る。

反対の手には、身長よりも長いあの大杖《おおづえ》が握られ、魔法石は、白い光をキラキラと散らしていた。狭《せま》い竜車の中だと、とても扱《あつか》い難《にく》そうだ。

「ごめん、ありがと」

答えて、僕は、ガラス片《へん》の当たった顔をこする。

あ……血だ。

ちょっと切ったらしい。

（破片《はへん》、目に入らなくてよかった……）

安心し、そして僕《ぼく》は無事な目で、今度は距離《きょり》を取って、ガラスのない窓から外を見る。

キルトさんは、灰色竜の横に立って、あの赤い布の巻かれた大剣を盾《たて》のようにして、襲《おそ》いくる矢を弾《はじ》いている。時々、まるで羽のように軽々振り回して、違う角度からの矢も当たり前のように迎撃《げいげき》していた。

（凄い……）

呆《あき》れるほどに頼もしい。

イルティミナさんの姿は、近くになかった。

どこに行ったんだろう？

後方の２台を見る。

そちらでは、クレイさんたちが同じようなことをしていた。

親子連れの乗っていた馬車は、可哀想《かわいそう》なことに、２頭の馬の内の１頭が死んでいた。倒《たお》れた頭に深々と矢が突き刺さっている。

今は、残った1頭のそばにクレイさんが立ち、その剣と盾で、矢を防いでいる。

その隣には、シャクラさんがいた。

背中の弓を構えて、崖上に向かって、矢を射返している。でも、命中率は高くなくて、野盗たちには当たっていない。多分、上からより、下から狙う方が、飛距離《ひきょり》も出ないし難しいみたいだ。

（危ない！）

シャクラさんに当たりそうな矢を、辛《かろ》うじて、クレイさんの盾が弾いた。

た、頼むよ、クレイさん！

世界の宝のエルフさんに、傷を負わしちゃ駄目《だめ》だからね⁉

更《さら》に奥《おく》の、巡礼者さんの団体が乗る竜車では、他《ほか》の３人の護衛ががんばっていた。

頬に傷のある青年が２本の短剣《たんけん》で、壮年《そうねん》の男性が巨大《きょだい》な戦斧《せんぷ》で、飛んでくる矢から、大きな青色の竜を守っている。そして、ローブ姿の老人が光る杖を振り上げ、崖上の野盗に向かって、火球を撃ちだした。

バゴォン
崖上で火球が弾け、黒い人影が１人、燃えながら落下した。

（やった！）

つい喜んだ。

人が死んだのに。

でも、それぐらい切羽詰《せっぱつ》まっていた。

雨あられと振ってくる矢は、まさに『死の雨』だった。

当たれば、普通《ふつう》に死ぬ。

それは今も、僕の乗る竜車の壁に、何度も突き刺さっている。

（竜車を走らせて、まず谷間を抜《ぬ》けた方がいいんじゃないのかな？）

そう思った。

前は塞がれてるから、進むなら後ろだ。

でも、すぐに気づく。

3台目の竜車の後ろで、黒い煙《けむり》が上がっている。爆発の痕跡《こんせき》だ。目を凝《こ》らしたら、街道《かいどう》に、倒木《とうぼく》が横たわっていた。

(うわ、先手を打たれてる!)

一番最初に、竜車の進路を塞がれた時、爆発音《ばくはつおん》は2つした。

つまり、すでに後ろ側も塞がれていたんだ。

「もしかして僕ら、完全に罠にはまってる?」

「ふん! こんなの、食い破ればいいのよ!」

ソルティスが雄々しく言う。

ふと思った。

彼女は、怖くないのだろうか?

近くでは、震えている御者さんたちがいる。片方は、戦の女神《めがみ》シュリアン様の加護を願い、片方は、護衛の人数を絞《しぼ》った所属する馬車ギルドへの悪態をついていた。

それに比べて、彼女は、とても落ち着いて見えた。

……いや、違う。

その幼い美貌《びぼう》には、やはり、張り詰《つ》めた緊張がある。

（怖《こわ》くないわけ、ないんだ）

ただ、それに抗《あらが》う、強い心を持っている。

そして、立ち向かうための戦う力も。

それと彼女を支えるものが、もう一つ――心から信頼《しんらい》する仲間の存在だ。

シュボッ　キュドォオオン
突如《とつじょ》、崖の一角が吹《ふ》き飛んだ。

野盗たちが、何人も空を舞い、その高さから地面に落ちる。空に見えた野盗は、手足が千切れている者もいた。

（イルティミナさん……っ！）

2台目と3台目の車両の間の空中に、跳躍《ちょうやく》した彼女の姿があった。

その手に、翼《つばさ》を生やした白い槍が戻《もど》ってくる。

彼女は、空中でクルクルと回転し、飛んでくる矢をかわしている。そのまま、回転の勢いを使って、また槍を投げる。

キュボッ
白い閃光《せんこう》が、茜色の世界に走る。

ドドォオオン
地面が吹き飛び、岩が砕け、木が折れた。

そこに混じって、いくつもの黒い人影が、歪《いびつ》な形になって宙に舞う。

クレイさんたちが、驚愕《きょうがく》の表情で、彼女を見ていた。

「やっぱり強いんだ……」

同業の冒険者《ぼうけんしゃ》から見ても、銀印《ぎんいん》の魔狩人《まりゅうど》イルティイミナ・ウォンの強さは、別格らしい。

こんな状況なのに、それが嬉《うれ》しくて、誇《ほこ》らしかった。

と——僕の隣《となり》で、ソルティスが大杖を揺らした。

「闇《やみ》に隠れた敵を見つけなさい、ライトゥム・ヴァードゥ」

光る魔法石から、いつか見た光の鳥がピョコンと出てきた。

割れた窓から、ピョンピョンと外に出て、空へと羽ばたいていく。

茜色に染まった世界は、逆に、黒い影《かげ》も作りだし、光と影の陰影《いんえい》が強くなっていた。その影の部分を、光の鳥の輝きは、消していく。

だから、気づいた。

(うわ、こんなに近くまで接近してた⁉)

街道脇の茂《しげ》みに、木の陰に、黒い装束に身を包んだ野盗たちが、10人以上いた。

矢に意識を奪《うば》わせて、別働隊が接近してたんだ。

「やっぱりね」

ソルティスは呟《つぶや》く。

きっと彼女は、こういう状況を前にも経験してるんだ。

「ちぃ！」

「一気に行くぞ！」

野盗たちの一団が、こちらの竜車に、黒い影となって襲ってくる。

でも、その真横から、残像となって別の小さな影がぶつかる。振り抜かれた大剣が、彼らを押し潰《つぶ》し、回転させながら弾《はじ》き飛ばした。

鮮血《せんけつ》が散る中を、銀色の髪が流れていく。

「阿呆《あほう》が。この竜車は、襲わせぬぞ？」

思わず足を止めた残りの野盗たちを、黄金の瞳が睥睨《へいげい》する。

（キルトさん！）

小柄《こがら》な背中は、けれど、その場の誰よりも大きく見えた。

同じように、他の2台にも、隠れて接近していた野盗たちがいた。でも、2台目の馬車は、イルティミナさんの白い槍とクレイさんが守り、3台目の竜車は、クレイさんの仲間が守っていた。

野盗たちは、次々と数を減らしていく。

「勝ったんじゃない？」

ソルティスが、薄《うす》く笑って呟いた。

確かに、勝敗は決した気がする。

あの5人の冒険者さんたちだけでは、正直、守れなかったと思う。でも、キルトさんやイルティミナさんの存在が、あまりに大きすぎた。

キュボッ
白い槍の突きが、一閃《いっせん》。

「……へぇ？　速いな」

「っっ」

でも、その恐《おそ》るべき威力《いりょく》の槍の先端を、痩せた男の右手が掴んでいた。

イルティイミナさんが驚き、ギリッと歯を軋ませる。槍を握った彼女の両腕《りょううで》が震え、全力で槍を引く。でも、痩せた男の片手で掴まれた槍は、ビクともしなかった。

「ちょっと……嘘《うそ》でしょ？」

隣のソルティスが、驚きの声を出す。

倒れたクレイさんとすがりつくシャクラさんを、仲間たちが無理矢理《むりやり》に引きずって、あの2人から距離を取らせていた。

次の瞬間、イルティイミナさんが槍を手放し、後ろに仰け反った。

ヒュボッ
「お、避《さ》けたか？」

痩せた左腕《ひだりうで》が、いつの間にか、振《ふ》り抜かれていた。

ヒュッ　ボッ　シュオッ
残像だけを残して、左腕が何度も突き出される。

けれど、イルティイミナさんは、同じような速度で、それをかわし続けた。そして、回避《かいひ》で回転しながら肘《ひじ》での一撃《いちげき》を、男の右手に当てる。

「お？」

瘦せた男の手から、槍が離《はな》れる。

キュボンッ
白い手が空中でそれを掴み、一瞬《いっしゅん》で、瘦せた男の腹部を貫《つらぬ》いた。

「マジか？　お前……やるなぁ？」

口から血をこぼし、嬉しそうに笑う。

致命傷《ちめいしょう》のはずなのに、まるで効いていない顔だ。

（なんなんだ、あの男……？）

冷たい恐怖が、背筋を上ってくる。

イルティミナさんは槍を引き抜き、一気に後方へと跳躍する。

でも、その動きに合わせて、腹から内臓を垂らした瘦せた男は笑いながら、彼女を恐ろしい速度で追いかけた。

その鼻っ柱に、大剣がぶち当たった。

「――なんじゃ、貴様は？」

バキョッ　ズガガガン
バットでボールが弾かれたように、大剣で殴られた瘦せた男は、地面の上を何度もバウンドし、砂煙《すなけむり》をあげて転がっていった。

イルティミナさんを庇《かば》うように、金印《きんいん》の魔狩人《まりゅうど》が立っている。

「キルト……」

「下がっておれ、イルナ。こやつは、少し異常じゃ」

低い声が告げた途端《とたん》、

「グハハハハッ！　いいねいいね、お前も美味《うま》そうだ！」

土煙を吹き飛ばし、現れた痩せた男が哄笑《こうしょう》した。

潰れた鼻から血を流しながら、けれど、その瞳には、狂気《きょうき》と狂喜《きょうき》を湛《たた》えて、美しい２人の魔狩人を凝視《ぎょうし》している。

「お前も、『魔血の民』なんだろ？　なら喰わせてくれよ、その太古の悪魔から受け継《つ》いだという呪《のろ》われた血肉をさぁ！」

「…………」

「取り込ませてくれよ、その化け物みたいな魔力《まりょく》の凝縮《ぎょうしゅく》された血と肉をさぁあああああ！」

ベキベキベキ……ッ
叫《さけ》びと共に、刺青となったタナトス魔法《まほう》文字が光りだし、痩せた男の輝《かがや》く皮膚《ひふ》を裂いて、内側の肉が大きく膨《ふく》れ上がった。

骨が軋み、手足が膨張《ぼうちょう》して、壊《こわ》れた人形のように暴れながら伸《の》びていく。眼球は反転し、ただ血のように紅一色に染まった。あごが外れそうなほどに広がり、その長い犬歯が盛り上がる。

（…………）

現れた怪物《かいぶつ》の名前を、僕は知らない。

黒く硬質《こうしつ》な皮膚をした、体長3メートルはある巨大な猿《さる》のような異形《いぎょう》の生物——それは、赤《せき》
牙竜《がりゅう》のような圧倒的《あっとうてき》な強者の気配を感じさせる。

「あれ……人喰鬼《オーガ》なの？」

隣の少女が震《ふる》える声で、その名を呟いた。

血のような茜色の空の下、驚愕に染まった僕らの耳に、

『キュオァアアアアアアアアアッ！！！』

恐ろしい怪物の雄叫《おたけ》びが、長く長く木霊《こだま》した——。

第十三章　ソルティスの魔法のために

「人が……魔物《まもの》に変わった？」

「ありえない……。あんなの、見たことも、聞いたこともないわ！」

呆然《ぼうぜん》とする僕の横で、現実を認めたくないように、ソルティスは首を振る。

そんな僕らの前で、悪夢は続く。

『はぁぁ……さぁ、始めようぜ？』

悪夢の象徴《しょうちょう》たる人喰鬼《オーガ》は、黒い肌《はだ》から煙を立ち昇《のぼ》らせ、醜悪《しゅうあく》な顔に笑みを浮かべて、発音の濁《にご》った人語を口にする。

キルトさんは、不愉快《ふゆかい》そうに眉《まゆ》をひそめた。

「なんなのじゃ、貴様は？」

『さぁて、いったい、なんだろ——な！』

フォン
『な』と同時に、オーガの巨体《きょたい》が、突然《とつぜん》、消えた。

残された大地が陥没《かんぼつ》し、そして、キルトさんは、異常な速さで大剣を振り上げる。

ガギィイン

『お？』

上空から強襲《きょうしゅう》したオーガは、驚いた顔をした。

その黒い巨体の下で、オーガの繰《く》り出した巨大な拳《こぶし》を、キルトさんの大剣が盾となって防いでいる。衝撃《しょうげき》で、刀身を覆《おお》っていた赤い布が弾けて、雷《いかずち》を宿した大剣が露《あらわ》になった。

「むん」

ブォン
大剣を振り抜き、上に乗っていた巨大なオーガが投げ飛ばされた。

怪物は、身軽に空中で回転し、土煙を上げて着地する。

『マジか……？　お前、強《つえ》えな？』

血のような眼球が、呆れたように開かれている。

キルトさんは、無言のまま、左足を1歩前に踏み出し、半身になった。

大剣を真横に構える。

「キルト」

「手出しは無用じゃ」

背後で、白い槍を構えるイルティミナさんに、振り向かずに答える。

「それよりも、そなたは竜車《りゅうしゃ》を守れ」

「え？」

（え？）

僕らは驚き、そして気づいた。

キルトさんがオーガと戦い始めた途端、残った野盗たちが、音もなく動き始めていたんだ。

「ちょ……まずっ！」

ソルティスが焦《あせ》った声をあげる。

オーガの出現で、僕らの戦力は、２台目の馬車に集中していた。

２人の魔狩人《まりゅうど》だけじゃない。重傷を負ったクレイさんのために、彼《かれ》の仲間も全員、彼のそばに集まってしまっている。

つまり、

（僕らと巡礼者《じゅんれいしゃ》さんの竜車は、完全に無防備⁉）

だった。

「今の内だ！」

「全員、ぶっ殺してやれ！」

「うりゃぁああ！」

血気盛んな声をあげ、野盗たちは、３台の車両に突進《とっしん》する。

イルティミナさんは、一瞬、迷った。

守るべき対象は、３つ。

けれど、彼女は１人しかいない。

でも、彼女はすぐにこちらを見た。

「マール！」

こっちに駆《か》け寄ろうとする姿を見て、僕は、慌てて叫ぶ。

「駄目！」

「!?」

「イルティミナさんは、巡礼者さんの竜車を守って！　こっちには、ソルティスがいるから！」

そして、２台目の馬車近くには、クレイさんの仲間がいる。

(戦力としては、この分配が一番のはず！)

僕の言葉に、ソルティスは唖然《あぜん》とし、イルティミナさんは、驚きながらも躊躇《ちゅうちょ》の表情を見せる。

けれど、キルトさんが、視線でオーガを牽制《けんせい》しながら、

「よくわかっとるの、マール！　――あの小僧《こぞう》の言う通りじゃ、イルナ。奥の竜車に行け！」

イルティミナさんは、一瞬、唇を噛《か》む。

こちらを見ている彼女に、僕は、大きく頷《うなず》いた。

「はい、マール」

小さく答え、彼女は、身を翻《ひるがえ》す。

美しい髪《かみ》をなびかせ、疾風《しっぷう》となって、巡礼者さんたちの竜車へと向かった。

(よかった)

安心する僕の頭を、ポカッとソルティスが殴る。

い、痛い。

「勝手なこと、言ってくれちゃって……」

「ご、ごめん」

こっちの竜車を守ることになってしまった少女に、僕は謝《あやま》る。

でも、これが最善だと思ったんだ。

ソルティスは、しばらく僕の顔を睨《にら》み、やがて、大きく息を吐く。

「ま、仕方ないわね。現状じゃ、それが一番いい形だもの」

そして、ソルティスは、竜車のドアノブに手をかけた。

責任を感じて、僕は、つい名を呼んだ。

「ソルティス」

「大丈夫だから。絶対に出てくるんじゃないわよ、ボロ雑巾《ぞうきん》？　——貴方《あなた》たちも、ここでジッとしてて。いいわね？」

僕を睨み、そして、震えている御者《ぎょしゃ》さんたちにも警告する。

御者さんたちは、コクコクと頷いた。

そして、彼女は扉《とびら》を開けて、竜車の外に出る。

僕は、すぐに窓に張りついた。

（３人も来てる！）

曲刀を構えた屈強《くっきょう》な大人たちが、３人、こちらに走ってきていた。

対するは、あんな小さな背中の少女が1人。

あの子の強さを信じてるし、大丈夫だと思う……でも、不安は、心から消えない。

(いや、大丈夫！　ソルティスは、あのイルティミナさんの妹だよ？)

必死に言い聞かせる。

そして、白印《はくいん》の魔狩人の少女は、手にした大杖《おおづえ》を動かして、空中に魔法文字を描《えが》いていく。

バスッ
「！」

飛んできた矢を、ソルティスは、魔法を中断して、慌てて回避する。

ソルティスの魔法詠唱《まほうえいしょう》を見た途端、3人の野盗の1人が、武器を弓に持ち替《か》えていたんだ。

魔法が止まった彼女めがけて、残った野盗2人が肉薄《にくはく》する。

先に辿《たど》り着いた1人が、曲刀を振り下ろした。

「うりゃあ！」

「くっ」

ガキィ
辛うじて、大杖で受け止める。

でも、木製の大杖は、金属製の曲刀の刃《やいば》を受けて、少し削られてしまった。

横から襲ってきたもう1人の攻撃《こうげき》を、ソルティスは、必死に身をひねって回避する。

「こんのっ！」

「いいの、なんでもないわ。気にしないで。平気。私はわかってるから、大丈夫なの」

？？？

キョトンとする僕から、彼女《かのじょ》は、逃げるように視線を外し、

「まだ終わってないわ。他のみんなも、まだ戦ってるし、手伝わなきゃ。――動ける？」

「あ、うん」

頷く僕に、彼女は、白い手を差し出した。

一瞬、それを見つめ、
ギュッ
僕は、その手を握る。

小さく幼い手は、けれど、驚くほど力強く僕を引き起こす。すぐに彼女は、手を離した。

「行くわよ、ボロ雑巾」

「うん」

ソルティスは、大杖を担《かつ》いで走りだし、僕もあとに続く。

茜色《あかねいろ》に染まった戦場は、いまだ戦いの音色を響《ひび》かせて、まだまだ終息を迎《むか》えない――。

第十四章　鬼姫《おにひめ》キルトVS人喰鬼《オーガ》

「クレイさん！」

僕とソルティスは、２台目の馬車前へと向かった。

地面の上には、血痕《けっこん》が広がり、そこに意識のないクレイさんが倒れている。

右肩《みぎかた》の傷には、ローブ姿のおじいさんが、緑色の光を放つ杖を押しつけて、必死に止血をしているようだった。

（う……ひどい）

まともに傷口を見て、僕は青くなった。

血に溢《あふ》れた肉の中に、白い骨が覗《のぞ》いている。そこには神経なのか、血管なのか、筋のような糸状の物も垂れていて、見ているだけで恐《おそ》ろしい。

強引《ごういん》に引き千切られたから、余計に損傷が激しいみたいだった。

でも、僕とは対照的に、ソルティスは冷静だった。

傷の状態を、しっかりと近くで確認《かくにん》し、

「まだ、いけそうね。――どいて。回復魔法、私が代わるわ」

「す、すまん」

魔法を使い続けて疲労《ひろう》しているのか、おじいさんは、少しフラフラしていた。

代わったソルティスは、緑に光る大杖《おおづえ》を、クレイさんの肩《かた》に押し当てる。

そのまま、僕に命令した。

「マール。アンタは、コイツの腕《うで》、持ってきて」

「え？」

「繋《つな》げるわ。——再生させるよりも、早いでしょ？」

「……繋げられるの？」

僕は驚いた。同じ魔法使いのおじいさんだって、驚いた顔をしている。

ソルティスは、「ふん」と鼻で笑った。

「当たり前でしょ？　私を誰だと思ってるの？　——ほら、急げ！」

「わ、わかった」

慌《あわ》てて、地面を見回す。

少し離《はな》れた場所に、クレイさんの右腕《みぎうで》は落ちていた。

そちらへと走る。

間近で見た腕は、血に濡れていて、かじられた跡《あと》や肩との接合部の傷もそのままで、ちょっと怖《こわ》い。前世も含めて、『千切れた腕』を見るのも触《さわ》るのも、初めての経験だ。

覚悟《かくご》を決めて、持ち上げる。

（お、重い……）

想像より、重さがある。

血で滑《すべ》るそれを抱《かか》えて、僕は、急いでソルティスのところに戻る。

視線を走らせれば、そんな僕らの周囲で、クレイさんの仲間が野盗たち相手に奮戦していた。

『馬車にも、クレイにも近づかせない！』

そんな決意の表情で、武器を振《ふ》るっている。

エルフのシャクラさんも、必死な顔だ。

(がんばってっ。必ず、クレイさんは治すから！)

心で呼びかけ、必死に走る。

「持ってきた！」

「よし。じゃあ、マール、アンタの『癒《いや》しの霊水《れいすい》』、肩と腕にかけてやって。その方が、後遺《こうい》症《しょう》の可能性は減るし、治りもいいわ」

「うん」

僕は、腰ベルトに下げていた水筒袋《すいとうぶくろ》を外し、言われた通りにする。

バシャバシャと光る水をかけた途端《とたん》、ジュッと白い煙《けむり》が上がった。

傷の再生が始まったんだ。

「いいわ。――おじいちゃんは、腕と肩をピタッとくっつけて、支えてちょうだい」

「う、うむ」

おじいさんは、白い煙をあげるクレイさんの腕を持ち上げ、彼の肩に押しつける。

「よし。じゃあ、回復魔法《まほう》を高位に切り替えるわ。一度、魔法が切れるけど、気にしないで」

「わかった」

「頼《たの》む、お嬢《じょう》ちゃん」

光る大杖が離れた途端、傷口から血が溢れだした。

(うわっ⁉)

びっくりする僕とは対照的に、ソルティスは、一度、大きく深呼吸した。魔法石の緑の光が強くなり、その輝《かがや》く大杖を、クレイさんの胸——心臓の辺りに押し当てる。

そして彼女は、歌うように詠唱《えいしょう》した。

「勇敢《ゆうかん》な、この弱き者の傷を癒してあげて。——ラ・ヒーリォム」

魔法石の緑の光が、クレイさんの身体に吸い込まれた。

その輝きが、肩の傷口から溢れだす。

よく見たら、それは細い光の触手《しょくしゅ》のようなものだった。

損傷した部位を繋ぎ、足りない部位には、光そのものが肉や骨へと変質する。

——魔法の展開は、およそ5秒ほどだった。

光が消え、大杖が離れた。

ソルティスは汗《あせ》にまみれた美貌で、「ふー」と大きく息を吐《は》く。

「オッケー。終わりよ」

呆気《あっけ》ないほど簡単に、クレイさんの腕は繋がった。

おじいさんが、恐る恐る、手を離す。

でも、クレイさんの腕は、しっかりと胴体《どうたい》に繋がっていた。

彼は、驚いた顔をする。

「本当に治っとる……。こんな高位の回復魔法を、まさか、その年で使えるとは……」

「ふふん。尊敬していいのよ、おじいちゃん？」

ソルティスは、得意げだ。

（よ、よかった……！）

クレイさん、腕が治ったよ。感極《かんきわ》まって、僕は、ソルティスに抱《だ》きついた。

「ありがと、ソルティス！　さすがだよ！　偉い、凄《すご》い、僕、やっぱり君を尊敬する！」

「ちょ、マ、マール……っ⁉」

ガクガクと揺する。

ソルティスは、なぜか慌てた顔だった。

ガキン　ズザザァ
（⁉）

そんな僕らの横に、野盗の１人が吹《ふ》っ飛んできた。

折れた剣《けん》を手にした彼は、白目を剥《む》いて、口から泡《あわ》を吹いている——どうやら、気絶しているようだった。

「——その者の腕は、治ったようですね」

驚く僕らの耳に聞こえてくる、涼《すず》やかな声。

ハッと振り返れば、そこには白い翼《つばさ》の槍《やり》を持つ、銀印《ぎんいん》の美しい魔狩人《まりゅうど》の姿があった。

「イルティミナさん！」

ポイッと反射的に、ソルティスを投げ捨て、僕は彼女へと駆け寄った。

「あぁ、マール」

それを見て、イルティミナさんは、嬉《うれ》しそうに微笑《ほほえ》む。

後方からは、「ちょ……ボロ雑巾《ぞうきん》！」と誰かの怒《おこ》ったような声が聞こえたけど、どうでもよかった。僕らは一度、抱きしめ合い、それから離れると、急いでイルティミナさんの全身を確認する。

(怪我《けが》は……ない！)

よかった。

安心して息を吐いて、笑う。

そして、思い出した。

「あ……巡礼者《じゅんれいしゃ》さんたちの竜車《りゅうしゃ》は？」

「大丈夫ですよ。向こうの野盗は、全滅させてきました」

見れば、奥にある竜車の近くには、動く人影《ひとかげ》は１つもない。

その周りの地面には、死体が……あるいは人の形を留《とど》めない残骸《ざんがい》が、無数に転がっている。

その惨状《さんじょう》に、思わず、唾《つば》を呑む。

それを生み出した、恐るべき銀印の魔狩人は、その真紅の瞳を僕の背後へと向けた。

「こちらも、決着がつきそうですね」

「え？」

シャクラさんたちは、まだ戦っている。

でも、静かに告げた彼女の視線は、シャクラさんたちではなく、その奥の戦場へと向けられていた。

ガイン　ギィン　バチィイン
銀髪《ぎんぱつ》をひるがえし、雷《いかずち》の大剣を振るう魔狩人と、凄まじい速度で襲いかかるオーガの恐るべき激闘《げきとう》が、そこにはあった。

激突するたび、雷の青い光が散っている。

「キルトさん……」

「そろそろ、彼女も本気になりますよ」

イルティミナさんは、ポツリと言った。

え？

（本気って……今まで、本気じゃなかったの!?）

唖然《あぜん》とする僕の前で、彼女の真紅の瞳は、かすかな畏怖《いふ》の感情を秘《ひ》めて、自分たちのリーダーを見つめていた。

◇◇◇◇◇◇◇

跳躍《ちょうやく》したオーガが振り下ろす両腕《りょううで》を、キルトさんの大剣が受け止める。

ガギィイイン

岩みたいなオーガの両拳《りょうこぶし》と接触《せっしょく》した刀身から、青い稲妻《いなずま》が空中に走った。衝撃《しょうげき》で、キルトさんの足元の地面がひび割れ、凄まじい風圧が円形に広がる。

醜《みにく》い猿《さる》のような口元を歪めて、オーガは笑う。

『くはっ……これも当たらねえ。お前、本当に強えなぁ？』

「ふん」

オーガの賞賛に、でもキルトさんは、つまらなそうに鼻を鳴らす。

大剣を傾《かたむ》けると、オーガのバランスが崩《くず》れ、その腹部を横薙《よこな》ぎに狙う。ドンッと霞《かす》むような速さで後ろに跳躍して、オーガはそれをかわす。

5メートルほど離れて着地し、

『おろ？』

その腹部から、紫色の鮮血《せんけつ》が流れていた。

驚いた顔のオーガに、キルトさんは、ため息のように言った。

「もうよい。そなたのことは、よくわかった」

『……あ？』

「力、速さ、なるほど、確かに優れておる。……しかし、それだけじゃ。無駄《むだ》な動きが多すぎる。しょせん、そなたは、ただ口うるさいだけのオーガに過ぎぬのじゃな」

『…………』

楽しそうだったオーガの表情が、強張《こわば》っていく。

美しい金印《きんいん》の魔狩人は、大剣を肩に担ぎ、黄金の瞳を細めて、鉄のように告げる。

「――そなたでは、わらわに勝てぬ」

ビキィッ

オーガの両腕の爪《つめ》が、長く伸《の》びた。

『ははぁ……この俺《おれ》が、お前より弱いってぇ？　なかなか面白《おもしろ》いこと、言うねぇぇえええ!!』

ドンッ

大地が陥没《かんぼつ》し、オーガの姿がかき消える。

今までで、一番速い突撃《とつげき》。

そこから繰《く》り出される右腕の爪は、大剣を担いだままのキルトさんに、確実に当たると思った。

――でも、違《ちが》った。

ヒュオ

なるほど、そうなんだね？

納得《なっとく》する僕だったけれど、イルティィミナさんは苦笑しながら、首を横に振る。

「それは、キルトだけですよ」

「え？」

「もちろん魔物の強さを見抜《みぬ》くのは、とても大事なことです。ですが普通《ふつう》は、魔物を相手に、力を隠《かく》しておく余裕《よゆう》などありません。ましてオーガを相手に、出し惜《お》しみなど……少なくとも、私には不可能です。他の誰《だれ》でも、そうでしょう」

「………」

「キルトの強さは、少々規格外ですので」

参考にしてはなりません――と、イルティィミナさんは警告する。

キルトさんは、唇を尖らせて、「……そなた、わらわが傷つかぬと思っているのか？」とか呟《つぶや》いている。

そんなことをやっていると、クレイさんの様子を見ていたソルティスが、こっちに来た。

「お疲れ、キルト。やったわね」

「うむ。そなたもな」

彼女たちは、軽く手を打ち合わせる。

僕は、少女に聞いた。

「クレイさん、どう？」

「まだ寝《ね》てるわ。でも、容体は安定してるから大丈夫よ。──それより、そろそろ出発しない？キャンプできるところ、見つけないと」

そう言って、空を見上げる。

茜色《あかねいろ》だった空は、東の方から紫色に変わってきていた。西にある山脈の裏へと、太陽が隠れようとしている。

もうすぐ夜だ。

「ふむ、そうじゃな」

キルトさんは頷《うなず》き、

「イルナ、道を塞《ふさ》ぐ倒木《とうぼく》をなんとかするぞ。そなたも付き合え」

「わかりました」

2人は、野盗の爆破《ばくは》によって、街道《かいどう》に倒《たお》された大木の方へと歩いていく。

それを見送って、ふと僕は、振り返った。

野盗の生き残りは、たったの5人だった。

クレイさんの仲間が、彼らを後ろ手に縛《しば》って、芋虫《いもむし》のように地面に転がしている。シャクラさんは、意識のないクレイさんを膝枕《ひざまくら》して、でも腕が繋がったことに泣きながら笑って、その髪を撫でていた。

3台の車両に隠れていた人たちも、顔を出していた。

御者《ぎょしゃ》さんたちは、ハリネズミのように矢の刺《さ》さった竜車《りゅうしゃ》や馬車を見つけ、それぞれに呆然としていた。でも、馬や竜たちが無事なことには、嬉《うれ》しそうな顔を見せ、その首を撫でたりする。

3人連れの親子は、大泣きする子供を母親が抱きしめ、その2人を父親が抱きしめていた。

お父さんもお母さんも、生き残ったことに安心し、その目に涙《なみだ》を滲《にじ》ませていた。

巡礼者さんの一団は、互《たが》いに抱き合って喜んでいた。でも、竜車の周囲にある野盗たちの死骸を見て、吐いてしまったり、その冥福《めいふく》を願って、祈《いの》りを捧《ささ》げている人たちもいた。

…………。

見ている背中を、パンッと叩かれた。

「マールもお疲れ」

「ん」

ソルティスの笑顔《えがお》に、僕も、小さく笑い返した。

そして、長く息を吐く。

――茜色の空に始まった旧街道《きゅうかいどう》での戦いは、こうして、ようやく終わったんだ。

◇◇◇◇◇◇◇

「――オーガの正体が、野盗たちの頭《かしら》だった？」

思いがけない話に、僕は、竜車の中で唖然《あぜん》とする。

道を塞いでいた大木は、雷の大剣と白い槍によって破壊《はかい》され、僕らは再び、旧街道を進んでいた。

その車内で、僕らは、そんなソルティスの報告を受けたんだ。

イルティミナさんもキルトさんも、驚《おどろ》いた顔をしている。

竜車の振動《しんどう》で、車内の照明はユラユラと揺《ゆ》れ、その灯《あか》りに妖《あや》しく照らされるソルティスは、神妙《しんみょう》に頷いた。

「そ。——生き残った野盗たちを訊問《じんもん》して、クレイの仲間が聞きだしたの」

ちなみにその野盗たちは、出発前に近くの木に縛りつけ、放置されている。

王都からの騎士団《きしだん》によって捕縛《ほばく》されるか、あるいは、その前に魔物に襲《おそ》われたり、脱水《だっすい》で亡《な》くなるか、全ては神のみぞ知るである。ただ騎士団に捕縛されても、処刑《しょけい》は免《まぬが》れないらしい。

（ちょっと残酷《ざんこく》……かな？）

でも彼らは、それだけの罪を行った。

自力で助かる道が、ほんの僅《わず》かでも残されているのは、キルトさん曰《いわ》く『慈悲《じひ》』なのだそうだ。

そんな彼らの話を、ソルティスは続けてくれる。

「でもね、連中の話を聞くと、その頭も元々は、普通の人間だったらしいわ」

「それが、どうしてオーガになる？」

…………。

驚きは、なかった。

（予想はしてたし、むしろ、彼女たちの強さに納得したかな？）

ただ『悪魔』という単語に反応して、『マールの肉体』は、少しざわついた。

――でも、それだけだ。

僕の青い瞳にある『落ち着き』を見つけて、キルトさんは、話を続ける。

「今より400年前、神魔《しんま》戦争の時代、悪魔たちに捕《と》らえられ、孕《はら》まされた人々がいた。その者どもの子孫が、わらわたちになる」

「…………」

「同じ『魔血の民』の中でも個体差はあるが、特徴《とくちょう》としては、普通の人間に比べて、血中に蓄《たくわ》えられる魔力量《まりょく》が多い。そして、身体能力に優《すぐ》れている。違いは、この2点のみじゃ」

僕は、頷いた。

キルトさんは、その黄金の瞳を、かすかに伏せる。

「しかし人々は、悪魔を恐れ、憎《にく》むように、その血を宿す我ら『魔血の民』を恐れ、憎むのじゃ。この400年、差別と迫害《はくがい》は、長く続いておった」

「…………」

「今より30年ほど前、神皇国《しんこうこく》アルンとシュムリア王国の共同声明で、『魔血の民』の人権がようやく認められた。差別をやめるような風潮が広まり始めたのじゃ。しかし、人の意識は、簡単には変わらぬ。表立った迫害はなくなったが、いまだ差別は存在しておる」

彼女は、大きく息を吐《は》いた。

やっぱりキルトさんも、多くの差別を経験したのだろうか？

と――キルトさんの視線が、黙《だま》ったままの姉妹に向く。

「この２人の故郷は、その迫害によって焼かれた」

「……え？」

「そこは、一部の『魔血の民』が住まう隠《かく》れ里《ざと》であった。しかし『悪魔狩《あくまが》り』と称《しょう》して、正義を謳《うた》う人々によって滅《ほろ》ぼされた」

あ……。

メディスでの夜、イルティミナさんは、自分たちの村を襲った集団を、『人狩り』と表現した。

――その違いに秘められた彼女の感情に、ようやく気づく。

（なんてことだ……）

僕の胸は、痛くて張り裂けそうになる。

「わらわたちは、確かに『悪魔の子孫』じゃ。しかし、心は、人と変わらぬ」

「…………」

「時代と共に、悪魔の血も薄《うす》れた。まして、血に目覚めねば、大した能力もない。人々がどう考えようと、それが今の『魔血の民』の実情じゃ」

キルトさんは、皮肉そうに笑う。

そして彼女の黄金の瞳は、真っ直《まっす》ぐに僕を見た。

イルティミナさんとソルティスも、真紅《しんく》の瞳で、僕を強く見つめてくる。

イルティミナさんの組み合わされた白い指は、力が入り過ぎて、手の甲《こう》に血を滲ませている。

3人の視線は、そのまま、僕の心に突《つ》き刺さるようだった。

「わかったか、マール？」

「…………」

「そなたと共にある女たちは、『悪魔の子孫』なのじゃ。この先も、わらわたちに関《かか》われば、今と同じような目に……いや、それ以上の辛《つら》い目にも、必ず遭《あ》おう。――これからも、わらわたちといるには、その覚悟が必要なのじゃ」

そしてキルトさんの指は、人々の集まる焚き火を示した。

「今ならば、そなたは、戻れる」

「…………」

「それは当たり前の選択《せんたく》じゃ。理解できるし、軽蔑《けいべつ》なども断じてせぬ。そなたには感謝があるのみじゃ。イルティミナの命を救った恩は、この先も返していこう。――ゆえに、その心を見つめ、正直に答えて欲《ほ》しい」

彼女は、短く息を吸い、聞いた。

「マール。それでも、そなたは、わらわたちと共にあるのか？」

僕は、目を閉じる。

（………）

でも、いくら心に問いかけても、答えは1つだった。

もしかしたら、想像力が足りないのかもしれない。

キルトさんの言っている意味を、正しく理解していないのかもしれない。

だって僕は、迫害されたことがないから。

だけど、迷いはない。

僕は、ゆっくりと目を開ける。

3人の姿を見つめて、ただ正直に思ったことを口にした。

「――僕はこれからも、みんなと一緒にいたい」

キルトさんは、目を伏せて、どこか安心したように笑った。

「そうか」

ソルティスが自分の固いパンを、一生懸命《いっしょうけんめい》に千切った。

大きい方と小さい方に分かれ、ちょっと悩《なや》んでから、大きい方を僕の胸に、ドンッと押しつける。

「あげるわ」

顔を伏せているから、前髪《まえがみ》で表情がわからない。

僕は、黙って、パンを受け取る。

「マール……」

名前を呼ばれて、振《ふ》り返る。

イルティミナさんが、泣き笑いの顔で、僕を見ていた。

なぜか僕も、泣きたくなった。

「…………」

「…………」

白い手が、僕の頭を引き寄せる。そして、声もなく、僕らは抱《だ》きしめ合った。

パチパチン
焚き火の薪が、爆ぜた。

今までで一番大きな火の粉が、夜空へと舞い上がり、その幻想的《げんそうてき》な輝きは、僕ら４人のことを儚《はかな》く、そして優しく照らしていた。

第十六章　旧街道の終着へ

——夜が明け、そして、朝が来た。
（今日も、いい天気だなぁ）
旅立ち３日目の今朝も、天気は快晴だった。
東の山脈から、太陽が顔を出し、早朝の空は、どこまでも青く澄《す》んでいる。
遠くから、鳥の鳴き声が聞こえてくる。
僕はそれを聞きながら、毛布の中で寝返《ねがえ》りを打って、
（あれ？　イルティミナさんは？）
そばに彼女の姿がなくて、驚いた。
実は、昨夜の僕は、久しぶりにイルティミナさんの抱《だ》き枕《まくら》にされたんだ。
「……一緒に寝てもいいですか、マール？」
と不安げに聞かれて、「やだ」なんて言えない。
特に、あんな話のあとだから、今夜は、彼女の好きにさせてあげようと思ったんだ。
……いや、僕も嬉《うれ》しかったのは、否定しないよ？
イルティミナさんの大人な身体《からだ》は、柔《やわ》らかくて、温かくて、いい匂《にお》いがするから。

でも彼女は、まるで僕がいることを確かめるように、何度も撫でたり、匂いを嗅《か》いだりしてきて、ちょっとくすぐったくて、恥ずかしかった。まさに飼い主に可愛《かわい》がられる子犬の心境を味わったよ、うん。

でも、そんな彼女の姿が、今はなかった。

ちょっと慌《あわ》てて、身体を起こす。

（あ、いた）

すぐに見つけて、安心した。

イルティミナさんは、とっくに起きていて、もう出発の準備をしていたんだ。

もちろん、キルトさんとソルティスも起きていて、彼女と一緒にキャンプ道具を片づけている。

みんな、本当に早起きだね？

そして彼女たちも、こちらに気づいた。

「おはようございます、マール」

「ようやく起きたの？　おそよー、ボロ雑巾《ぞうきん》」

「うむ。よう眠《ねむ》れたか、マール？」

３人の笑顔は、なんだか、昨日までより眩《まぶ》しかった。

それに青い瞳を細めて、

「おはよう、みんな」

僕も、一緒に笑ったんだ。

◇◇◇◇◇◇

太陽の位置から見て、今は6時ぐらいかな？

みんなで簡単な朝食を済ませて、僕も着替《きが》えた。

キャンプ道具も片づけ、焚き火の始末もして、僕らの出発の準備は、ほとんど終わっている。

（でも、向こうはまだかな？）

視線を送った先には、また別の焚き火があった。

そばでは、御者さんたちが、キャンプ道具を片づけている最中だ。３人連れの親子と巡礼者《じゅんれいしゃ》さんの一団は、お客様なので、出発まで丸太の椅子《いす》に座《すわ》って、休んでいる。

そんな彼らの周囲には、クレイさんの仲間が、魔物などが出ないか、見張りに立っていた。

（出発まで、もうちょっとかかりそう）

ま、のんびり待つかな？

野盗やオーガは、もういないんだ。今の僕には、心の余裕が、たっぷりある。

（ん？）

その時、向こうから2人の人影《ひとかげ》が、こちらに近づいてきた。

あれは……クレイさんとシャクラさん？

「おはようございます、キルトさん、皆《みな》さん」

「おぉ、クレイか」

キルトさんは、手にしていた荷物を地面に置いて、立ち上がる。

僕も、彼に駆《か》け寄った。

「おはよう、クレイさん」

そして、彼の右腕《みぎうで》を見つめ、それから、彼の顔を見上げる。

「腕《うで》は、もう大丈夫《だいじょうぶ》なの？」

「あぁ、お陰様《かげさま》でね」

彼は笑って、肩を回したり、僕の前で、右手を閉じたり、開いたりしてくれる。

その動きに、ぎこちなさはなく、ちゃんと力も入っているようだ。

（あぁ、よかった）

見ていたイルティミナさんとソルティスも、頷いている。

「後遺症《こういしょう》もなさそうですね」

「私が治したんだから、当たり前よ。――ほら、尊敬していいのよ、クレイ？」

偉《えら》そうな少女の物言いに、クレイさんもシャクラさんも、ちょっと苦笑いをしていた。

話を聞くと、今から30分ほど前に、クレイさんはようやく意識を取り戻したらしい。そこで仲間から話を聞いて、急いで、僕らの元へ来てくれたのだそうだ。

そして、２人は頭を下げる。

「この度《たび》は、本当にご迷惑《めいわく》をおかけしました。キルトさんたちがいなければ、全員、無事では済まなかった」

「ふむ。しかし、仕方なかろう」

キルトさんは、鷹揚《おうよう》だ。

２人の頭を上げさせ、落ち着いた声で言う。

「20人規模の野盗と聞いていたが、実際には、その倍はいたのじゃ。さすがに5人で対処できる数ではない」

そう。

戦闘《せんとう》中は、無我夢中《むがむちゅう》で気づかなかった。

でも、あとで死体の数を数えたり、イルティミナさんたちの証言からわかったんだけど、襲ってきたのは40人近い野盗だったんだ。

(前提となる情報が間違《まちが》ってるって、ちょっと酷いよね？)

誤情報を掴《つか》まされるし、馬車ギルドからは護衛の人数を絞《しぼ》られるし、オーガに右腕も取られるし、クレイさんって、もしかしたら運が悪い人なのかもしれない。

——でも彼は、とても誠実な人だった。

「いえ、例えそうでも、自分たちは護衛です。なんとしても、皆さんを守らねばなりませんでした。――ですので、今回の自分たちの報酬《ほうしゅう》は、全《すべ》て、キルトさんたちにお譲《ゆず》りします」

（ええ⁉）

僕は驚き、３人は顔を見合わせる。

でも、クレイさんの表情は真剣《しんけん》だった。

隣《となり》のシャクラさんは、少し心配そうだったけれど、クレイさんの決断に反対はしない。

そして、呆《あき》れていたキルトさんは、きっぱり言った。

「いらぬ」

「ですが――」

「勘違《かんちが》いをするな、クレイ。今回、わらわたちも戦ったのは、自分たちの護衛依頼《いらい》を果たすためぞ？」

「……え？」

クレイさんは、驚いた。

僕も驚く。

（自分たちの、護衛依頼？）

戸惑《とまど》う僕の顔へと、キルトさんの白い人差し指が向けられる。

「このマールの依頼でな。王都ムーリアまで、無事に行けるようにと雇《やと》われた」

「マール君に？」

「うむ。前払《まえばら》いで、報酬ももらっておるぞ」

（そういえば、メディスで交渉《こうしょう》した時、そんな話になったたっけ）

今更《いまさら》、僕《ぼく》も思い出す。

イルティミナさんは、自分の胸元《むなもと》を――服の内側にある灰色の魔《ま》法《ほう》石を触《さわ》りながら、大きく頷き、ソルティスは「そうだっけ？」とか呟《つぶや》いている。

そして、クレイさんとシャクラさんは、僕を凝視《ぎょうし》していた。

「金印《きんいん》の魔狩人《まりゅうど》を、護衛に雇えるなんて……君は、いったい？」

「あはは……」

そりゃ、王国トップ３の１人を、こんな子供が雇ってたら驚くよね？

多分、一般人《いっぱんじん》が頼《たの》んでも、『金印の魔狩人』は依頼を受けないと思う。

そうなると、僕の正体は、身分を隠した大貴族の息子《むすこ》か、あるいは王家の隠し子か……なんて話になるのかもしれない。

（でも、ただの子供なんだよね、僕）

あとは、転生して、ちょっと記憶《きおく》がないくらいかな？

イルティミナさんに出会えた幸運で、こうして、キルトさんやソルティスとも一緒にいられるけど、実はそれだけの奴《やつ》なんだ。

誤魔化《ごまか》し笑いをする僕に代わって、キルトさんが言う。

「わかったな、クレイ？　わらわたちは、単に降りかかった火の粉を払《はら》っただけ。そなたらの報酬を、もらう理由はない」

「しかし――」

「それに、そなたは前もって、万が一の可能性を、わらわたちに話していたではないか？　きちんと筋は通しておる。そして王都大橋《おうとおおはし》の前で、そなたは『メディスに戻る』よう提案した。『旧街道を通る』ように強引《ごういん》に決めたのは、こちらじゃ」

「でも、俺《おれ》たちは護衛として――」

パンッ
納得しないクレイさんの右腕を、キルトさんは、軽く叩《たた》いた。

「こうして、皆、無事だった。――それで良かろう？」

「――――。はい」

彼《かれ》は、唇を噛みしめ、深く頭を下げた。

隣のシャクラさんも、金髪《きんぱつ》を肩からこぼして、恋人《こいびと》と同じように頭を下げていた。

（さすが、キルトさん）

早朝の空の下、僕は清々《すがすが》しい気持ちで、そんな彼らの姿を眺《なが》めていた――。

◇◇◇◇◇◇◇

キルトさんとの話が終わって、クレイさんたちは、向こうへと戻ろうとした。

「あの、クレイさん？」

「ん？」

そんな彼を、僕は引き留めた。

「ちょっと聞きたいことがあるんだけど、いい？」

「聞きたいこと、かい？」

彼は、不思議そうに僕を見る。

突然《とつぜん》のことに、イルティミナさんたち３人は、ちょっと驚いた顔をしている。

本当に聞くか、少し迷った。

でも、僕は深呼吸してから、彼を真っ直ぐに見つめて、

「クレイさんは、イルティミナさんたち『魔血《まけつ》の民《たみ》』のこと、怖くないの？」

率直《そっちょく》な疑問を、彼にぶつけた。

口にしてはいけない質問かもしれない。

でも、彼は、キルトさんのことを最初から尊敬してるみたいだったし、今も、その態度は変わらなかった。

そして、この世界にあるだろう差別や迫害を、僕は、ちゃんと知りたかった。

される側ではなく、する側の『人間』たちの言葉も聞きたかったんだ。

僕の言葉に、イルティミナさんたち３人は、表情を強張《こわば》らせる。

クレイさんもシャクラさんも、驚いていた。

（ごめんなさい、酷いことを聞いて……）

心の中で謝《あやま》り、でも、僕は彼を見つめて、答えを待った。

その目を見つめ返して、クレイさんは、表情を改める。

そして、

「怖くないよ」

と言った。

シャクラさんも、隣で頷《うなず》く。

正直、嬉しかった。とても。

でも、

「どうして？」

僕は、彼の後ろを見た。

その先にある焚き火の近くには、今も、３人を怖がる人たちがいる。

別に『魔血の民』だから、怖がっているわけではないかもしれないけれど、それでも、僕は
そこに、その差別や迫害の『黒い影』を重ねて見ていた。

クレイさんは、僕の視線を追いかけ、ようやく納得《なっとく》した顔をする。

それから、頷いた。

「そうだね。そういう人たちも、確かにいる」

「うん」

「でも、世の中全てがそういう人じゃない。良き友人として、理解している人も大勢いる。ただ、そうじゃない人の方が、なぜか声が大きいんだ」

……それは、人を攻撃《こうげき》する行為《こうい》だから？

相手を傷つけようとするから、その力を強めようとして、それで大きな声になるのかな？

「でも、小さな声にも耳を傾《かたむ》ければ、きっと聞こえる」

「うん」

だから、クレイさんの声を聞きたい。

僕の視線に、彼は頷いて、

「そうだね、俺が怖くない理由は、やっぱり冒険者だからだろうね」

「冒険者が理由？」

「あぁ」

彼は、キルトさんたちを見る。

「彼女たちのように『魔血の民』は、俺たち『人間』と比べて、とても戦闘力《せんとうりょく》が高いんだ。戦士としても、魔法使《まほうつか》いとしても」

「うん」

「だからかな？　『魔血の民』は、よく冒険者になる。もちろん差別で、他の職になかなか就《つ》けないのも理由だろうけど。とにかく同じ冒険者をしていると、彼らとの接点も多くなるんだ」

一度、シャクラさんを見て、そして、僕に笑った。

「それに、俺たちの友人にも、『魔血の民』はいるんだよ」

「友だち?」

「あぁ、友だちだ」

すがるような僕の声に、彼は、はっきりと頷いた。

(あ……)

なんか、その一言だけで、心が救われた気がした。

見たら、イルティミナさんたちの表情も、さっきとは違《ちが》っている。

そこには、柔らかな光があった。

「そうなんだ? やっぱり強い?」

「あぁ、強いな」

「でも、きっとイルティミナさんの方が強いよ」

ちょっと負《ま》けず嫌《ぎら》いが出た。

でも、クレイさんは笑って、大きく頷いた。

「そうだな。彼女の方が強いかもしれない。でも、彼も努力家だ。いつか追いつくかもな?」

「……………」

「2人に負けないように、俺たちも精進《しょうじん》しないとな」

ひょっとしたら、差別や迫害の根には、嫉妬《しっと》もあるのかな?

『魔血の民』は、自分たちよりも優れた人たちだから、自信のない『人間』たちは、余計に反感を覚えるのかもしれない。だから、攻撃して自分より下にしておきたくて、そうやって自分を守って、心を安心させたいのかもしれない。

(そんな単純じゃないかもしれないけど……)

でも、悪魔《あくま》の血を引いているから、というのが理由なだけではない気がした。

僕は、クレイさんを見つめる。

彼のような存在がいるのは、とても救われる気分だった。

「クレイさんは、いい人だね」

「ん?」

「ありがと」

つい、お礼を言ってしまった。

彼はキョトンとしたけれど、すぐに笑った。

「お礼を言うのは、こちらだよ」

「え?」

「危《あや》うく、忘れるところだった。――シャクラ、あれを」

(?・?・?)

戸惑う僕に、彼は言う。

「マール君、これを君に受け取ってもらいたい」

クレイさんの言葉と共に、シャクラさんが僕の前に来て、その白い手に持った何かを差し出してくる。

それは、左腕《ひだりうで》用の『白銀《しろがね》の手甲《てっこう》』だった。

手の部分は、手袋《てぶくろ》になっていて、先端《せんたん》からは、指が出るようになっている。

手の甲から肘《ひじ》までが、白銀に輝く金属製の装甲《そうこう》に覆《おお》われていて、手首と肘付近のベルトで固定する構造だ。手首外側の関節部には、緑色の魔法石が埋《う》め込まれ、周辺の装甲には、不思議な文字と紋様《もんよう》が刻まれている。

「これは？」

僕は、『白銀の手甲』とクレイさんたちの顔を、交互《こうご》に見比べる。

イルティイミナさんたち３人も、興味深そうに、横から覗き込んでいた。

「右腕を治してくれたお礼だよ。君の持っていた『癒《いや》しの霊水《れいすい》』を、俺の治療《ちりょう》のために使わせてしまったと聞いた」

「え？　でも」

治したのは、ソルティスだ。

そう思って、彼女を見る。

でもソルティスは、小さな肩を竦《すく》めて、

「私、魔法使っただけだし、何も失ってないもの」

「…………」

「それに『癒しの霊水』がなかったら、後遺症もなく治せたかは、自信ないわ。そこは、アンタの手柄《てがら》」

クレイさんは、自分の右腕を左手で押《お》さえた。

その右手を見つめ、

「あの瞬間《しゅんかん》、俺は、これから片腕《かたうで》になると覚悟した。つまり、冒険者でいられなくなるということだ」

「…………」

「でも、こうして今、指まで動かせる。違和感《いわかん》もない」

彼は、僕を見た。

精悍《せいかん》な顔にある、その切れ長の瞳《ひとみ》には、深い感謝があった。

「ありがとう、マール君。君のおかげで、俺は、まだ冒険者でいられるんだ」

「……クレイさん」

『癒しの霊水』は、あれで空っぽになった。

でも、その代わり、僕の心は、温かい何かで満たされた気がした。

(本当に、僕は何もしてないけど……)

でも、その感謝の気持ちを、受け止めたいと思ってしまった。

シャクラさんが僕の前に、膝《ひざ》をつく。

その細い手で、僕の左腕に、その『白銀の手甲』をつけようとしてくれる。

その様子を見ながら、クレイさんが言う。

「元々、それは、彼女の使っていた装備なんだ」

「――――」
エ、エルフ装備!?
「今は、手持ちも少なくて、それしか渡《わた》せる物がないんだ。使い古しですまない」

「いえ、全然！　むしろ、これがいいです！」

全力で断言する。

クレイさんは、「そ、そうか？」と驚《おどろ》いたけど、すぐに安心したようだった。

シャクラさんに装備させてもらったそれを、僕はじっくりと眺め、そして朝日にかざすように持ち上げる。

（うわ、綺麗《きれい》……）

白銀の輝きは、キラキラと反射して、見つめる僕の瞳を照らしている。

「そなたら、本当に良いのか？」

「はい。サイズが合わなくなって、シャクラも使えなかったんです。マール君の腕にピッタリで、よかった」

キルトさんの問いに、彼は笑い、シャクラさんも頷く。

ソルティスが「ふぅん」と呟いた。

「でも、ここに刻まれてるのって、精霊《せいれい》の紋様でしょ？　もしかして、この装備、精霊魔法《せいれいまほう》が使えるの？」

「え？　精霊魔法？」

僕は、キョトンとする。

少女は、そんな僕に見せるように、自分の大杖《おおづえ》を突き出して、

「私が使うのは、タナトス魔法。精霊魔法っていうのは、エルフたちがよく使う、自然界の力を用いた特殊《とくしゅ》な魔法よ」

なんと、エルフ魔法⁉

感動する僕の前で、クレイさんは、魔法使いの少女に向かって、大きく頷いた。

「よく知っているね。これには、『大地の精霊』の加護が与《あた》えられている。精霊と交信できれば、マール君も、その力を使えるはずだよ」

「そ、そうなの？」

「難しいと思うけどね。精霊と交信なんて、私にも無理だもん」

いや、エルフの魔法だ。

「僕、がんばる！　──ありがとう、クレイさん、シャクラさん！」

僕は、感謝を込めて、２人と握手《あくしゅ》する。

それから天に向かって『白銀の手甲』を突き上げ、「やるぞー」と希望に燃えてみた。

そんな子供に、２人は微笑《ほほえ》ましそうに笑う。

ソルティスは『ま、お好きにどうぞ？』と肩を竦め、キルトさんは苦笑《くしょう》しながら、「すまんな」

と改めて２人に、まるで僕の保護者のようにお礼を言っていた。

そして、ふと見たら、イルティミナさんは、ちょっと焦《あせ》ったような顔で、なぜか自分の荷物や装備を漁《あさ》っている。

「……私も、何かマールにあげられる物は……」

……いや、イルティミナさんには、もう『マールの牙《きば》』を貸してもらっているからね？

――そうして、楽しかった早朝の一幕も終わる。

クレイさんたちは、仲間の元へと戻《もど》っていき、やがて全員の出発準備は整った。

「では、行くとするか」

「うん」

「はい」

「さっさと王都に行きましょ」

そうして、僕らは竜車《りゅうしゃ》に乗り込み、灰色竜は、僕らの乗る竜車を引いて、ゆっくりと動きだす。後方からは、もちろん、２台の馬車と竜車も続いている。

ゴトゴトと座席で揺《ゆ》られながら、窓の外を見る。

早朝の輝きが、僕らの進む旧街道《きゅうかいどう》を照らしている。

やがて街道《かいどう》で過ごす時間も、終わるだろう。

そして、王都ムーリアへ、僕らは、もうすぐ辿《たど》り着くはずだ――。

第十七章 到着、王都ムーリア！

それから、旧街道を抜《ぬ》けるのに、2日かかった。

レグント渓谷《けいこく》を迂回《うかい》するルートなので、本来のルートより、かなり遠回りになるんだ。

でも、野盗やオーガもいないし、出てきた魔物《まもの》は、クレイさんと仲間たちが追い払ってくれて、旅自体は順調だった。

そうそう、癒《いや》しの霊水《れいすい》はなくなったけれど、

（うん、今日も大丈夫だ）

身体が慣れたのか、僕も竜車《りゅうしゃ》で酔《よ》うことはなくなった。

3人とも、結構、心配してくれてたんで、本当によかった。

まぁ、僕が一番、安心してるけど。

そうして2日目の夕方には、レグント渓谷の対岸側にあった、本来の街道に戻ることができたんだ。

その夜に、元々宿泊《しゅくはく》を予定していた村に辿り着いて、1泊《ぱく》した。

最初に泊《と》まった村と同じような規模で、宿屋のベッドはやっぱり、

（もう少し、藁《わら》を敷《し》いて欲しいかなぁ？）

という硬《かた》さだったよ。

それと、僕ら4人と他《ほか》のお客さんの距離《きょり》感は、相変わらずだった。まぁ、ずっと竜車の中にいるから、接点自体がないんだけど……ちょっと残念。

3日目は、なだらかな丘陵《きゆうりよう》地帯を抜ける。

窓の外には、波打つ草原が、どこまでも続いている——まるで緑の海原《うなばら》みたいだ。

その海原に、街道の1本線が伸《の》びている。

僕らの乗る竜車は、そこをトコトコと進んでいる最中だった。

窓から吹《ふ》き込む風には、草木の匂いが強い。

それに目を細めていると、隣のイルティミナさんが教えてくれる。

「この草原の先に、王都ムーリアがあるんですよ」

「わ、そうなんだ?」

そんな近くまで、来てたんだ。

ちょっと、ドキドキしてきた。

(色々あって、長かったような、でも、あっという間だったような……)

時間の感覚って、本当に不思議だね?

そんなことを思いながら、僕の青い瞳は、広がる草原の景色を見つめていた。

◇◇◇◇◇◇◇

そこから、しばらく進むと、街道がもう1つ現れた。

（おや？）

それは『人』の字のように、僕らの街道と合流する。なんだろう、この道は？

「シュール方面からの道ですよ」

「シュール？」

「東にある港町です」

イルティミナさんの説明に、ソルティスが付け加える。

「王都にはさ、色んな方面から道が伸びてるの。今まで私たちの通ってきた道も、その1本だったってだけよ」

「あ、なるほど」

そういうことか。

王国の中心となる場所の規模を、僕は、まだはっきり理解してなかったらしい。

そして、その実感は、僕の目の前に、次々と現れ始める。

道の合流は、それから2度あった。

そうして今や、街道の広さは、3車線から6車線ぐらいになった。

（うわぁ、車の群れだ）

合流先の街道には、20台ぐらいの馬車や竜車が、列になっていた。全て、王都に向かう車両らしい。どうやら僕らの来た道は、支流であり、こっちの方が本流みたいだ。

僕らの竜車も、その流れに乗って進んでいく。

今までは、ずっと3台だけの道だったのに、今は、すれ違う車両も多い。

（音が、凄《すご》いな）

車輪の地面を回る音が、とても騒《さわ》がしい。土煙《つちけむり》も、かなり舞《ま》っている。

窓から、顔を出す。

草原の道の前後に、どこまでも車両が連なっていた。

と――僕の視界が、急にかげった。

最初は、太陽が雲に隠《かく》れたのかと思った。でも違う。

（うわ、翼竜《よくりゅう》だ⁉）

青い空には、巨大《きょだい》な翼《つばさ》を広げた竜が飛んでいた。

ひーふーみー……全部で、7頭もいる。

遠いのではっきりしないけど、体長は、1頭でも赤牙竜《せきがりゅう》ぐらいありそうだ。

キルトさんも、「ふむ」と窓の外を見上げて、

「あれは、王都のシュムリア竜騎隊《りゅうきたい》じゃな」

「竜騎隊⁉」

いわゆる、竜騎士《りゅうきし》の部隊かな⁉

うわ、格好《かっこ》いい！

確かに、巨大な竜の頭部には、騎士《きし》らしい姿の人が乗っている。

「おーい、おーい！」

見えるとは思えないけど、思わず、身を乗り出して、手を振ってしまった。

「フフッ、マールったら」

「男の子って、本当、空を飛ぶ竜が好きよね……」

美人姉妹の姉は優《やさ》しく笑い、妹は呆れたように僕を見る。

竜騎隊の翼竜たちは、あっという間に僕らを追い越《こ》し、草原の彼方《かなた》へと飛んでいく——その緑色の地平線に、白い輝《かがや》きが見えた。

（ん？　あれは……）

もしかして、城壁《じょうへき》だろうか？

メディスの聖シュユリアン教会の屋根のように、キラキラと光っている。

（でも、かなり広いぞ？）

地平線のほとんどに、その白い城壁は重なって見えていた。1、2キロでは済まない長さだ。

「見えてきたの」

「はい」

「ようやく帰ってきたかぁ」

3人の魔狩人《まりゅうど》は、久しぶりの我が家《わや》に着いたような顔をする。

やっぱりあれが、

(王都ムーリア!)

風に髪《かみ》を遊ばれながら、僕は、窓から身を乗り出したまま、しばらく、その輝きに魅入《みい》られていた。

◇◇◇◇◇◇

城壁が見えてから、実際に、そこに到着するまでは3時間もかかった。

(地平線まで進むって、大変だ……)

本当は、かなりの距離があるのに、見えているから、すぐそこにあると錯覚《さっかく》しちゃうんだ。

そして、城壁が近くなると、

「大渋滞《だいじゅうたい》だね……?」

「いつものことよ」

ソルティスが、うんざりしたように言う。

城壁から続く、馬車や竜車の車列は、何十台どころか、何百台にもなっていた。1分かけて

10メートル進むような、ノロノロである。

「なんなの、これ?」

「皆、王都ムーリアへの入街手続きを待っているんですよ」

「ま、名物じゃな」

イルティミナさんは苦笑し、キルトさんは言ったあとに欠伸《あくび》をする。

ええ……。

「どの位、待ちそう?」

「この車列の長さだと、2時間ぐらいでしょうか?」

「…………」

ちょっと遠い目になってしまう僕。

でも……まぁ、いいか。

(もうここまで来たし、王都は逃《に》げないんだから)

うん、気長に行こうよ?

自分に、そう言い聞かせ、『大丈夫、大丈夫』と思い込ませる。

退屈《たいくつ》しのぎに、僕は、改めて、王都ムーリアの城壁を見る。

高さは、50メートルぐらいはあるかな?

石か金属か、材質のわからないキラキラした素材でできている。でも、とても頑丈《がんじょう》そうだ。

そのキラキラした城壁は、左右にどこまでも続いている。

ち姉妹の存在に、気づいている人たちはいるけれど、声をかけてくる人は、1人もいない。

（……友だち、いないのかな？）

余計な心配をする僕である。

でも、2人とも、気にした様子もなかった。

（まぁ、もしかしたら、2人の知り合いは、他のクエストでいないだけかもしれないしね）

うんうん。

「？　どうかしましたか、マール？」

「ううん、なんでもない」

首を振って、

「大丈夫《だいじょうぶ》。僕がいるしね」

「？？？」

1人で納得《なっとく》する僕に、イルティミナさんは、美しい髪を揺らして、首をかしげるのだった。

◇◇◇◇◇◇◇

2階は、やっぱり食堂だった。

（いや……食堂というか、レストランだね？）

各テーブル席には、照明も飾られ、全面ガラス窓の壁《かべ》からは、夕日に照らされる湖が見えている。海のように広大な湖からは、絶え間ない波の音が、心地好《ここちよ》いリズムで聞こえてくる。

外に出る扉《とびら》もあって、テラス席も用意されていた。

うん、とってもお洒落《しゃれ》だ。

「せっかくですので、テラス席にしましょうか？」

「うん！」

「どこでもいいわよ、さっさと食べましょ」

笑い合う僕らを置いて、ソルティスは、1人で先に行ってしまう。

やれやれ、食《く》いしん坊《ぼう》少女は、相変わらずだ。

苦笑《くしょう》しながら、僕らは、テラス席に向かおうとした――その時、途中のテーブル席から、ちょうど食事が終わったらしい女の人が立ち上がる。

彼女は、レストランを出ようと、こちらを向いて、

「あれ？　イルナさん？」

と、驚《おどろ》いた顔をした。

（おや、知り合い？）

その女の人は、17、8歳《さい》ぐらいの若い獣人さんだった。

艶《つや》やかな赤毛をポニーテールにしていて、その頭部から、2つの獣耳が生えている。スカー

トの穴からは、髪と同じ色の尻尾がクルンと丸まり、それがパタパタと左右に振れている。

とてもキュートな美人さんだった。

でも、その格好は、冒険者のものではなくて、受付のお姉さんたちと同じ制服だった。

多分、ギルドの職員さんだ。

翡翠《ひすい》色の瞳《ひとみ》を丸くして、赤毛の獣人さんは、笑った。

「やっぱり、イルナさんだ！　よかった、帰ってたんですね⁉」

「クー」

イルティミナさんは、短く呟《つぶや》く。

（クー？）

キョトンとする僕に、赤毛の獣人さんは気づいた。

僕の前にしゃがんで、目線を合わせると、自分の顔を指差して、笑う。

「私は、クオリナ・ファッセ。だから、みんなが『クー』って呼ぶの」

「あ、初めまして。僕は、マールです」

ペコッ
頭を下げると、クオリナさんは「わぁ、可愛《かわい》い～！」と手を伸《の》ばして、僕の髪を撫でてきた。

わわっ？

「この子、どうしたんですか⁉　もしかして、イルナさんの弟？」

「違いますよ」

「ですよね。そんな話、聞いたことないし……じゃあ、まさかの恋人《こいびと》ですか⁉」

「………………」

からかうクオリナさん。

でも、イルティミナさんは黙《だま》り込み、その頬《ほお》がうっすら赤くなる。

クオリナさんは『あれ？』という顔になり、それから、驚いた顔になった。

「え⁉　え⁉　まさか、本当に⁉」

「………………」

「だって、こんなに若い……え⁉　イルナさんの好みって、そういう年下……いやいや、いいんだけど……ひぇぇ」

「……少し黙りなさい」

恐れおののくクオリナさんに、イルティミナさんは、低い声を出す。

そして、大きなため息をこぼして、

「マールは、私の恩人です」

「え？　恩人？」

「私たちのことはいいんです、クー。それより、食事休憩《きゅうけい》は終わったのでしょう？　ならば貴方《あなた》は、自分の仕事に戻《もど》りなさい」

「うっ」

たしなめられて、クオリナさんは「はぁい」と肩を落とした。

耳と尻尾も、垂れさがる。

でも彼女は、気を取り直したように顔を上げ、

（ちょっと可愛い）

「だけど、無事に帰ってきてくれて、よかったです！　キルトさんもいるのに、期日ギリギリになっても帰ってこないから、心配してたんですよ？」

「クエストは、予定通りに全《すべ》てがいくわけではありませんよ」

「あはは、そうですね」

クオリナさんは苦笑する。

「それじゃ、イルナさん、私、行きますね？　――マール君も、ギルドのことで何かあったら、私に声かけて。力になるからね」

「あ、はい。ありがとうございます」

「うん、それじゃあね！」

元気に手を振って、ポニーテールをなびかせながら、彼女は去っていった。

（ん……？）

その歩き方が、少しぎこちない。

気づいた僕に、イルティミナさんが教えてくれる。

「去年まで、彼女は冒険者でした」

え？

「ですが、クエスト中、龍魚《りゅうぎょ》という水の魔物《まもの》に、足を喰《く》い千切られたんです」

「…………」

「回復魔法で、足の再生はしたのですが、後遺症《こういしょう》が残りました。日常生活には、支障ありませんが、冒険者をやめざるを得ませんでした。それで今は、ギルド職員をやっています」

短い吐息《といき》をこぼして、

「私も一度だけ、パーティーを組んだことがあります。とても、素質のある娘《むすめ》でした。白印《はくいん》にまで辿《たど》り着いて、その先も狙《ねら》えると思いましたが」

「…………」

そんな辛《つら》い過去を感じさせない、明るい人だった。

（でも、あの笑顔《えがお》を取り戻すまで、どれだけかかったんだろう？）

それを思うと、心が痛い。

イルティミナさんは、きっと、クオリナさんのその時間も見てきたのかな？

「ごめんなさい、変な話をしてしまいましたね」

「ううん」

申し訳なさそうに笑うイルティミナさんに、僕は、首を振った。

ここには、たくさんの冒険者たちがいる。

そして、命を落とした人も、仲間を失った人も、大勢いるんだろう。

（やっぱり、冒険者って大変なんだ）

それを再認識《さいにんしき》する。

……あれ？

そして僕は、ふと思い出す。

「ソルティスは？」

「あら、そういえば……？」

ムシャムシャ　パクパク
「2人とも、遅いわ」

「…………」

「…………」

ようやく見つけた彼女は、すでに料理の注文を済ませて、テラス席で1人先に食事を始めていたのだった……。

◇◇◇◇◇◇◇

「ま、回復魔法も万能《ばんのう》じゃないから、仕方ないわね」

巨大《きょだい》なオムライスを食べる少女は、僕のしたクオリナさんの話を聞いて、そう言った。

「そうなの？」

「そりゃそうよ。回復魔法ってのは、投薬や手術と同じ、治療法《ちりょうほう》の1つにすぎないわ。限界もあるし、失敗もある。だから、後遺症が残ることだって、たくさんあるわ」

そっか。

僕は、ようやく考え違《かんが》いを理解する。

実は僕は、ファンタジー世界で一番凄《すご》いのは、回復魔法だと思っていた。

攻撃《こうげき》に関しては、前世の世界にだって、銃火器《じゅうかき》がある。赤牙竜だって、ミサイルでも撃《う》ち込めば、倒《たお》せそうな気がしてる。

だから、負けてないと思った。でも、回復魔法は別だ。

（だって、傷を一瞬《いっしゅん》で治したり、死者さえ生き返らせるんだよ？）

さすがにこれは、前世では有り得ない。

僕自身、体験したけど、これだけは、ファンタジー世界が優《すぐ》れていると思った。

でも、僕の転生した世界では、それが当たり前ではないらしい。

（僕は、運が良かったんだね？）

ゲームみたいに、敵の群れに突進《とっしん》して、ＨＰを減らしつつ倒して、あとは治してもらって『はい、元通り！』なんて戦法は、この世界じゃリスクが高くて、そうそう使えないみたいだ。

「なるほどね」

自分のオムライスを口に運びながら、僕は呟く。

この2人も、そんなリスクを負いながら、冒険者をしているんだ。

いや、2人だけじゃない。

視線を動かせば、建物内のレストランにも、食事中の冒険者がいる。他《ほか》の階にも、冒険者はたくさんいるはずだ。

(みんな凄いなぁ)

なんだか、頭が下がる思いだ。そして、ふと思った。

「そういえば、イルティミナさん？　このギルドって、何人ぐらい冒険者がいるの？」

突然《とつぜん》の質問に、彼女は驚き、それから食事の手を止めて、教えてくれる。

「そうですね。『月光の風』は、まだ新参の冒険者ギルドなので、登録者は100人前後だったと思います」

「新参なの？」

「はい。設立されたのは、15年前です。キルトは、創設時から登録されている、数少ないメンバーの1人ですね。――ちなみに、『黒鉄《くろてつ》の指《ゆび》』などの大規模なギルドになると、各都市に支部があり、登録冒険者数は4千人を超《こ》えますね」

お～、4千人か～。

じゃあ、クレイさんたちは、その中の5人なんだね。

ソルティスが、指の代わりに、チッチッとスプーンを左右に揺《ゆ》らす。

「数が多ければいいってもんじゃないわ。うちは、少数精鋭《せいえい》よ」

ふぅん。

聞き流す僕だったけれど、イルティィミナさんが付け加えた。

「そうですね。このギルドは、登録者の9割が『魔血の民《まけつのたみ》』ですので、質は高いですよ」

「9割⁉」

それは凄い。

「『月光の風』創設者であり、現ギルド長でもあるムンパ・ヴィーナは、迫害《はくがい》される『魔血の民』の居場所として、このギルドを造ったそうです。設立当初は、嫌《いや》がらせなどもあったそうですが、今では、その戦力の高さで評価され、王国からの依頼も来るようになりました」

「へ～？」

ムンパさん、偉《えら》いなぁ。

会ったこともないけれど、ちょっと尊敬だ。

（あれ？）

ふと気づいた。

「ちょっと待って。ギルドの9割ってことは、まさか獣人のクオリナさんも『魔血の民』なの？」

「はい」

「……『魔血の民』って、人間だけじゃないんだ？」

驚く僕に、ソルティスが「馬鹿《ばか》ね」と呆れたように笑った。

「人間、エルフ、獣人、ドワーフ……そういう種族を超《こ》えて、全てを含《ふく》めた『人』の中に、魔血を持った子たちはいるのよ」

「へ～、そうなんだ？」

「ま、人口１０００人に1人ぐらいが『魔血の民』よね」

妹の言葉を、姉が補足する。

「とはいえ、『魔血の民』は、人間や獣人が一番多いです。エルフやドワーフは、あまりいませんね」

「なるほど」

「特にエルフは、魔血の赤子が生まれると、すぐに殺してしまいますから」

………………。

エルフさん、残酷《ざんこく》だよぉ。……ちょっとショック。

「でも……『魔血の民』って、見た目で全然わかんないよね」

目の前の2人も、クオリアさんも、普通《ふつう》の人と違わない。

いや、みんな美人だ。

もしかして、それが違い⁉

「魔力《まりょく》を感じられる人なら、すぐにわかります。血の魔力が、10倍ぐらい違いますから」

「…………」

えっと？

「じゃあ、感じられない人には、わからない？」

「はい」

「魔力を感じられる人って、この世界に、そんなに大勢いるの？」

「いえ、むしろ少ないと思います」

え？

じゃあ、僕みたいに魔力を感じられない多くの人には、魔血のあるなしなんて関係ないじゃないか。

「残念ですが、魔力測定器を店先にぶら下げて、『魔血の民』を入店させない店などは、まだ王都にも多くあるのですよ」

「そこまでするの!?」

(どうして、そこまで……？)

唖然《あぜん》とする僕に、イルティミナさんは困ったように笑う。

「400年前の神魔《しんま》戦争で、悪魔《あくま》は、それだけの恐怖《きょうふ》を人類に与《あた》えたんです」

「…………」

「そして神々は、その悪魔と戦い、そんな人類を救った。だから信仰《しんこう》に厚い人ほど、神の敵である悪魔を……その罪深い血を流す私たち『魔血の民』を、敵視するんですよ」

僕は、正直に言った。

「その人たちは、馬鹿だ」

「……え？」

「悪魔の血なんて、ただの血だ。罪でもなんでもない。そして罪のない人を傷つける行為《こうい》を、神様は認めない。──むしろ、その人たちの方が、神様の敵だよ」

僕は、怒《おこ》っていた。

いや、『マールの肉体』の方が怒っていたのかもしれない。

──神の名を、悪行に利用するな、と。

2人の姉妹は、ポカンと僕を見ていた。

そして、笑った。

「ありがとう、マール」

「フフッ……たまには、いいこと言うじゃない？　ボロ雑巾《ぞうきん》のくせに」

2人とも嬉《うれ》しそうだった。

いや、よく見たら、近くのテーブル席にいた冒険者の人たちも笑っている。

僕の話が、聞こえちゃったらしい。

「よく言ったわ」

「わかってるじゃねえか、ボウズ」

「全く、その通りだ」

なんか、褒《ほ》められた。

中には、拍手《はくしゅ》をしてくれる人もいる。

（注目されたら、ちょっと恥《は》ずかしくなってきたぞ？）

赤面する僕とは逆に、イルティミナさんは、ちょっと誇らしげだった。

でも、ソルティスは、苦笑して、

「でもさ、アンタはそんな怒んなくてもいいのよ？」

「え？」

「だってマールは、私たちと違って、『魔血の民』じゃないんだからさ。余計な苦しみは、負わなくていいのよ」

………………。

それは、彼女《かのじょ》なりの気《き》遣《づか》いの言葉だった。

でも僕《ぼく》は、ちょっと傷ついた。

（なんだか、１人だけ仲間外れにされた気分だね……）

う～ん。

夕日を見ながら、僕は考える。

「あのさ……このギルドって、『魔血の民』じゃないと入れないのかな？」

「いえ、そんなことはありませんよ」

イルティミナさんが、不思議そうに否定した。

「登録されている冒険者の１割は、『魔血の民』ではありませんし、そんな条件もありません」

「そっか」

「あの、マール……まさか」

ちょっと不安そうに彼女が口を開いた時だった。

「おぉ、ここにいたか」

え？

不意の声に振り返ると、テラスへの出入り口に、銀髪の美女がいた。

「キルトさん」

「おかえりなさい、キルト」

「お疲れ～」

僕らは笑って、迎《むか》えようとした。

ようやく報告が終わって、キルトさんも、戻ってきたと思ったんだ。

でも、彼女はこちらに来ない。

（？　キルトさん？）

ちょっと申し訳なさそうな顔をして、その黄金の瞳で僕らを——いや、僕だけを見ている。

「食事中にすまんな。じゃが、マールには、これから少し、わらわに付き合ってもらいたい」

えっと……？

イルティミナさんとソルティスが、戸惑《とまど》う僕のことを見る。

そして、キルトさんは言った。

「我らが冒険者ギルド『月光の風』の長であるムンパ・ヴィーナが、マール、そなたに会いたいそうなのじゃ」

第十九章　白き獣人ムンパ・ヴィーナ

姉妹と別れた僕は、キルトさんに案内されて、螺旋階段を登っていく。

3階の宿泊施設《しゅくはくしせつ》、4階のギルド職員の区画を通り過ぎて、やがて辿《たど》り着いたのは、ギルドの最上階である5階だった。

（わ～、立派な扉だね？）

扉の前には、制服姿のお姉さんが座っている。

まるで社長室だ。

彼女は立ち上がって、深々と頭を下げてくる。

「お待ちしておりました、キルト様、マール様」

「うむ」

（……マ、マール様？）

ただの形式だとは思うけど、こそばゆい。

キルトさんは、頭を下げるお姉さんに頷《うなず》いて、そして、止まっている僕の背中を軽く叩《たた》いた。

「さ、行くぞ、マール」

「あ、うん」

お姉さんの開けてくれた扉を、僕らは潜った。

◇◇◇◇◇◇◇

（お〜、なんだこの部屋？）

驚いた。

その空間には、植物や花があり、小さな川もあった。

——まるで自然豊かな庭だ。

その中を、人工的な通路が伸びていて、川をまたぐ橋の先に、円形の白い床がある。そこに、執務机《しつむづくえ》と来客用のソファーがあった。

その執務机に、１人の女性が座っている。

「連れてきたぞ、ムンパ」

橋を渡《わた》りながら、キルトさんが声をかけた。

女性は顔を上げる。

「あら、キルトちゃん、ありがとう」

ゆったりした、柔《やわ》らかな声。

その女性は、キルトさんと同じ20～30代ぐらいの外見だった。

足元まで届く、真っ白な雪のような色の髪《かみ》は、緩《ゆる》くウェーブがかかっており、その髪の中から、真っ白な獣耳が垂れていた。立ち上がったドレスのような衣装のお尻《しり》からも、フサフサした白い尻尾《しっぽ》が長く生えている。

うん、とっても美人な、獣人のお姉さんだ。

（さ、触《さわ》りたいな～）

白い耳や尻尾に、ちょっとウズウズしてしまう。

彼女は、紅《あか》い瞳を細めて、キルトさんの隣の僕を見つめた。

「まぁまぁ、貴方がマール君ね？」

「あ、はい」

「フフッ、はじめまして。私は、このギルドの長、ムンパ・ヴィーナです。よろしくね？」

差し出された手は、人間だった。

でも、手首までは、白い毛で包まれていた。

僕は、その手を握《にぎ》る。

とても温かくて、しっとりした手だ。

ムンパさんは、優《やさ》しく微笑《ほほえ》んだ。

「急に呼びつけたりして、ごめんなさいね。——さぁ、2人とも座って」

促《うなが》されて、僕とキルトさんは、来客用のソファーに座る。

ムンパさんは、小さなガラステーブルを挟《はさ》んで、対面のソファーに座った。

扉の前にいたギルド職員のお姉さんが、飲み物の入ったグラスを持ってきてくれて、そのまま音もなく立ち去る。

（ん、アップルティーかな？）

冷たくて、甘くて美味《おい》しかった。

そんなジュースを飲む僕に、ムンパさんは笑っている。

キルトさんが、ギルド長へと声をかけた。

「ムンパ。マールも、長旅の直後で、疲《つか》れもある。なるべく、手短に頼むぞ？」

「あら？」

ムンパさんは、驚いた顔をした。

「キルトちゃんが、そんな優しいこと言うなんて、珍《めずら》しい。そんなにマール君こと、気に入ってるの？」

「む……？」

キルトさん、ちょっと言葉に詰《つ》まった。

「フフッ……今のキルトちゃん、なんだか、マール君のお母さんみたいだったわ」

「……せめて、姉と言え」

不服そうなキルトさん。

ムンパさんは、可笑《おか》しそうにクスクスと笑っている。

（あのキルトさんが、からかわれている……）

珍しい光景だ。

そしてムンパさんは、笑いながら、改めて僕を見た。

「さて。まずはマール君、貴方にお礼を言わせてね」

「え？」

「話は全て、キルトちゃんから聞きました。うちのイルティミナちゃんの失われた命を助けてくれたこと、そのために『命の輝石《いのちきせき》』を使ってくれたこと、ギルドの長として、とても感謝しています。本当にありがとう」

雪色の豊かな髪をこぼして、ゆっくり、深く頭を下げた。

僕は驚き、否定した。

「いいえ、僕はそれ以上に、イルティミナさんに助けられてきました。だから、お礼なんていらないです」

「あらあら？」

「それに、キルトさんやソルティスがいたから、こうして僕は生きてます。僕の方が、ずっと彼女たちに助けられてて、むしろ、どうやってお礼したらいいか、わからないぐらいで」

本当、どうしたらいいんだろう？

悩《なや》む僕に、ムンパさんは目を丸くする。

「まぁまぁ、こういう子なのね？　なるほど、キルトちゃんの気持ち、ちょっとわかったわ」

「うむ。そうであろ?」

はい?

「フフッ、いい子すぎるのよ、君。もっと悪い子にならないと、周りが苦労しちゃうわ」

「はぁ」

「でも、だからこそ、イルティミナちゃんは助かったのよね」

頬に手を当て、ため息をつくムンパさん。

キルトさんは苦笑して、

「ムンパ、マールの性格については、あとにしておけ。まずは本題に入れ」

「あら、そうね」

ムンパさんは、ハッとすると、姿勢を正して僕を見た。

「マール君?」

「はい」

「話によると、マール君は今、未使用の『命の輝石』を持っているのよね? それを私に見せてもらえないかしら?」

「あ、はい。いいですよ」

頷いて、僕は服の下から、青い魔法石《まほう》のペンダントを引きずり出す。

青い輝《かがや》きが、見つめるムンパさんの美貌《びぼう》を照らす。

彼女の白い手が向けられると、魔法石はフォンフォンと光を強くした。

「なるほど。本物だわ」

「であろ?」

キルトさんは苦笑する。

ムンパさんは、しばらく『命の輝石』を見つめ、それから、真面目《まじめ》な顔になって、僕を見た。

「マール君。この『命の輝石』、もしよかったら、私たちに譲《ゆず》ってもらえないかしら?」

「え?」

「実はね、冒険者《ぼうけんしゃ》ギルドは、王国との間にいくつか約束があるの。その1つに、遺跡《いせき》などで冒険者が発見した『命の輝石』は、必ず、シュムリア王家に譲渡《じょうと》するという項目《こうもく》もあるのよ」

へ～、そうなんだ?

「もちろん、マール君は冒険者じゃないから関係ないわ。でも正直、これを個人で所有するのも、お薦《すす》めできないの」

「………」

あぁ、なるほど。

(もし僕が『命の輝石』を持ってるって知ったら、悪い人は、きっと盗《ぬす》みに来るよね?)

この世界には、野盗だっているんだ。

盗まれるだけならいいけど、もしかしたら、犯人に口封《くちふう》じで殺される可能性もある。

(イルティミナさんたちはいい人だったから、よかったけど)

これから出会う人もそうとは、限らないんだ。

僕は、頷いた。

「わかりました。これ、ムンパさんにあげます」

「…………」

彼女の手のひらに、青い魔法石のペンダントを落とした。

ムンパさんは、自分の手と僕の顔を、交互《こうご》に見る。

そして、ため息をこぼした。

「キルトちゃん……」

「これがマールじゃ。頭が痛かろう？」

キルトさんの手は、僕の首根っこを押《お》さえている。

「あのね、マール君？　まだ対価の話もしてないのに、相手に品物を渡したら駄目《だめ》なのよ？」

「？？？」

対価って、

「そんなの別に、いらな――」

「マール」

イタタッ！

キルトさんの指が、万力みたいに首の後ろを挟む。

ムンパさんは、苦笑する。

そして、とても誠実な声で言った。

「私たちのギルドにできることなら、なんでもするわ。生涯《しょうがい》、依頼《いらい》を無料で受けてもいいし、毎年、10万リドまでなら支払《しはら》いも続けられるわ」

「と、言われても……」

「なんでもいいのよ？　キルトちゃんに、肩揉《かたも》みさせるとか、パシリにするとか、彼女が良ければエッチな命令も……」

ちょっとちょっと？

キルトさんが「ムンパ？」と怖《こわ》い笑顔を向けている。

（……でも、急に言われてもなぁ？）

僕は、ちょっと悩んだ。

あ、そうだ。

「じゃあ、タナトスの魔法文字のことを教えてください」

「タナトスの魔法文字？」

ムンパさんは、驚いた顔だ。

僕は、大きく頷く。

「文字の意味とか、読み方とか。もともと、僕はそのために王都に来たんです」

「そう……わかったわ」

了承《りょうしょう》したムンパさんは、キルトさんを見て、

「それは、キルトちゃんの仲間のソルティスちゃんに、お願いしましょう」

「ソルにか？」

「ええ。ギルドには専門の『魔学者《まがくしゃ》』たちもいるけれど、ソルティスちゃんも、同じぐらい詳《くわ》しかったでしょ？　だったら、知らないおじさんたちに教わるよりも、知ってる女の子に教わる方が、マール君もいいんじゃないかしら？」

……うん。

確かに、知らない大人相手だと緊張《きんちょう》するし、ソルティスの方がいいかも。

僕の表情に、キルトさんも頷いた。

「わかった。そうしよう」

「ええ。――じゃあ、マール君？　他には？」

え？

他に？

「まだ、対価には全然足りないもの。なんでもいいのよ？」

「…………」

うーん。

それじゃあ、

「アルドリア大森林・深層部にある石の台座を、調べてもらってもいいですか？」

「石の台座？」

「はい。できれば、その台座に彫《ほ》られた魔《ま》法陣《ほうじん》の意味や、近くにある塔《とう》のこと、その中にある女神像《めがみぞう》が、どんな神様なのかも知りたいです」

ムンパさんは、頷いた。

「キルトちゃんの報告にあった、古代タナトス魔法王朝時代の遺跡ね？　わかったわ、すぐに手配します」

「わらわも、イルナから聞いただけじゃがの。――そういえば、それらの遺物を描《えが》いた、マールの絵があったの。資料として渡そう。あとは、地図も描いておったな？　それも現地調査に向かうために、使えるはずじゃ」

キルトさんの言葉に、ムンパさんは驚いたように僕を見る。

「まぁまぁ？　マール君って、優秀《ゆうしゅう》なのね？」

あはは～、ただの偶然《ぐうぜん》です。

「わかりました。それらで判明したことは、すぐマール君に報告するわね」

「お願いします」

僕は、頭を下げる。

でも、『やった！』と思った。

全部1人で調べるつもりだったけど、実は、ちょっと不安だったんだ。だけど、プロにやってもらえるなら確実だし、ずっと早い時間でわかりそうだ。

（よかった、思い切ってお願いして）

安心する僕だったけれど、

「じゃあ、マール君、他には？」

「…………」

ムンパさんは、期待するようにこちらを見ている。

尻尾もパタパタと、左右に揺れている。

ま、まだ？

（でも、他って言われても……）

何かあるかな？

視線をさまよわせると、ふと自分の左腕《ひだりうで》に気づいた。

（あ、そうだ！）

「じゃあ、精霊《せいれい》との交信方法も知りたいです！」

「精霊との交信方法？」

「はい」

僕は頷いて、左腕に装備されている『白銀《しろがね》の手甲《てっこう》』をムンパさんに見せた。

「あら？　いい装備ね」

「はい。精霊と交信できれば、これで大地の精霊魔《せいれいま》法《ほう》が使えるらしいんです」

「なるほどね」

頷いて、けど、彼女は困った顔をした。

「そうね。でも、そのお願いを叶《かな》えるのは、ちょっと難しいかもしれないわ」

「え？」

「ん～、例えばだけど、マール君？　意識せず、まぶたを閉じてる人に、『物を見たいから、目の開け方を教えて？』って言われたら、どうする？」

「…………」

「まぶたの開き方って、どうやって伝えればいいのかしら？」

た、確かに……。

（つまりこれは、自分で気づかないと駄目なのかな？）

ションボリする僕に、ムンパさんは申し訳なさそうに、

「ごめんなさいね？　一応、精霊魔法の得意なエルフの知り合いに、紹介状《しょうかいじょう》を書いておくからね」

「お、お願いします……」

こっちも申し訳なくなりながら、頭を下げた。

そして、ムンパさんは挽回《ばんかい》しようと意気込んで、

「じゃあ、マール君、他に――」

「もうないです」

僕は、きっぱりと言った。

ムンパさんは「え～？」と不満そうだ。

（でも、ないったらない）

というか、これ以上、対価を要求するのは、さすがに何か間違《まちが》っている気がした。

キルトさんが苦笑《くしょう》しながら、更《さら》に言い募《つの》ろうとするムンパさんへと、片手を向ける。

「ムンパ、それぐらいにしておけ」

「キルトちゃん？　でも……」

「わかっておる。わらわも、これでは『命の輝石』２つ分の対価には、まるで足りぬと思っておる。しかしの――」

キルトさんの手が、ポンポンと、僕の頭を軽く叩く。

「欲のない者に、無理に欲を求めるのは、少し酷《こく》であろう？」

「……そうね」

白い獣耳を揺らして、ムンパさんはうなだれた。

「マールも、また何か求めることがあったなら、改めて頼《たの》むが良い」

「うん」

僕は、頷く。

そして、ムンパさんと目が合った。

「ごめんなさいね、マール君。でも、何かあったら、遠慮《えんりょ》なく言ってね？」

「はい。ありがとう、ムンパさん」

僕は笑った。

そして、ハッと気づいた。

「あ、あの、ムンパさん？　最後に1つだけ、お願いしてもいいですか？」

「あら？　フフッ、もちろんよ」

驚《おどろ》き、笑ってくれるムンパさん。

僕は言った。

「じゃあ、ムンパさんのフワフワした耳と尻尾を、触らせてください！」

「…………」

彼女の紅い瞳《ひとみ》が丸くなる。

そして、キルトさんは大笑いし、ムンパさんは恥ずかしそうに苦笑して、でも、「約束だものね」と頷いてくれたのだった。

――うん、最高の感触《かんしょく》でした。

◇◇◇◇◇◇

おかわりのアップルティーを頂いて、そろそろ退室するかな？　と思った時だった。

「そういえばね、キルトちゃん？」

「ん？」

キルトさんは、グラスを口から離《はな》す。

ムンパさんは、少し神妙《しんみよう》な顔をしていた。

「報告にあったオーガだけど、実は似たような事件が、他にもあったの」

「何？」

「最初は、３ヶ月前ね。人が魔熊《マグマ》になるのを、猟師《りようし》が目撃《もくげき》したの。次は、先月。教会のシスターが白牙狼《はくがろう》になって、信者たちを殺したって。どっちも、うちの魔狩人《まりゆうど》が討伐《とうばつ》してる。キルトちゃんの報告は、３件目」

ええ、３件も⁉

キルトさんも「ほう？」と、驚いた様子である。

ムンパさんは、垂れた獣耳を揺らしながら、ため息をこぼした。

「昨日までは、何かの間違いかもって思ってたんだけど、キルトちゃんも見たなら確定よね」

「うむ」

僕は、聞いた。

「あの、奇妙《きみよう》な子供についても、報告はあります？」

ムンパさんは、頷いた。

「あるわ。１件目は、数日前に、森の中を歩いている子供が目撃されてる。２件目も、前日に、シスターが孤児《こじ》を拾ってるわ。でも事件後に、その孤児だけ姿が消えてる」

「…………」

「わかっているのは、黒髪《くろかみ》、褐色《かっしょく》の肌《はだ》、10～12歳《さい》ぐらいの男の子。これだけね」

特徴的《とくちょうてき》に、僕が旧街道《きゅうかいどう》で見た子と一緒《いっしょ》だ。

（……間違いないね？）

やっぱり、その子が、人を魔物《まもの》に変えてるんだ。

でも、教会のシスターまで魔物になるなんて、

（――その子は、女神《めがみ》シュリアンの加護も破ったんだ？）

そんな風に思った。

いや、思ったのは、『マールの肉体』かもしれない。

キルトさんは、自分たちの長を見る。

「どうする、ムンパ？」

「とりあえず、王国と他の冒険者ギルドに、もう一度、報告するわ。今度は、キルトちゃんの名前も付くから、信用も違《ちが》うもの。もちろん、『月光《げっこう》の風《かぜ》』でも、人を集めて調査します」

ムンパさんは、厳しい顔でそう言った。

それから、顔を上げ、

「それと、キルトちゃんにもう1つ、お話が」

「なんじゃ？」

「まだ非公式なんだけどね」

そう前置きして、

「来月、シュムリア国王の生誕50周年式典があるでしょう？」

「うむ、あるの」

「そこで、発表される予定なんだけど、10年ぶりに『暗黒大陸への開拓団《かいたくだん》』が送られることになったの」

暗黒大陸⁉

（それって、ソルティスが話してくれた40年間未開の大陸だよね？）

しかも、それまでの開拓団は、毎回、全滅《ぜんめつ》してる。

「キルトちゃんにも参加するよう、打診《だしん》が来てるわ」

「ほう？」

「嫌なら、断って。無理強《むりじ》いはしないし、絶対にさせないわ」

ムンパさんは、ギルド長の顔で言う。

王国の命令に逆らうって、大変なことのはずだ。それなのに、こう言い切るムンパさんは、本当にいい人だ。

キルトさんは、難しい顔だった。

腕組《うでぐ》みして考えている。

「開拓団の出航は、1年後の予定だから、返事は急がなくていいわ」

「そうか」

ちょっと安心した顔になる。

少し気になって、僕は、聞いてみた。

「キルトさんぐらい強くても、やっぱり行くのは嫌《いや》なの？」

「ふむ。過去の開拓団にも、『金印《きんいん》の冒険者』たちは何名かいたが、生きて帰った者は１人もいないからの」

「…………」

暗黒大陸って、そんな恐《おそ》ろしい場所なのか。

「いや、死ぬのは構わぬ」

「え？」

「じゃが、イルナやソル、それにマールを残して死ぬのが嫌での。そなたらの将来に安心したら、行っても構わぬよ」
キ、キルトさん……。
強く優しい彼女は、僕の頭をポンポンと叩いた。

「そなたには期待しておるぞ。それに、あの姉妹には、マールが必要だと思うからの」

「あらあら？」

ムンパさんは、キルトさんの評価に、驚いたように僕を見る。

僕は、困ったように笑った。

パンッ
キルトさんは、区切りをつけるように膝《ひざ》を叩く。

「さて、話はこれで終わりかの？　ならば、わらわたちは、そろそろ暇《いとま》を乞《こ》うとしよう」

「あらあら、そうね。もうこんな時間？　ちょっと長話になっちゃったわ」

「いつものことじゃ。じゃから、前もって、言ったのじゃがの」

口元を押さえるムンパさんに、苦笑するキルトさん。

僕は、慌《あわ》てて、残ったアップルティーを飲み干した。

「ご馳走様《ちそうさま》でした」

プハッ
その姿に、２人の美女は笑い、そしてキルトさんは、僕を促して、ソファーから立ち上がる。

「今日は、来てくれてありがとう、マール君。また、いつでも遊びに来てね？」

「はい」

「キルトちゃんも、またね」

「うむ」

ムンパさんは、その大きな白い尻尾を揺《ゆ》らしながら、僕らを見送る。

出口への通路を歩きながら、僕は、ふと思った。

隣《となり》のキルトさんに、聞いてみる。

「そういえば、開拓団に入る条件って、何かあるの？」

「ふむ？　前回は、『白印《はくいん》』以上の冒険者という話であったな」

「そっか」

1年で白印か。

そうすれば、『神魔《しんま》戦争で生き残った悪魔』がいるかもしれない、暗黒大陸に行けるんだ。

考え込む僕に、キルトさんは、嫌そうな顔をした。

「そなた、良からぬことを考えておるまいな?」

「ん、なんのこと?」

僕は、とぼける。

銀色の髪をかき上げて、キルトさんは、盛大なため息をこぼした。

「そなたは本当に、わらわの頭を痛ませる子じゃの、マール?」

第二十章 解散、そして

ギルド長の部屋から、２階に戻《もど》ると、外はもう真っ暗だった。

紅の月の位置から、多分、19時ぐらいかな？

ムンパさんと１時間近く、話していた計算になる。

「遅《おそ》くなってしまったの」

「うん」

イルティミナさん、ちょっと待たせちゃったな。

申し訳ない気持ちを抱《かか》えながら、僕は、キルトさんより先にレストランへと入っていく。

（まだ、テラス席にいるかな？）

ガラス扉《とびら》を開けて、テラスに出る。

そこに、彼女たちはいた。

僕がいなくなった時と同じ席に、あの美しい姉妹は座《すわ》っていた。

でも、僕が座っていた席には、知らない男の人が座っている。

（…………。誰《だれ》？）

思わず、立ち止まってしまった。

まだ若い、15、16歳ぐらいの少年だ。

青い髪に、茶色の瞳をして、顔立ちも整っている。

年齢《ねんれい》の割に、背も高い。

動き易《やす》そうな金属鎧《よろい》に、背中に長剣《ちょうけん》を装備しているので、冒険者だと思う。

……2人の知り合いかな?

その少年は、彼女たちと親しそうに話している。

「イルナさんも今日、帰ってきてたんですね。俺《おれ》たちも、さっき王都に着いたんですよ」

「偶然ですね、アスベル」

「アスベルたち、何の依頼だったの?」

「ガザン遺跡の探索《たんさく》だよ。——だけど今回は、ガーゴイルが多くて大変でした。俺、30体は壊《こわ》しましたよ?」

「そんなにですか?」

「うへ〜、そりゃ大変そう」

……なんか会話も弾《はず》んで、楽しそうだ。

(どうしよう?)

ちょっと声をかけ辛《づら》い。

「どうした、マール? 早《はよ》う行け」

「わ?」

テラスの出入り口で止まった僕《ぼく》の背中を、キルトさんがポンッと押す。

つんのめった僕に、３人は気づいた。

「マール！」

イルティミナさんは、パッと花が咲《さ》くように表情を輝かせ、椅子《いす》から立ち上がる。

アスベルさんは、「え？」と驚いたように、走りだした彼女《かのじょ》を見る。

ソルティスが頬杖《ほおづえ》をつきながら、僕らに笑う。

「遅かったじゃない。おかえり、キルト、マール」

「うむ」

「た、ただいま」

答える僕の前に、イルティミナさんは膝をつき、その綺麗《きれい》な白い手で頬《ほお》に触《ふ》れてくる。

「おかえりなさい、マール」

「……うん。ただいま、イルティミナさん」

その手の温《ぬく》もりで、強張《こわば》っていた心が緩んでいく。

（イルティミナさんの手って、あったかいな……）

なんだか安心してしまう。

僕は、目を閉じて、大きく息を吐《は》いた。

でも、それを見たイルティミナさんは、ちょっと勘違《かんちが》いをしたようだ。

「どうしました、マール？　もしかして、ムンパ様に、何か言われたのですか？」

「あ、ううん」

僕は、慌てて首を振《ふ》った。

「大丈夫《だいじょうぶ》。ちょっとお話しただけ。優しい人だったよ」

「そうですか」

イルティミナさんは、安心したように頷《うなず》いた。

それから、労《いた》わるように僕の髪を、優しく撫《な》でてくれる。

えへへ、ちょっと気持ちいい。

そんな僕らに、キルトさんとソルティスは、苦笑している。

そして、アスベルさんが、少し慌てたように質問してきた。

「イ、イルナさん？　その子供はなんですか？」

「マールです」

「……マール？」

彼《かれ》は、怪訝《けげん》そうに僕を見る。

僕も、彼を見る。

目が合った。

（…………）

互《たが》いの目の奥《おく》に、共通の感情を見つけた。

——あぁ、この人も、イルティミナさんのことが好きなんだね？

そうわかった。

きっと彼も、僕の感情に気づいたと思う。

あんまりな説明だったので、キルトさんが、苦笑しながら補足する。

「このマールは、今回のクエストで、イルナの命を救った恩人での」

「……イルナさんの命を？」

「うむ。しかし、身寄りがないゆえ、こうして連れてきたのじゃ」

「そうでしたか」

彼は、頷いた。

「なら、俺の知り合いの孤児院《こじいん》に連絡《れんらく》しますよ。すぐに引き取ってもらえると思います」

「いえ、結構です」

イルティミナさん、僕を抱《だ》きしめながら、速攻《そっこう》で断った。

（ぐえ……っ）

ち、ちょっと苦しい。

アスベルさんは、驚いた顔だ。

姉の姿に、妹のソルティスが肩《かた》を竦《すく》める。

「なんかさ〜。イルナ姉ったら、このマールのこと、お気に入りなのよ」

「お気に入り……」

彼は呟《つぶや》き、うつむく。

それから顔を上げ、僕を見る目には、強い敵意の光が灯《とも》っていた。

「――でも、コイツ、『血《ち》なし者《もの》』ですよね？」

空気がキンッと凍《こお》った。

（……血なし者？）

もしかして、『魔血《まけつ》の民《たみ》』じゃない……ってことかな？

彼の声には、刺《さ》すような嫌悪《けんお》がある。

イルティミナさんが、僕を守るように抱いたまま、静かな怒《いか》りを込めて、口を開いた。

「それが何か？」

「……あ」

アスベルさんは、ハッとする。

キルトさんが苦笑し、理解ある瞳で彼を見た。

「マールは、マールじゃ。それ以上でも、以下でもない。同じように差別を受けてきた『魔血の民』ならば、そなたもわかるであろ、アスベル？」

「…………」

彼は、悔《くや》しそうに唇《くちびる》を噛《か》みしめる。

やがて、大きく息を吐いた。

「すみません……少し、頭を冷やしてきます」

そう言って、その場を去ろうとする。

「ふむ?」

「他《ほか》にも考えてることは幾つかあるんだ。報告を待ちながら、まずはそれをがんばってみるよ」

「そうか」

キルトさんは、大きく頷いた。

「ならば、しばらくギルドの宿に泊《と》まれるよう、ムンパに頼んでおこう」

「本当?」

それは助かる。実は、久しぶりの葉っぱ布団《ぶとん》も考えてたんだ。

でも、イルティミナさんが首を振った。

「いえ、その必要はありません」

「え?」

「マール、私は約束したでしょう? 貴方《あなた》を決して1人にはしないと」

それは、熱い視線だった。

僕とキルトさんは驚き、ソルティスは、数秒の間を置いて青ざめる。

「ちょ……イルナ姉、まさか?」

妹を無視して、イルティミナさんの白い両手は、僕の両手を包み込むようにしっかりと握《にぎ》る。

その美貌《びぼう》を近づけて、

「これからマールには、私の自宅で、一緒に暮らしてもらいます」

そうきっぱりと宣言したんだ。

特別書きおろしショートストーリー

ソルティスの診察

「ほら、マール。……さっさと服、脱《ぬ》ぎなさいよ」

「う、うん」

私の言葉に、目の前にいる男の子は、少し恥《は》ずかしそうに旅服を脱ぎ始めた。

茶色い髪《かみ》が、柔《やわ》らかく揺れる。

羞恥心《しゅうちしん》があるからか、青く澄《す》んだ瞳は、伏《ふ》し目《め》がちになっている。

……恥ずかしがられると、こっちまで恥ずかしくなるんだけど、この馬鹿《ばか》マールっ。

私は、心の中で悪態をついた。


私の名前は、ソルティス・ウォン。

シュムリア王国の王都ムーリアを拠点《きょてん》に、姉と共に活動している白印《はくいん》の冒険者《ぼうけんしゃ》だ。

そして、

「んしょ……っと」

パサッ　パサリッ

今、私の目の前でモタモタと服を脱いでいる男の子——コイツの名前は、マール。

正体は、よくわからない。

アルドリア大森林・深層部で、私の姉イルティミナ・ウォンが出会い、そして、その命を助けられたという正体不明の子供なのだ。

（でも……まぁ、悪い奴《やつ》じゃなさそうなのよね）

と、私は思う。

イルナ姉も気を許しているし、私たちのパーティーリーダーのキルトも害はないと認めているみたいだった。

ジッと見ていると、「ん？」とマールが私の視線に気づいた。

ドキッ
こちらを警戒《けいかい》もしていない無防備な表情——その無垢《むく》な青い瞳と目が合ってしまって、なぜか私は慌《あわ》ててしまった。

「ほ、ほら！　早く背中を見せて！」

「あ、うん」

彼は素直《すなお》に頷《うなず》き、こちらに背中を見せてくる。

ここは、レグント渓谷《けいこく》にある宿屋の一室だ。

色々あった旧街道《きゅうかいどう》を抜けたあと、ようやく辿り着いた村の宿屋で、今、この部屋にいるのは私たち2人だけだった。

「そうですか、よかった」

私の答えに、イルナ姉は心底ホッとしたように吐息《といき》をこぼした。

それから、

「では、このあとは、またアルバック共通語の勉強会ですね。さぁ、行きましょう、マール」

とマールを誘う。

どうやら待ちきれずに、マールを迎《むか》えに来たみたいね。

私は、2人に見えないよう、小さく嘆息《たんそく》をこぼした。

ところが、

「ごめんね、イルティミナさん。もう少ししたら行くから、ちょっと待っててね」

マールは、申し訳なさそうに笑って、そう言ったのだ。

(え?)

「わかりました。……なるべく早く来てくださいね」

イルナ姉は驚き、それから残念そうに頷くと、少し名残惜《なごりお》しそうな様子は見せたものの、そのまま部屋を出ていってしまった。

マールは閉じられた扉を見つめている。

私は、そんなマールの横顔を見つめてしまった。

「何で、この部屋に残ってんの?」

「え?」

マールは驚いた顔をする。

「だって、まだソルティスと全然、話せてないじゃないか」

（はぁ？）

「アルドリア大森林・深層部のこととか、僕が暮らしていた塔《とう》のこととか、聞きたいこと色々あるんでしょ？　ほら、何でも話すよ」

そう言って、マールは屈託《くったく》なく笑う。

…………。

（なんて律儀《りちぎ》なのかしら？）

確かにそういう話を聞きたいって話していたけれど、せっかくイルナ姉が誘ってくれてるのに、別に今じゃなくてもいいじゃないか、と私は呆れてしまった。

でも、まぁ、

（それがマールなのよね）

私は苦笑《くしょう》する。

彼のおでこを、ピンッと指で軽く弾《はじ》いた。

「アンタって、本当に馬鹿ね」

私の行動と言葉に、マールは驚いた顔で弾かれた額を押《お》さえている。

その顔がおかしくて、私は吹《ふ》き出し、思わず声をあげて笑ってしまったのだった――。

あとがき

皆さん、お久しぶりです！　また初めましての方は、初めまして！

「第1回ノベルアップ＋小説大賞」受賞作『少年マールの転生冒険記　～優しいお姉さん冒険者が、僕を守ってくれます！～』の作者、月ノ宮マクラです。

この度は、皆さんのおかげで2巻を発売でき、再びマールたちの物語をお見せする事ができました。皆さん、ありがとうございます！

今回のイラストも、まっちょこ様に描いて頂けました。素敵なイラストばかりで作者としても幸せです。まっちょこ様、担当編集様、ホビージャパン様、また2巻の発売に関わって下さった全ての皆様に厚く御礼申し上げます。本当にありがとうございました。

本巻にて、マールはようやく王都に辿り着きました。

しかし彼の冒険は、ここからが本番です。小説投稿サイトの『ノベルアップ＋』様、『小説家になろう』様では、すでに200万文字を越える物語となっております。そのますます広っていく物語の世界を、もしよかったら、どうかこれからも見守ってやって下さいね。

改めまして、今回もマールの物語を読んで下さった皆さんに、心から感謝を！　皆さんに少しでも『面白かった』、『楽しかった』と思って頂けたのなら、作者としても本当に幸いです。

月ノ宮マクラ

HJ NOVELS
HJN53-02

少年マールの転生冒険記 2
～優しいお姉さん冒険者が、僕を守ってくれます！～

2021年3月19日　初版発行

著者——月ノ宮マクラ

発行者—松下大介
発行所—株式会社ホビージャパン
〒151-0053
東京都渋谷区代々木2-15-8
電話　03(5304)7604（編集）
03(5304)9112（営業）

印刷所——大日本印刷株式会社

装丁——coil／株式会社エストール

ISBN978-4-7986-2445-7　C0076

ファンレター、作品のご感想お待ちしております
〒151－0053　東京都渋谷区代々木2－15－8
(株)ホビージャパン HJノベルス編集部 気付
月ノ宮マクラ 先生／まっちょこ 先生

心の声が聞こえる悪役令嬢は、今日も子犬殿下に翻弄される

3

・著者・
かのん

TOブックス

目次

◆イラスト◆　Shabon　◆デザイン◆　関根 彩＋前田紗雪（関根彩デザイン）

登場人物紹介

アシェル・リフェルタ・サラン

サラン王国の第一王子で、エレノアの婚約者。ゲームの攻略対象。

エレノア・ローンチェスト

本作の主人公。アシェルの婚約者。前世の記憶を持つ転生者。乙女ゲームの悪役令嬢で「心の声が聞こえる」力を持つ。

ノア

亡国の竜の王子。エレノアに救われる。ゲームの攻略対象。

ジークフリート・リーゼ・アゼビア

隣国アゼビアの王子。ゲームの攻略対象。

ハリー・コナー

アシェルの側近で右腕。ゲームの攻略対象。

チェルシー

男爵令嬢。前世の記憶を持つ転生者。ゲームのヒロイン。

第一章　心の声の活用訓練

「すみません……今、なんと？」

『ぼん、きゅ、ぼ……え？』

驚きのあまり言葉を詰まらせるハリー様に、私は、もう一度頷いて見せる。

ハリー様は視線を私の横にいたアシェル殿下へと向けると、救いを求めるような瞳で見つめるけれど、アシェル殿下は笑顔で口を開いた。

「僕には、ハリーが何を考えているのか、よくわからなくなったよ」

『ぼん、きゅ、ぼーんって、ずっと考えているわけはないよね？　そうであってくれ。いや、ずっとそれ考えながら仕事しているんだったら、もうむしろすごいとしか言えない』

ハリー様がぎゅんっと勢いよくこちらを見つめてくるので、私はもう一度こくりとうなずいた。

「ちょっと……ちょっと待ってください」

『ぼん、きゅ、ぼん』

口元を押さえて、視線を彷徨わせながら後ずさりするハリー様は、しばらくの間固まり、その後ゆっくりとその場にうずくまると、頭を抱え、それから体を起き上がらせると大きくうなずいた。

その表情はまるで何かを悟ったかのような顔をしており、眼鏡をくいくいっと上げている。

「なるほど、なるほど、納得がいきました。だから……なるほど。ふむ」

『ぼん』

その言葉を聞きながら、ぼんだけで切るのはちょっと嫌だなという思いを抱く。

「うんうん。それでさ、エレノアは仕方がないけれど、僕は勝手にエレノアに教えてもらってしまったから、まず謝るよ。勝手に聞いてしまって申し訳ない」

『エレノアは聞こえてしまうけれど、僕は違うから、勝手に聞いちゃったのはまずかったよね。本当にごめん』

ハリー様はアシェル殿下のその言葉に、首を横に振ってから、それから、何とも言えない表情を浮かべると、静かに口を開いた。

「いえあの……言い訳がましいのは分かっているのですが、その……性的な思考をもっていたわけではなくて……すみません」

『ぼん、きゅ、ぼん』

深々と頭を下げるハリー様に、私は今も頭の中でぼん、きゅ、ぼんと聞こえているとは口にせずに首を横に振る。

私はアシェル殿下と話をし、これからのことを考えて自分の能力を出来ればしっかりと活用していきたいと考えていた。

チェルシー様とカシュの事件があって、私は自分自身にも出来ることはないだろうかと強く考えるようになった。

この世界には色々な種族がいるからこそ、人間が生き残っていくのは大変なことだ。チェルシー様やカシュのように力を持った者が現れた時、どう対処すべきか、弱いままでは何もできない。だからこそ、自分に出来る手立てを考えるようになった。

サラン王国をこれからアシェル殿下と共に支えていく以上、できることはやらなければならない。婚約者というだけでは、だめなのだ。

私自身がしっかりとアシェル殿下を支えていけるように立場をはっきりさせて貴族社会で地位を確立させていく必要があるのだ。

そうすることでアシェル殿下にも頼ってもらいたい。ずっと頼るだけの存在ではいたくないのだ。

そしてハリー様にだけは心の声が聞こえることを話し、活用方法を相談した方がいいのではないかという結論に至ったのである。

最初こそ、私は本当に話しても大丈夫だろうかと不安に思ったけれど、アシェル殿下が信頼を置くハリー様ならば大丈夫だろうと話をすることを決意したのだ。

ハリー様には私は昔から心の声が聞こえていること、これまでのことを伝えた。

そして最後に、今まで聞こえたハリー様の心の声が普通の人と違うことも告げたのだ。

これまで私はアシェル殿下以外の他者にこの能力を告げたことはない。

それは変人だと思われたり、忌避されることを恐れたからだ。

けれど、アシェル殿下が信じているハリー様だから、告げる決意をした。

一般的には、頭の中で考えている声が話す言葉と同じように聞こえるのだということ、ただハリー様に至っては、〝ぼん、きゅ、ぼーん〟と聞こえるということを話すと、驚いた表情でハリー様は目を見開いた。

「まさか……」

『ぼん……』

ぼんで切らないでほしい。

ただ、結局どうしてハリー様の思考がそうなっているのか、私はやっと聞くことが出来る機会が持てたと思った。

ずっと気になっていた謎である。

今まで心の声が聞こえることを他人に話すなんて出来ないと思っていたからこそ、ハリー様からその真相を聞けるとも思っていなかった。

やっと聞ける時が来たのだ。

けれどハリー様の口から出た言葉は私の予想の範囲外の答えであった。

「えっと……僕は、日々、頭の中がすごくごちゃごちゃとしているんです。つまり何といったらいいのか……同時並行で色々なことを考えてしまっていて言葉が錯綜しているというか……」

『ぼん、きゅ、ぼん』

「ごちゃごちゃ、ですか?」

ハリー様は頷くと、眼鏡をくいっと上げて、ゆっくりと深呼吸をした。

「では、今から、そのごちゃごちゃをゆっくりにしてみます。いいですか? 僕の推測が正しければ、それが理由なのではないかと」

『ぼん、きゅ、ぼーーん』

「えっと、はい」

私はどういう意味なのだろうかと思っていた時であった。

いつもは頭の中に入ってくるハリー様の声は端的なものばかりだったというのに、次の瞬間、頭の中に洪水のように文字の羅列が並び始め、意味不明な言葉が頭の中で渦巻き始めたのである。

突然のことに私は驚きと同時に耳を慌ててふさぐけれど、それは心の声であり、聞こえなくすることは出来ない。

「どうですか？」

『ぼん、きゅ、ぼーん』

次の瞬間、ぱたりとその声がしなくなった。

私は目が回り、アシェル殿下へとよろよろとしなだれかかってしまう。それをアシェル殿下は支えてくれた。

「エレノア!?　大丈夫？」

『え？　え？　どういうこと？』

ハリー様は頬をポリポリと搔くと言った。

「僕、昔から頭の中で様々なことを同時に考える癖があって、おそらくそれがあまりにもひどいために、一番表面上にある、僕の……その、趣味というか、他人にあだ名をつけるっていう遊びがエレノア様の頭の中に入って来ているのではないかと思います……ごめんなさい」

『ぼん、きゅ……えっと……妖艶美人？　いや、えっと……』

遊び⁉　しかも今現在進行形でぼん、きゅ、ぼーんを改めようと考えている⁉

私は驚きのあまり動きを止めると、ハリー様の方を見つめたまま動きを止めた。

ハリー様は眼鏡をくいくいっと動かしながら考えをまとめているのであろう。それから口を開くと言葉を並べていく。

「その……僕は昔から変わっていて、頭の中で物事をまとめられないんです。様々な引き出しが開いている状態というか、だからこそ、頭の中では常にいろいろなことを考えすぎてしまって。それで疲れすぎないようにセーブをかける方法の一つで、あだ名をつけてそれで相手を呼んでいく遊びというのがあって……すみません、あまり理解できませんよね」

『小悪魔令嬢……ぼん、あ……ぼん……う』

心の中で悩むかのように言葉を詰まらせるハリー様に、私はなるほどなぁとうなずくとアシェル殿下に支えてもらっていたのをどうにか自力で立ち、口を開いた。

「それが、ハリー様なのですね。なるほど、不思議なものではありますが、ハリー様のような方もいらっしゃるのですね」

「えっと、はい……もう僕の特性だとしか言いようがなく……その、あだ名は変えます。ただ、その……あだ名をつけることで安定するので、それは許していただけると助かるのですが」

『ぼん、きゅ……美女』

私はその言葉に、噴き出すように笑ってしまった。

一生懸命に考えてくれているのだろうけれど、私のあだ名はおそらくいつもの〝ぼん、きゅ、ぼーん〟がしっくりとくるのであろう。

ハリー様の事情が分かった今、私はそれをやめてとは言えないし、それに何より、心の声というものは本来自由なものである。

「いえ、あの、あだ名もハリー様が呼びたいようにしてくださいませ。ふふふ。最初こそびっくりしましたけれど、なんだか、ふふふ。えぇいいんです。好きに呼んでください」

『ぼん、きゅ、ぼーーーん！！！』

私は思わず噴き出すように笑ってしまった。

なんだか一生懸命なハリー様が面白くて、それでいて、ハリー様にも事情があるならば仕方がないだろう。

アシェル殿下は困ったように頭を少し掻くと、ため息をついて頷いた。

「まぁ、心の声は自由だもんね」

『ちょっと複雑だけれど、エレノアがいいなら、いいよね』

ハリー様は眼鏡を焦ったようにくいっくいっといじっていて、本人も相当に動揺しているのであろうなと思った。

けれど、そんなハリー様からは私に対する嫌悪感などは感じず、良い人だなと私は思った。

それと同時に、これはハリー様自身も他人には言えない悩みだったのだろうなと思った。

人はそれぞれに、問題や課題はあり、表面的には見せないように隠している場合もあり、だからこそ他人のことを思いやる気持ちというのは大事なのだ。

改めて私は、人の事を決めつけることはせずに、人を思いやれる人間でありたいなとそう思った。

その後、ハリー様とは心の声を使ってどのように外交をしていくかなどの話し合いの場が持たれるようになり、私は今後サラン王国の為にしっかりと能力を使いこなしていく必要性を感じたのであった。

『ぼん、きゅ、ぼーん』

結局のところ、ハリー様の心の声は安定のもので収まり、私は何となく愛着がわいてきたそのあだ名が聞こえる度に、くすりと笑いそうになるのをぐっと堪えるのであった。

ハリー様との心の声をどのように活用していくかについての話し合いが進むにつれ、私は自分の能力について、知らなかった発見をするようになった。

今まで誰にも相談できなかったという事もあって、実験的なことなど一切したことがなかった。

アシェル殿下は優しさから私にそういう事を強いることも提案することもなかったのだけれど、ハリー様は違った。

計画的に私の能力を数値化し、何が出来て、何が出来ないのかを具体的に調べるのに力を貸してくれた。

集中すれば遠くの声でも聞こえること。

ただ、人の声を聞き分けることは思いのほか難しいということ。

名前と顔と声さえ聞き分けられれば、多人数の心の声を鮮明に聞き取れること。

私は自分の心の声が聞こえるという能力について、自分自身が知らなさ過ぎたことに驚いた。

それがハリー様とアシェル殿下に協力をしてもらい、私は自分の能力と向き合うことが出来た。

出来ることと出来ないことが明確になりはじめたのである。

はじめは戸惑うこともあったけれど、アシェル殿下に励ましてもらい、その度に、頑張ろうという気持ちが高まった。

そして私は人の声というものに改めて意識を向けるようになったのである。

そして誰の声かを明確に理解しておけば、頭の中で誰の声なのかが分かる。そうすれば、その後情報の出所が調査しやすいのだ。

社交中、出来るだけ私はアシェル殿下と一緒に様々な人に話しかけるようになった。そうすることによって、顔と名前だけでなく、その声も記憶するように心がけたのである。

大変で頭がパンクしそうにもなったけれど、これは絶対に今後国の為に必要になる。

私はそう思い、アシェル殿下とハリー様と共に特訓にいそしんだのであった。

ただし、その合間にも妃教育は進められるので、大変なのは間違いなかった。

「エレノア、大丈夫?」

『隈が出来ている……むぅ……はぁ。心配だよ』

特訓の合間、アシェル殿下は私を心配しては無理しないようにとお菓子を差し入れてくれた。

私は笑顔で頷いた。

「大丈夫です。お二人のおかげで、私、自分のこの能力をうまく生かせそうです」

　これでアシェル殿下の役に立てると私はそう思ったのだけれど、アシェル殿下は困ったように眉を寄せると、私の両頬を優しく両手で包んでいった。

「んーっと、ごめん。こんなこと言ったらだめなのかもしれないけれど……僕はね、エレノアが僕と一緒にいてくれるだけでも、勇気をもらえるんだ。だから、無理はしてほしくないんだ」

『たしかにエレノアの能力は、有用だと思う。だけど、エレノアの心が心配なんだ。無理はしてほしくない』

　その声に、私はアシェル殿下はやっぱり優しいなぁと思いながら、頬に触れた手に自分の手を重ねて言った。

「大丈夫です。私、嬉しいんですよ」

「え？」

『嬉しい？』

　私は頷くと笑顔で言った。

「これまで、この能力は私にとっては苦痛で、でも、アシェル殿下の役に立てるのなら、これは苦痛ではなくなります。ふふふ。だから、嬉しいんです」

　アシェル殿下は私のことをぎゅっと抱きしめると、大きく息をついた。

「はぁぁぁ。うん。ありがとう。でも無理はしないで」

『健気すぎるでしょう。むぅぅぅ。僕、頑張るよ。でも、無理したらだめだよ。無理したら、絶対に止めるからね』

「はい」

私はアシェル殿下に抱きしめられて、幸せだなぁと思っていると、後ろからコホンと、ハリー様が咳払いするのが聞こえた。

私達はそれに、慌てて照れながら離れた。

「ご婚約期間中ですので、あまりに過度なスキンシップはだめですよ」

『ぼん、きゅ、ぼーん。狼殿下』

最近ハリー様がたまにアシェル殿下のことを子犬殿下から狼殿下と言い換えることがあってなんでだろうかと私は小首を傾げるのであった。

そんな狼についての話題が、リーゼ様とルーベルト殿下と定期的に開いているお茶会の席で出てくるとは思わなかった。

このお茶会は、リーゼ様がルーベルト殿下の正式な婚約者となり、婚約者同士交流を深める意図で開くようになったのだ。

「エレノア様、男は狼なのですよ」

『ふふふ。エレノア様もこれはご存じないでしょう?』

リーゼ様の声に、ルーベルト殿下がお茶を噴き出しそうになるのをぐっと堪え、慌てた様子で顔をあげた。

「り、リーゼ⁉　だ、誰にそんなことを吹き込まれたんだい？」

『っく。ちょっと天然なところがあるから。あぁぁ。もうこれ、どうしたらいいの？　可愛い』

二人は相変わらずだなと思いながら、私は目の前に用意されている紅茶を一口飲む。

風が吹き、髪を揺らすのを感じながら私は微笑みをリーゼ様に向けた。

「私も、男は狼という言葉については本を読み知っておりますわ。ですが、どうやらリーゼ様とは考えがちょっと違うかもしれません。聞かせてくれますか？」

私の言葉に嬉しそうにリーゼ様は笑ってうなずく。

「もちろんです。最近、恋愛小説がちまたでは流行っているらしく、私も一冊読んでみたのですが、素晴らしくて！　そこに書いてあったのです。男は狼なのだと！」

可愛らしいなと思いながら、私はうなずいた。

「そうですね。確かに、男性は狼とよく言われておりますね」

私だって知識としては知っているし、実際に男性から様々な視線を受けることで実感している。

「えぇ！　つまり、男性は皆獣のような一面があるということになります」

『ふふふ。言葉の綾だということは分かっているけれど、こういう仮説を立てるのは楽しいわ』

つまりこれは言葉遊びかと思いながら、私は笑みを返す。

「なるほど。それで？」

「男性の一面である獣が狼と仮定した時、では女性は何に例えればいいのでしょうか？」

『エレノア様は何と答えるのだろう』

斜め上の質問が飛んできたなと思いながら、私は少し考える。

男性が狼ならば女性は何か。

私は少し考えてから、口を開いた。

「やはり柔軟なところや、可愛らしいところをとって猫ではないでしょうか？」

するとリーゼ様は笑みを深め首を横に振った。

「私は鳥だと思います」

「鳥？」

「リーゼ。どうして？　鳥って、空を飛んでいる鳥？」

『鳥のリーゼも可愛いだろうけどさ』

ルーベルト殿下はリーゼ様への溺愛がすごいなと思いながら、私もリーゼ様の言葉を待つ。

リーゼ様は得意げな顔で言った。

「だって、鳥は自由ですわ。これからの女性はもっと自由に羽ばたかなくてはなりません！　エレノア様もそう思うでしょう？」

『女性はもっと自由を得るべきだわ』

その言葉に、私はなるほどと思った。

リーゼ様はルーベルト殿下と婚約し、最近王族との婚姻にあたっての教養教育が始まったところで、かなり窮屈な思いをしていると聞いた。

つまり、リーゼ様自身が今、自由が欲しいのだろう。だからこそ女性を鳥に見立てたのだろうなと私は思った。

「なるほど、素敵な考えですね。鳥であれば、自由に飛べますすもんね」

「えぇ！　その通りです」

『だから……はぁ。私も鳥になりたい……たまには自由に空を飛びたい』

　これはそうとう疲れているなと私は思いいたると、ルーベルト殿下へと視線を向けた。

「たしかに鳥は自由ですが、止まり木がないと休めないそうですわ」

「え？」

「つまり自由であることにもある程度は制限があるということですわ」

　私の言葉に、リーゼ様ははっとしたように動きを止めると、じっと私を見つめた。

「エレノア様……」

『うぅぅ。さすがエレノア様だわ……見透かされているわね』

　私は微笑むと、ルーベルト殿下の方を見て言った。

「私はここで席を外させていただきますわ。たまにはゆっくりお二人でお時間を過ごしてくださいい」

　席を立つと、リーゼ様とルーベルト殿下と礼を交わし、その場から離れた。

『あー。そっかなるほど。僕がもっと早く気付くべきだったね。今日はリーゼと二人でゆっくりしよう。うん。街にお忍びで出かけるかー』

『エレノア様、せっかくのお茶会でしたのに悪いことをしてしまったわ。はぁ……エレノア様と交流することで、学ばせていただいているのに。もう！　私のばかばか！　でも、ちょっと息抜きしましょう。そろそろ限界だわ』

二人の心の声を聞きながら、私は空を見上げた。

空を鳥が飛び、美しい音色で鳴く。

「女性はもっと自由であるべき、か……少しずつ変えていけるように私も頑張らなくてはならないわね」

貴族の女性というものは結婚をすれば家に入るもの。出産し、その家を繋いでいくことや家を取りまとめることが仕事のほとんどだ。

ローンチェスト家では母からそう教えられてきた。

母も私を出産した後、親族からかなり何か言われたのだろう。男児を産めなかったことに対しての恨みつらみを、心の中で叫ばれたこともあった。

幼少期の事を思い出し、私は小さくため息をこぼす。

けれど、今現在母の時代とは違い少しずつ女性でも活躍する場面が増えてきている。

将来の王妃として、女性の地位の確立は今後の課題にもなってくるだろう。だからこそ私自身頑張ろうと思えた。

「そう言えば、男は狼……狼殿下とたまにハリー様が呟かれるわね……それって」

私は顔が少し火照るのを感じながら、慌てて別のことを考えるために思考を変えたのであった。

数日後、サラン王国現国王でありアシェル殿下のお父様に呼び出され、謁見の間へと向かうこととなった。

一体なんだろうかと思っていると、謁見の間にて、国王陛下より私とアシェル殿下に一つの命が告げられた。

「五年に一度開かれる、周辺諸国の国交会が神々の守護する島・セレスティアル島にあるシュライン城にて開かれる。今回は二人で参加せよ。サラン王国をいずれ率いていく二人だと周辺諸国にしっかりと認識させるように。また各国要人との関係を深めてくるように。アシェル、エレノア嬢、しっかりと経験を積み、見事役目を果たしてみせよ」

『現時点で次期国王として問題ないと教養面でも健康面でも認められた。数年以内にアシェルは王太子となりエレノア嬢は王太子妃となるであろう。ならばここで経験させておく必要があるだろう。国交会は顔合わせの場。エレノア嬢はうちの嫁だと皆に知らしめんとな』

神々の守護する島とは、争いごと全てが禁じられた聖地である。

国交会が開かれるのは五年に一度であり、その役目とは国同士のつながりを強固にするものであり、責任重大である。

私とアシェル殿下は恭しくその命を受けたのであった。

二人で協力しなければならない国交の場である。交友関係を広げ、サラン王国と周辺諸国との関係を深める為には必要不可欠な行事である。

その後私とアシェル殿下は王族専用の書庫へと移動すると、アシェル殿下が五年に一度開かれる国交会についての本をハリー様と共に集めてくださった。

私はそこにある書物を読ませてもらい、国交会の歴史について知識を深めることが出来た。

その中でも一番古い本を私は手に取る。

表紙にはたくさんの神々と太陽、そして美しい自然の中でそれらを崇める人々の絵が描かれている。

この本はかの地で神託を受けた絵師が描いた本らしい。ページをめくると、その人が目にした神々の守護する島。セレスティアル島が描かれていた。

美しいシュライン城やそこに生息する生き物、美しい金色の花が咲き誇る丘。

島のどこにあるのだろうかと思い指でなぞると、小さく下の方に、一言メモ書きがされていた。

〝目覚めてはならない丘〟。

なんだろうかと思いながら私はページをめくっていった。

国交会の始まりは三百年ほど前まで遡るという。

周辺諸国には獣人の国やその他の小国なども連なっており、争いごとは多くあった。その中でも人間は獣人などに比べれば弱い種族であり、だからこそ、国交を重ね友好的な関係を築けるように知恵を絞ってきたのである。

ただし、互いの宗教を理解し合うのは難しかった。

何故ならば、各国それぞれに宗教は無数に存在し、その分、神々も存在していたからである。

宗教が違えば考えも異なる。故に、宗教観でのいざこざも起こる。

各国はそれぞれの主神を持ち王国を築いていたのだが、それぞれの神々を崇めるがあまり、対立することが多かった。それを見かねたそれぞれの国の神々が、周辺諸国の中央に神々の守護する島を創った。

神々は平和を願い、五年に一度、国交会を開き親交を深めるようにとの神託を各国へと伝えた。

それが国交会の始まりと言われている。

つまり、神という存在は多種多様に存在し一つではないと知らしめ、その上で神々は仲が良いのだということを民に伝えたのである。

各国で多種多様な信仰が共存するようになり、他の国々の神を批判することがなくなったのである。

島にはそれぞれの信仰神が集っていると言われ、神々の守護するこの島では争いごとは禁じられている。

「国交会、責任重大ですね」

私がそう伝えると、アシェル殿下は頷いてから口を開いた。

「エレノア。今回の国交会では周辺諸国の方々の顔を覚え、情報を出来るだけ集めるとともに、友好的な関係を築いていけるようにしていきたいと思うんだ。僕達はサラン王国の代表としてしっかりと役目を果たさないといけない。責任は重大だけれど、よろしくね」

『僕とエレノアならきっと大丈夫。でもその為には、下準備もしっかりとしなければならないけれどね。大変だぁ～』

アシェル殿下の言葉に私は深く頷いた。

私はいずれアシェル殿下の妻となり国を支えていく立場となる。その為には、諸外国の方々との関係もしっかりと築いていきたい。

訓練も順調に進んできた。その成果を見せる場がやってくるのだ。

少し緊張もするけれど、自分の能力をしっかりと活かしたい。

責任は確かに重大である。けれど、アシェル殿下が一緒ならば頑張れる。

「はい。アシェル殿下。頑張ります！」

「うん。頑張ろう」

『えい、えい、おー！』

「えい、えい、おー！」

私はアシェル殿下と共に声をあげたけれど、実際には一人で言っているので、少し恥ずかしくなって上げてしまった手を、すっと下げたのであった。


国交会に参加することが決まってから、私とアシェル殿下は一緒に勉強をする機会も増えたのだけれど今日はアシェル殿下に昼食を一緒に取ろうと言われ、昼食会場へと向かった。

「あら？　不思議な香りね」

私は会場へと入ると嗅いだことのない香りに小首を傾げた。まだ会場にはアシェル殿下の姿はなく、何の香りだろうかと思っていると、後ろから今到着したのかアシェル殿下の声が聞こえた。

「ふふふ。今日の昼食はね、実はアゼビアの郷土料理を準備してもらっているんだ。他国の食文化も勉強していた方がいいかなって。それでジークフリート殿に相談したら、うちのシェフと一緒に作ってくれることになったんだ。ジークフリート殿もそろそろ来ると思うよ」

『なんでもジークフリート殿も姉上と一緒に国交会に参加するみたいだよ。うーん。アゼビアは宗教でもめたばかりだから、今姉上が神殿を立て直そうとしているという話も聞くよ』

私はうなずきながら、ジークフリート様のアゼビアでの地位はどうなっているのであろうかと考える。

王位継承者でもないものが国交会に参加する。これは少し不思議に思えたのだ。

すると私の疑問を感じたのか、アシェル殿下が心の中で言った。

『アゼビアは邪教との一件で神殿への信頼が失われかけたのだけれど、ジークフリートの姉であるオリーティシア様が神官となり、それを落ち着かせたそうだよ。今回オリーティシア様とジークフリート殿が参加するのは、邪教との一件が落ち着き、アゼビアは大丈夫だというところを、神官であるオリーティシア様が出席することによって他国へと知らしめたかったのだと思う』

なるほど。であれば、姉上を立てるエスコート役としてジークフリート様が選ばれたという事だろうか。

そう考えながら、席へと移動すると、ジークフリート様が現れた。

エプロンを着用しており、私は少し驚く。

「アシェル殿、エレノア嬢、今日はせっかくの機会なので、アゼビアの郷土料理について説明してもいいだろうか」

『せっかくの機会だから、アゼビアの宣伝もしておこう。今後も友好国として交流していきたいしな……エレノア嬢。今日も可愛いな……いや、まぁ、僕ほどではないが』

相変わらず、ジークフリート様は自分大好きだなと思いながら、私は今日の料理を楽しみにしたのであった。

嗅いだことのない香辛料の香りに、私は尋ねた。

「アゼビアの料理、とても楽しみです。この香りは何ですか？」

すると机の上にジークフリート様は箱を載せた。その中には大量の調味料の小瓶が入っており、それをジークフリート様は並べながら楽しそうに、香辛料の説明を始めた。

一つ一つが丁寧に作られている物なのだろう。

小瓶には説明書きといつ収穫したものかなどが書かれており、アゼビアではこんなにも色々な香辛料を使うのだと勉強になった。

「アゼビアは地域によっては冬場はかなり冷えるので、体温をあげる為にも香辛料をよく使うのです。まぁ、最近は色々な味を追求するという人が増えてきたというのもありますが」

『香辛料が多い分、味の好みが分かれるんだよなぁ。僕も僕好みの味があるし。それに外交を行う上でアゼビアの香辛料は切り札になる。他国にも引けを取らないほど優れているからね。それを前面に押し出す役割も僕は果たしていきたい』

今までにないほどに、ジークフリート様は真剣であり、外交の為に自国の優れている点を押し出していこうとする姿勢に、驚いた。

「すごいですね。こんなにたくさんあるなんて、私には覚えられなさそうです」

その言葉にジークフリート様は、待ってましたとばかりに小さな小箱を新たに机の上に出した。

「そんな方の為に、必要最小限の五点セットを用意してあります。これだけでも今の味に飽きている方には刺激的かと。できればこちらを、サラン王国へも紹介させてもらえたらと思っています」

『自国の売り込みも大事！　美味しいのは間違いないし、国交は大事だしな』

商売上手だなと私は思いながらも、確かに貴族ならば新しい物には目ざといし、試さずにはいられないだろう。

良い方法である。

その国の味を知ることは、そこに生きる人々の糧を知り生活を知ることなのだなと私は思い、その後もアゼビアの話を聞きながら、ジークフリート様も色々と大変なのだなと思った。

香辛料の説明が終わると、机の上にアゼビアの料理が並べられ始めた。

今回の料理はジークフリート様が主体となって作ってくれたそうで、料理も出来るなんてすごいなと思った。

「今回の料理、ジークフリート様が作られたのですか？」

私がそう尋ねると、ジークフリート様はうなずく。

「準備などはしてもらっていますし、手伝ってもらいましたが、味付けなどは私が行っています」

『ふっふっふ。絶品だぞぉ～。あー僕も早く食べたい』

浮足立つジークフリート様の心の声に、私も食べることが楽しみになったのであった。

その後料理の説明をしてもらいながらジークフリート様と一緒に食事をしていたのだけれど、アゼビアの国内状況の話になった時、心の中が揺れるのを感じた。

「現在、私の姉が神殿に神官として務めることで異教徒問題はだいぶ鎮圧したのですが、中々に難しいものです」

『姉上……嫁ぎ先を今回の国交会で見繕いたいと言っていたがどうなることやら……』

私はその言葉に尋ねた。

「女性が、しかも王族が神官、ですか？」

ジークフリート様はうなずき、少しわざとらしく肩をすくめてみせると言った。

「アゼビアは王族が神官になることはよくあるのです。ただ、我が姉はとても自己顕示欲の強い人でありましてね。弟というのも大変なんですよ」

『姉上のおかげで神殿は落ち着いたけれど、姉上は今後どうするつもりなのか。……さてさてどうでるかな』

心の声を聴いていると、どうも一癖ありそうな人物であり、いつか顔を合わせてみたいなと思った。

女性であり神官であり、自己顕示欲の強い女性。雰囲気からして発言力もありそうな女性であり、今までそうした女性にお目にかかることがなかったので、会ってみたいなと思った。

その後もアゼビアの話を聞いたり、食文化と歴史を教えてもらったりしながら時間が過ぎていったのであった。

今日は食事が中心だったからか、ジークフリート様の心の声も落ち着いているようで、私はほっとした。

いつものように可愛くない発言がないので、私としても心の中が穏やかでいられる。

「ジークフリート様、色々教えてくださりありがとうございます。とても美味しかったです。ぜひまた食べたいですわ」

そう伝えると、ジークフリート様はうなずいた。

「もちろん。お世話になっている身ですし、是非……」

『僕の作ったごはんを……エレノア嬢が美味しいって……僕と結婚したら毎日作ってあげるのに……うぉい！　僕！　しっかりしろ！　今、何考えた！　しっかりしろ！』

笑顔でも心の中ではおかしなことを呟き始めたジークフリート殿下。

未だに私にはジークフリート様の本心が分からないけれど、ただ、やはりジークフリート様と二人きりになったりするのはやめようと思った。

私達はその後昼食を済ませ、アゼビアについてジークフリート様からどのような国なのか改めて話を聞くことになった。

宗教性や現在の王国、また流通している物や主食、人々の暮らし。聞けば聞くほどにサラン王国との違いが分かり、面白かった。

「アゼビア、行ってみたいです」

私がそう告げると、アシェル殿下もうなずいた。

「そうですね。うん……私達が結婚をした後には外交の為に行くことも増えると思います」

『結婚……。結婚したら、多分他の国にあいさつ回りみたいな感じで行くことも増えると思うよ。ふふふ。楽しみだねぇ』

アシェル殿下の言葉に私はうなずくと、ジークフリート様が何故か驚いたような表情のまま固まった。

心の声も聞こえず、どうしたのだろうかと思っているとジークフリート様が視線を泳がせ始めた。

『結婚？　いや、結婚!?　いやいやいや。まだ、だろ。まだしなくていいだろう。はぁぁ。ちょっと待てよ。僕……僕は、なんだこの気持ちは!?』

突然どうしたのだろうかと思っていると、ジークフリート様は口元に手を当てて静かに言った。

「ははは。まぁ……そうですね。その時には、ぜひ案内させてください」

『嫌だ。無理だろ。結婚とか。アシェル殿は相応しくなんてない。僕の方が』

ぞわりとした。

ジークフリート様の視線に、私は少しの恐怖と悲しみを抱きそうになった。

けれど、次の瞬間、ジークフリート様は優しく微笑みを浮かべた。

「きっと、アシェル殿とであれば……エレノア様は幸せになれますね」

『バカな考えなど消そう。ふうぅ。エレノア嬢の笑顔を見れば、間違いなくアシェル殿下が彼女を幸せにしていることが分かる。うん……僕の付け入る隙はない。っはは！　そもそもエレノア嬢のことなんか好きじゃないしな！』

一体どういう事なのだろうかと思いながらも、ジークフリート様の視線が優しく感じられて、先ほどの悪寒は消えていた。

「きっと皆さんに祝福された結婚式になるでしょうね」

『うん……きっと、皆に祝福されて、きっと幸福な。あぁ。はっはは。僕ってば本当にばかだなぁ。でも、こういう気持ちを持てたのは……エレノア嬢のおかげだな。アシェル殿下が本当にうらやましい……まぁ！　僕の方が絶対に美女を捕まえて幸せになるがな！』

溌溂とした声でそう言うと、ジークフリート様はアシェル殿下の方へと視線を移した。

そしてそれからはまたアゼビアの話へと移ったのであった。

「エレノア様」

『なんだか新鮮だな』

顔をあげて、声をかけてくれたノア様の方へと私は視線を向ける。

そこに立っているノア様は現在サラン王国の騎士団の服を纏っている。とても似合っていて、私はその姿を見る度に、ノア様の居場所がサラン王国にあるように思えて嬉しくなる。

あれからノア様は、サラン王国の騎士団に所属するために試験を受け、その後に、私の専属の騎士へと配属が決まったのであった。

配属が決まった日のことを、私は思い出す。

アシェル殿下と一緒に騎士団の鍛錬場へと向かい、そこで私専属の騎士が選ばれることになった。

騎士団の鍛錬場には騎士達が整列しており、私はアシェル殿下にエスコートされその場につくと、騎士達を見回した。

『エレノア様。エレノア様。エレノア様。絶対に選ばれたい』

『妖艶姫の専属騎士とか騎士の誉だろう』

『近くでお守りしたい！』

『禁断の恋が始まる予感』

もちろん真面目な方のほうが多いのだけれど、私の耳にはそうした声が耳についてしまう。

その時、横からアシェル殿下の心の声が聞こえた。

『もし不埒な考えの者がいたら教えてね。専属騎士には選べないから』

当たり前である。私自身自分に対して邪な考えを抱く男性を傍には置きたくない。怖い。それにと、私は視線を騎士団の中にいるノア様へと向けた。

怪我が治った後に騎士団へと入団を果たしたノア様と視線が合う。

『傍で守りたい。他人になど任せられるわけがない。俺ならば絶対に守り切る』

心の声から、純粋に私の騎士に選ばれその任務を全うしたいという気持ちが伝わってきて、私もノア様が選ばれればいいなと思った。

アシェル殿下が指名してノア様が専属騎士になる道もありえた。けれどそれでは周りの騎士から不満があがるのは間違いなく、だからこそ、選出される場が設けられたのだ。

あくまでも公平に今回の選出も行うとアシェル殿下からは事前に話を聞いている。

選出方法はシンプルに総当たり戦である。総合的に最終勝率の高い者が選ばれる。

もちろん休憩時間も短い中の総当たり戦である。シンプルに強い者が残る。

アシェル殿下が前に一歩出ると声をかけた。

「一生を捧げる護衛騎士となるつもりで挑んでほしい。健闘を祈る」

騎士達からは心の声が聞こえなくなり始め、皆が集中しているのが分かる。

先ほどまでは不埒な考えをしていた者達も顔色を変え、集中している。

そしていよいよ騎士団長の号令によって、総当たり戦が始まる。

「エレノア。始まりましたね」

「はい」

今回使われるのは模擬剣であるが、それでも当たればかなりの痛みが走るはずだ。

当たり前と言えば当たり前なのだろうけれど、騎士達はためらいなくそれをふるい、勝者と敗者に分かれていく。

剣と剣がぶつかり合う鈍い音。それに知らず識らずの間に緊張していたのだろう。アシェル殿下が優しく私の手を握った。

『エレノア。大丈夫?』

私は自分が呼吸をするのすら忘れていたことにハッとし、大きく深呼吸をした。

「ちょっと緊張してしまったようです」

「そうですね。彼らは真剣であり、命を懸ける覚悟をもって挑んでいるでしょうから」

その言葉に、私はぐっとこぶしを握った。

そうだ。ここにいる皆が私の専属騎士として選ばれることを望んでくれている。そして命を懸ける覚悟でいてくれているのだと、そう思うと、ずしりと重たく感じた。

けれど、私はこの重みから逃げることはない。

命を懸けて守ってもらう以上、私もそれに恥じぬ人間として生き、王国の為に尽力していきたい。

ノア様の剣は素早く、総当たり戦の結果は次々に勝利で埋まっていく。

あまりにも速いその戦いに、破れた者は愕然とし、次に戦う者は勇む。

力の差は歴然であった。

「さすがだな」

全戦全勝。この場に参加していないのは第一から第五までの騎士団長とその副官だけである。

今のところノア様に一矢報いることすら、出来ていない。

圧勝。その姿は闘気すら出ている雰囲気があり、一人、また一人と戦意を喪失していっているのが分かった。

『いや、勝てるわけないだろう』

『殺気が』

『これが竜人か』

隣でアシェル殿下が少しうずうずしているのを感じる。

『わぁ。手合わせしてみたいなぁ～。今度手合わせしてもらおう～』

結局、ノア様は全勝を収め、他の騎士達に一分の隙も与えずに私の護衛騎士第一候補に選出された。

後は私が了承すれば、決定である。

ノア様は私の前まで来ると、跪いた。

「エレノア様。一生をかけて貴方様をお守りする栄誉を、私にお与えください」

『どうか、了承を』

私は、ノア様の手を取る。

「これからよろしくお願いいたします」

拍手が起こり、ノア様は私の専属騎士となった。

少し前のことだというのに、昨日の事のように私はその時のことを思い出すことが出来る。

目の前にいるノア様を見て、私はノア様が専属騎士になってくれて本当によかったなと思った。

専属騎士になったノア様は、基本的に他の騎士と共に早朝などに訓練を行い、その後の時間は私と行動を共にするようになったのである。

以前よりも一緒にいる時間が増え、今日のように図書館で勉強する時にもついていてくれる。

アシェル殿下は以前から私が王城内でも専属騎士をつけた方がいいと考えていてくれたようで、信頼できる人をと思っていてくれたようだった。そして騎士団へと正式に所属した後に、私の専属騎士にとノア様を任命したのであった。

最初こそ驚いたけれど、ノア様ならば心強かった。

騎士達を疑っているわけではないけれど、これまで出会ってきた騎士の中には私に対して邪な考えを持つ人もいたので、専属騎士を推薦されたとしても受け入れるのは難しかったと思う。

けれど、ノア様ならば別である。

常に私とアシェル殿下の最善を考えてくれるノア様ならば、信頼できる。

そして、今日のように図書館で過ごす時間は、一緒に本を探してくれたりおすすめし合ったりと和やかな時間が流れていく。

「ノア様。こうやって過ごしていると、なんだか不思議な気分ですね」

私がそう伝えると、ノア様も微笑んでうなずいた。

「そうですね。……何故か、エレノア様とこうやって過ごしていると、まるでジグソーパズルのピースがはまったかのように、自分の居場所が出来たような、そのように感じるんです」

『上下関係は出来てしまったが、それでも、こうやって友と一緒に過ごせることが嬉しい』

専属騎士という立場が出来てから、ノア様は私に対してとても丁寧に接するようになった。言葉遣いや所作、一つ一つが以前とは違う。

少し寂しいような気もするけれど、それでも、私達は友達だと、お互いがそう思い合えているのは嬉しかった。

「そう思ってもらえて嬉しいです」

そして何より、ノア様自身も、サラン王国に居場所を見つけてくれたようで嬉しい。最近では、騎士団の人達とも夜は一緒にご飯を食べに行くことが多くなってきたのだと言い、話を聞くたびに、胸の中が温かくなる。

「そういえば、この前、騎士団の皆で街の食堂に行ったのですが、そこではエレノア様の話でもちきりでしたよ」

『皆、エレノア様に興味津々だからな。まぁ、不埒な考えを持つ奴は訓練と称して性根を叩きなおしてやっているがな』

「そうなのですか？　ふふ。一体何を話されているのか」

「エレノア様の図書館での様子も聞かれたので、最近読んでいらっしゃった神々の神話の本を皆にもお薦めしておきました」

『全十五巻の分厚い本を前に、皆の顔が引きつっていたのは笑えたな』

「まぁ」

静かな図書館の中での私たちの会話は終始和やかなものである。ノア様の心の声は、静かで、だからこそ一緒にいても心地よいのだ。

そして今度の国交会にはノア様にも同行をしてもらう予定である。基本的には国交会の間は他の騎士と共に護衛として行動するのでこんな風に一緒に過ごす時間は少ないけれど、それでもノア様がいるということは心強く感じたのであった。

「今度の国交会でも、ノア様もいてくれると思うと、心強いです」

「私の出身国は、そちらの国交会には参加していなかったので、私も初めての場で緊張しますがしっかりとお守りいたします」

『竜王国は竜を信仰する国であり、他の国とは一線を引いていたからな。だが、何があってもエレノア様はお守りする』

私達は微笑み合い、和やかである。なんだか最近、ノア様がお兄様のような感覚に陥ることがある。

『最近エレノア様が友であり、妹のような存在に感じる……』

同じようなことをノア様が考えていて、私はふっと笑ってしまったのであった。

国交会に出立する日の前日、私はやっと準備が落ち着き、少しだけゆっくりとする時間を持つことが出来た。

最近は勉強が忙しかった為、ほとんどゆっくりする時間がなかったので本当に久しぶりであった。

庭へと出ると、すぐに心地の良い風が吹き、噴水のところにエル様が座っていた。

「エレノア」

『話しておこう』

エル様に手招きをされて、私はエル様の元へと行く。するとエル様は私の頭を優しく撫でると、髪に指を通した。

最近、エル様が私にためらいなく触れて、まるで小動物を愛でるような視線を向けているような気がする。

「エレノア。この世界には無数の神々が存在する。そして神の数だけ人々が崇拝する宗教がある」

『精霊と神は違う』

「はい。エル様は神様を見たことがあるのですか?」

「神を好む精霊もいれば、好まぬ精霊もいる。まぁ神とは存在自体が未知なもの。精霊にもその根幹は分からない。だからこそ、気をつけよ」

『何もないといいが』

強い風が吹き抜けていく。

「危ないと思ったらすぐに呼ぶのだ。セレスティアル島であろうと、私はエレノアの傍にいる」

『セレスティアル島だ。私の力も制限されるだろうが、それでも、必ず力になろう』

アシェル殿下と共に参加する国交会という場。そんな場にエル様の言葉によって私は不安を少し抱く。

何もないことが一番である。けれど、何があるのかは分からない。

「頑張りますね。でもきっと大丈夫。何も起こりませんよ」

無事に終えられるはずだ。そう思ったのだけれど、どこか、一抹の不安がよぎったのであった。

私はその後部屋へと帰り、不安を解消するように歴史書を開いた。

「神々って……本当にたくさんいるのね」

サラン王国は多種多様な人種の中、調和しながら生き残ってきた国である。だからこそ、宗教にもある程度は寛容であり信仰する神を強要することはない。

サラン王国の神殿は、調和と平和を象徴し皆の心の拠り所のような存在であった。

神が全てを叶えてくれるわけではない。それをこれまでの国の歴史で皆知っている。ただ、神は自分たちを見守り、時に手を差し伸べてくれる存在として、人々は祈り、崇める。姿は見えなくとも、自分たちの傍にいる。そんな存在であった。

エレノアも幼い頃から自然を愛するように神に親しみを持ち過ごしてきた。

また、神々は本当に人が危険にさらされた時には、手を差し伸べてくれる。神託を受けた乙女の記録なども、歴史の中には残っているのだ。

ぺらぺらと本をめくっていると、鈴の音が聞こえ、私はハッと顔をあげた。

「エレノア！　ふふ。来ちゃった！　お土産もあるのよ！　これあげる！」

くるくると宙を舞って現れたユグドラシル様に私は苦笑を浮かべた。

手渡されたのは小さな小袋であり、開けてみると不思議な木の実がたくさん入っていた。

「これは何です？」

「ん？　今度セレスティアル島に行くんでしょう？　だから、手土産」

『セレスティアル島で何があるか分からないから、それちゃんと肌身離さず持っておくのよ』

「手土産ですか？　その、何に使えば？」

木の実を眺めてみても光沢があるだけで別段おかしなところはない普通の木の実である。

「人間には分からないでしょうけれど、それ人間以外には結構有用なものだから、持っておいて損はないわよ」

『私ってやっさしぃ〜。セレスティアル島にはあんまり行きたくないから、これを持っていてくれると私も安心だわ』

私は一体何なのだろうかと思いながらも、頷き、それをありがたくいただいたのであった。

長ひもを通して首から下げれるようにし、お守り代わりに持っていこうと私は思った。

ちなみにサラン王国へ来る前には事前連絡をという話はあったのだけれど、どうにも約束事に縛られるのが嫌なのか、結局ユグドラシル様は内緒と言って、私の元へと現れる。

ただ、不法侵入には当たるので、それならばと、結局サラン王国側で魔術具を開発する流れとなりユグドラシル様が来たら知らせの鈴の音がなるようになったのである。

それは自動的に入国時間と退国時間とが記録されるものであり、魔術塔に所属するダミアン様とオーフェン様とが頭を悩ませながら作り上げたものであった。

なんでも妖精の粉に反応しているシステムとのことであり、作るにあたってダミアン様とオーフェン様は大きな隈を作っていた。

「入国許可取ってくれれば寝られるのに」

「化粧ノリが悪すぎるわ」

二人が心の声も聞こえないほどに、ぶつぶつと文句を言ってはいたけれど、作り上げた二人はユグドラシル様が来て勝手に記録されるのが成功すると、大喜びしていた。

ただ、それをいいことにユグドラシル様はちょくちょく私の部屋へと訪れるようになったので、アシェル殿下は何とも言えない表情を浮かべていた。

そして最近ユグドラシル様が妖精の国に私専用の部屋を作ったという話を聞いてから、アシェル殿下は来れる時には、ユグドラシル様が訪れた時に私の部屋へとやってくるようになった。

ユグドラシル様はそれに少し不満げである。

「今日はアシェルはいないのね。うふふ。ねぇエレノア？　妖精の国に遊びに行きましょ！」

『エレノアと二人っきりがいいのに！　さぁ、いないうちに妖精の国に行きましょ！』

最近やたらと妖精の国へと招待をしようとしてきていた。

何故かなと思いながら、私はユグドラシル様の頭を撫でた。

「国交会に行かないといけないので、今はいけないんです」

そう伝えるとユグドラシル様は大きくため息をついた。

「なんで？　私エレノアと遊びたいことたくさんあるのに！　国交会なんて行くべきじゃないわ。妖精は神様を信仰しないの」

『セレスティアル島なんて。ふん！　そんなものより妖精の国の方がいいわ』

神様を信仰しないという言葉に、私は首を傾げた。

「妖精の国には宗教的なものはないのですか？」

「ないわ。妖精にとっては女王が唯一大切な存在。この世界の一部は確かに神が創ったのでしょうけれど、一部は女王が創ったものだから」

『妖精は女王がナンバーワンなのよ』

なるほどなと思っていると、ドアをノックする音が聞こえた。

それにユグドラシル様は舌を出して大きくため息をついた。

現れたのはアシェル殿下であり、ユグドラシル様はアシェル殿下の元へと飛んでいくと舌を突き出しながら言った。

「もう！　なんで来るの!?　私はエレノアと遊びたいのに！」

『っち。また妖精の国に連れて行くのに失敗したわ』

アシェル殿下はユグドラシル様に向かって一礼をした後に、後ろから連れてきた侍女に命じて机の上にケーキやクッキーや果物のジュースを並べていく。

「ほわぁぁぁ」

『キラキラしているわ！　宝石みたい！』

「ユグドラシル様。ぜひ私も仲間に入れてください。こうやってユグドラシル様の好きそうなものも準備したのですよ？」

『むぅ。魂胆はお見通しだ！　エレノアを妖精の国に連れて行こうとしているんでしょ⁉　だめだよ！　行くとしたら僕も一緒だよ！』

「もう、しょうがないわね」

『くぅぅ。小癪な手を使ってぇ！』

アシェル殿下とユグドラシル様の攻防を聞きながら私は笑みを浮かべた。

三人で仲良くお茶会が出来るのは私にとっては楽しい時間だ。

「あ、そうだ。お菓子に免じていいことを教えてあげる」

『その代わりまたお菓子準備しなさいよ』

クッキーを大きな口で食べていくユグドラシル様を私とアシェル殿下は見つめて首を傾げた。

なんだろうか。

「お母様が最近地脈がざわめいているって言っていたわ」

『噴火しなければいいけれどね』

一体なんだろうと思うと、アシェル殿下が尋ねた。

「ありがとうございます。地脈ですか……どういう意味かわかりませんか？」

『どういう意味だ？』

ユグドラシル様はオレンジジュースを飲みながら、首を横に振った。

「火山が活発になるかもねとも言っていたわ。気を付けておくことにしたことはないわ」

『まぁ思い当たる節はあるけれど……確証がないから言えないわねー』

「良かったです。わかりました。心に留めておきますね」

『忠告ありがたいな』

「うふふ。お礼にエレノア連れて行ってもいい？」

『だめかしら？』

「だめですね。その代わりお土産のお菓子も準備しますね」

『だめだよー！　もう！　何言っているの⁉　だめだよ』

私は笑いを堪えきれずに、くすくすと笑ってしまう。

「ふふっ。アシェル殿下もユグドラシル様も、仲良しですねぇ」

笑った私を見て、アシェル殿下もユグドラシル様も笑みを浮かべた。

『『可愛い～。癒される～』』

心の声がぴたりと重なり、私はまた笑ってしまう。

最近息があってきた二人。そんな二人を見ていると先ほど抱いた不安など消えていくようであった。

翌日、私とアシェル殿下は神殿へと向かっていた。

セレスティアル島にいくのならば神殿から一つ頼みがあるとのことで、アシェル殿下と共に神殿へと向かっているのである。

「なんだろうね。色々忙しくて、エレノア最近疲れていない？」

『本当に怒涛のようだよね』

「大丈夫ですわ。でも、神殿からの頼みとはいったい何でしょう」

「しかも、神殿についてから話をしたいということだからね。まぁ行ってみてだね」

『変なことじゃないといいけど』

「はい」

馬車が神殿につくと、神殿の前には神官達が待機しておりこちらにむかって笑みを向ける。

ノア様や護衛騎士達は神殿の入り口にて待機することになり、私達は神殿へと入る。

「ご足労いただきありがとうございます。どうぞこちらへ」

私達はそのまま神殿の中へと案内される。

神殿の中は静かで美しく、まるで時が止まっているかのような雰囲気である。

私達は静かに神官について行くと、神殿の広間にて一人の神官がこちらに向かって一礼をするのが見えた。

私達も一礼をし、挨拶をすると神官様はにこやかに微笑み、そして穏やかな様子で口を開く。

「お越しいただきありがとうございます。この神殿を管理しているレベオと申します」

初老の神官様が私達を手招きすると、ここまで私達を案内してくれた神官様は下がり、広間には私達とレベオ神官様だけが残された。

「本来ならばこちらから出向くべきですが、事情があり、来ていただきました」

「事情とはどういうことですか？」

『なんだろうね。うーん。レベオ神官はかなり良い方だと報告を受けているけど』

一体なんだろうかと思っていると、レベオ神官様は手のひらに水晶を乗せて言った。

「神官の神域へと移動いたします」

私達が何かを言う前に、周囲の景色が変わり、緑の苔が美しくきらめく、古い神殿の中に私達は立っていた。

「これはどういうことです？」

『神域に、このように招待されることはめったにない。神官は神域に人を入れることはほぼないというのに』

私も神殿にこれまで何度も祈りに来たことはある。けれど、神域に入ったことはない。

神域とは、神々に使える神官だけが入ることが許された土地だと思っていた。

「こちらです」

私達はレベオ神官様についていくと、神殿のさらに奥に、天井から光が差し込む台があり、そこに白銀色に輝く美しい生き物がいるのが見えた。

耳がぴくりと動き、そしてこちらへと面倒くさそうに頭をあげて視線を向けてきた。

「来たか。頭を垂れよ」

『やっときたぁぁぁ。これで、これで帰れる』

神々しく光り輝くカーバンクル。大きめの耳をぴくりとさせ、美しい空色の瞳でこちらを見つめてくる。見た目はリスと兎を混ぜたような姿であり、可愛らしい。

カーバンクルといえば、特殊な能力を有する魔物である。特殊能力は多岐にわたるらしいが、サラン王国内では危険性は少ないと考えられている。ただ、魔物には違いない。

その姿に私達は驚く。そんな私達へとレベオ神官様は言った。

「ただのカーバンクルではございません。セレスティアル島より迷い込んだ、神聖聖獣カーバンクルです。その証拠に体から美しい清浄な気が溢れております。お二人には分からないかもしれませんが、神殿に仕える者であればすぐに気づきます」

「清浄な気？　何故セレスティアル島から迷い込んだと？」

レベオ神官様は、うなずくと話し始めた。

「ここしばらく、不思議な気配を神殿は感じておりました。そんな時、神殿にこのカーバンクル様が現れ、人の言葉を話し、そしてセレスティアル島へと帰るとおっしゃるのです。気配からセレスティアル島の聖なる存在だという事はわかっておりましたので、殿下達にどうかカーバンクル様を島へと連れて行ってもらえないかと思いまして」

アシェル殿下は困ったように眉を寄せた。

「ですが、このカーバンクルがセレスティアル島の生き物だと証明が出来ません。普通の魔物である可能性もありますよね？」

『無断で連れて行ってはいけないだろう』

するとまたカーバンクルが口を開いた。

「我はセレスティアル島の聖獣！　この聖なる体を見れば分かるだろう！」

『レプラコーンを追いかけてたら、丘の上で何かに弾き飛ばされてここまで飛んできたとは言えない！　っく。だが聖獣なのは本当だ！　帰りたいぃぃぃぃ』

私はアシェル殿下に視線を向けて小さくうなずいてみせる。

それにアシェル殿下はまた眉を寄せた。

『聖獣なのは本当なのかぁ……だけど、持ち込めるかなぁ……周辺諸国へと申告もしないと後々に問題になりそうだ。はぁぁ。まぁどうにかするか』

結局私達はカーバンクルを連れて行くことに決まり、一度神殿から王城へとカーバンクルを連れて行くことになったのだが、カーバンクルは馬車の中で私の膝の上に乗った。

「我の召使にしてやる」

『っく……聖獣だけどカーバンクルだけど、特殊能力も何もない、無能だと気づかれたら終わりだ！　常に威厳をもって恐れ奉ってもらわねば！』

その様子に、私は優しくその体を撫でると、カーバンクルは片目を開けた。

「我が毛皮に触れるとはけしからんが、まぁ許してやる」

『はぁぁぁぁ。きもちぃぃぃぃぃ』

可愛いなと思いながら、一つセレスティアル島に行く目的が増えたなと私は思ったのであった。

『エレノア……あの危険はない？　出来れば、誰かに世話を頼んで君からは離したいんだけれど……』

その心の声でささやかれた言葉に、私は首を横に振った。

「危険はないようですし、とても可愛らしい方です。私で良ければお世話させてください」

カーバンクルの耳がぴくぴくと動く。

『この人間、突然一人で話し始めたぞ……頭大丈夫か？』

私は笑いを堪えながら、優しく毛を撫でたのであった。

その後私は、アシェル殿下に聖獣と言われるカーバンクルが何の能力もないようだということや危険な性格ではないことを伝え、晴れて、一緒の部屋でカーバンクルと過ごすことになったのであった。

「カルちゃんって呼んでもいいかしら？」

愛称をつけたくてそう呼ぶと、カルちゃんはふんと鼻を鳴らした。

「人間ごときが。ふん。だがまぁ許してやる」

『カルちゃん。カルちゃん。ふふふ。カルちゃん』

尻尾がブンブンと振られていて、私は、可愛いなぁと思ったのであった。

第二章　神々の島の国交会

顔にあたる風から海の潮の匂いがする。胸いっぱいに吸い込むと、なんだか懐かしさがあり、不思議なものであった。

この船までの移動には魔術具のポータルと馬車を利用した。

魔術具だけで移動する方法である緊急転移装置を使うこともできるのだけれど人数が数名しか移動できないことや高価な魔術具ということもあり、王族や貴族が移動する際には、各町に設置してある魔術具ポータルを利用し、数日をかけて移動していくことが多い。

魔術具ポータルは転移装置として安定しており、危険性が少ない。

現在各町に設置が進んでいっており、これを使えば国交で他国へと向かう際にもかなり少ない日数で移動できるのだ。

ただ現在は一気に長距離という物は難しく、今後の発展が楽しみにされている魔術具である。

カルちゃんは部屋で寝ており、私はアシェル殿下と甲板の上にいる。

磯の香りと、カモメの鳴く声に私は空を見上げた。どこまでも広がる青い海は、今まで見たどの景色よりも壮大であり、彼方まで広がっていた。

「春だけれど、もう日差しが暑いですね。わぁぁぁ。すごい。綺麗。アシェル殿下！　あ、見てください！　魚！　魚が跳ねました！」

その時、船が大きく波に揺られ、慌てるとアシェル殿下が支えてくれた。

「エレノア大丈夫ですか？」

『結構揺れるねぇ〜。ふふふ。可愛い』

「はい。ありがとうございます。すみません。子どもみたいですね」

「ん？　エレノアは初めての海でしょう？　私も実は子どもの頃に見た時には気持ちが高ぶりすぎて、海に向かって叫んだことがあります」

『飛び込んだこともあるよ〜。海ってね、体が浮くんだよ。不思議だよねー。ふふふ』

「まぁ！」

水の中に沈むとばかり思っていたのに、浮くというのはどういうことなのだろうかと私は思いながらも、アシェル殿下につられて笑ってしまった。

小さな頃のアシェル殿下を想像して可愛らしいなと思った。

今、私達は聖地へと向かうために侍女と騎士とハリー様と共に船に揺られていた。

聖地にあるシュライン城は、海に浮かぶ島であり、諸国から皆自国の船で向かうこととなっている。

基本的に武器の持ち込みや、毒物の持ち込みは禁止されている。

しばらく海を走っていくと、他の船も見え始め、青い海に浮かぶ船が走るその光景は圧巻であり、波風を感じながら私はその光景を見つめていた。

「エレノア。あ、アゼビアの船と獣人の国の船も見えますよ」

『船にも個性がでるなぁ。アゼビアはきらびやかだし、獣人の国はなんとも勇ましいなぁ。むぅ。船で……勝ち負けではないんだけど、もうちょっとサラン王国も特徴的なものがあってもいいのにな』

私はそう言われてみてみれば確かに、各国の船には特徴があるなと思いながら自分の乗っている船を見つめた。

サラン王国らしく、細かい装飾などが丁寧になされ船の造りも丁寧である。

「私はこの船好きですよ。職人様方が丁寧に造った立派な船です」

そう伝えると、アシェル殿下は船を見回してにっと笑った。

「そうですね」

『そうだね。サラン王国にはサラン王国の職人の良いところがある。むぅ。すぐ僕は他の国に触発されちゃう。ありがとうエレノア』

私達は笑い合い、そして船で聖地へと向かったのであった。

青い海を進んでいった先に、その島は見えてきた。島には虹がかかり、その上空には美しい白い鳥たちが楽しそうに飛んでいるのが見えた。

神々の守護する島。

人々の平和を願い、神々が生み出した島であり、歴史書の中では、この島にて神々が神託を各国へとしたこともあったらしい。

神々は強大な問題が現れた時、人々を救うために神託をしたという。歴史書に載っていたことを思い出しながら、私は厳かなその島の様子に息をついた。

船着き場には各国の船が次々についているようであった。

私は手持ちのカバンを持ち、その中にカルちゃんを隠している。

先に護衛の騎士達が降りるのが見えた。そこにはノア様の姿もあり、私が視線を向けると一瞬だけこちらにノア様が視線を向け微笑んだ。

『何があってもお守りする』

私は微笑みを返す。ノア様がいてくれると安心する。

「ノア殿も、騎士団の皆とうまくやっているようですね」

『よかった。ノア殿なら、エレノアを安心して任せられるしね。まぁ……ちょっと妬けるけど』

アシェル殿下の言葉に私はぎゅっとエスコートしてくれる手を握り腕に頭をもたれかからせる。

「えぇ。嬉しいです」

私とノア様の関係はそのような関係ではないけれど、アシェル殿下がそう思ってくれるのは何となく嬉しいなんて、私は悪い女だろうか。

「っく……」

『あー。可愛い。はぁ……ノア殿のことを信じているよ』

私達は笑い合うとエスコートされながら聖地へと降りたのであった。

聖地の地面へと足が触れた瞬間、体が軽くなるような不思議な感覚を得て、私は驚くとアシェル殿下が言った。

「さぁ、ここからは聖地。決められた場所にしか行けないし、神々の意に反することはできない。

不思議な力のある島ですからね」

『ここは不思議な空気だな』

私は同意するようにうなずく。

空気が違う。なんだか不思議なその感覚に出発前に精霊のエル様に言われた言葉を思い出した。

「エレノア。聖地では私も自由には動けない。力が使えないわけではないが、聖地とはそういうものだと理解しておいてくれ」

『聖地とはそういう場所だ』

どういう意味なのだろうかと思っていたけれど、空気が違うのだ。

なんだか背筋が寒くなるというか、なんとなくここにいてはいけないような気がする感覚。

心地の良い場所ではないのが不思議であった。ただ、受け入れられていないというような感覚はしない。それが不思議であった。

カバンの中にいるカルちゃんがしっぽをブンブンと振っているのが伝わってくる。

私達はその後、シュライン城へと移動すると割り振られた部屋へと移動した。

可愛らしい部屋であり、私は清掃が美しく行き届いたその部屋に少しだけ驚いた。

この時期だけ侍女や執事が派遣されて清掃が行き届くのだというけれど、普通人が住んでいない場所というものはすぐに廃れていく。

けれど、ここは違うのだろう。

まるで時が止まっているかのような空気がある。それは神殿で感じた雰囲気とよく似ていた。

後、良く分からないけれど小さな小人のような人たちが聖地には住んでいるのか、たまに廊下を踊りながら走り抜けていくのが見えた。

彼らはレプラコーンと呼ばれており、関わらない限りは基本的には無害と言われているらしい。ただ、お菓子やケーキには目がないので、盗まれないように気を付けないといけないという。

最初は驚いたけれど、アシェル殿下曰く、気にしないほうがいいと言われた。

部屋の中でカルちゃんにそう伝えると、カルちゃんはしっぽをバシバシと床に叩きつけながら言った。

「あいつらを追いかけていたせいで、大変な目に遭ったのだ。呼ぶから行けば逃げるし大変だった」

『っく。あんな丘まで迷い込んだうえ、飛ばされて、その後も神殿につくまで大変だった』

カルちゃんは他の周辺諸国にも申請を出し、神殿にて聖獣との証明書を発行してもらったうえで、セレスティアル島へと戻してもよいことになった。

私とアシェル殿下は一度荷物を部屋へと置くと、カルちゃんを連れて庭へと出た。空を見上げると美しい青空が広がっている。

「カルちゃん。お元気で」

私がそう声をかけて庭へとカルちゃんを下ろすと、こちらへと視線を向け、大きな耳をひょこひょこと動かす。

可愛らしいその仕草に、私は一緒に生活できたのは幸せだったなと思っていると、カルちゃんが大きく背伸びをした。

「大儀であった。この島に帰って来れたことを嬉しく思う。ではな」

『あー……ふかふかベッド。美味しいご飯……エレノアちゃんとばいばいか……』

しっぽと耳がへにゃりと下がるのが見える。

あまりにも可愛らしいその姿に、私はカルちゃんを抱き上げるとぎゅっと抱きしめた。

「また、会いに来てくれますか？」

そう尋ねると、カルちゃんの瞳は輝き、嬉しそうに鬚がぴくぴくとした。

「あぁ。気が向いたらな」

『ふふふ。後で帰ってきて驚かせてやろう！……森に帰ったところで、我は一人だ』

カルちゃんはふわりと私の腕から飛び出ると、森の中へと駆けて行ったのであった。

私はそれに手を振って見送ると、アシェル殿下が口を開いた。

「よかった。無事に帰ったね」

『エレノアから離れないんじゃないかと思ったよ』

私は少し寂しく思いながらもうなずいた。

「はい。またいつか、会えるといいなぁと思います」

「セレスティアル島に住む生き物は全て聖獣といわれているけれど、この島から出てくることはめったにないから、驚いたなぁ。神殿に来るっていうのも賢いよね」

『初めてだと思う……エレノアにすごく懐いていたねぇ～』

「そうですね。あの、この島の生き物は全て人語を理解するのでしょうか？」

アシェル殿下は首を傾げた。

「どうなのだろう。この島は不可侵条約が定められているから、この国交会以外では立ち入りも調査も禁止されているからね」

『恐らくだけど、珍しい物も色々あるだろうし、人は入らない方がいいだろうね。いろんな意味で』

私はアシェル殿下の言葉にたしかにそうだなと思いながら、カルちゃんの走っていった森を見つめた。

「少し寂しいです」

そう呟くと、アシェル殿下が私の手をそっと握ってくれた。

「エレノアは優しいね。でも、出来れば危険なことはしないでね」

『僕は君の傍にカーバンクルがいると思うと不安だったけれど、本当に何事もなくて良かったよ』

聖なるカーバンクルとはいえ、普通ならば魔物と分類される生き物である。だからこそ最初はアシェル殿下もかなり心配していた。

けれどカルちゃんの心の声を聴いて私は大丈夫だと判断し、アシェル殿下にもお願いをしたのだ。

また神殿からの頼みというのもあって、カルちゃんが私の傍にいたいというならばそれに従ってほしいと言われ、仕方なくというのもある。

ノア様と他の騎士とで昼夜問わずに私の部屋の外を警護してもらうという状況だったので、騎士達には申し訳ない思いでいっぱいであった。

「とにかく良かった良かった」

『ほっと一安心』

私はうなずきながらも、やっぱり少し寂しいなと思ったのであった。

その後部屋へと戻ると、私は侍女達に促されるままに湯あみを済ませて今日の夜開かれる舞踏会の準備を進めていく。

「エレノア様。今日も一段とお美しく仕上げてまいりたいと思います」

『他国の貴族の皆様にもエレノア様のお美しさを広めなければ』

「エレノア様が最もお美しいでしょうね」

『可愛らしいエレノア様を皆様に見ていただくのが楽しみだわぁ～』

「今回のドレスはアシェル殿下とお揃いでございますから、楽しみですね」

『はぁぁぁ。我が王国の美男美女。腕が鳴るわぁぁ～』

私は侍女達の言葉に、微笑みながら支度を手伝ってもらったのであった。

今回のドレスは星をちりばめたかのように美しくきらびやかなものであり、ふわりと広がるスカートはダンスをすれば美しく花開く。

アシェル殿下と一緒に決めたこのドレスは本当に美しい。

いよいよ他国を交えた初の舞踏会である。

私はアシェル殿下と共に、今回の国交会では他国の要人との関係を深めること、そしてその声を覚え、出会った際に心の声を把握していくことを目標とした。

心の声を読み、その人の人柄を把握することは、私にしか出来ない役目である。

人の心の声を勝手に聞く罪悪感はある。けれど私は、国交の為ならばその役目をしっかりと果たしていくことを決意した。

不用意にその人を暴くわけではない。あくまでも国交の為に必要なことを把握する。そしてサラン王国の平和の為に使うことにしたのだ。

私は、この国交会を絶対に無事に終わらせてみせると意気込んだのであった。

「エレノア。今日も素敵です」

『ふわあぁぁ。やっぱりそのドレス、エレノアに似合うよぉ！　もうどのドレスを着ても似合いすぎるって罪だよね。あぁぁぁぁ。他の男に見せたくないと思う僕の男心。むぅ』

私はアシェル殿下に褒められて少し照れながら、アシェル殿下を見つめた。

お揃いのドレスは一緒に選んだものであり、実際にこうやって着てみると少し照れてしまうけれど、お揃いはやはり嬉しい。

いよいよ舞踏会である。

周辺諸国が参加するこの舞踏会は失敗できない。そう思うと緊張するけれど、美しく侍女達によって磨き上げられ、アシェル殿下の選んでくれたドレスを身にまとえば、勇気が持てる。

「行こう」

『さぁ、頑張ろう。えいえいおー!!』

いつでもアシェル殿下の声は私に勇気をさらにくれる。

横にアシェル殿下がいてくれるのであれば、私は頑張れる。

「はい」

気合を入れて、美しいシュライン城の廊下を歩いていく。途中途中小さなレプラコーン達がどこから持ってきたのかケーキを運ぶ姿が見られる。

「ケーキが会場から無くなっていたら彼らが犯人ですね」

『どこに持っていくんだろうね』

「ふふふ。そうですねぇ」

後で会場のケーキがおかれているところを見てみようと、私はそう思った。

舞踏会の入り口にはすでに列ができており、王族が入る扉と上位貴族が入る扉とが分けられているようであった。

私達は王族側の方へと向かい、列に並ぶ。他の王族達との顔合わせとはなるが、マナーとしてここでの挨拶は行わない。あくまでも会場に入ってからが始まりなのである。

「サラン王国第一王子アシェル・リフェルタ・サラン様、そのご婚約者エレノア・ローンチェスト様、ご入場です！」

重厚な扉が開かれ、私達は名前が呼ばれると一歩前へと進み、そこで一礼をして会場へと入場を果たす。

サラン王国とは違った雰囲気の舞踏会会場。

会場内には美しい緑の植物が置かれていたり、自生していたり。

天井にはシャンデリアが輝き、その周りには色とりどりの光の玉が浮かんでおり幻想的な雰囲気を醸し出していた。

そして次の瞬間、声が洪水のように私の耳には流れていく。

『んだなぁ……会場中が綺麗すぎて、自分が浮いてないか心配になる。大丈夫けぇ』

『あれが妖艶姫か。見事な美貌。体つきも中々に素晴らしい。さてさて次期サラン王国を背負う王子はいかがなものか。あの美姫に手玉に取られているのかどうか』

『アシェル王子、素敵ねぇ。ふふふ。私の花婿候補だったのに、婚約者が出来るなんて残念。婚約者……ふ～ん。あれがねぇ～。私の方が可愛いわ。えぇそうよ。負けてなんて……くぅ』

『さてさて、サラン王国とは今後もお付き合いしていきたいが、次代はどうなるかな。まぁ美女とはお近づきにはなりたいものだ。一夜の夢も、良いものだがなぁ～』

様々な声が聞こえるけれど、ほとんどがこちらに探りを入れてくるようなものであり、私は心臓が煩くなるのをどうにか小さく呼吸を繰り返して抑えながら、平静を装う。

私はアシェル殿下にエスコートされながら会場を進む。そしてそこからは交流会がいよいよ始まりである。

周辺諸国の王族と挨拶を交し合い、国交についてはあくまでも雑談として探り合いをいれながら会話を進めていく。

私は頭の中でしっかりと諸外国の方々との会話と、そして心の中で呟かれた言葉とを必死になって覚えていく。

要点だけを、出来るだけ正確に覚えておくこと。これはハリー様との特訓を通して、身に付けてきた。

ハリー様のあだ名付けというのは結構有用なものだと特訓を通して私は知った。その人を連想できるあだ名と、ポイントとなる言葉を結び付けて覚えておく。

ただ、私はハリー様のようなあだ名をつける名人にはなれなさそうだ。

側近として別の扉から先に入場を果たしていたハリー様は、私達が入場した後にさっと近くに控えてくれている。

そして通常運転のハリー様の呟きが聞こえる。

『眼鏡垂れ目王子、泣き黒子美女、態隈な国王』

私はハリー様の心の声で呟かれるあだ名を参考にしながら、頭の中で情報を整理し、記憶していく。

全部は無理でも、ポイントに絞れば覚えやすい。

友好的か、好戦的か、批判的か、頭の中では皆の情報が錯綜しながら、皆が心の中では様々な意見を持っていることを私は改めてすごいことだなと思った。

腹の探り合い。

表面的には笑顔で友好的でも腹の中ではどう思っているかなど、聞こえてくる心の声を聴いた時には驚かざるを得ない。

優しそうな人が辛らつな言葉を呟き、冷ややかな人が心の中でハイテンション。そんなことはよくあることであり、人は見た目ではないし、心の中でどう感じているのか、どう思っているのかなどは、一部しか表面に出てこないのだとよくわかる。

「エレノア。大丈夫ですか？」

『一度、テラスで休憩を挟もう』

私は小さくうなずく。

私の頭の中だけでは情報はすぐにキャパオーバーになる。なので、定期的に休憩時に情報を共有することは事前に打ち合わせていた。

心の声が聞こえるというこの能力を、私は今回の舞踏会では最大限に生かすつもりだ。

その時であった。

「エレノア様！」

『良かった。会えた』

可愛らしく、懐かしい久しぶりに聞くその声に、私は振り返ると、そこには獣人の国の正装によりいつもよりも少し大人っぽく着飾っている獣人のリクがこちらに向かってくるのが見えた。

後ろには獣人の王国の王弟であるカザン様とその奥方様であろう美しい女性の姿も見える。

どうやら今回参加しているのはリクだけなのか、カイとクウの姿は見えなかった。

「お久しぶりです。リク……様。お元気でしたか？」

途中呼び捨てにしそうになるのをぐっと堪えて私はそう言い、リク様の後ろに立ったカザン様方にも挨拶をした。

「ごきげんよう。お久しぶりでございます」

「エレノア嬢。ここで会えるとは」

『ここに来るということは……く、リクの嫁に来てほしかったがなぁ。無理か？　いや、まだチャンスはある。結婚するまでにエレノア嬢の心を得れば問題ない！』

「ごきげんよう。初めましてリクの母シュゼットでございます。貴方がエレノア様ですね。やっとお会いできましたわ。どうぞ私のことはシュゼットと気軽にお呼びくださいませ」

『エレノア様！　あぁぁぁあぁぁぁぁぁ！　我が子を救ってくださった女神！　はぁぁぁ。可愛いわ！　可愛いわ！　あぁぁぁあぁ。リクのお嫁さんに来てくださらないかしら？　婚約者がいるようだけれど……ほら、婚約だし、まだいけるわ』

問題しかありません。いけません。私は心の中で苦笑をする。

「お久しぶりです。シュゼット様はお初にお目にかかります。お会いできて嬉しいです」

横にいたアシェル殿下も一礼をする。

「お久しぶりです。またお会いできて嬉しく思います。奥方様、初めまして。エレノアの婚約者のサラン王国第一王子アシェル・リフェルタ・サランと申します」

カザン様とシュゼット様はアシェル殿下にも笑顔で対応するのだけれどその心の中に私は表情を崩さないのが精いっぱいであった。

「アシェル殿もお久しぶりですな」

『くぅ。この完璧王子さえいなければ』

「初めまして。サラン王国のアシェル様と言えば、素晴らしい人格の方と有名ですわね。お目にかかれて嬉しく思います。今後もよろしくお願いいたしますわ」

『あぁぁぁ。もっとダメな王子だったら、リクがエレノア様のお心をつかみやすかったのに！　もう！　だめだわ。私の胸もきゅんとしちゃう素敵なお、か、た』

その後他愛ない会話をしていた時、また会場内でふと声が聞こえた。

『んだなぁ。まさかサラン王国が亡びてねぇとは……やっぱり私の気のせいだったのけぇ』

一瞬、動きを止めてしまう。

今、なんて言ったのかと思い、私は顔をあげて周囲を見回すけれど誰の声か分からない。

サラン王国が亡びてない？　どういう意味だろうかという思いと、独特なその訛にどこの地方の方だろうかという疑問を抱く。

「エレノア様？」

『どうしたんだろう。変な顔……っていうか、また綺麗になったな……はぁ。今日見て改めて思うけれどお似合いすぎだろ……父上と母上は奪い取れとかいうけど……エレノア様、アシェル殿が好きって顔に書いてあるしなぁ』

リクの心の声に、私は少し驚きながらそっと頬に手を当ててしまう。顔が熱い。

私の顔はそんなにわかりやすくアシェル殿下が好きと書いてあるのだろうか。

「エレノア？」

『どうしたの？　疲れた？』

アシェル殿下にもそう声を掛けられ、私は急になんだか恥ずかしくなって慌てて言った。

「いえ、少し喉が渇いただけです」

その後、少し会話をしたのちに私達はテラスへと移動した。先ほどのリクの言葉に私は動揺してしまい何を話したのかよく覚えていないけれど、リクがまた会いにサラン王国に来たいと言っていたことは嬉しく思った。

今回は会えなかったけれどカイやクウにもまた会いたい。私はそう思い再会を楽しみに思ったのであった。

テラスへと移動をした私達は、少し肩の力を抜くと用意されていたソファーへと腰を下ろした。

軽食と飲み物をハリー様が用意してくれて、テラスの中には私とアシェル殿下、そしてハリー様の三人がいる。

「エレノア大丈夫？　疲れていない？」

『僕は緊張したー！　はぁぁぁ。やっぱり、こういう場は緊張するよね』

私はアシェル殿下に差し出された冷たい飲み物を一口飲んでのどを潤してから答えた。

「大丈夫です。でも緊張しますね。やはり他国の皆様は国によって考えが異なり、かなり緊張しました」

机の上の軽食から、アシェル殿下は小皿にいくつか食べやすい物をのせて差し出してくれる。

しかも小皿にのっているのは私の好むものばかりであった。

「アシェル殿下、あの、私のことばかりではなく、アシェル殿下も休憩をされてください」

そう告げると、こてんと可愛らしく首を傾げられてしまう。

「休憩しているよ？　それに、エレノアが少しでもゆっくり出来たら僕は嬉しいし」

『あれ？　もしかして嫌だった？』

「あ、違います。その、私してもらってばかりいるなぁと……私もアシェル殿下に何かして差し上げられたらいいのですが……」

そう告げると、アシェル殿下は嬉しそうに微笑み、私の横へと腰を掛けなおすと言った。

「じゃあ少しだけ肩を貸してもらえる？」

『だめかな？』

「え？　は、はい」

アシェル殿下は私の肩に首をもたれさせると息をついた。

「あー。幸せ。もうこうやって二人でゆっくりしておきたいよね」

『国交会頑張るんだけどさ』

その言葉に、私はたしかにこうやって二人でゆっくりできるのは幸せだなと思う。

「皆エレノアのことを見ていたね」

『エレノアは綺麗だから、皆の視線を集めたね。ふふふ。可愛いエレノアを自慢したくなっちゃうよね』

その言葉に私はふっと笑ってしまう。そんな私達の後ろでハリー様がコホンと咳ばらいをする。

「せっかくの国交会ですので、あまりここにいるわけにもいきません。さっと情報交換をお願いします」

『ぼん、きゅ、ぼーーーん』

通常運転のハリー様に、私達は苦笑を浮かべ、姿勢を正したのであった。

もうちょっとアシェル殿下に頭を預けられていたかったなんて思うけれど、今はそんな余裕はなさそうだ。

国交会中は緊張の連続であったけれど、私はハリー様には感謝している。

ハリー様の心の声は今ではもう私の心の安定剤である。この声を聞くと親しみと共になんだか場の空気が和まされてしまうようになってしまった。

中毒性がありそうである。

私はこれまで得た情報をハリー様に伝えていくと、ハリー様は頷きながら頭の中で様々なあだ名を呟いていく。

アシェル殿下は頷いて私の話を聞きながら、意外な部分には驚いたようにへぇっと小さく言葉を漏らす。

そして、私は一番気になっていた声について話をする。

「あの、実は先ほどサラン王国が亡びていないと呟く女性の声が聞こえて、それについて気になっているのです」

私の言葉にアシェル殿下も顎に手を当てて考える。

「それはどういう意味なんだろう……?」

『不吉すぎる……むぅ』

「ふむ。まあただの戯言という線もありますが、念のため、調査をお願いいたします」

『ぼん、きゅ、ぼーん』

「はい」

その時、会場の方からひときわ大きなざわめきと拍手が起こり、私達はお互いにうなずき合うと会場へと向かった。

一体なんだろうかと思っていると心の声が大きくなる。

『アゼビアの王女であり神官オリーティシア様だ！　今回は弟君であるジークフリート殿がエスコート役か！　ふむ。オリーティシア様の地位を確固たるものにするためか』

『なんと美しいことか。だが美しいだけではないとは、末恐ろしい。国交の場に神官でありながら現れるとは、アゼビアは今後どう出るのか』

『女性だというのに堂々としたものだな。さすがだな。女性の地位を確立させようとしているとか……さてさて、どうなるものか』

会場へと私とアシェル殿下が入ると、一手に視線を集めている女性が見えた。

その横にはジークフリート様がおり、表面上は笑顔を携え楽しそうな雰囲気だが、心の中はそうではないようであった。

『はぁ。なんで僕がエスコートなんか……まぁ、エレノア嬢にも会えるだろうから、いいけど。でも姉上こえぇぇ。僕にも色仕掛けでも何でもして情報収集しろっていうんだから、はぁ。面倒くさい』

アゼビアの王女にして神官を務めるというオリーティシア様は、アゼビアの中で問題となった先の異教徒達を鎮め、元々の信仰心を取り戻すようにと神官として活躍したという。

現在アゼビアは第一王子が王に即位するであろうと言われているが、神官であるオリーティシア様がここに現れたことに、私は驚いた。

それと共に、オリーティシア様に向けられる視線に衝撃を受けた。

私が現れた時、会場内の人々の心の声は、見た目に関する物ばかりであった。けれどオリーティシア様は違う。

国交相手として見られている。

同じ女性だというのに、堂々としていて、男性にも負けない発言力を持つその様子に私はこんな女性もいるのだと衝撃を受けたのだ。

その姿は堂々としており、他国の方々に挨拶をしながらこちらへと進んでくるのが見えた。

『エレノア、さぁ挨拶をしよう。行くよ！　頑張ろう！』

アシェル殿下の心の声に、私は頷きながらも先ほどよりもさらに緊張してしまう。

その時、ジークフリート様と先に視線があった。

アゼビア王国の正装に身を包んだジークフリート様はいつにも増してきらびやかであった。

『エレノア嬢！　可愛い！　っくない。くぅぅ。癒し……違う。ううう。あぁぁぁ。姉上の横にいると居心地が悪いんだよなぁ』

その言葉に、緊張しているのは私だけではないのだなという思いを抱き、少しほっとする。

けれど、次に聞こえてきた声に私は驚いてしまう。

『サラン王国のアシェル様。なるほど。確かに美しい方ね。私の夫にも相応しい方かしら』

夫？　どういう意味であろうか。私は緊張から心臓がバクバクと鳴っていくのを感じながらも、どうにか笑顔を顔に張り付ける。

私達はお互いに形式的な挨拶を済ませ、オリーティシア様とジークフリート様も美しい所作でそれに応えてくれる。

通常の国交の為の挨拶である。

けれど、心の中は全く違った。

「サラン王国とは、今後も良き関係でいたいと考えております。どうぞ、これからも仲良くしてくださいませね」

『私がサラン王国へと嫁げば、さらに友好関係は強固なものになるわ。アゼビアに私が残るよりも有益なのは間違いない。アゼビア神への信仰を広げることにもなるでしょう。それに、現在女性の地位が低いアゼビアよりもサラン王国の方が私の地位をあげることが出来る』

私という存在が横にいることなど、恐らくオリーティシア様の中では関係がないのである。

眼中にない。その言葉が自分にあてはめられた時、私は言いようのない思いを抱いた。

初めて感じるその思いに、私は内心動揺しながらも何か、私も会話に交ざろうと思ったのだけれど、会話はアゼビアとサラン王国との国交についてになり、アシェル殿下とオリーティシア様との会話に交ざることができない。

その時、ふとオリーティシア様と視線が交わる。

『低能な女性。見た目だけなんて。こんな女性がいるから、女性の地位があがらないのだわ』

かぁっと、顔が熱くなる。けれどそれを表面に出すわけにはいかない。私はぐっと抑えるように小さく気づかれないように深呼吸をする。

バカにされたのだと、それは分かる。

けれど、今までだって散々私は見た目で決めつけられて生きてきた。仕方がないのだ。結局のところ私はそれを覆すようなことを今までしてきていないのだから。

けれどオリーティシア様は違うのだろう。

自分の地位を確立するために必死にあがいてきた方なのだろう。だからこそ、他国からの視線が見た目ではなくその能力に向けられているのだ。

彼女に向けられている期待の声がその証拠だ。

「アシェル様とは今後も親しくさせていただきたいですわ」

『できればここで関係を深めたいところだわ。ジークフリートにエレノア様を任せて、落とさせてしまえばいけるのではないかしら。ジークフリートも見た目だけはいいですしね』

ジークフリート様もおそらくこういう性格が分かっているから苦手意識があるのだろう。

ただ、たとえどんな女性であろうともアシェル殿下の婚約者は私であり、私が引き下がることはない。

私がアシェル殿下の婚約者なのだから。

「私も、オリーティシア様と親しくさせていただきたいです。私もまだまだ未熟ですので、ご教授願いたいですわ」

オリーティシア様のような女性の考えを、私はもっと学ぶべきではないかと感じた。確かに先ほど呟かれた言葉は酷かったけれど、私に足りないものをオリーティシア様は持っている。

ただ、だからと言ってアシェル殿下を譲る気はない。

だからこそ私も一歩前へと踏み出して話題へと交ざった。

オリーティシア様は少し驚いたような表情を浮かべる。

「私からもぜひ、エレノアとも親しくしていただけたらと思います。彼女は私のこれからの人生のパートナーですし、今後アゼビアとの国交の時には一緒にいる大切な存在ですので、ぜひ」

『オリーティシア様は思慮深い方だからきっとエレノアも良い刺激をもらうと思うよ』

アシェル殿下の言葉に、オリーティシア様の頬が一瞬引き攣るのが見えた。

「えぇ。もちろんですわ。私もそうしていただけると嬉しいですわ」

『やっぱり男は見た目第一というわけ？　はぁぁ。アシェル様もやっぱり女性がお好きなのね。でも、私を知れば、パートナーには私の方が相応しいと考えられるのではないかしら。そうね。うん。エレノア様、踏み台にさせていただきましょう』

心の中で私は踏み台にはなりません！　負けないぞ！　と思ったのであった。

今回の国交会は周辺諸国の小国が合同で主催となっている。

周辺諸国とは言っても、小国もかなりある。だからこそ、負担を軽減するために小国は数か国が同時に主催を協力して行うことになっているのだ。

サラン王国の主催はまだまだ先とのことで、今回はいずれくる順番の為に勉強をしておこうと私は思っていた。

オリーティシア様の先ほどの堂々とした姿を見て、私は勉強することがいっぱいあるなと感じた。

自分にはまだ力がない。だからこそオリーティシア様のように自立している女性に刺激を受けた。

オリーティシア様は私のことを今は認めていない。けれどそれをいつか覆したいという思いを私は抱いた。

憧れと、女性として自立しているオリーティシア様に多少の嫉妬。抱いたことのなかった感情が自分の中に芽生えたことが不思議と楽しく感じた。

負けたくない。

そんな感情だ。

会場の中でオリーティシア様はひときわ輝いて見えた。ジークフリート様はどこか諦めに似た感情を抱いていて、お姉様には弱いのだなと思った。

『ジークフリート。貴方には貴方の役割があるでしょう。しっかりなさい』

『あぁー。姉上張り切っているなぁ。ついこの間まで僕と一緒に剣を振り回していたのになぁ。さっきのあの様子だと、アシェル殿下をまだ諦めていないのか……っと……エレノア嬢は……今日も可愛……いくない！　しっかりしろ僕！』

剣を振り回していた？　たしかにオリーティシア様は身長も高くそれでいて普通の女性よりも体格がしっかりとしているように思えた。今ももしかしたら鍛えているのかもしれない。

また先ほどからジークフリート様はこちらをちらちらと見ていて、私のことを可愛くないと心の中で呟いている。ちょっとむっとしてしまうけれど、人の感情はその人の物なのだから仕方がない。

ジークフリート様については、もう私のことをどう思っているのかよくわからない。

「エレノア。オリーティシア様は現在アゼビアでも第一王子よりも人気を持つ女性なんだ」

『人格者だという噂だよ。できれば彼女がどのような人か把握しておきたいね』

オリーティシア様の思惑などアシェル殿下は気づいてもいないのだろう。先ほどまで楽しかった気持ちは一瞬で嫉妬に変わり、その発言に私は小さな声でいった。

「アシェル殿下も、オリーティシア様のような人が……良いですか？」

これは違う。これではただのやきもちだとハッとして私は口を押さえると、アシェル殿下が私を見て少し驚いたような顔をしてから口元をぐっと手で押さえた。

『可愛い。やめて。ちょっと待って。可愛い。可愛い！　はぁぁぁぁ。だめだ。むぅぅぅ。エレノア。今のは可愛すぎる。あぁぁっ』

私はどうしてそうなるのだろうかとアシェル殿下を見つめると、アシェル殿下の手が私の手をぎゅっと握り、そしてその瞳が私のことを愛おしそうに見つめた。

『僕は、エレノアが大好きだよ。エレノアがいい。なんか嬉しい』

嫉妬してしまった自分が恥ずかしくなってしまう。

「エレノア。私の唯一はエレノアです。君以外にはいませんよ」

『あー。可愛い！　エレノアが一番可愛いよ。うん。間違いないね』

アシェル殿下の声に私は笑いそうになるのを堪えた。

その後国交会は恙なく行われ、一日目は無事に終了した。

国交会の間、シュライン城内にある宿泊施設に、各国の要人が割り振られている。私とアシェル殿下の部屋は隣り合わせになっており、私達は部屋の前で別れると、夜の支度をしていく。

私は侍女と共にお風呂を済ませ、夜着に着替え、後は寝るだけとなったのだけれど、いつもとは違う場所にいるからか、目が冴えてしまっていた。

侍女には下がってもらい、私は一人ベッドの上でしばらく寝返りをうっていた。

少しひんやりとするシーツ。窓からは月の薄明りが入ってきていた。

私は起き上がると、羽織を着てその薄明かりに導かれるようにテラスの扉を開けた。

吹き抜けていくように風が私の頬を撫でていく。

「……きれい」

瞼を開けた視線の先には、月に照らされるセレスティアル島が浮かび上がっていた。海には月の光が映り、遠くから海の音が聞こえた。

「……静か」

いつもは煩いくらいに、人の心の声が聞こえてくるというのに、とても静かであった。

「あれ？　エレノア」

「え？」

視線を隣へと移すと、そこには、夜着姿のアシェル殿下がいた。いつもとは違った雰囲気のアシェル殿下に私の心臓は跳ねる。

それと同時に私は自分の羽織の前をきゅっと握り、ちゃんと羽織を着てきて良かったと思った。

「エレノアも眠れなかった？」

心の声は聞こえず、アシェル殿下が思ったことを口にしているのが分かる。

「はい。なので少し風にあたろうと思って……海の音が聞こえますね」

「うん。海の音も聞こえるし、たまに聞いたことのない変な鳥なのか虫なのかわかんない声も聞こえるよ。さっきね、ぎぇえっって聞こえて、思わず外に出たんだよ。ふふ。でもそしたらエレノアに会えた」

「ぎえっ？　それは……なんでしょうね？　でも、アシェル殿下に会えて嬉しいです」

「僕も」

私達は笑い合い、月を見上げた。

同じ時間に同じ月を見上げている。少し不思議な感覚がした。

「なんか不思議だね」

アシェル殿下の声に、私はふっと笑ってしまう。

「同じこと思ってました」

私達は笑い合い、それから今日の国交会について笑いながら話をした。

難しい話ではなくて、ただ、どの方のドレスが素敵だったとか、可愛らしいお菓子の話とか、今日は疲れたとか、他愛のないもの。

お互いに、気を抜いて、ただ話したいことを話す。

「僕さ、本当に婚約者がエレノアで良かったよ」

ふとしみじみといった様子でアシェル殿下にそう言われ、私は首をかしげた。

「私もそう思っていますが、どうしたのです？」

アシェル殿下は風を感じるように瞼を閉じた。

「こうやって、同じ風を感じてこんなふうに穏やかに自分が誰かと話が出来るなんて、あまり想像してなかったんだ」

「え？」

アシェル殿下は瞼を開けると月へと手を伸ばしながら、言葉を紡ぐ。

「王子に生まれて、王子らしくと育って、完璧な王子であろうとしてさ、それが当たり前って生きてきたから、たぶん婚約者が出来ても、完璧な王子であろうとしてたと思うんだ。王族に生まれた以上政略結婚は当たり前だしね」

伸ばす手を下ろし、私のことをアシェル殿下は優しい笑顔を浮かべながら見つめる。

「でも、エレノアだったから、僕は僕でいられるようになった。エレノアが本当の僕を見て受け入れてくれたから、僕は、とても救われたんだよ」

真っすぐにそう言われる。

「ありがとうエレノア」

王族として生まれて、完璧王子として皆から称賛されるアシェル殿下。これまでたくさん苦悩しただろうし、王族だからと最初からそう育ってきたのだと思う。

これまでたくさん我慢したことも諦めたこともあるのではないだろうか。

「……アシェル殿下は王子に生まれて……嫌だなとか思ったこと、あるんですか？」

私の問いかけに、アシェル殿下は噴き出すように笑った。

「もちろんあるよ！　だってさ、僕三歳から剣術も授業もぎちぎちに時間組まれて続けているからね。お茶会とかで用意されたおもちゃで遊んでいる子見て、うらやまし～って思ったことあるし、好きなことを好きな時間に出来る子を見てどうして自分には出来ないんだろうって思ったりしたよ」

アシェル殿下の小さな頃を想像し、私は少しだけ悲しくなった。

そんな私を見てアシェル殿下はあえて明るい声で言った。

「でもね、悪いことばかりでもないし、ずっと嫌だと思っていたわけじゃないよ。勉強嫌だなぁとか王子だからってなんでこんなに毎日缶詰め状態なんだって、嫌だぁ！　とはなったけれどさ、それればかりじゃない」

アシェル殿下は月明かりで照らされる島へと視線を移す。

「王子だからこそ見える景色はあった。国のこと、諸外国のこと、そして自分自身が守らなければならないこと。ここに今、いられるのも王子だからこそだしね」

私はうなずきながら、私もそうだなと思った。

今の私は公爵令嬢だからこそアシェル殿下の横に立ち、そして学び、今ここにもいられる。

確かに大変なことも多い。けれど、アシェル殿下と一緒ならば頑張れるし頑張りたい。

「アシェル殿下、私、頑張ります」

そう伝えると、アシェル殿下は優しく笑う。

「今でも十分頑張ってくれているよ。エレノアは少し休むくらいのほうがいいよ。頑張りすぎちゃうから」

「それを言うならアシェル殿下もですよ?」

アシェル殿下は私の言葉に少し驚いたような顔を浮かべる。

「えー? そうかな?」

「そうですよ」

私達は笑い合って、しばらくの間、また他愛のない会話を繰り返した。

一緒に過ごす、ゆっくりと流れる時間がすごく心地良かった。

その時、近くの木がガサゴソと揺れ、私とアシェル殿下は身構えた。

一体なんだろうと思っていると、私とアシェル殿下の目の前に、翼を広げたノア様があらわれる。

どこかで私達のことを見守っていてくれたのかと思う気持ちと、全て聞かれていたのだろうかという羞恥が入り交ざる。

「殿下! エレノア様、部屋へお戻りください!」

何かあってからではいけないとノア様は出てきてくれたのだろう。

けれど、木の中から聞こえてきた心の声に、私はハッと気づいた。

「ノア様! 大丈夫です! カルちゃんです!」

「え?」

「は？」

ノア様とアシェル殿下の声が響いた時、木の葉の隙間からカルちゃんの耳がぴょこんと現れた。

「帰ってきてやったぞ！　ありがたく思うのだ！」

『やっと話が終わったかと思ったら、人間とは恐ろしいな！　殺気を出すな！』

足がプルプルしているカルちゃんは私の腕の中に飛び込んでくると声をあげた。

「寝るぞ」

『こわぁぁ。エレノアちゃん。お願いだから部屋に入ろう』

私はくすくすと笑った。

「お帰りなさい。ふふふ。お布団でねましょうか？」

「あぁ！　一緒に寝てやる」

『怖い怖い。何あの翼生えている人間！』

私はノア様とアシェル殿下に向かって言った。

「そろそろ眠りますね。アシェル殿下、お話できてうれしかったです。ノア様、遅くまでお付き合いさせてしまいすみません。おやすみなさい」

そう告げると、アシェル殿下とノア様は何とも言えない表情でうなずいたのが見えたのであった。

部屋へと入り、元々使っていたカルちゃん専用ベッドを準備する。

「どうぞ」

カルちゃんはそこへとくるりと回って、可愛らしく座ると、こちらをちらりと見た。

「……ありがとう」

『エレノアちゃん……ありがとう』

可愛い。

私は、カルちゃんの頭を撫でたい思いをぐっと我慢してベッドへと入った。

そして、先ほどの会話をノア様に聞かれていたということを思い出さないように、瞼をぐっと閉じたのであった。

第三章　神託

翌朝目覚めると、カルちゃんが私のベッドの中で一緒に寝ていた。

私は可愛らしすぎるその様子に、カルちゃんを起こさないようにとそっとベッドを出ようとしたのだが、耳がピクリと動く。

「もう起きるのか。我はここでしばらく寝ている。暇になれば森へ戻るからな」

『良く寝た。はぁぁ。森より安心して眠れる。最高』

そんなカルちゃんに私は尋ねた。

「また会えますか?」

カルちゃんのひげがぴくぴくと動く。

「気が向いたらな」

『会いに来るよ。エレノアちゃん。ふふふ。エレノアちゃん大好き』

可愛い。

私は朝から幸せな気持ちになりつつ、その後は侍女達があわただしく出入りをして準備を進めていく。着替えを済ませ、化粧を済ませ、それからアシェル殿下と共に、外に用意された国交会場へと向かう。

昨日とは違い外での朝の国交会では、各国の朝食が軽食として準備されておりそれを立食形式で食べながら、交流する予定となっている。

私はアシェル殿下と先に合流をして会場へと入った。

「エレノア。おはよう。よく眠れましたか？」

『カーバンクルは？』

私は笑顔で答える。

「アシェル殿下おはようございます。朝は、私のベッドに入ってきていたんです。丸まって、ふわふわで。すごく可愛かったです」

少し興奮気味にそう答えると、アシェル殿下の眉がぴくりと反応する。

「仲良くなったようで何よりです」

いつもなら聞こえる心の声が聞こえず、私が小首を傾げると、耳元で小さな声でアシェル殿下が言った。

「本当に、心の声を聴いて、危険はないんだよね？　安全？　すごく心配」

私は大きくうなずいた。

「安全です。外面ではなんか強い言葉を使いますが、心の中では乙女です」

「え？　女の子なの？」

『うっそ』

「はい。女の子です」

「そっか。それには驚いたけど、本当に安全ならいいんだ。ごめんね心配性で」

『いつ何があるか分からないからさ』

私はアシェル殿下を心配させてしまい申し訳なく思っていると、会場が賑わいだし、私達もそこで会話を止めて、国交会へと頭を切り替える。

それぞれの国の特産や伝統などを紹介する場も作られており、昨日とはまた雰囲気の違う場となっていた。

「アシェル様。エレノア様。おはようございます」

『アシェル様と二人きりで話せないかしら』

「あぁ、おはようございます」

他の方々もいる中で、オリーティシア様は一番にアシェル殿下へと声をかけ、私は内心ドキッとした。

昨日の発言からしてオリーティシア様はアシェル殿下の妻の座を狙っている。

私は背筋を伸ばすと笑顔でオリーティシア様に声をかけた。

「おはようございます。オリーティシア様。今日もよろしくお願いいたします」

アシェル殿下の横に並んでいた私は、笑顔でそう声をかけるとオリーティシア様が笑顔を返してくれたけれど、恐らく火花が散っていると思う。

負けないぞと思っていると、ジークフリート様が飲み物と軽食をもって現れた。

「あ、おはようございます。アシェル殿下。エレノア嬢。姉上。さぁちゃんと飲んで、食べ物も食べてくださいね」

『はぁ。この人はすぐに自分の体調管理を怠るから、世話が焼けるんだ』

「わかっています。ジークフリート。そうだ、エレノア様と一緒に少し散歩でもしてきたらどうかしら。私はサラン王国についてアシェル殿下とお話ししたいの」

『あからさまだけれど、邪魔なのよ。私には使命があるの』

私が言葉を返す前に、アシェル殿下が、私の手をそっと握り言った。

「おそれながら、私はエレノアのエスコートを誰かに譲りたくはないのです。それにエレノアは未来の王妃。サラン王国についてならば、一緒に話を聞かせていただきたいです」

『だめだよ。ジークフリート殿は、すぐにエレノアを見てにやにやするからね！』

にやにやしているだろうか？　という疑問は置いておき、私はうなずくと、オリーティシア様に言った。

「私もオリーティシア様のお話を聞きたいです。よろしければお話を聞かせてください」

オリーティシア様は一瞬眉をひそめたが、すぐに笑顔になるとうなずき話し始めたのであった。

その会話は今後のアゼビアとサラン王国との国交についてのものであり、今後どのように魔術が発展するかそれをどう利用するかなどの話でも盛り上がった。

やはりオリーティシア様はとても優秀な方であり、アシェル殿下のどんな質問に対しても的確に返しており、すごい人なのだなと感じた。

「オリーティシア様はとても博識なのですね」

私がそう伝えると、少し目を細め、笑みを浮かべて少し小ばかにしたように口を開いた。

「えぇ。私は女性は今後もっと活躍すべきだと考えています。見た目だけでなく、女性も、もっと発言権や行動権を得るべきなのです」

『貴方のような見た目だけの女では駄目なのよ。ちゃんと殿方の後ろに立つのではなく、前に立ち堂々と発言するくらいにならなければならないわ』

オリーティシア様の意見は確かにそうだろうなと思う。現在は女性は男性の後ろに控えていることが多いが、女性でも少しずつ主体性を持ち前に出てきた人々がいる。

私は自分に自信が持てていなかったからこそ、オリーティシア様の自信にあふれる姿に憧れに似た感情を抱いた。

こんなふうに堂々とした女性になりたいと思ったのだ。

「私もオリーティシア様のように、堂々とした女性になりたいです」

素直にそう言うと、オリーティシア様は驚いたような表情を浮かべた。

『何この子……ちょっと……可愛いわね。だ、だからって、アシェル殿下は諦めないわ』

私も負けませんと内心で思いながらも、オリーティシア様もちょっと可愛らしい人だなと思ったのであった。

「では勉強はかかせませんわね。エレノア様はこのセレスティアル島についての伝承はご存じ？」

『国によって伝承は様々ですわ』

私は少し考えると、口を開いた。

「神々は時に神託をし人々を災害から助けたなどのですか？」

オリーティシア様はうなずくと天を指さした。

「神は我らを見守ってくださいます。ですが、全てに関与するわけではありません。人々が強大な問題に差し掛かった時に声を聴かせてくれるのです」

「問題……サラン王国では災害や疫病というように本には記載されていたのですが、アゼビアではどうでしょうか」

問いかけにオリーティシア様は少し考えると近くにいた侍女に声をかける。侍女は頷くと下がり、オリーティシア様は言った。

「学ぶことはよいことですわ。侍女にアゼビアの神の書を持ってくるように伝えました。それをお貸ししますわ」

『自分で読み学ぶことですわね』

「ありがとうございます」

私はなんて優しい方なのだろうかと思いながら、その後侍女が持ってきてくれた神の書を抱きしめたのであった。

朝の国交会はその後昼過ぎまで続き、一度そこで各国は部屋へと下がり、夜の部の準備へと会場は移る。

私とアシェル殿下も一度、ハリー様を伴って部屋へと帰った。

たくさんの声を聴いていたので、私はアシェル殿下とハリー様に情報を共有する。

その後一度各自部屋へと下がり休憩時間となったのだけれど、私は部屋へと帰り、ソファーへと腰掛けると、息をついた。

「エレノア様、大丈夫ですか？」

アシェル殿下とハリー様と別れた後は、ノア様が私に付いて護衛をしてくれている。

私はうなずきながら、小さく息をついた。

「はい……けれど少し疲れました。ノア様は大丈夫ですか？」

「私は大丈夫です。私は外で待機していますので、何かあれば呼んでください」

そう言われたのだけれど、私はノア様に自分の目の前のソファーを勧めた。

「ノア様。そちらに座ってお茶に付き合っていただけますか？」

「え？」

『俺は勤務中だが……っふ。そんな目で見つめられたら断れないな』

どんな目をしていただろうかと思っていると、ノア様は微笑み、それからソファーへと腰を下ろした。

「では少しだけご一緒させていただこうと思います」

『国交会とは、本当に素晴らしい催しだな。各国のことが知れる良い機会だ……我が祖国も、このような会に出席していれば……亡ぶことも、もしかしたらなかったのかもしれないな……』

確かに、竜の国は独立した国であり、他国とのかかわりも少なかったと聞く。

私は話題をオリーティシア様から借りた神の書へと移した。

「アゼビアのオリーティシア様よりこの本を借りたのです。竜の国も、神々について竜の伝承などはあったのですか？」

ノア様は頷くと、オリーティシア様から貸していただいた本の表紙に描かれている物を指さした。

「天と大地は神を表すと言います。ただ、神々は時にいたずらで時に命を生み出すと考えられています。竜の国にもそれは歴史書に残っていました。神々は人を慈しみ、困難の前には神託が下りるとか」

『昔学んでいたころが懐かしい』

私はノア様の言葉を聞きながらうなずきかえす。

「神託……私も歴史書を読みましたが、そこにも確かに記述として残っていましたね」

「ええ。曖昧なところもありますが、神託を受けた人がいるのは間違いないのでしょう。各国の歴史書を読んだことがありますが、確かに同じような記述が残っていたのを覚えています」

ノア様は神の書を開く。

「アゼビアのこの神の書も私も勉強の為に読んだことがあります。ここに、神々の生み出した古竜の話があります」

『竜であり我ら竜とは違った存在』

「古竜ですか？　あの、普通の竜とは違うのですか」

ノア様はうなずく。

「古竜とは大地を神々が生み出した時に、その大地を安定させるために生まれたと言われています。古竜とはいいますが、どちらかと言えば、自然に近い存在です。普通の竜とはそもそも違います」

『ほとんどが伝説だが、たしかに存在すると言われている』

その言葉に私は頷きながら、アゼビアの神の書に載っている古竜の挿絵を見つめ、ふと思う。

「……これどこかで……」

ただどこで見たのかその場では思い出せず、眉を寄せた。

その時、ベッドの上で丸まって眠っていたカルちゃんが起き上がると、背伸びをしてから私の方へとちょこちょこと歩いてくると膝の上に乗った。

「人間とは無知だな」

『あれでしょ？　あれ。今思い出しても痛かったぁ。尻尾でぺーんって飛ばされて、あんなに飛ばされるなんて思ってもみなかったし、その上、海に落ちて海流に呑まれて、どうにか海を泳いでたどり着いたのが人間の国とか、すごく大変だった』

一体何を指して無知と言っているのかも気になったけれど、このセレスティアル島でカルちゃんに何が起こってサラン王国にたどり着いたのかについても気になる。

聞いてもいいのか分からなかったので聞かなかったのだが、気になる。

「森へ帰る。ではな」

『はぁぁ。眠りすぎた。運動しよう。それで帰ってきたらごちそう食べさせてもらおう！』

「カルちゃん」

名前を呼んだけれど、カルちゃんは窓から飛び出していくと、すぐに姿が見えなくなってしまった。

「いっちゃったわ」

私がそう呟くと、ノア様は静かに言った。

「早く森へ帰ってくれればいいものを。エレノア様、あまり油断されないでください」

『アシェル殿下が心配するのも無理はない。エレノア様は無防備すぎる』

私は正論だなと思い、うなずいたのであった。

女性の支度にはとにかく時間がかかる。ノア様と少し休憩した後に、私は侍女達によって夜会の為の支度が始まった。

湯あみから始まり、侍女達に磨き上げられることになったのであった。

支度を手伝ってもらいながら、最後の挿絵、どこかで見たことがあるような気がして、頭の中に引っかかっている。

夜の衣装は落ち着いた雰囲気の色合いにし、アシェル殿下と合流すると私達はお互いに笑みを浮かべた。

「少しはゆっくりできましたか？」

『今夜も素敵だね。忙しいけど頑張ろう』

「はい。オリーティシア様からお借りした本も読ませていただきました」

アシェル殿下は笑顔を浮かべながら心の中で言った。

『あの分厚い本を読んでたの⁉　いや、むしろ疲れるでしょう⁉』

私は笑顔でそれにこたえるとアシェル殿下は小さく肩をすくめたのであった。

夜の部の国交会は、和やかな雰囲気で始まった。

雰囲気が明るいと、心の声も明るく感じられるから不思議なものだ。

国交会は終始和やかなムードで進行していき、皆がこのまま平和に国交会が続いていくと、そう思っていた。

「あら？」

微かな振動。

「エレノア」

アシェル殿下に名前を呼ばれたその時、会場が突然突き上げられるような揺れを感じた。

「きゃっ！」

「なんだ⁉」

アシェル殿下は私を支えてくれるけれど、突き上げるような、ドンという揺れが二〜三度続き、机の上に置かれていた物達が地面へと落ちる。

会場内では悲鳴があがり、騎士達は自分達の主を守るように構える。

傍に控えていたノア様が私達の前まで一瞬で間を詰めると言った。

「アシェル殿下、エレノア様！　もしもの時はこの後、脱出します！」

ノア様の声に私達は頷いたけれど、その後、奇襲などはなく、その場にうずくまっていた人達も少しずつ立ち上がり始める。

一体何だったのだろうか。

そう思った時であった。

会場内の天井から光が溢れ始め、ふわふわと飛んでは消え、飛んでは溢れていく。

その光は温かであり、先ほどまでの不安が一瞬にしてやわらぎ、何故か懐かしいような雰囲気すら感じる。

言いようのない不思議な感覚であった。そして、次の瞬間たくさんの声が重なったようなそんな美しい声が会場内に響き渡る。

「「「「愛しき人の子らよ。探せ。高貴なる乙女を。この会場に、予言をもたらす乙女がいる。見定めよ。さすれば大地が燃え、万人が黄泉へと歩む危機を乗り越えられるであろう。丘を眠らせよ。予言の乙女にこれを授けよ」」」」

その声は頭に響いてくるようで、人の声ではない。感覚的に神の声だと頭が認識する。それはおそらく皆が同じなのであろう。

何故と聞かれれば分からないと答える。ただし、それは人ならざる者の尊き声であるということが分かるのだ。

天井の光を見つめる。

キラキラと光を放ちながら小さな何かが落ちてくるのが見えた。

「「「「予言の乙女が自らの意思で、己を信じた時、指輪は乙女に応えるであろう」」」」

響いてくる声は何重にも重なっている。それは、周辺諸国の神々の声なのか、信仰心の強い国の者はその場に膝をつき祈りを捧げている。

神々の声は温かさで包まれており、その声に心が揺さぶられる。

これが神々の神託なのであろう。

そして神託が下りるということは、人に危険をもたらす何かが起こるということ。

これまでの歴史においても神託が下りるタイミングとは恐ろしい災害や疫病が起こった時であったと記録されていたことを思い出す。

これまで読んできた歴史書の予言についての項目が頭を駆け巡っていく。

キラキラとした光を放つそれは会場の中央へと降りると、空中にて光を放ちながら留まる。

天井の光は消えると同時に、皆が呼吸を止めていたことを思い出し、慌てて深呼吸したり息を吐いたりしている。

額に汗がにじむ。体が緊張していたのだという事に気付き、私は大きく深呼吸をすると視線を横へと向けた。

アシェル殿下も、ゆっくりと深呼吸をしており、私へと視線を向けた。

「エレノア。大丈夫ですか？」

『心臓がまだばくばくしているよ』

「大丈夫です……神託、ですか？」

そうであろうと思いながら確認するように尋ねると、アシェル殿下は頷き視線を前へと向けた。

「まさか、神託を見ることになるとは思ってもみなかったですね……エレノア、あれ」

『一体何だろう』

「はい……」

共に視線を前へと向けると、キラキラとまばゆい光を放つそれに、皆が視線を向けていた。

会場の中央に神が落とした物はなんなのだろうかと近寄ろうとするが、動く者と一歩も動けない者に分かれた。

「これは、どういうことだ……選ばれし者しか近寄れないという事か⁉」

「近寄れる者はいないか⁉　試そう！　全員だ！　そして近寄れなかった者は下がるのだ！」

同意するように皆が一度は近寄れるようにと前へと進み出ていく。

神々の先ほどの声に皆が未だに興奮状態にあるようだけれど、どこか冷静であり、だからこそ押し合うことはなく、順序良く皆が前へと進んでいく。

私と焦る殿下も皆の流れにそって順番に前へと進んでいく。

「だめだ……僕はここから進めない」

『……まさか……エレノア』

「……行ってきます」

私はアシェル殿下よりも一歩前へと進んでいく。ふと横を見ると、見知らぬ眼鏡をかけた少女とオリーティシア様の姿もそこにはあった。

他にも後二名ほどの少女が前へと歩み寄ることが出来た。

けれど、その二人の少女は途中で足を止める。

『だめ、ここからは進めないわ。あぁ～。救国の乙女みたいなのになってみたかったけれど残念だわぁ～』

『あぁ……私ではなかったのね。はぁ……私なら絶対に相応しいのに残念』

そう呟きながらもどこか安心したような少女達は後ろへと下がっていく。残ったのは、私、オリーティシア様、そして眼鏡の少女であった。

私達は、緊張しながらも歩み寄っていく。

『あぁ、あぁ！　これはチャンスだわ。私がもしその乙女ならば、私の地位はさらにあがる！　選ばれたい。選ばれたい！　これは神が私に与えてくださったチャンスよ』

『んだなぁ……いや、私なわけがない……まさかねぇ……足よ、足よ止まれ……あぁぁぁ進めるがよぉぉぉ。けど……それならやっぱり私……なら、未来は』

その声に、会場で聞こえていた訛がある少女はこの子だったのだなと考える。

足は止まらず、私も緊張が高まる。

そして私達三人は、指輪の元へと進むことが出来たのだ。

ただ、指輪は光に包まれており手を伸ばしても触れることが出来ない。

会場内はそれにざわめきが起こった。

『どういうことだ⁉　乙女は……乙女は三人のうち誰だ？』

『アゼビアの神官オリーティシア様、サラン王国の王子の婚約者のエレノア嬢、そして……誰だ？』

『えっと……あれは、小さな島国の……あー……誰だったかな』

『オリーティシア様が最有力候補というところか』

私とオリーティシア様と眼鏡の令嬢は顔を見合わせる。

これは一体どういう事なのだろうかと私は考えながら、先ほどの神々の言葉を思い出す。

〝予言の乙女が自らの意思で、己を信じた時、指輪は乙女に応えるであろう〟。

予言の乙女とはどういうことなのか、それに己を信じた時とはどういうことなのだろうかと考えていると、オリーティシア様が声をあげた。

「現状、私達三人の中で、誰が予言の乙女なのか、確証を得ることはできないでしょう。ですので、一度各国の代表者が一名ずつ集まり、会議を開くのはいかがでしょうか」

その言葉に、皆が賛同するようにうなずき、オリーティシア様はその後も言葉を続けた。周辺諸国の方々もそれに同意するようにうなずき、一旦、部屋へと下がった後に、代表者のみ集まる手筈が整えられた。

あっという間に話がまとまっていくその中心にいるのはオリーティシア様であり、私は女性でありながら男性に押されることなく意見を通す姿に、このような女性もいるのだと驚かされた。

『ぽん、きゅ、ぽーん！』

「エレノア！」

『大変なことになった……一体何がどうなっているんだ』

部屋へと戻った私とアシェル殿下とハリー様は先ほど起こったことに対して一度落ち着いて話をしようとソファーへと座ると、話し始めた。

侍女達は下がらせて、ハリー様が落ち着けるようにとお茶を入れてくれた。

「ありがとうございます」

そう言いながらティーカップへと手を伸ばしたのだけれど、手が震えていて上手く持てなかった。

自分でも知らず識らずのうちに緊張していたようだ。

「エレノア。大丈夫？」

『心配いらないよ。大丈夫だよ。絶対に、大丈夫』

アシェル殿下は私の横に座りなおすと、私の手を握ってそう声をかけてくれた。

「はい……すみません。いろいろとありすぎて、少し、驚いたようです」

「うん……」

『神々のこの島で……普通はこちらへと干渉してこない神々が神託を落とすほどの危機か』

私達は何が起こったのかについて整理するとともに、今後起こりえる事情についても考えていく。

神々が神託をするほどの危機とは何なのか、そして乙女とは誰なのか。そして乙女の候補となっている私が一体どのような事態に巻き込まれるのか。

アシェル殿下は私を安心させるようにずっと手を握っていてくれる。

私は笑みを返し、そして先ほど聞こえてきた心の声を二人にも話す。

オリーティシア様が予言の乙女になりたいと願っていることや、もう一人の眼鏡の令嬢の心の声についても話をしていく。

するとハリー様が手帳を開いて言った。

「指輪に選ばれた眼鏡のご令嬢ですが、小さな島にある小国の姫君でココレット・マーシュリー様です。あまり喋らない方で、会合でも必要最低限のみの会話しかないとか。兄であるヴィクター様がご一緒とのことです。たしか、五年ほど前に一度我が国にも来たことがあります」

『ぼん、きゅ、ぼーん』

その言葉にアシェル殿下もうなずいた。

「覚えているよ。お兄さんは僕の二つ年上で武芸に秀でた人だよ。妹のココレット嬢はそんなヴィクター殿の後ろをついて歩いていたという記憶があるな」

『まぁ結構前のことだから、曖昧だけれど当時はヴィクター殿と良く手合わせをしたな』

私はその言葉になるほどとうなずく。

「ココレット様……心の中の声ですが、訛があるのかよくわからない言葉も使っていらっしゃいました。そして気になるのがサラン王国が亡んでいないというような言葉を呟いていたのはココレット様だったのです」

私の言葉に、アシェル殿下とハリー様は眉間にしわを寄せた。それと同時にハリー様はパラパラと手帳のページをめくっていく。

『ぽん、きゅ、ぽん！』

「ココレット・マーシュリー様。無口。マーシュリー王国は平和な国でほぼ争いはないようですね。そうですね……ふむ。気になることがあったと言えば、マーシュリー王国では自然災害の被害がほぼ出ていない点は、気になるところです」

「転生者である可能性も、あるね……」

『うーん。どうなのだろう。むぅぅぅ。難しいね』

私達は考えるも、現段階で持っている情報が少なすぎる故に、結論はもちろん出せない。なので、しっかりと方向性を決めていく。

「エレノアは、ココレット嬢とオリーティシア様については一番身近にいることになるだろうから、調査をよろしく。ハリーは会場全体の状況と情報集めを頼む。僕はヴィクター殿と話をしつつ各国の代表達と話をし、他の国々がどのような考えを持っているか伺ってくる」

『今後どうなるかなぁ』

私達は頷き合いながらも、今後どうなるのだろうかという不安は抱えたままであった。

今まで体験したことのない事態に、私達はゆっくりと紅茶を飲むと静かにゆっくりと息をついた。

「何が起こるのですかね」

「本当に……というか、エレノアが残っているのが、僕は不安。だってエレノアの能力も、精霊と契約をしていることも、それに転生者であることだって、エレノアが予言の乙女だと決めつけられそうだしさ……というか、他国に情報が漏れていないことは救いだね」

『ジークフリート殿あたりは情報は入手しているかもしれないけれどね』

アシェル殿下の言葉にハリー様は同意するようにうなずいた。

「エレノア様が精霊と契約をしていることについても、また能力についても今後も気づかれない方が得策でしょう。気づかれればエレノア様は今回の予言の乙女でなくても、他国にとっては欲しい逸材となるでしょうから」

『特殊能力ぼん、きゅ、ぼーん』

サラン王国で私はアシェル殿下と一緒にいたい。だからこそ、私の能力については誰にも知られない方がいい。ただ、何が起こるか分からない以上、絶対に気付かれないようにするということはできないかもしれない。

ハリー様は眼鏡をくいっと上げると言った。

「ちなみに、エレノア様が今回の予言の乙女である可能性はあるのでしょうか?」

『ぼん、きゅ、ぼん』

私は首を横に振った。

「おそらく違うと思います。私は予言できませんし」

「では、一番可能性が高いのはどなただとお考えで?」

『鋼鉄女神官か眼鏡仲間』

私は思わずハリー様を見つめたまま呟いた。

「……どこからそんなことを、いつも思いつくのです？」

「あ……」

『ぽん』

「あ、すみません。えっと、一番可能性が高いのはココレット様ではないでしょうか。オリーティシア様からは予言が出来るとかそういう感じはしなかったので……ですが確証はありません」

アシェル殿下はうなずくと言った。

「よし。じゃあ先ほど話した通り、まずはそれぞれ調査だね。エレノア。でもくれぐれも無理はしないでね」

『エレノアはすぐに無理をするからね。無理はだめだよぉ～』

その後、アシェル殿下と私は皆が集まる会場へと向かった。きらびやかな会場ではなく、あくまでも白を基調とした統一感のある部屋であった。

話し合いに参加するのは、各国の代表と指輪に近づくことの出来た私、オリーティシア様、そしてココレット様であった。

会場内に入ると、その場は緊張感に包まれており、代表者の多くは男性であった。女性は数名であり、そんな中でオリーティシア様は堂々と座っていた。

『……予言の乙女、可能性が一番高いのは私。選ばれたい。神様、どうかオリーティシアに力を貸してくださいませ』

そしてココレット様はというと、縮こまるように肩を丸くして様子を窺っている。その横には、ココレット様の兄であるヴィクター様であろうか。

恐らく各国は代表者一名ずつであるが、ココレット様が予言の乙女かもしれないということで同席しているのであろう。

ヴィクター様はココレット様同様栗色の髪と、瞳は藍色に近い色をしていた。

きりりとした印象であり、体を鍛えているのであろうか他の貴族の男性よりもがっしりとして見える。

可愛らしい印象のココレット様とは真逆のタイプに、内心兄弟でも違うのだなと思った。

『んだなぁ……一体、何がおこるのけぇ……』

『ココレット。ふぅ。今回の場にはアシェル殿もいるのだ。問題は起こしてくれるな。というか、ココレット、頼むから喋らないでくれよ』

私はその言葉に、ココレット様も未来が見えているというわけではないのだなと思う。

そしてヴィクター様はアシェル殿下のことも覚えているのだと思い視線を向けると、こちらを見たヴィクター様に睨みつけられた。

『ふん！　見た目だけの小娘が！　そなたなど、アシェル殿には相応しくない！』

私はパッと目をそらしてしまう。

これまで女性に言われることは多かったけれど、男性に言われたのは初めてのことである。

心臓が少しドキドキとしながら、一体どういう意味だろうかと私は思った。

ただ、今はこれからの会議に集中しなければならない。

各国の代表者達も私達に視線を向けながら誰が予言の乙女なのか吟味するかのように心の中で呟いている。

一体どうやって見つければいいというのだろうか。

私がそう思った時であった、オリーティシア様が声をあげた。

「どうにかして光を消した指輪を、はめられないか一人ずつ試してみるというのはどうでしょうか」

『神々ははめてはいけないとは言わなかったわ。もしかしたら光に触れて時間が経過すれば消えるかもしれないし……これで見つけられるはず。簡単よ』

その言葉に、諸外国の皆からどうだろうかと様々な意見が出たが、結局は神々はそれについて禁止するようなことは言っていなかったことから、はめてみてもいいのではないかと話はまとまった。

私達は先ほどの舞踏会会場へと移動すると、指輪の方へと向かい、そして順番にはめてみることとなった。

「では、最初に私が」

『……大丈夫よ。きっと、神々は私を選んでくださる』

オリーティシア様は指輪へと手を伸ばすと、光に守られる指輪に触れようとした。

その時であった。

地面から突き上げるような揺れが起こると同時に、指輪の光が消え、地面へと転がったのである。

突然のことに皆が目を丸くした時、小さな足音が響き、揺れをものともせずに会場を走り抜けた。

「もらったぁぁあ」

「わぁぁぁあい」

「にげろっぉぉぉぉ」

私達はその姿をはっきりと目で捉えながらも、揺れの為動けず、そしてレプラコーン達のあまりの素早さに追いかけることすら出来なかった。

笑いながら楽しそうに、指輪を空中に投げてはキャッチして走っていく。

「アシェル殿下！　追いかけますか⁉」

ノア様が翼を広げて宙に浮くと、アシェル殿下に尋ねる。おそらく護衛を優先するかレプラコーン探索を優先するかの指示を待っているのだ。

「ノア殿！　追跡頼みます！」

『っくそ。この揺れ、なんなんだ⁉』

私はアシェル殿下に支えられ、ハリー様は揺れに対抗するように変な体勢でバランスを取っている。

こういう危険な時に、どうして笑わそうとしてくるのか。

『地震雷火事親父！』

突然呟くハリー様の心の声に、私はこんな時ですら一体何を考えているのだと思ってしまう。

『これ……夢で見たやつだ……』

「え？」

私は近くで揺れに耐えているココレット様に視線を向けた。

ココレット様は呆然とレプラコーンの方を見つめており、次の瞬間、天井を見上げる。

『まさか……まさか。違うわ。あれはただの夢よ！　夢！　だってサラン王国は亡びていない。だから、やっぱり私の勘違いだと思ったのに！　あぁ！　シャンデリアが！』

私はココレット様の視線を追い、そして揺れるそれを見てノア様に向かって声をあげた。

「ノア様！　シャンデリアが！　危ない！」

次の瞬間シャンデリアが揺れによって大きく揺らぎ、丁度その下を飛んでいたノア様にぶつかる寸前であった。

ノア様は私の声にすぐに方向を変えたためにぶつからずに済んだけれど、声を掛けなければまず間違いなくぶつかっていた。

「あぁぁ」

『よ、よかった。よかっだぁぁぁ』

ココレット様はそう呟くと両手で顔を覆い、大きく息を吐いた。

私はぐっとこぶしを握る。

色々な感情が頭の中でぐるぐると回るけれど、アシェル殿下に手をぎゅっと握られて、ハッとした。

『エレノア。少し我慢して。何かしたいのは分かるけれど、ここで下手に動くと、エレノアが予言の乙女だと皆から決めつけられそうで怖い。いい？』

アシェル殿下の心の声に、私は、静かに小さく頷くと、呼吸を繰り返す。

ノア様がシャンデリアによって邪魔されたことで、レプラコーンを見失ってしまい、こちらへと帰ってくるのが見えた。

「申し訳ありません」

『っく……』

ノア様の言葉に私は首を横に振る。

「無事でよかったです」

そう。本当に無事でよかった。

もしもあの時、ココレット様の心の声が聞こえなければ、あのままノア様はシャンデリアにぶつかっていたかもしれない。

そう思うとぞっとする。

それと同時に、憤りを感じた。

何故なら、もしも、未来が見えていたとするならば、ココレット様はノア様が危なくなることが分かっていたはずだ。それなのに、何も言わなかった。

それはつまり、私がここにいなければ、心の声が聞こえなければ、ノア様はシャンデリアにぶつかり怪我をしたかもしれないという事だ。

それなのに、ココレット様は何も言わなかった。

『エレノア。どうしたの？』

アシェル殿下に心の中で尋ねられ、私はどう答えるべきだろうかと思いながら視線をココレット様へと向ける。

どうして言わなかったのだろう。

危険だと分かっているのであれば、何か合図だけでもあれば、危険を回避することが出来るのに。

「エレノア。けがなどはありませんよね？」

『大丈夫？　エレノア？　どうしたの？』

私は視線をアシェル殿下へと戻すと、どうにか口を開く。

「大丈夫です……アシェル殿下も大丈夫ですか？」

「ええ。大丈夫です。ですが、大変なことになりましたね」

『レプラコーンに取られるとは。どうしたものか……』

第四章　指輪の行方

会場内は行方不明になった指輪を捜すために皆が集まり、男女や身分に関係なく皆がくまなく必死に捜していく。

各箇所を手分けしており、一か所一か所しらみつぶしに捜していくのだけれど、レプラコーンの姿はなく、どこへ行ってしまったのかが分からない。

「アシェル殿下、一体どこへ行ってしまったのでしょうか」

私がそう尋ねると、一緒に捜していたアシェル殿下は、額の汗をぬぐいながら立ち上がり背伸びをすると言った。

「そうですねぇ……彼らがどこに棲んでいるのかも見当もつきませんしね」

『まさかこんなことになるなんて、想像もしていなかったよなぁ。はぁぁぁ。でもとにかく見つけなきゃね』

会場にいるのは王族が多く、捜すことになど慣れていない者ばかりなので時間もかかる。

使用人達に苛立ちをぶつける者まで出始めており、険悪な雰囲気が流れ始めていた。

私の近くにはココレット様もおり、私は注意深く彼女の動向を見つめていた。

「私、ココレット様と話をしながら捜してみます。いいでしょうか?」

「分かりました。でも無茶はしないでくださいね」

『彼女のことは気になるよね。エレノア、よろしく頼むよ。でも、無茶はなしだよ』

私はうなずき、ココレット様がいる場所へと移動すると声をかけた。

「ごきげんよう。ココレット様。正式にはご挨拶をしておりませんでしたが、サラン王国から参りました。エレノア・ローンチェストと申します。そちらはどうですか? 指輪、どこへ行ったのでしょうね?」

ココレット様は驚いたように肩をびくりと震わせると、私の方を見て、慌てて立ち上がりスカートについたほこりを払うと言った。

「マーシュリー王国より参りましたココレット・マーシュリーと申します。ご挨拶が遅れてしまい申し訳ありません」

『んだなぁ。綺麗な人だなぁ……だけど……本当に生きていたんだなぁ……』

一瞬、私は背筋が寒くなり、動けなかった。

〝生きていたんだなぁ〟ということは、もしかしたら私は死んだと思っていたのであろうか。

たしかにゲーム上ではサラン王国が亡びるというエンディングもあった。しかし、現実にはそれは起こっていない。

そう考えるとやはり予言の乙女はココレット様なのではないかと思う。それか転生者か。

私は確証が欲しいと思い、笑顔を顔に張り付けてココレット様に尋ねようとした時であった。

いつの間にか私の横にはヴィクター様が立っており、私のことを睨みながら見下ろしていた。

「あ……」

挨拶をしようと口を開こうとした時であった。

『くぅっ。この女がアシェル殿の婚約者……たしかに美しい。だが、だが完璧な王子で、誰もがうらやむ美貌！　所作！　そして強さ！　あぁぁ。アシェル殿の横に本当に立つのにふさわしいのか⁉　俺もやっと自信をもってアシェル殿下の横に立てるくらいになれたと思ったのに、くっ。負けぬ！』

『兄様ったら、そんな顔で睨んでも、何にもならんがよ。アシェル殿下大好きはかわらんのけ』

私の頭の中は混乱が渦巻き始める。

大好き？

今の心の声の真意が分からないというか、頭の中が疑問でうまく回転しない。

「えっと」

言葉を詰まらせてしまうと、ヴィクター様は私を小ばかにするように言った。

「マーシュリー王国より来たヴィクターと申す。ココレットの兄だ。アシェル殿とは旧知の仲であり、大親友だ」

『っふ。負けぬぞ。俺の方が絶対にアシェル殿の横に立つに相応しい！』

聞いていた前情報との違いに、私は思わずどう答えるべきか悩んでしまったのだけれど、どうにか立て直すように一礼をする。

「よろしくお願いいたします。エレノア・ローンチェストでございます。アシェル殿下より、幼い頃に一緒に過ごしたことがあるとお聞きしております」

「ふっ」

『俺達の仲はそのように浅いものではない。っふふふ。お前の知らぬアシェル殿の姿を俺は見ているのだ！　ふはははは！　負けぬぞ！』

頭の中が混乱する中、私はどうにかココレット様と話をしようと思うのだけれど、私の前からヴィクター様はどかずに言った。

「まずはあのレプラコーンを捜すのが第一！　一緒に捜そう！」

『ココレットがしゃべるのを聞かせたくないぞ。っく。我が妹ながらなぜ訛を直さないのか！　ふふふ。アシェル殿の昔話でも聞かせてやろう』

ヴィクター様はそう言うと私の手を取ろうとしたのだけれど、後ろからとんと私の肩に手が置かれ、アシェル殿下が来てくれたのを感じた。

「エレノア」

『……ヴィクター殿……馴れ馴れしくないかな～？　もしかしてエレノアとお近づきになろうとしている？』

「？」

アシェル殿下はいつものように笑顔を浮かべていたけれど、それは表面的な笑顔であり、私はどうしたのだろうかと思うと、ヴィクター様に向かって口を開くのを見つめた。

「あ、アシェル殿。久しぶりだな」

『ふふふ。ひ、久しぶりだな。ふふふ。アシェル殿に相応しい男に俺はなったぞ。見てくれ。俺のこの筋肉を。この鍛え抜かれた体を！』

「えぇ。お久しぶりです。お元気にされていましたか？」

『……む……なんだこの、感じ』

「あぁ！　元気にしていた！」

『嬉しい。嬉しいぞ。あぁぁ。心が滾ってきた。この滾る思いを聞いてほしい』

私はアシェル殿下の腕をぎゅっと掴むと、ヴィクター様を見つめた。

アシェル殿下が、恐らく狙われている。

私はそれを察知して、オリーティシア様とは違ったアシェル殿下に向ける好意に、アシェル殿下を渡さないぞと気持ちを強くする。

「そうですか。では、私はエレノアと共に捜すのでこれで」

『なんだろう……この距離感……エレノアにアタックするつもりかなと思って間に入ったけど……とりあえず、エレノアに近づく気は……ないのかな？』

「あ、アシェル殿……行かないで……えっとその、一緒に捜そう」

『待ってくれよぉぉぉ。話したい。話したい！　俺のこの想いを伝えたい！』

この人はアシェル殿下には近づけてはいけない。私がそう思った時であった。

また大きくその場が揺れて、私達は伏せると揺れが収まるのを待った。

その時であった。

「あ！　あれ」

『道が開いた……見たとおりだぁ』

ココレット様の声に、私達が視線を向けると、そこには扉があり、キラキラと光っている。

私は耳を澄ませると、確かに中から声が聞こえた。

『わぁぁい。げっとぉ』

『ふふふ。人間大騒ぎ』

『かくれんぼだなぁ』

恐らくその声の主はレプラコーンだろう。人の声よりもかなり高い声で話をしているので特徴がある。

私はアシェル殿下に小声で言った。

「中にレプラコーンがいると思います」

アシェル殿下は頷くと、一瞬迷ったように眉間にしわを寄せた。

一緒に行くべきか迷っているのだなと思い、私はハッキリと告げた。

「私も一緒に行きます」

その言葉にアシェル殿下は少し考えて頷くのが見えた。

「行きましょう」

『でも、危ないと思ったらすぐに逃げるからね』

「はい」

その時、扉が光ったかと思うと、閉じようとしているのが見えた。

恐らくその周辺にいた人だけが気づいた。私とアシェル殿下、そしてノア様とヴィクター様、コレット様とハリー様はぎりぎり扉の中へと飛び込んだ。

一瞬光に包まれたかと思うと、そこは美しい緑あふれる庭のような場所であった。

ただ、遠くに見える建物などは壊れているのか、緑の蔦が絡んでおり、崩れているようであった。

「ここは……」

私が辺りを見回すと、なんとその場にはオリーティシア様とジークフリート様の姿もあり、私達は顔を見合わせた。

「エレノア嬢!?　どうしてここに！」

『光っていた扉にはいったのだが、その場にはいなかったはずだ！　何故……って、アシェル殿下に他の何人かもいるのか？　あ、ココレット嬢も……』

「これは……一体」

『集まった人達を見る限り……神々に選ばれているのかしら……それにしても、一体、神々は何を伝えたいの？　そもそも何故指輪を本人に渡さないの？　私ならば私と指名してくれればいいものを、何故？』

二人の心の声を聴きながら、私達は一度集まると辺りを見回した。

その場にレプラコーンの姿はない。そして、先ほどまであった扉も消えている。

一体何が起こったのだろうかと思っていると、草むらの向こう側から声が聞こえてきたのである。

私達は息を殺して、静かに皆で視線で合図をしあうと、ゆっくりと移動し、姿勢を低くして声の主たちを覗く。

そこにはカーバンクルの群れがいた。

可愛らしい見た目と、ふわふわのしっぽ。

けれど、その瞳は一匹のカーバンクルに対し冷たく、群れと一匹は距離を保っている。

「何故戻ってきた」

「お前は我々の仲間ではない」

「セレスティアル島で唯一お前は無能なカーバンクルだ」

毛を逆立てるカーバンクルの群れは、一匹を追い払おうと声を上げ続けている。

「消えろ！」

「この島から出て行け！　はぐれもの！」

「近寄るな！」

私は、その光景に息を呑んだ。

一匹、疎外されているのは、カルちゃんだと私にはわかった。

同じカーバンクルであり、見た目に大きな違いはない。

それなのにもかかわらず、カルちゃんは群れから拒否されており、威嚇されている。

カルちゃんは背筋を伸ばすと言った。

「我は我。群れに入ろうなどとは思っていない。だが、おぬしらに出て行けと言われるいわれはない」

『だから嫌なのだ。はぁ……別に、我から群れに近寄ったわけではないわ』

その言葉に、一匹のカーバンクルが前に出る。

「……ではなぜはぐれもののカーバンクルがなぜここへ？」

『ははは。仲間に入りたかったのだろう？　ふふふ。自分が仲間に為れないとまだわかっていないのか。本当に無能はこれだから困る。外の世界で死んでくれたらいいものを』

辛らつな言葉に、私の胸は痛くなる。

カルちゃんは大きくため息をつく。

「レプラコーンに会いに来ただけだ」

『はぁ……とんだ災難だ』

その言葉に、カーバンクルの群れは笑い声に包まれる。

「他種族と仲良くしようと？」

「滑稽だな」

そうした言葉が飛び交う中、カルちゃんは冷静であった。

「とにかく、我はそちらとは関わるつもりは毛頭ない」

その言葉に、カーバンクルの群れはカルちゃんに向かって冷ややかな視線を向けた後に、草むらの奥へと向かって駆けて行った。

カルちゃんはそんな群れを見送る。

『……同じ種族というのも厄介なものだ。我を仲間と認めないものに、何故我が縋らなければならない？　理由はない。孤立しているから弱者だと？　っは。我は一人でも生きていけるわ！』

心の中で悪態をつくカルちゃんは、それから大きくため息をつくと、振り返った。

そして鼻を鳴らす。

「エレノアちゃん？」

『どうして？』

私は名前を呼ばれて草むらから飛び出すと、カルちゃんを抱き上げてぎゅっと抱きしめた。

「カルちゃん」

名前を呼び、ぎゅっとすると、カルちゃんが一瞬強張る。

『見られていたのか……はぁ……頭を垂れよとか見栄を張ったのが恥ずかしい』

私は最初に会った時に聞いたカルちゃんの見栄っ張りな言葉を思い出す。

人間の国で、しかも神殿という場所で、どうにか威厳を保つために言葉を意識して、威嚇するように強い言葉を使っているのかなと思っていた。

けれど、カルちゃんは、そうやってずっと闘いながら自分を守り生きてきたのかなと、今では思う。

表面上では強気に見せなければ、弱者として見られる。

だから、強い言葉を発して、壁をつくる。

カルちゃんはそうやって、これまで一人で生きてきたのかなと思うと、胸が痛かった。

「カルちゃん……」

涙がでそうになるのをぐっと堪えていると、カルちゃんは私のことを見上げた。

「どうしたのだ？」

『何故そのような顔をする？……これが、同情というものか？』

私はカルちゃんに向かってぶんぶんと首を横に振った。

カルちゃんを傷つけたくない。

けれど、カルちゃんが生きてきた世界はきっと、私が生きてきたものよりも遥かに辛いものかもしれない。

群れに入れてもらえなかったはぐれもののカーバンクル。

たった一匹で孤独に、生きてきたのだろうか。

「もしかして迎えに来たのか」

『こんなところまで？　エレノアちゃん。どうしたの？』

アシェル殿下は私の横で口を開いた。

「どうしてここに？」

『……さっきのは、深く追及しないほうがいいかな？』

カルちゃんはアシェル殿下の質問に、首を傾げた。

「レプラコーンに仕返しをしようと思って追いかけてきた」

『私がそもそも人間の国に流れ着いて苦労したのは奴らのせい！　絶対に仕返してやるんだぁ』

私はカルちゃんが先ほどのことを気にしないで話をしているので、カーバンクルの群れのことについて話をするのはやめておくべきと考えた。

ノア様は周囲を見回しながら、草むらの先を見つめて言った。

「アシェル殿下、私は周辺を確認してまいりますが、その間エレノア様の傍を離れてもかまわないでしょうか？」

『この人数を俺一人で守るのは難しい。せめて周辺が安全だと確認したい』

アシェル殿下はうなずいた。

「ノア殿、頼みます」

『まずは動かない方がいいか』

私達は一か所に集まると、ノア様が帰ってくるまで待つことになった。

不思議なもので、待っている間とても穏やかな風が吹き抜けていく。

若草の香りがして、何となくホッとする。

「カルちゃんはここら辺に詳しいの？」

先ほどのことには触れないことにし、私がそう尋ねると、カルちゃんはしっぽをゆらゆらと振る。

「あぁ。庭のようなものだ。だが、ここは狭間だ。普通の場所ではなくて、レプラコーンが作った部屋みたいな空間だ。あいつらはいたずら好きだから、こうしたものを作っては生き物を迷い込ませる」

『レプラコーンの住処の入口があるはずなんだけど……見つからない』

私はカルちゃんの毛を撫でる。アシェル殿下が尋ねた。

「レプラコーンはどこら辺にいるか知っていますか？」

『早く捜して、一旦シュライン城へと帰りたい』

カルちゃんはふんと鼻先を横に向ける。

「やつらすぐに入口を替えるからな。入口さえ分かれば匂いで追いかけられる」

『まぁ、エレノアちゃんに会ったからちょっと休憩～』

その後カルちゃんは目を閉じてしまい、アシェル殿下は小さくため息をつく。

その後誰も口を開くことなく、ノア様はすぐに帰ってくると言った。

「周囲に問題はないようですが、一定の距離まで行くと、進めないようになっているので、この場所は部屋のような場所なのかもしれません」

『壁に囲まれているようだった』

その言葉に、私達はカルちゃんに聞いたことをノア様に伝えた。

その結論としてここは普通の場所ではないので脱出をするかレプラコーンを見つけるかするべきだと意見がまとまった。

「ねぇカルちゃん。ここは危ない空間？」

そう尋ねると、カルちゃんは首を横に振った。

「危なくはない。生き物がいる限り潰れるような空間でもない」

『能力がない我のような存在には……ありがたい空間だ。そう言った意味ではレプラコーンには感謝しているけれど……』

カルちゃんも苦労してきたのだろうなと思い私はカルちゃんの頭を優しく撫でた。

『エレノアちゃんとずっと一緒にいられたらいいのに……』

カルちゃんがそんなふうに思ってくれているなんて。私も出来ることならばそうしたいけれど、カルちゃんを連れて行くことは難しいだろう。

皆で話し合い、レプラコーンを捜すことに決めると周囲を皆で捜すことになった。

ただ、レプラコーンの声は一切聞こえない。

その代わり、煩いくらいにヴィクター様の声が響いて聞こえた。

『アシェル殿と語り合いたい。どうすれば……うむ。ココレットにエレノア嬢の相手をしてもらうか。どうか、二人で……あぁ。胸が高鳴る。く。落ち着け俺。落ち着け俺の筋肉』

そしてたまに入るハリー様の的確な心の声。

『筋肉バカ』

何故こうも私を笑わせようとしてくるのか。

私はぐっと奥歯を噛んで我慢をする。

ただ周囲を捜しても何もなく、女性陣の靴はヒールのあるもので歩くのも一苦労だということで、二手に分かれることになった。

一度壁があるとノア様が言っていた箇所までノア様、ハリー様、ジークフリート様の三人が探索に行くことになり、私とオリーティシア様、ココレット様、そしてアシェル殿下とヴィクター様がその場に残ることになった。

カルちゃん曰く危険なものはないという話を聞いて、アシェル殿下は少し先まで見てくると言い、見える範囲ではあるけれど少し先の方にいる。

『私一人だと、ぼろが出るに決まっとるがね。絶対に兄様からは離れないがよ』

『アシェル殿と一緒。ついに、ついに語るべき時が来たか！』

兄妹で考えていることは違うけれど、仲がいいんだろうなと私は内心思った。

私は、せっかくの機会なので話を聞こうとオリーティシア様に向かって口を開いた。

「オリーティシア様方の前にも光る扉が現れたのですか？」

その言葉に、オリーティシア様はちらりと私の方を見るとため息をついた。

『なんで私がこんな見た目だけの女に話さなくちゃいけないの？　私は一人でも指輪を捜しに行きたいのに』

答える気がないのか、オリーティシア様は心の中でそう呟くとため息をもう一度つく。

私は答えたくないのであれば仕方がないなと視線をココレット様へと移した。

「ココレット様は、扉に迷いなく入られましたが、怖くはなかったのですか？」

ココレット様は口を開けた後、静かに閉じた。

『言ってもしょうがないがよ。ここに入るべきだと思っただなんて、信じてくれるわけがないが……もっと確証があったら、話せるのに……』

その言葉に、私は静かにハッとした。

神々の言葉を思い出したのである。

〝予言の乙女が自らの意思で、己を信じた時、指輪は乙女に応えるであろう〟。その言葉はつまり、今、予言の乙女は己を信じることが出来ていない状況ということだ。

オリーティシア様の瞳は自信に満ち溢れており、そしてココレット様は常に不安を感じている。

ココレット様が自信を持つことを神々は願っている？

そういえば、確かにココレット様の心の声は常に自信がないものであった。

自分のことを信じていないというか、自信がないというか。

何故なのかは分からないけれど、ココレット様は予言の能力を有していながらもそれを信じられていない状況にあるのかもしれない。

だからこそ不安で、だからこそ自分から口を開かない。

それが正しいことなのか、本当に起こるかは分からないから、口を開かないのだ。

私はそれに気が付いた時、ココレット様も私と同じようにこれまで悩んできたのかもしれないと感じた。

ノア様が危なかった時に何も言わなかったことに私は一人で憤りを感じたけれど、自分だって心の声が聞こえるからと言って、面と向かって私は心の声が聞こえるので、あの人は危ない人ですなんてこと、言えたことはなかった。

そう思った瞬間、私は自分のことが恥ずかしくなった。

知った気になって、勝手に、理解もしようともせずに憤りを感じた自分はなんと浅はかなのだろうか。

「ココレット様……」

「私は」

『全部夢だったらいいのになぁ』

その時、ココレット様の感情が押し寄せるように私の頭の中へと聞こえてきた。

ハリー様と一緒に訓練してきたことで、私は今まで以上に集中すればするほど、その人の内側に眠っている心の声が聞こえるようになっていた。

それは、おそらくココレット様のこれまでの、記憶。

ココレット様の記憶の中にある心の声に集中することで、まるで映像のようにその光景が流れ始めたのである。幼いココレット様が、屋敷の一室で怒鳴られている。

『お前が引き留めたせいで、相手は馬車の事故に巻き込まれたのだぞ！　何ということをしたのだ！』

『でも、でも、馬車の事故で……亡くなるところだったから、生きているなら』

『バカなことを妄想するな！　お前のそれは妄想だ！』

『ごめん……なさい』

突然流れるように場面が変わるのが見えた。

ココレット様の姿が子どもの姿から今の姿へと変わる。

『ただの夢？　それとも現実になるの？　分からない……分からない』

両手で顔を覆って一人苦しむココレット様。

そして、一通の知らせを見て、顔をあげる。

『サラン王国が亡びなかった……夢だったのね……そうよ。良かった。夢だった。あぁぁ。やっぱりただの偶然だったんだわ。私はただの夢を見ただけだったのよ』

ほっとしているようなココレット様。けれど、また場面は変わる。

『どうして……夢が現実になった。どういうことなの？　分からない。分からないわ！　あぁぁ』

顔を両手で覆って叫ぶように声をあげるココレット様。

私は胸が苦しくなった。

乙女ゲームとは違ったシナリオに進むことによって変わった未来。そして未来が変わったことで自分の能力を信じられなくなったココレット様。

元々半信半疑だったのに、未来が変化したということでさらにココレット様は信じられなくなってしまったのだ。

私のせいでもあったのだ。

ココレット様のこれまでため込んできた心の声の記憶。

恐らくそれが見えたのは、現実で言えば一秒あるかないかくらい。

目の前には、うつむくココレット様がいる。

私はなんと声を掛けたらいいのだろうか。

ココレット様に、私のことも話さなければならない。

それが、未来を変えてココレット様を不安にさせてしまった私の償いではないか。

私はそう思った時、ヴィクター様が言った。

「エレノア嬢。うちのココレットはあまり社交的ではないのだ」

『はぁぁ。しゃべって訛がばれるのは恥ずかしい。くそ。こんなことならもう少ししゃべる練習をさせてくればよかったな！　ココレットには心の筋肉をもう少しつけさせるべきか』

心の筋肉とはいったい何でしょうか。

私は、ヴィクター様にハリー様と似たような空気を感じ始めた。

ヴィクター様は私の横に来ると、こちらを悦に入ったような瞳で見つめながら言葉を続けた。

「何もないと暇だろう。どうだ、俺がアシェル殿との思い出を語ろう」

『ふっふっふ。この筋肉に隠れた思い出。今こそ語る時が来た！』

「え……」

『兄様……あの話をまさかこんなお嬢さん方にするつもりけ？　うわぁぁ』

ヴィクター様はココレット様の善き兄なのだろう。先ほどまで苦しそうであったココレット様の心の声が幾分か軽くなる。

ココレット様の反応に一体どんなことが語られるのだろうかと思っているとオリーティシア様もその話は気になるのか、視線をヴィクター様に向けると、体を少しだけこちらへと移動させた。

『ふふ。まぁ、未来の旦那様のお話ならば聞くのもやぶさかではないわね』

心の中で、私は絶対にアシェル殿下を渡しませんと思いながら尋ねた。

「その、思い出とはどのようなものなのです？」

「ふふふ。焦るな焦るな。では、語ろう」

『アシェル殿。あぁぁ。アシェル殿。完璧なる王子との麗しき思い出を今語らん！』

そう言って、ヴィクター様は語り始めた。

「あれはまだ、冬の寒さが残っていた時季のことであった」

『あぁぁ。冷たい風の中で凛々しく立つアシェル殿。頬を少し赤らめる姿……』

最初こそ真剣に聞いていたのだけれど、どうにも言葉が多く、ヴィクター様の口調もどんどん加速し始めていく。

私は行ったり来たりするその語りに思考回路が追い付かなくなり始めた。

けれど、オリーティシア様の心の声もどんどん加速していくのを感じた。

『まぁまぁまぁ！　熱いですわ！　熱い、熱い！　なんという。汗を流しながらお互いに切磋琢磨し合う輝かしき青春の日。私には、体験したことのない日常ですわ！　私も女でさえなかったら今でも剣を持っていたでしょう……まぁ、今でもたまに鍛えますが』

意外とオリーティシア様はこの手の話が好きなのだなと思っていると、ココレット様の深いため息が響いた。

『はぁぁぁぁぁぁ。んだまぁぁぁ。事実と全然違う。あぁぁぁ。大丈夫けぇ。こげん話をして後から事実無根ち怒られないけぇ?』

事実と違うという点に、私はぎょっとしてしまう。

風の雰囲気すら感じ取れそうなほどに事細かに語っていくこのヴィクター様の言葉が事実とは全然違うとは、どういうことなのだろうか。

ただ、ヴィクター様の恍惚とした表情からは嘘を語っているようには見えない。

『兄様は昔から、人生楽しそうだ。アシェル殿下のこと好きすぎだから、世界が輝いて見えるのけぇ。愛の力ってすごいがよ』

私の頭は静かに色々なことにこんがらがっていく。

とりあえず、ヴィクター様はアシェル殿下のことを愛していて、だからこそ妄想が広がってしまうほどに語ってしまうということなのだろうか。

その愛とは……私は、オリーティシア様だけでなくヴィクター様というライバルが出現したということに気を引き締める。

アシェル殿下を取られたくないし、守らなければという気持ちが高まる。

「ずいぶん盛り上がっているようですが、何の話ですか?」

『周辺には異常はなかったよ。それにしても、ヴィクター殿は一体何を熱く語っているんだ？』

アシェル殿下が来たことで、ヴィクター様は慌てた様子で口を閉じた。

『う……アシェル殿とも話したいが、続きからではな。ちゃんと最初から語らねばなるまい』

オリーティシア様はきらきらとした瞳でアシェル殿下のことを見つめている。

『アシェル様って案外熱い男性だったのね。そんな一面があっただなんて。なんでしょうこの気持ちは。はぁ。落ち着いて。まずはレプラコーンよ。予言の乙女に気持ちを集中させましょう』

私はヴィクター様は最初から話がしたいのかと思い、オリーティシア様の瞳には危機感を覚えた。

先ほどの話に出てくるアシェル殿下は、私の知っているアシェル殿下とは全く異なる。

かっこいいところは一緒だけれど、なんだか話の中のアシェル殿下は完璧な王子様であり筋肉の申し子であった。

違う。絶対に違う。

完璧な王子様は確かにその通りである。けれど、筋肉の申し子は絶対に違う。

アシェル殿下はおそらくではあるけれど、ヴィクター様と共に汗を流し筋肉を見せ合うようなことはしていないと、思う。思いたい。

私は、そう思いながらも、帰ってきたアシェル殿下にこっそりと尋ねた。

「あの……ヴィクター様と筋肉を見せ合って高め合ったり、その、してないですよね？」

「え？　は？　え？　何それ」

『え？　何それ。え？　筋肉を見せ合って高め合うって何!?　えぇぇ？？？』

アシェル殿下は焦った様子で、小さな声で私に言った。

「そんなことはしてませんよ!? いいですか？ あの、してませんからね!?」

『いやいやいや。何それ。よくわからないけれど、そんなことをした覚えはないよ!?』

私はほっと胸をなでおろした時であった。

アシェル殿下は顔をあげると、私達の前に立ち、先ほどまで語っていたヴィクター様もアシェル殿下と並んで立つと身構えた。

眠っていたカルちゃんが顔をあげると、立ち上がり毛を逆立てる。

『来たか！』

『なんだ？ 妙な気配がする』

『俺の筋肉が警戒している。なんだこの気配は』

その言葉に一体なんだろうかと思っていると、地面がボコッと小さく浮き上がるのが見えた。

「え？」

私はそれを見つめていると、一瞬でその穴は大量に開き始め、そして煩いくらいに声が響き始めた。

『かくれんぼ！』

『飽きた！』

『次だ次だ！ さぁぁぁあ！ 始めよう！』

「アシェル殿下！ 地中に何かいます！」

私がそう叫ぶと、ココレット様が私のことを見て驚いた表情で固まった。

『なんで知っているのけ⁉　この後、私達が地中に呑みこまれるのも知っているのけ⁉　やっぱり夢じゃなかったのけ⁉』

私は驚いたのと同時に地中が揺れ始めたのを感じた。次の瞬間、浮遊感を味わうことになる。

「何⁉」

「エレノア！」

『くそっ！　間に合え！　だめだ。だめだ。だめだ！』

アシェル殿下が私の方へと手を伸ばすけれど、指がかすっただけだった。

私は突然ぽっかりと開いた穴へと落ちていくのを感じた。

「あ、あしぇ」

名前を呼びそうになるけれど、呼んでしまった時、アシェル殿下はどう思うのか。

もし、このまま落ちて、最悪の場合を考えた時、私は恐怖を堪えて唇を噛むと、名前を呼ばないように、瞼をぎゅっと閉じた。

アシェル殿下を巻き込んではいけないとそう思った。

精霊のエル様を呼ぼう。アシェル殿下を危険に巻き込むわけにはいかない。私はエル様を呼ぼうと口を開いた。

「エル様」

けれど、次の瞬間、私の体はアシェル殿下に抱きかかえられていた。そして一緒に落ちていく中で、アシェル殿下が声をあげた。

「皆！　こちらへ!!」

『間に合え！　間に合え！　間に合え！』

ヴィクター様は片腕でココレット様とオリーティシア様とを引き寄せると、アシェル殿下の伸ばした片腕をもう片方の手でつかんだ。

筋骨隆々としたヴィクター様の腕の中で、オリーティシア様は身を硬くし、ココレット様はぎゅっと目をつぶっている。

アシェル殿下の指につけていた魔術具である指輪が次の瞬間砕けた。

それと同時に私の傍にエル様が姿を現すと、魔術を援護するように緑の風が吹き抜ける。

その瞬間、私達の周りに光が溢れる。エル様の風がそれを守るように吹き、地面へゆっくりと降りていく。

下を見下ろせば、うっすらと光輝く緑の若草が見え、風もないのにゆらゆらと揺れているのが見えた。

そして私達は無事に地面へと降りた。

一歩足を踏み出せば、ゼリーのように揺れるので、普通の地面ではないのは確かだ。

「ここは……」

上を見上げれば落ちてきた穴が点となって見えた。

アシェル殿下の腕の中にいたのだけれど、私は力強くぎゅっと抱きしめられた。

私がアシェル殿下の顔を見上げると、今にも泣きだしそうな表情を浮かべ、私のことをぎゅっと

もう一度強く抱きしめた。

「エレノア」

名前を呼ばれた時、私はアシェル殿下がかすかに震えていることに気が付いた。

『エレノア。エレノア。エレノア。どうしてあの時手を伸ばさなかったの。ねぇ、君、僕を巻き込まないようにって考えたでしょう。エレノア。僕は今、怒っているんだよ』

抱きしめられる腕の力に、私はアシェル殿下の胸に頭をもたれさせながら、小さく息を吐いた。

怖かった。

けれど一番怖かったのは、アシェル殿下を失うかもしれないということであった。だからこそあの瞬間、私は、アシェル殿下から目を逸らした。

私はアシェル殿下の背中に腕を回すとぎゅっと抱きしめ返した。

「ごめんなさい。でも、私もあなたを失うのが怖かったのです」

そう言うと、アシェル殿下は私の両頬を手で包んで、泣きそうな顔で言った。

「僕もだよ！　お願いだよ。お願いだ。危ない時には守らせて。頼むから……僕を優先なんてしないで」

真っすぐに告げられた言葉に、私は涙が溢れてきた。

お父様にもお母様にも、誰からも愛されなかった私を、この人は愛してくれている。

そして私も、自分の死よりも、アシェル殿下を失う方が恐ろしくなるほどに、愛している。

私達はお互いの存在を確かめ合うようにもう一度ぎゅっと抱きしめあった。

『……精霊⁉　どういうことなの？　エレノア・ローンチェストはただの見た目だけの女ではないの⁉』

『アシェル殿⁉　僕⁉　瞳一杯に涙をためる……だと⁉』

『どういうことだぁ⁉　なんでエレノア様が精霊を？　私が見た未来とは全然違う。やっぱり、私のただの妄想なのけ？　でも……この穴に落ちるのは当たっていたし……』

心の声が聞こえ始め、私は現実に引き戻されて慌ててアシェル殿下から離れようとしたのだけれど、アシェル殿下が離してくれない。

『『『それにしても……いつまで抱き合っている？』』』

私は恥ずかしくなって顔が真っ赤になっているのが分かった。そして慌ててアシェル殿下の腕から逃れるように離れたのだけれど、すぐに、アシェル殿下に引き戻されてもう一度抱きしめられた。

そしてそのまま横抱きにされると、アシェル殿下はさも当たり前のように、こちらの様子を見守っていた三人に言った。

「すみません。とにかく無事でよかったです。では、今後のことについて話しましょう」

『エレノアはこのまま抱えられていて。未だにさっきのが怖くてたまらないから、しばらく離れないよ』

私は羞恥心から両手で顔を覆った。ちゃっかりと無事に私達と共に地面に降り立ったカルちゃんは、大きなあくびをしたのだった。

私はどうにかアシェル殿下から下ろしてもらおうと交渉したけれど、アシェル殿下は首を縦には振らなかった。

こんなことは初めてで驚きと、恥ずかしさと、ちょっと嬉しさを感じながら皆との話し合いが始まった。

オリーティシア様はヴィクター様から少し距離を取ると口を開いた。

「話し合いの前に、精霊について教えてはくださらないのですか？」

『エレノア様が精霊を呼んだのは間違いないわ。情報が少ないわ。ジークフリートったら、本当に役立たずな弟だわ』

私が答える前に、アシェル殿下が笑顔で答えた。

「その件については今回の件とは関係ありません。ですので、まずはこれからどうするかを話し合うべきではないでしょうか」

『精霊について話す必要はないよ。さてこれからどうするかが問題だ』

アシェル殿下の言葉に、三人は押し黙った。

「あの、先ほど私には微かにレプラコーンのような声が聞こえたのです。かくれんぼは飽きたとかそういうことを呟いていたように聞こえました」

本当は心の声が聞こえたのだけれど、微かに聞こえたというふうにする。

アシェル殿下は頷き周囲を見回してから言った。

「おそらく相手は遊んでいるのでしょうね。ですが、確実に指輪に近づいているのではないでしょうか。なのでこのまま探索に移りたいのですが、皆さんはどうお考えですか？」

『ノア殿やハリー、ジークフリート殿も心配しているだろうけれど、せっかくの機会だ。チャンスと考えて探索に移りたい』

ヴィクター様はアシェル殿下の言葉にうなずく。

「そうだな。レプラコーンを捕まえて指輪のありかをはっきりとさせるべきだ。だがノア殿達が心配するのではないか？」

『アシェル殿。やはり先ほど聞こえた声は錯覚か。今では凛々しくまさに完璧王子！』

私はその言葉に手をあげた。

「精霊エル様に伝言をお願いしてみましょうか？」

ここにいる皆には、もうすでにエル様は認識されてしまっている。ならば、エル様に手伝ってもらった方がいいと私は考えて提案すると皆が同意した。

「そうしてもらえるなら、ありがたいですね」

『現段階ではそれしか方法がないか』

「精霊様に伝言を……ですが、そうですね……」

『見た目だけの女だと思っていたのに。っく……精霊と契約をしているの⁉ はぁぁ。精霊と契約をしている女性をサラン王国が手放すわけがない。アシェル殿下との婚姻を狙っていたけれど、難しいかしら……私の有用性を示せなければ……』

「お願いします」

『んだまぁ。精霊様……こんなの見てない。どういうことなのけ』

「あぁ。頼む」

『アシェル殿と語り合いたいが、この状況では難しいな。はぁぁ。いつになったら語り合えるのだ。この筋肉を。この鍛え上げた肉体を』

私は皆の同意が得られたところで、エル様を呼んだ。

「エル様」

すると、姿を消していたエル様は風にのって現れ、周囲に目を向けることなく答えた。

「聞いていた。エレノアの位置と現在の状況について伝えればいいか？」

「はい。お願いできますか？　すみません」

「良い。風に乗せてそれを伝達しよう」

そう言うとエル様は指先で風を作り、それを飛ばした。おそらくそれで伝わるのだろう。

「それよりも……危ない時にはもう少し早く呼ぶのだ」

『遅い。もっと早く呼ぶべきだ』

エル様は私のことを心配そうに見つめると、髪を指ですくい、唇を落とした。そしてアシェル殿下の方へと無言で視線を向ける。

『守れ。そなたの唯一だろう』

エル様はその後姿を消した。

アシェル殿下の手に力が入ったのを感じた。恐らく何かを思ったのだろうけれど、意図的に私に声を聞こえないようにしているのが分かった。

「アシェル殿下?」

声をかけるといつもの優しい笑みが返ってくる。

「大丈夫だよ。ちょっと自分を律しただけです。さぁ、では、探索へ移りましょう」

『気合を入れただけだよ』

そう言うと、私達はこれから進むべき道を見つめた。

視線の先には一つの洞窟があり、真っすぐに洞窟は続いている。そしてその中は暗いのではなく、地面に生えた苔が淡く光り、穴を照らしていた。

明らかに誘っているようなその道に、一体どこへと誘われているのであろうかと思いながら進み始めたのであった。

てとてとという可愛らしい足音に、私はカルちゃんの背中を見つめながら笑みを浮かべた。

現在先頭を歩いているのはカルちゃんであり、たまにこちらを振り返る。

その姿がまた可愛らしい。洞窟の中に生えている苔は輝いており、洞窟にある鉱石を照らしそれが光を反射して美しい光景をつくっていた。

まるで絵本の中のようなその光景に皆が引き込まれる。

「綺麗ですね……アゼビアではこのようなものは見たことがありません」

『不思議。けれどよくよく見てみれば価値のある鉱石ばかりだわ。神々の土地でなければこの島を競って皆が自国にしようとしたでしょうね』

「美しい」

『けれど筋肉には勝てまい』

ココレット様だけが押し黙っており、心の声もどうやら何かを迷っている様子の物ばかりであった。

私は歩きながら、ココレット様の能力について考えた。

神々が言う通り、予言をする能力なのだろう。けれど私のように異世界から転生した者が変えてしまった未来がココレット様を戸惑わせているような気がする。

神々はどうしてココレット様に自信を持たせたいのだろうか。

そんなことを考えていると、オリーティシア様が口を開いた。

「私は、自分の価値を信じております。ですからきっと予言の乙女に選ばれるのは私ですわ」

『ココレット様はとりあえず除外していいでしょう。精霊と契約しているとなると最有力候補はエレノア様という意見になりそうですわ。ですが、ありえません。私こそが神々の使徒ですわ』

暗い道を歩いていると、私と同じように考え込んでしまうものなのだなと思う。

オリーティシア様の言葉に、私は尋ねた。

「予言の乙女に選ばれるとは、今現在予言する力が備わっている乙女なのではないでしょうか」

私の言葉にオリーティシア様は足を止めると小さくため息をついてから言った。

「もし仮にそうなのであれば、指輪がどこにあるのかも、何故このようなことが起こっているのかも分かるはずです。それならば自分から名乗り出るはずでしょう」

『何をバカなことを言っているの？　はぁ。彼女はやはり見た目だけね』

たしかにオリーティシア様の言っていることには一理ある。

ココレット様はきっと知っているはずなのだ。そう思ったのだけれど、ココレット様は私たちの会話に対してうつむくばかりである。

『全てが見えるわけじゃないから……自信が持てないがよ……』

その言葉に、私はなるほどと思った。

私は、ココレット様と二人で話が出来る機会があればとそう思った。

そうすれば、自分が転生者であり、だからこそ変わった未来についても話が出来るはずだ。

神々はココレット様に自信を持たせ、皆に予言を伝えよということを言っているのだ。

自信がないままのココレット様はきっと知っていても話さないから、だからこそ皆が聴く場を設けたのだろう。

そしてそれは、ただ指輪に選ばれるというだけではいけないのであろう。

ココレット様は指輪に選ばれるだけでは、嘘だと自分を否定するかもしれない。だからこそ、指輪に選ばれる前に自分に自信を持ち、発言しようという気持ちを持ってもらうことが大事なような気がする。

私はアシェル殿下にどこかで話をしてそれを伝えようと思うのだけれど、今のところは暗い一本道が続いており、話せる雰囲気ではない。

『ほら、来たぞ』

『さぁ分裂！』

『神々からの試練だなぁ〜』

「え？」

私は辺りを見回した。明らかに今レプラコーンの声がしたけれどどこから聞こえてきたのかが分からない。

「エレノア？　どうしたの？」

『何か聞こえた？』

アシェル殿下が私に尋ねた時であった。その後ろの壁に穴がぽっかりと開くと、そこからレプラコーンが姿を覗かせた。

カルちゃんが毛を逆立てる。

「お前達のせいで大変な目にあった！」

『今度こそ逃がさない！』

「わぁ！　それがお前の役割だったんだからしょうがない！」

「神々の声が聞こえないと大変だな！」

「お前にはお前の役割があるからしょーがない！」

レプラコーン達の言葉にカルちゃんが目を大きく見開いたのが見えた。

そしてそちらに気を取られた時であった。

「きゃっ！」

『んだぁぁぁぁぁぁ』

「ココレット様!?」

私の後ろにいたはずのココレット様が横穴にレプラコーンに突き飛ばされて転げ落ちて行ってしまう。

ヴィクター様はココレット様に向かって腕を伸ばすもそれは空を切る。

そしてその穴は小さく、ヴィクター様では到底通れない穴である。

「アシェル殿下！　私はココレット様を追います！」

私の言葉に、アシェル殿下は慌てて首を横に振った。

「ダメだ！　もし何かあったらどうするのです！」

『エレノア。ココレット嬢は必ず助ける。だから待って！』

その言葉に私はしっかりと視線を合わせて答えた。

「大丈夫です。何かあればエル様と共に脱出いたします！　お願いです！　行かせてください！」

「ダメだ」

『エレノア。言うことを聞いて』

私がどうにかアシェル殿下を説得しようとした次の瞬間、私の背中はレプラコーンに蹴り飛ばされ、アシェル殿下やヴィクター様、オリーティシア様もそれぞれ横に開いた穴に突き飛ばされた。

「エレノア！」

「エレノアちゃん！」

カルちゃんが私の腕の中へと飛び込んできた。

視界が反転してすぐに皆の姿は見えなくなった。体を出来るだけ丸めて落ちる衝撃に耐えるのだけれど、どうやら地面はかなり柔らかいようで、転がっている最中も目はまわるものの痛さは感じられなかった。

そして勢いよく私が転げ落ちた先には、目を回して倒れているココレット様と、光り輝く泉が見えたのであった。

第五章　自信

私は周囲を見回すと自分の落ちてきた穴と、そして泉、他には何もないことを目視する。

目を回したのか、カルちゃんは私の腕から出ると、ふらふらと歩いたのちに、大きく息をついた。

私はココレット様の元へと駆け寄り声をかけた。

「ココレット様？　大丈夫ですか？　しっかりしてください」

肩を叩くけれど反応がなく、私は泉の方へと移動するとエル様を呼んだ。

「エル様。この泉の水は、有害ではないですか？」

私の質問にエル様は姿を現すと大きくうなずいた。

「あぁ。大丈夫だ」

『ここは……なんだ？　変な気配がするぞ……』

変な気配とは何だろうかと思いながら、私は持っていたハンカチを泉の水でぬらすとしぼり、それをココレット様の元へと持っていった。

汚れていた顔をぬぐっていると、ココレット様はゆっくりと瞼を開けた。

「うっ……エレノア、様？」

『まただ。また未来が違うがよ』

瞼をしょぼしょぼと何度も瞬かせたココレット様は起き上がると私のことをじっと見つめてきた。

その瞳をじっと見つめながら、私は深呼吸をするといつまでもこのままではいけないなと考え、決意した。

ココレット様の自信のなさは、私がここにいるからなのかもしれない。

私は笑みを向けると、ココレット様に言った。

「ココレット様……私、他人には言えない秘密があるんです」

本当は、他人にしかも出会ったばかりの人に自分のことについて話すなんて無謀だと思う。

信じてもらえないかもしれないし、私のことを狂っているとかおかしいと思われる可能性だってある。

そしてそれが噂となって広がるリスクもある。

けれど、神々からの神託はおそらくココレット様が自分に自信をもって取り組まなければならないことであり、ココレット様にしか止められないことなのだろう。

ココレット様は私のことをじっと見つめると、唇を噛み、それから小さく呟いた。

「私も……秘密、あります」

『なんで突然、でも、エレノア様、真剣な目だぁ。何か知っているのけぇ』

私は声を潜めて言った。

「私はこの世界に転生した転生者というものであり、そして心の声が聞こえるという能力を持っています……なので、ココレット様の心の声も聞こえます」

「は？」

『なんち？　は？　転生者？　え？　心の声が聞こえる、能力？』

私は苦笑を浮かべた。

「なんち？　って、どういう意味なのです？　その……勝手に聞いてしまってごめんなさい」

そう告げた瞬間ココレット様は顔を真っ赤に染め上げると、立ち上がり、その場であわあわとした様子で声をあげた。

「あの、その、つまり、つつつつつまり、私の訛がばれていますか⁉」

『はげぃぃぃぃぃぃぃ！　わっぜかぁぁ！　あぁぁぁぁ！』

はげ？

わっぜ？

私は一体どういう意味なのだろうかと思いながら待っていると、落ち着いたであろうココレット様が両手で顔を覆ってしばらく無言でいたのちに、ゆっくりと息を吐いて、そして真っ赤な顔で言った。

「あの、訛が、酷くて……すみません」

『はずかしかぁぁぁ。というか、心の声が聞こえる能力！　そんな能力がこの世界にはあるのけ……世界は広い……』

思っていたよりもすぐに納得をしているココレット様を見つめながら、私は、いつの間にか自分が緊張から拳を強く握っていたことに気が付いた。

手に汗を握っており、ゆっくりと手を開くと、手が痛かった。

そんな私をカルちゃんが見上げてくる。

『……エレノアちゃんも……はぐれものなの？』

その言葉に私は驚く。

「カルちゃん？」

カルちゃんは私の肩に乗ると顔をすりすりとしてくる。

私はカルちゃんを心配しながらもココレット様に向かって言った。

「訛は、可愛らしいと思います。あの……心の声が聞こえるってこと、悪くは思わないのですか？」

そう尋ねると、ココレット様は、ゆっくりと深呼吸をしてから口を開いた。

「実は……私、たまに、変なものが見えるんです」

『誰にも……言ったことないけど……』

「どのようなものですか？」

「……未来起こる……ことです。でも、間違っていることもあって、どれが本当でどれがただの夢なのか……分からないのです」

『私がただおかしな妄想をしているだけなのけぇ』

その言葉に、私は静かに言った。

「ココレット様、以前、サラン王国が亡びていなかったことに驚いていましたよね？　多分、私が転生者であったことと、心の声が聞こえる能力があったことで未来が変わったのだと思います」

そもそも、この乙女ゲームの世界では未来が複数あったので、ココレット様が見た未来はその中の一つだったのだろう。

私の言葉に、ココレット様は驚いたように目を丸くした。

「き、聞こえていたんですか？」

『んだもした……わっぜかぁ』

「はい。勝手に聞いてすみません」

「いえ、その、聞こえるものは仕方ないので」

『んだもしたなぁ』

私はその言葉に、ふっと息を吐いた。

「よかった……ふふ。ごめんなさい。この能力について話したこと、あまりないので……緊張しました」

ココレット様はその言葉に、ハッとしたような表情を浮かべると私の手を取った。

「……私の為に、話してくれたんですね？」

『……自分の秘密を、知り合って間もない人間に話したいわけがないがよ』

私は手を握り返してから、ココレット様に言った。

「予言の乙女、ココレット様のことですよね？」

ココレット様は私の言葉に迷うように視線を泳がせ、そして、静かに口を開いた。

「わから……ないのです。だって、私が見る未来は外れることも、あるし……」

『オリーティシア様やエレノア様の方って言うなら皆も納得するがよ。私なんて、なんでいるのって感じで皆見てた』

周囲の視線によって自分を否定する言葉に、私は手をぎゅっと握りながら言った。

「私には予言能力はありません。そしてオリーティシア様にもないと思われます」

ココレット様は、私の言葉にしばらくの間無言で考えているけれど、心の中はぐるぐると回っていた。

自分かもしれない。けれど違うかもしれない。

そんなココレット様は頑で、私の言葉だけでは到底自信を持てるような雰囲気ではなかった。

それにココレット様の自信のなさは能力だけの問題でもないように思える。

「私なんか……エレノア様やオリーティシア様と比べて見た目も性格も実力も劣っているのに」

そうココレット様が言うと、カルちゃんがココレット様を睨みつけた。

大人しくしていたカルちゃんが、少しいらだった様子なことに、私は驚いてしまう。

「他人と比べて何になるのだ。人間」

『変な生き物。まぁ我もはぐれもの故に寂しさは分かるし、良いなぁっていう気持ちも、わからなくもないけれど……悩みはしない』

カルちゃんは言葉を続ける。

「たとえいかに自分が貧弱であろうが、比べるべきは他人ではなく今の自分と過去の自分だ」

『我には特殊能力などない。カーバンクルなのにと言われ、はぐれ物になった。群れには入れてもらえない。だが、他のカーバンクルと比べて何になる。生まれもったものは他人と自分では違う』

カルちゃんの言葉に、私はハッとした。

私もこれまで人と比べることの方が多かった。

他者を見て、自分はまだまだだと感じることも多く、また、自分が敵わない分野があれば努力が足りないのだとそう自分を恥じた。

比べるのは常に他人であった。

けれどカルちゃんは違うのだ。

比べるのは今の自分と過去の自分。

その言葉に、私は衝撃を受けた。

今の自分は、過去の自分に比べて、その時間の間に本を読み努力を重ねたことで、確実に前へと進んでいる。

過去よりも今は確実によくなっている。

そんな考え方をしたのは初めてであった。

ココレット様も私同様に、ハッとした様子で固まっている。

「比べるべきは今の自分と過去の自分……」

『……私、自分の未来が見える能力とは別に……他人と比べて劣等感ばかり抱えてたがよ』

カルちゃんはふんと鼻を鳴らす。

私はその時、先ほどのレプラコーンの言葉を思い出す。

〝お前にはお前の役割があるからしょうがない〟。

では、カルちゃんの役割とは？

私は今、まさにカルちゃんの役割はここにあったのではないかと思った。

はぐれ物であり、カーバンクルでありながらも特殊能力のないカルちゃん。

そんなカルちゃんが、今まさにココレット様の心を変えようとしている。

そしてそれは私も。

そんな中、レプラコーンの声が響いて聞こえ、私達は顔をあげた。

「追いかけっこ！」

「鬼さんこちらー！」

こちらに向かって大きく手を振りながら、ジャンプして楽し気に声をあげるレプラコーンの姿が見え、私は立ちあがった。

「追いかけましょう！」

「は、はい！」

『やっぱり、夢と同じだがよ。じゃ、じゃあ、この先には……』

一体この先に何があるのだろうかと思いながらレプラコーンを追いかける。

私もココレット様も足が速いわけではないけれど、レプラコーンは踊りながら走っているのであと少しで追いつけそうである。

その時、洞窟が突然開けると、そこには巨大な空洞が現れ、そしてその中心部に美しい花々が咲き誇る小さな丘のようなものが見えた。

「あ！　ここは！　我が吹き飛ばされた場所だ！」

『いったい何に吹き飛ばされたの？』

そう、丘に見えた。そしてその上でレプラコーン達が踊っている。

「え？」

「あぁぁぁ」

『やっぱり』

そして踊っているレプラコーンの手には指輪を持っているのが見えた。おもちゃか何かだと思っているのか、指輪を投げて遊んでいる。

私達はその丘の正体に、足がすくんだ。

〝目覚めてはならない丘〟。

私は脳裏に、アシェル殿下と一緒にいた時に読んだ歴史書に書かれた文字を思い出したのであった。

普通の丘ではない。私達は息を呑んで、どうするべきかを考えていた。

ココレット様も未来は見えているようだけれど、確証がないのか、それとも見えていた未来とはまた違うのか混乱している様子であった。

カルちゃんは警戒した様子で言った。

「あれには気をつけろ！」

『何かに弾かれ、しかもレプラコーンの掘った穴を抜けて海まで吹き飛ばされた！』

カルちゃんの体は大丈夫だったのだろうかと私が心配しようとした時であった。

「見つけたわ！」

『指輪！　あれを私がはめさえすればきっと予言が見えるはず！』

そんな中、オリーティシア様が別の穴から姿を現すと、レプラコーンに向かって走っていくのが見えた。

カルちゃんが声をあげる。

「だめだ！　危ないぞ人間！」

後ろから来たオリーティシア様にレプラコーンは気が付いていなかったようで、指輪を投げた瞬間にそれをオリーティシア様が掴む。

「手に入れたわ！」

『私が予言の乙女よ。指輪さえはめれば恐らく予言の能力に目覚めるはず！』

オリーティシア様が叫ぶようにそう言った。

「ダメです！　早く逃げて！」

『私がここに来なきゃオリーティシア様は死ぬがよ！　夢じゃないなら助けたいが！』

指輪をオリーティシア様が指にはめた瞬間のことであった。指輪は先ほどまで美しく輝いていたというのに、その光は消え、次の瞬間地響きがしたかと思うと大きく揺れ始めたのである。

あまりに大きな揺れに、私達は地面にしゃがんだ。揺れがどうにか収まるのを待つしかない。

けれど、揺れはさらに大きくなっていき、天井の岩が落ち始める。

カルちゃんは空中に飛び、落ちてきた岩を足で蹴飛ばしながら、声をあげる。

「ここは危ないぞ!」

『人間は簡単に死ぬらしい! エレノアちゃんは死なせたくない!』

そう言われても、私達は揺れに対して身動きを取ることさえできない。

「きゃっ!」

『何この揺れは! 一体何が起ころうとしているの!?』

オリーティシア様が地面に伏して、丘に生えている草を掴んだ。

「ダメです! 早く下りて!」

『まだ目覚めてない! 今ならまだ間に合う!』

ココレット様が揺れの中で走り出したのを見て、私も頑張って立ち上がった。揺れの中、オリーティシア様の元へと向かう。

けれど、大きな揺れに、体が何回も倒れてしまう。

オリーティシア様はココレット様が来たのを見て眉を顰めるけれど、ココレット様が差し出した手を掴んだ。

「今なら助かります！」

『私がここで一緒に下りればオリーティシア様は死なない！』

その言葉にオリーティシア様は動揺しながらもどうにか立ち上がり、お互いに支え合いながら丘を下りようとする。

私も二人の所に到着した時であった。

ぐらりとさらに大きく揺れるのが分かった。

「急ぎましょう！」

「はい！」

『大丈夫だ。大丈夫！　まだ、まだ間に合う！　私達がここにいることで未来が変わった！』

ココレット様の声に私は言った。

「早く行きましょう！」

けれど私の声と同時に丘がひび割れ始め、私達はその揺れに、丘を転げ落ちてしまう。

ただ、エル様が姿を現して私達のことを守ってくれる。

「エレノア！　この気配は⁉」

『なるほど！　ここは、あれの住処か。あぁ。神々が何故人間を動かそうとしているのかがわかった』

エル様の生み出す風によって私たちの体は運ばれる。けれど、そこで大きく背伸びをする物を見た瞬間に、血の気が引いていく。

赤い瞳が開いては閉じ、開いては閉じを繰り返し、欠伸をするように、その口からは炎が漏れ出す。

ただ、また瞼を閉じるのが見えた。

体からは黒煙が上がり、ぷすぷすという音を立てる。

「竜⁉　竜の国が亡びたと同時に絶滅したのではないの⁉」

『なんて巨大なの⁉　あんなのに襲われたら……』

オリーティシア様が震え、ココレット様も青ざめている。

『怖いがよ。怖い……だ、大丈夫なはずだ。ここまでくれば、オリーティシア様は死なないし、どうにか……なるの？　未来が、見えない』

二人とも身を硬くしており、震えているのが分かる。

カルちゃんはそんな二人に向かって言った。

「何をしている人間！　立ち上がれ！」

『死にたいのか？』

カルちゃんの言葉に二人は動こうとするけれど、恐怖から身をすくめている。

私はゆっくりと深呼吸すると、笑顔を携えて二人の手を取ると言った。

「大丈夫です。まずは落ち着きましょう」

私の言葉に、オリーティシア様とココレット様は声をあげた。

「大丈夫じゃないわ！　どこが、どこが大丈夫なの……私、ここで死ぬのね。ふふふ。あぁ。欲を出したのがいけなかったのだわ。女性としての地位に執着なんてしなければ良かったのに！」

『怖い……怖いのよ。立てないわ。無理よ』

「……わかりません。わから、わからないんです」

『未来がちゃんと見えないが……私は、なんて役立たずなんだ』

瞳に涙をため、震え、動くことの出来ない二人。

指先が冷え切っている二人の手を、温めるようにぎゅっと握り、私は言葉を続けた。

「現状、まだ竜は目覚めていないように見えます。そして指輪はすでに手に入りました。私達がすべきことは、ここから脱出をし、竜への対応と予言の乙女についてを解決することです。大丈夫。落ち着きましょう」

私も、普通の令嬢として生きていたならばオリーティシア様やココレット様のように今も震えていたかもしれない。

けれど私は、チェルシー様やナナシ、それにカシュを通して争いごとに対峙したことがある。

恐ろしい経験だったけれど、それは確かに今の私に繋がっている。

だからこそ、私は顔をあげて怖い気持ちを押し殺し、足に力を入れることが出来る。

今ここでへたり込んでしまっても何も解決はしない。

立ち上がり、今自分がすべき最善を目指すべきだ。

その為には、オリーティシア様とココレット様の協力がなくてはいけない。だからこそ、一緒に立ち上がりたい。

私は真っすぐに二人を見つめ、そして微笑みを向けて言った。

「大丈夫です。二人のことは私が守ります！」

「守る？　エレノア……様が？」

「私達を？」

二人の言葉に私はにっこりと笑みを浮かべて、大きく頷いた。

「はい。それにエル様も一緒です。ね？　一緒に、行きましょう？」

オリーティシア様と、ココレット様は私のことを見つめて顔をくしゃくしゃにすると瞳に涙を浮かべる。

『……あぁ。私が間違っていたわ。彼女は、顔だけの女性じゃないのね……』

『エレノア様……』

怖いという気持ちは誰だって抱くものだ。けれど、今ここでは勇気を奮い立たせなければいけない。

男であろうと女であろうと、踏ん張らなければならない時は人生の中で絶対に訪れるものだ。

カルちゃんは私達のやり取りを見て大きく息を吐いた。

「不思議なものだな」

『考え方がまるで違う』

その言葉に、確かにそうだなと思った。

カルちゃんは怖いという感情が良く分からないのだろう。弱ければ死ぬのは自然の世界では当たり前であり、仲間からつまはじきにされても、カルちゃんはそれを当たり前のことのように受け入れている。

それは価値観が違うからなのではないかなと思う。

だからこそ、カルちゃんの考え方に救われた自分がいた。

おそらくそれはココレット様も同じであるように思う。

私の手をぎゅっと二人は握り返してくれると、一緒にどうにか立ち上がった。

「エル様！　どうか脱出するために力を貸してください」

私の言葉に、エル様は指を差した。

「この島では、私の力よりも彼らの力を借りた方が確実だ」

『地盤がどうなっているか不確かすぎる。彼らの方が優秀だ』

私は指差された方を見ると、竜の背で跳びはねていたレプラコーン達がこちらに向かって走ってくるのが見えた。

「精霊めずらしい」

「めずらしいな！」

「鬼ごっこは捕まったから逃げるのはおしまいだ」

いつの間にかレプラコーンの数は増えており、わちゃわちゃと現れると、私達を取り囲んだ。

心のままにしゃべっているのか、心の声が聞こえない。

私はレプラコーンに向かって、尋ねた。

「貴方達は、あの竜が何か知っているの？」

「あれは神々の竜」

「普通の竜じゃない」

「ずっと眠ってた古竜」

「目覚めたらドカーン。だから神々、人間ここに案内させる」

最後の言葉に、私の手を握っていたオリーティシア様とココレット様が青ざめて、握る手に力が入った。

つまりあの竜は神々の生み出した存在であり、あれが目覚めるかもしれないということを伝えるために、レプラコーンを使って神々はここに私達を招いたということなのだろうか。

レプラコーンは踊りながらカルちゃんを指さした。

「こいつには聞こえない神の声」

「だから役割果たせるか心配だったが役割果たしたようだな」

「匂いが変わった」

その言葉に、私とココレット様は驚く。

匂いが変わった？

「人間面白い」

「ちょっとしたことで考え変わって匂い変わる」

「面白い生き物。だから神々は人間が好き」

情報量の多いその会話に驚きながらも、私は逃げ出すために尋ねる。

「ここから地上へ帰れる方法はありますか？　あと、アシェル殿下達がどこにいるのかも知りたいのですが」

レプラコーン達はくるくると回りながら楽しそうに踊っていて、こちらの話など聞いていない雰囲気である。

カルちゃんはため息をつくと言った。

「こいつらに言うことを聞かせたいなら黄金か対価になるものを渡した方が早いぞ」

『がめついからな』

今までのレプラコーンの様子からして、何か欲しい物を渡せば聞いてもらえるのではないかという考えが過る。

「あの、もし地上まで連れて行ってくれたらお菓子をお渡しします。どうでしょうか?」

「え〜?　お菓子は今はたくさんあるしな」

「金貨もたくさんあるしな」

「指輪は取られたけれど……」

ちらりとオリーティシア様の方を見るレプラコーンだけれど、指輪を渡すわけにはいかない。

どうしたらいいだろうかと私が悩んだ時であった。

カルちゃんが鼻をふんふんと鳴らす。

「ずっと気になっていたんだが、胸元に持っているそれならば対価になると思うぞ」

『我もずっと食べたいと思っていたが仕方あるまい』

カルちゃんの言葉に触発されて、レプラコーンが私に向かって鼻をふんふんと鳴らした。

「良い匂いがする」

「わぁ！　それ欲しい！」

「欲しい欲しい⁉」

何のことであろうかと思ったのだけれど胸元を指さされハッとする。

私は以前ユグドラシル様からもらった木の実をお守り代わりに首から長めの紐に吊るして見えないように持っていたことを思い出した。

ドレスの下にあるそれを胸元から取り出すと、レプラコーン達が一斉に鼻を鳴らし始めた。

「妖精の種だ！」

「わぁぁ！　珍味！」

「欲しい欲しい欲しい！」

一斉に騒ぎ始めたレプラコーン達に、私は笑みを向けるとユグドラシル様と教えてくれたカルちゃんに内心で感謝しながら言った。

「お礼にこれをあげるわ。お願い。安全な地上まで連れて行ってくれないかしら？」

そう伝えると、レプラコーン達は跳び上がって喜び始め次の瞬間、わちゃわちゃと走り始めた。

「こっち！」

「ついてきて！」

「はははは！」

レプラコーン達は走り始め、私達は必死にそれについて行こうとしたのだけれどあまりにも足が速い。

このままだとおいて行かれてしまうと思った。

「浮かせるぞ」

『道さえ分かればあとはたやすい』

エル様はそう言うと、私達を風で包み込むとふわっと浮かせてレプラコーンを追いかけ始めた。

輝く鉱石のトンネルを抜けながら一瞬、眩い美しい黄金の洞窟が目に入る。

「レプラコーンの住処だろう。厄介な相手だ。近づかない方がいい」

『大抵の場合金は手にはいらない』

私達としては黄金になど興味はない。今一番求めているのは青空と緑の大地である。

光が見えた。そう思った時であった。

「え?」

「エレノア!　地中から炎が!」

『っく。防ぎきれるか!?』

洞窟の下から炎がせりあがってきており、私達を包んでいた風が消えると、エル様は地中からの炎を防ぐ。

「出口を目指せ!」

『後少しだ!』

エル様の言葉に、私はオリーティシア様とココレット様の腕を掴むと、共に見えてきた光を目指して走り始めた。

そしてあと少しで出口と言う時であった。

「あ……嘘……」

浮遊感に襲われ、私達は自分たちの下にあったはずの地面が、地震によって崩れ、無くなったことを悟る。

落ちる。

視線の向こうには眩しい光が見えたというのに。

手を空を求めるように伸ばす。

落ちる。

「エレノア！」

グイッと私の腕をアシェル殿下が掴むと、オリーティシア様とココレット様の腕もヴィクター様やノア様が掴み、そして引き上げた。

突然外に出たことで、眩しさから目を瞬かせていた時、私の体を抱きしめる温もりを感じ、私は抱きしめ返した。

まだ明るさに目が慣れなかったけれど、その温もりと声が誰のものかというのは分かる。

「アシェル殿下」

「無事で……よかった」

落ちたと思った。

もしあそこで、エル様が私達を助ける為に炎を防いでくれなかったら、もしもアシェル殿下達が私達を引き上げてくれなかったら。

　私達は今ここで息をしていない。

　エル様は疲れた表情で私の元に戻ってくると、後ろに座り込み、私の背中に寄りかかった。

「疲れた……セレスティアル島ではうまく力が使えない……すまないが……休む」

『すまない。少し、寝る』

　ゆっくりとエル様の姿は見えなくなり、私はエル様にも無理をさせてしまったことを申し訳なく思った。

　今回助かったのはエル様のおかげでもある。この件が終わったら絶対に何かお礼をしようと私は思ったのであった。

「姉上！　大丈夫ですか⁉」

『顔が真っ青じゃないか！　あぁもう！　だから無理はするなって言うのに、この人はいつも無茶ばかりして！』

　ジークフリート様はそう声をあげるが、オリーティシア様は私の腕をぎゅっと握りながら言った。

「大丈夫です。エレノア様が守ってくれました」

『ジークフリートの役立たず。エレノア様がいなかったら私は死んでいたのですよ！』

　横にいたココレット様のことをヴィクター様は抱き上げてぎゅうぎゅうと抱きしめながら声をあげている。

「ココレット！　ココレット！　無事でよかった。俺が、俺の筋肉がお前のことを察知するのが遅くなったばかりに！　すまない！」

『鍛えなおさなければならん！　あぁぁぁ！　無事でよかった！　我が妹よ！』

「兄様！　兄様！　死にます！　筋肉に潰されます！」

『苦しいがよー！　バカ力がよ！』

兄妹とは仲がいいのだなと思ったものの、ココレット様は大丈夫だろうかと心配しながらも私は微笑ましく思ったのであった。

そして、そんな中、ドレスの袖を引っ張られる。

「案内おしまい」

「ちょーだい」

両手を差し出してくるレプラコーンに、私は小袋を渡すと、皆でわちゃわちゃとしながらレプラコーンは大喜びをしている。

それを見ながらカルちゃんが大きくため息をついた。

「あいつらとは今後関わらないようにしよう」

『いいなぁ。あれ欲しかったのに』

私はカルちゃんのことを撫でながら、レプラコーン達が地中に帰ってしまう前にと思い尋ねた。

「古竜がこの揺れの原因なの？」

レプラコーン達はけらけらと笑い声をあげた。

「正解で不正解！」

「はははは！」

そういうとレプラコーン達は地中へと走って行ってしまった。

「エレノア。古竜って？」

『どういうこと？　何があったの？』

アシェル殿下の言葉に、私は今まで何があったのかを説明したのであった。

アシェル殿下とヴィクター様は私達と離れた直後すぐに地上へと戻されたようで、私達を捜すためにノア様達と合流をし地中への入口を捜していたのだという。

エル様がアシェル殿下の元に、先に風を飛ばしてどこから出てくるかを伝えてくれていたようで、だからこそ間一髪間に合ったのだという。

先のことを読み、私達の為に力を使って眠ってしまったエル様。

私は心から感謝し、お礼を絶対にしなければいけないなと心に決めたのであった。

「とにかく、一度戻りましょう」

『エレノア。泥だらけだ。着替えをした方がいい』

私はアシェル殿下の言葉に首を横に振るとノア様の方へと視線を向けた。

以前歴史書の話をした時に古竜について話をしていた。だからこそ、もう一度ノア様に聞きたいと口を開いた。

「ノア様、以前話を聞きましたが古竜について何かご存じありませんか？」

尋ねられた言葉に、ノア様は少し考えてから口を開いた。

「以前、エレノア様とは少し話しましたが古竜とは大地を神々が生み出した時に、その大地を安定させるために生まれたと言われています。古竜とはいいますが、どちらかと言えば、自然に近い存在です。あと普通の竜とはそもそも違います。古竜は竜人と共にいた竜とは違います。真実かは分かりませんが、人語を理解しておらず意思疎通は難しいと本で読んだことがあります。また、そうした竜は神の使徒だと考えられています」

『同じ竜でも、竜人の国にいた竜達とは全く違う』

その言葉になるほどと思いながら、私は視線をココレット様へと向けた。

ココレット様は視線を少し彷徨わせた後に、静かにうなずくと口を開いた。

「エレノア様、私の話を、聞いてくれますか？」

『他人は信じてくれないと思うがよ。でも、エレノア様なら、信じてくれる』

私がうなずくと、ココレット様は口を開いた。

「たくさんの、未来が見えるんです。糸が絡まっているように。私とオリーティシア様は、もしあの場にエレノア様がいなかったら、どうなっていたかはわかりません。真っ黒な未来しか見えなかったので」

『真っ黒な空を見ているかのようだった……』

皆がココレット様へと視線を向けており、ヴィクター様は驚いたように目を丸くしている。

「元々の未来ではサラン王国は亡びていて、けれどエレノア様とアシェル様を国交会場で見た瞬間にその未来は別のものへと変わったんです。つまり、私が見える未来は、たくさんあって今がどの未来に繋がっているのかも分からないんです。私の妄想かもしれないいし、けれど妄想にしては鮮明だし、当たっていることも、多いんです」

『怖い。本当は他人に知られるのが怖いがよ。だから、兄様にも言ったことがない。けれど、このままじゃ……大変なことになる。エレノア様に私は勇気をもらった。それにエレノア様が連れているカーバンクルが言った言葉の通りだ……だから、だから頑張るしかないがよ！』

ココレット様の言葉を聞いた私は、ココレット様の前へと移動するとその手をぎゅっと握る。

「勇気を、出してくれて、ありがとうございます」

手は震えており、ココレット様が浮かべる笑顔もぎこちなかった。

オリーティシア様は私の横に来ると、ココレット様に指輪を差し出した。

「さっきは、私を止めようとしてくれていたのね。これ、貴方が持つべきものなのでしょう？」

『……結局私は、何者でもないただの女で……はぁ。情けなくなるわ』

ココレット様は指輪を受け取ると、不安そうに口を開く。

「オリーティシア様は男性にも負けず、立派な方で、エレノア様は勇気があって精霊にも愛されている方です。だから、私なんかより、絶対に指輪に相応しいんです」

『怖い……これで違ったら？』

渦巻くような不安。私はココレット様に笑みを向けた。

「オリーティシア様は本当に素敵な女性ですよね。私もそう思います。けれど、私は同じようにココレット様も素敵な女性だと思います。私に勇気があると言いましたけれど、私よりもココレット様の方が勇敢です。だって、未来に何があるか見えながらも、一緒にレプラコーンを追いかけてくれたのでしょう？」

　私の言葉に続けるようにオリーティシア様も言った。

「ココレット様。私は、自分が予言の乙女であればいいなと思っていました。それは自分の地位を高めたいという思いがあったから。けれどね、私ではないのよ。そしてエレノア様でもない。まぁ、もしもあなたも予言の乙女でなかった場合には笑い話になるようにしてあげますから、ね？」

　私達の言葉を聞いたココレット様は、オリーティシア様から指輪を受け取り、そしてそれをじっと見つめた後に、大きく深呼吸をした。

『エレノア様とオリーティシア様が背中をおしてくれたがよ。きばるしかない！　私の見た物が未来ならば、私は予言の乙女なのだから！』

　ココレット様が指輪をゆっくりとはめた瞬間、失われていた光が眩いばかりに輝きだし、それは空に向かって光を解き放ち、空は青く澄んでいるのに星がきらめいて見えた。

　あまりに美しい光景に私達が目を見張っていると、ココレット様は目を見開き、そしてその体は温かな乳白色の光で包まれた。

　瞳が美しい黄金色に輝き、そしてココレット様は口を開いた。

「すごい……鮮明に、見えます」

『不安が消えた……未来が、見える』

　先ほどまでのココレット様は、まだどこか不安そうであった。けれど今は違う。

胸を張って立ち、背筋は伸びている。

空を見上げたココレット様は何か聞こえるのか何度か頷いているのが見えた。

一体、何が起こっているのだろうかと思っていると、いつの間にかレプラコーン達が近くの岩の上に集まっており、先ほど渡した木の実を口の中で転がしながらそれを眺めている。

そして次の瞬間、空がはじけたように輝くと、私達は舞踏会の会場へと移動しており、舞台上にココレット様は光に包まれて立っていた。

会場には他の国々の貴族や王族達が集まっており、突然現れた私達や舞台上にいるココレット様を見つめている。

『どこから現れた⁉』

『指輪！　あれは、マーシュリー王国の姫⁉』

『オリーティシア様ではなかったのか！』

会場中がざわめく中、ココレット様は天井へと手を伸ばすと、口を開いた。

「神々より、これから何が起こるのか神託を受けました。周辺諸国の皆様にはご協力いただき、この危機を、国という垣根を越えて乗り越えていきたいのです。ご協力いただけるでしょうか」

『まだ、怖い。けれど、昨日の自分より、今の自分の方が絶対に前に進んでいる』

ココレット様の声が聞こえ、私は心の中でエールを送る。

そしてアシェル殿下が一歩前へと進み出ると口を開いた。

「私達はココレット嬢が指輪をはめる瞬間を目撃しております。彼女が神々に選ばれた予言の乙女で間違いないかと思います」

『エレノア。一緒に同意して』

私もアシェル殿下の横に並び、声をあげた。

「私も、アシェル殿下と同じ考えです」

それに続いて、オリーティシア様も前へと進み出た。

「私も指輪をはめてみましたが、光は失われ、何も起こりませんでした。指輪が光っていることが、彼女が予言の乙女だという証拠です」

『ココレット様。大丈夫です』

会場は私達の声に、ココレット様への心の声で溢れていく。

『本当に⁉』

『指輪をはめているのだから、そうなのだろう』

『だが、まさか小国の姫とは……』

現実的に指輪をはめているのだから認めるべきなのに、会場の中の皆の心の声は芳しくない。

男性優位の社会において、女性の発言権はまだまだ低い。けれどだからと言って神々の神託があったのにもかかわらずどうしてと、私は憤りを感じる。

「エレノア。行こう」

『さぁ、援軍だ』

「はい!」

TOブックスNEWS
2023 8 AUGUST
TO BOOKS NEWS 2023 AUGUST
※2023年8月現在
コミックス 8/15 発売
おかしな転生10
最強パティシエ異世界降臨
漫画 飯田せりこ 原作 古流望
キャラクター原案 珠梨《じゅり》やすゆき
脚本 富沢《とみざわ》みどり
TVアニメ
絶賛放送中
シリーズ累計120万部突破!（紙+電子）
DVD 8/25 発売
舞台 おかしな転生
～アップルパイは笑顔とともに～
最新情報はTOブックスオンラインストアをチェック!
2023年10月より
MBS、TOKYO MX、BS11にて
TVアニメ放送開始!!
STAFF
原作：餅月 望
『ティアムーン帝国物語～断頭台から始まる、姫の転生逆転ストーリー～』（TOブックス刊）
原作イラスト：Gilse
監督：伊部勇志
シリーズ構成：赤尾でこ
キャラクターデザイン：大塚 舞
音楽：藤本コウジ（Sus4 Inc.）
アニメーション制作：SILVER LINK.
CAST
ミーア・ルーナ・ティアムーン：上坂すみれ
アンヌ・リトシュタイン：楠木ともり
ルードヴィッヒ・ヒューイット：梅原裕一郎
アベル・レムノ：松岡禎丞
シオン・ソール・サンクランド：堀江 瞬
TVアニメ公式サイトはコチラ!
tearmoon-pr.com
ティアムーン帝国物語
© 餅月望・TOブックス／ティアムーン帝国物語製作委員会2023
24年 TVアニメ 放送予定!!
STAFF
原作：ほのぼのる500『最弱テイマーはゴミ拾いの旅を始めました。』（TOブックス刊
原作イラスト：なま
総監督：山内重保
監督：堀内直樹
シリーズ構成：高山カツヒコ
キャラクターデザイン：胡峰誠 池田結姫
音楽：夢見クジラ
音楽制作：Lantis
アニメーション制作：STUDIO MASSKET
CAST
アイビー：鈴木愛奈
ソラ：田村睦心
詳しくはアニメ公式HPへ
saijakutamer-ani

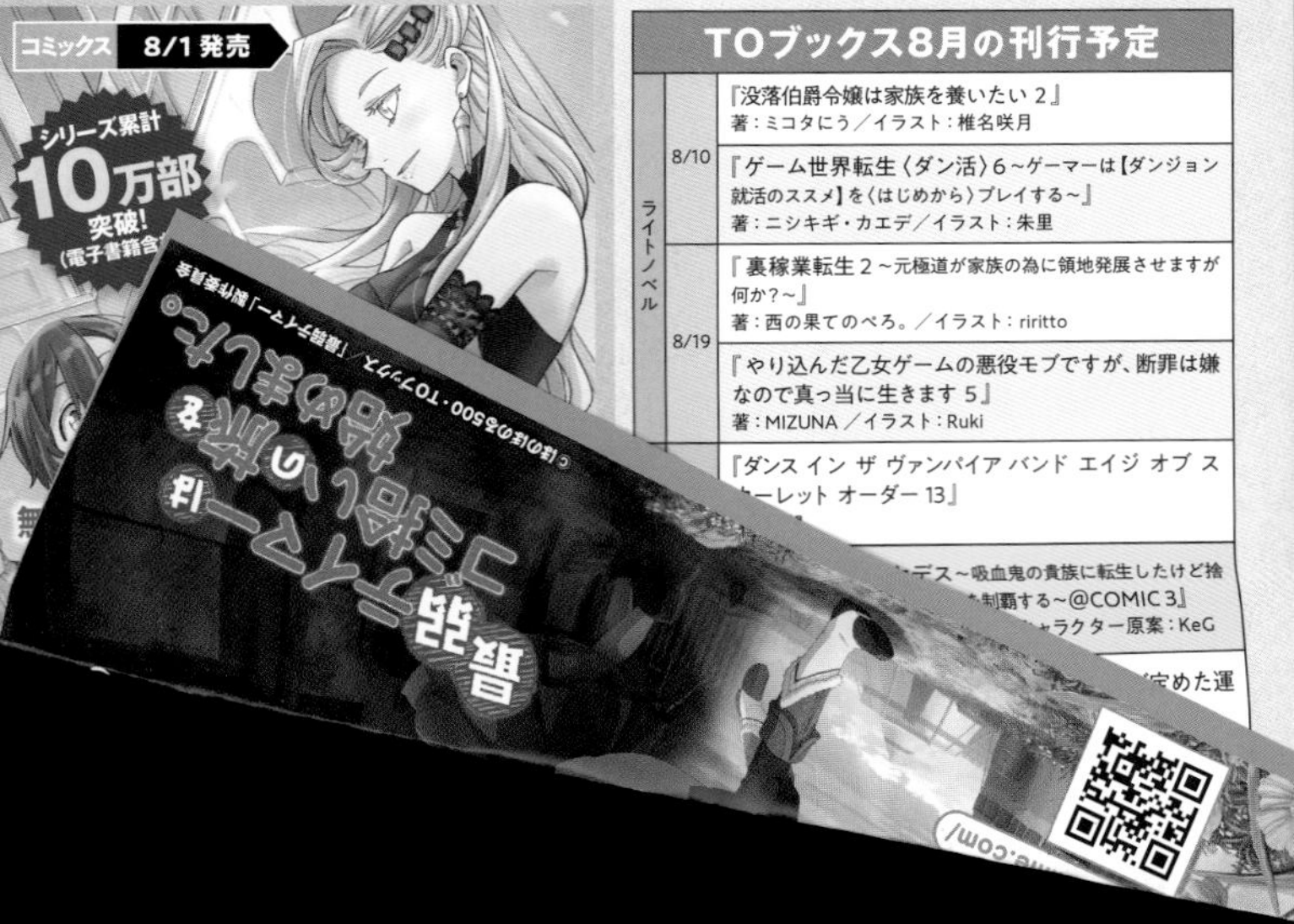

TOブックス8月の刊行予定

ライトノベル	8/10	『没落伯爵令嬢は家族を養いたい 2』 著：ミコタにう／イラスト：椎名咲月
		『ゲーム世界転生〈ダン活〉6～ゲーマーは【ダンジョン就活のススメ】を〈はじめから〉プレイする～』 著：ニシキギ・カエデ／イラスト：朱里
	8/19	『裏稼業転生 2～元極道が家族の為に領地発展させますが何か？～』 著：西の果てのぺろ。／イラスト：riritto
		『やり込んだ乙女ゲームの悪役モブですが、断罪は嫌なので真っ当に生きます 5』 著：MIZUNA／イラスト：Ruki
		『ダンス イン ザ ヴァンパイア バンド エイジ オブ スカーレット オーダー 13』
		…デス～吸血鬼の貴族に転生したけど捨…制覇する～@COMIC 3』 …キャラクター原案：KeG
		…定めた運

同月発売
おかしな転生
ノベル 8/10 発売
異伝 淡海乃海
～羽林、乱世を翔る～ 4
著：イスラーフィール イラスト：碧風羽
コミックス 8/15 発売
羽林、乱世を翔る
～異伝 淡海乃海～ 3
漫画 藤科遥市 原作 イスラーフィール
キャラクター原案 碧風羽
シリーズ累計
110万部突破!
（電子書籍含む）
DRAMA CD
11/20
発売!
ドラマCD第4弾発売決定!
原作小説15巻と同時発売!
TOブックスオンラインストアにて予約受付中!
詳しくはこちら
ノベル 8/19 発売
新シリーズ!
コミカライズ企画進行中!
チートな最強吸血姫が愛ゆえに大暴れ!?
森で聖女を拾った最強の吸血姫
～娘のためなら国でもあっさり滅ぼします!～
著：瀧川蓮 イラスト：ヨシモト
新シリーズ!
ノベル 8/19 発売
ゲーム世界の不遇な少女を救え!
ゲーム内の婚約破棄された令嬢に声が届くので、浮気王子を毎日断罪することにした
（「毎日断罪」シリーズ）
著：初枝れんげ イラスト：岡谷
コミカライズ企画進行中!
原作小説5巻＆コミックス3巻
同月発売!
コミックス 8/15 発売
シリーズ累計
30万部突破!
（電子書籍含む）
ノベル 8/19 発売
氷の侯爵様に甘やかされたいっ!5
～シリアス展開しかない幼女に転生してしまった私の奮闘記～
著：もちだもちこ イラスト：双葉はづき
氷の侯爵様に甘やかされたいっ!
～シリアス展開しかない幼女に転生してしまった私の奮闘記～@COMIC 3
漫画：香守衿花 原作：もちだもちこ キャラクター原案：双葉はづき
CORONA EX
TObooks
TOブックス コミカライズ
連載最新話が読める!
WEB配信サービス誕生!
https://to-corona-ex.com/

アシェル殿下は舞台の上にいるココレット様の元へと私をエスコートして連れて行ってくれたのであった。

第六章　予言の乙女

オリーティシア様もジークフリート様にエスコートされてついてきてくれた。

舞台の上に上った私はアシェル殿下に視線を向けると、すっと会場に向かってアシェル殿下が手を向ける。

『君が伝えたいことを、その心のままに伝えて。大丈夫。僕は君を信じてる』

今、ココレット様の背中を支えられるのは私達しかいない。

同じ女性として、同じ不思議な能力の持ち主として、出会ったばかりだけれど友人として。

私はココレット様の横に立つと、その手をぎゅっと握る。

「皆様、ココレット様と共に私は地下へとレプラコーンを追いかけて行きました。そこで目にしたのは巨大な古竜。このままでは何が起こるかわかりません。神託は彼女を選び、そして彼女こそ、今、ここにいる皆様の故郷である周辺諸国を救う女性なのです」

オリーティシア様も前へと進み出ると、澄んだ通る声で言った。

「今すべきは、危機に対して一致団結すること。予言の乙女を中心にして、皆で力を合わせる時が来たのです」

ココレット様を見つめる視線が変わり始めるのを肌で感じた。

心の声も変わっていく。

『そうだ。今は危機に対処するのが先決』

『神々の神託だ。信じるしかない』

『一致団結するのが得策だろう』

人の心とはいとも容易く変わるし、他人の言葉に左右される。

だからこそ、信念をもって言葉を紡ぎ、語り掛けていく必要があるのだ。

私は会場にいる人々を真っすぐに見つめながらそう思った。

ココレット様の背筋がしっかりと伸びている。侮られないように、気を張っているのが分かる。

危機に対して一致団結するということは、綻びをつくってはいけないということ。

一度できた綻びは、気が付いた時には大きな亀裂となる。だからこそ、今はそうしたものをつくらないようにするのが最善だ。

神々がここでこの子が予言の乙女ですとはっきりと告げてくれたならばもっと受け入れられるだろう。けれど、それではいけないのだ。

ココレット様は前を見据えた。

「未来をはっきりと見ることが出来ました。これより緊急会議を開かせていただきます。各国代表者は会議場へと移動をお願いいたします」

『ここからは時間の勝負だがよ』

一体何が起こるのだろうか。

私自身ココレット様から何が起こるかを聞いた訳ではない。

だからこそ不安はある。

けれど、最善を尽くしていくしかないのである。

私達は会場を移動すると、各国の代表者が集まる会場へと入った。

不思議なことに白い壁や椅子など以前は少し冷たく硬質に見えたものがココレット様の放つ乳白色の温かな色合いによって温かさを感じられるようになった。

私とオリーティシア様はココレット様を支える為に一緒に会議へと参加することとなった。

各国の代表者達の表情は厳しい。一体何が起こるのか分からないからこそ不安もあるのだろう。

私は顔をあげると、口を開いた。

「ココレット様。ここに集まるのは一つの国の者ではありません。一度、神託で受けた内容と各国の歴史に残っている痕跡をすり合わせるのはいかがですか？」

時間はない。けれど、未だに皆の心が一つになり切れていない現状がある。私がそう提案すると、ココレット様はうなずいた。

「わかりました。今回私が受けた神託は、古竜を止めるためのものです。皆様の国では古竜についての伝承はどのように伝わっているでしょうか」

『時間がないからって焦ってはいけないが。さすが、エレノア様だがよ』

真っ先に口を開いたのはオリーティシア様であった。神の書に記されている古竜についての記述を何も見ずにすらすらと話し、そこから周辺諸国の皆が、覚えている限りのことを口にする。

私はその間にココレット様に頼まれた地図とチェスのコマを準備し、机の上へと地図を広げ、黒色のチェスのコマを指示された場所に置いていく。

やはり伝承で古竜のことが記述されていることが多く、たいていの場合は自然災害の引き金となる存在として記録されているようであった。

「我が国では、〝目覚めてはならない丘〟という記述があり、おそらくこれが古竜を示すのではないかと思われます」

『サラン王国には過去おそらく被害が少なかったのだろうね。他の国より記述が少ない』

私はうなずき、周辺諸国が示した災害があった場所へと地図の上に白いコマを置いていく。

「あ……皆様……見てくださいませ。歴史書に書かれている災害の中心地とセレスティアル島とが」

『『『『重なっている』』』』

皆が息を呑んだ。

私はココレット様へと視線を向けた。

皆の心を一つにするのであれば今である。

指示された場所は、各国の王都近くや森の中、無人島、かなり広範囲に及ぶ。

私達のいるこのセレスティアル島にココレット様が黒のコマを置いた。

ココレット様は静かに深呼吸をすると口を開いた。

「これから、古竜が目覚めたことに起因して火山の活動が乱れ、各箇所にある火山が噴火します。各国の歴史書に残されているように遥か昔、同じような災害が起こったのです。それは今回の古竜を止めることが出来ず、起った災害です」

ココレット様の言葉に、皆が息を呑む。ただ、ココレット様の言葉に誰も言葉を挟むことなく聞き入っている。

「古竜は火山を落ち着かせる役割を果たしているので、この事態を最小限に防ぐためには古竜を迅速に眠らせること、そして周辺諸国の皆様には、被害を最小限に防ぐために動いてほしいのです」

声が上ずっており、心の声が聞こえないほどに、緊張して言葉を発しているのが分かる。

「火山の噴火に備えて人の安全確保が最優先です。そして戦える者はここに残り、古竜をもう一度眠らせるために尽力いただきたいのです。古竜の役目は地脈を落ち着かせること。けれど間違えて目覚めてしまったようなのです。神々は古竜を迅速に眠らせてほしいと、地上に生きる者達の為にそう願っています」

皆が、地図に並べられたコマを見つめ、そして緊張しているのが伝わってくる。

歴史書に記されていた災害の範囲と、今回の範囲がピタリと重なっていることに衝撃を受けないわけがない。

もしもこれで災害が起これば、歴史書と同じように被害が起こるのかもしれない。

恐らく、各国の歴史書に残る災害は、このセレスティアル島が生まれる前のもの。先ほどココレット様も言っていたが、つまりその時は皆が協力し古竜を止められなかったのだろう。

ココレット様の言葉に、アシェル殿下が口を開いた。

「では、明確な場所と時間、そしてどのくらいの規模のものなのか分かる範囲で教えていただけますか？　それを基にして周辺諸国で割り振りをしましょう」

『エレノア。ココレット様から聞いてメモをしてこちらに持ってきてもらえると助かる』

私はうなずいた。

「では、私が聞き、まとめてそちらへと持っていきます」

アシェル殿下はココレット様に向かって言った。

「私の方で周辺諸国と割り振りを話している間にエレノアに伝えていただけますか？」

『時間がないな。古竜への対応策も考えていかなければならない』

その時、獣人の国のカザン様が口を開いた。

「では、私の方では古竜への対応策を考えていこう。ココレット嬢は、古竜を眠らせる方法があるのであれば教えてほしい。あと各国出せる兵力を教えてほしい」

『こりゃあ厄介だ。古竜か……伝説級の神の使徒を眠らせるにはどうしたものか。下手をすると周辺諸国が滅亡の危機か。そりゃあ神々も神託を落とすはずだ。信仰する人間がいなくなるのは嫌だろうからな』

私とオリーティシア様はココレット様から情報収集を行い、それを伝達する役割を果たしていく。

ココレット様には無数の未来が指輪をつけたことによって鮮明に見えだしたらしく、頭を押さえながら細かに教えてくれた。

ただ、ずっと見えている状況だからなのか頭が痛い様子であり、私は少しでも痛みを和らげられるようにと、医務室へと向かった。侍女から持ってきますと声を掛けられたけれど、侍女や執事達は現在地震による損害の確認や割れた皿などの片づけに追われている。

その為、私は手が空いているからと言って取りに向かったのであった。

氷嚢と頭痛薬があればそれを持っていこうと思い医務室の中へと入った。

どこにあるのだろうかと医務室を進むと、医務室内はまだ揺れによって落ちた物がいくつかそのままになっており、ここまで片付けの手が回っていないのが見て取れた。

私は最低限と思い少しだけ片づけると、氷嚢を探し始めた。

すると扉がノックされる音が聞こえ、ヴィクター様が医務室へと入ってくると私の前までやってきたのであった。

ヴィクター様は私の前へとやってくると、不安げに大きくため息をつく。

私は部屋に二人きりになったことに、少し不安を抱きながら何だろうかと見つめると、ヴィクター様は小さな声で言った。

「ココレットは……大丈夫だろうか?」

『あの弱虫が……予言の乙女など、嘘だと思いたい……』

妹の身を案じているのが伝わってきて、なるほど、ココレット様の身を案じて私に話をしに来たのかと、少しだけほっとする。

私はうなずくと不安を少しでも軽くできるようにと口を開いた。

「はい。ココレット様が頑張ってくれているおかげで、おおよそ対策をどのようにしていくかまとまってきています。その、ヴィクター様、顔が真っ青ですが、大丈夫ですか？」

自分に兄妹がいないので、兄妹の距離感が良く分からない。

それにヴィクター様とココレット様は性格も見た目もあまりにも違いすぎて、どのような関係なのかもまだつかみきれていない。

「ヴィクター様はココレット様を大切に思われているのですね」

それは確かだろうと思いそう伝えると、ヴィクター様は私を見て、手で何故か自身の目頭をぬぐうと言った。

「そうなのだ。……ココレットは可愛くて大切な妹なのだ」

『我が国は訛が酷いからな……ココレットは昔からその訛が酷くて……しかも筋肉は全く鍛えようとしない……けれど、大切な妹なのだ』

筋肉に拘るところはあまり理解はできなかったけれど、ココレット様を大切に思う気持ちはよく伝わってきた。

「私も出来るだけココレット様の支えと為れるように頑張りますね」

「ありがたい……俺よりも女性の友達が傍にいる方がココレットも助かるはずだ」

『どうお礼を言えばいいのか！　あぁぁ』

あくまでも距離は一定に保っていたのだけれど、ヴィクター様は私の手を取り、懇願するように言った。

「どうか、ココレットを頼む。あの子は、心も筋肉も弱い」

『もっと鍛えさせておくべきであった』

どうして最終的には筋肉の話になるのだろうかと思った。

けれど今はそれよりも、握られている手を離してほしい。

力強く握られている為、少し痛く、またアシェル殿下以外の男性に気安く触れてほしくなかった。

「あの、は、離してくださいませ」

そう告げるのだけれど、聞こえていないのかヴィクター様は握る手をぶんぶんと振る。

「頼む。どうか！」

その時であった。

「エレノア？　いる？」

アシェル殿下が私を追いかけてきたようで扉を開けて顔をのぞかせた。そして私の手がヴィクター様につかまれている様子に、笑顔のまま固まる。

「アシェル殿下」

名前を呼ぶと笑みを浮かべたままだけれど、すっと私とヴィクター様との間に割って入った。

強く握られていた手だったけれど、アシェル殿下が来たことにヴィクター様も驚いたようで慌てた様子で離してくれた。

アシェル殿下は、静かに笑みを消すと、落ち着いた口調であくまでも冷静に告げた。

「ヴィクター殿。令嬢の手を軽々しく握るものではありません。しかもこのような場所で。もう少し考えていただきたい」

『理由があろうと、こんな密室で、他者に見られていらぬ噂を立てられて困るのはエレノアだ。どうして相手のことを考えて行動しないんだ』

その言葉に、私も軽率だったなと思うと、ヴィクター様はショックを受けたように顔を歪めて、それから唇を噛むのが見えた。

大の大人の男性が、唇を噛む姿という物は何とも言えない。

しかも貴族であろうものが顔に出すぎではないだろうかと思うと、ヴィクター様は言った。

「申し訳ない。つい、妹が心配なあまり軽率な行動を取ってしまった。申し訳ない」

『憧れのアシェル殿に、注意された！　っくぅ。筋肉修業が足りなかった。完璧な王子であるアシェル殿の足元にも俺は及ばないのか』

その言葉に、一体どうしてそんなにアシェル殿下のことを慕っているのであろうかと思う。

「わかってくれればいいのです。ここからは忙しくなります。ヴィクター殿は古竜の対応へ参加するのでしょう？　私もおおよその割り振りが終わればそちらへ参加する予定です。サラン王国の周辺には噴火する火山はないようだったので」

『ヴィクター殿がどのような人物なのか、未だにつかめないなぁ。むぅ。エレノア。大丈夫？　彼は、君に好意を寄せて、言い寄っていたわけではないんだよね？』

その言葉に私は小さくうなずいて見せた。

どちらかというとヴィクター様が言い寄りたい相手はアシェル殿下の方だと言ってもいいのだろ

うかと悩む。

ヴィクター様の恋心に、私が介入してはいけないだろう。

アシェル殿下を渡す気はないけれど、それでも人の恋心をどうこう出来るものでもしていいものでもない。

その人の気持ちはその人だけのものだ。

私だって、アシェル殿下のことが好きだから、ヴィクター様の好きな人と喋りたいとか、一緒にいたいという気持ちはよくわかる。

ヴィクター様はアシェル殿下の言葉に瞳を輝かせた。

「つまり、共闘できるということか！　はははっ！　嬉しい限りだ。アシェル殿。どうぞよろしく頼む！」

『共闘！　筋肉のぶつけあい！』

ただ、筋肉については共感は出来なかった。

「あと、その、アシェル殿。よければこの戦いが終わった後、一緒に、出掛けたりしたいのだが……」

『アシェル殿と会える機会など中々ない！　この機会を逃したくはない』

「え？」

『分からない。え？　ヴィクター殿は一体何を考えているの？　え？　わかんないよ！』

心の中で大混乱するアシェル殿下にヴィクター様は一歩詰めると、少し鼻息荒く言った。

「長らく会えなかった友と、是非語り合いたいのだ！」

『アシェル殿！　この燃え滾る俺の想いを聞いてほしい！』

私は二人きりにしては絶対にダメだと思い、アシェル殿下の腕をぎゅっと抱き込むと声をあげた。

「ぜ、ぜひ私もそのような機会があればご一緒したいですわ」

体格で言えばヴィクター様は筋骨隆々であり、アシェル殿下よりも逞しいように思える。

女性二人を軽々と抱きかかえられるほどの力の持ち主である。もし二人きりにしてアシェル殿下に何かあってはと、私は心臓が変にドキドキとしてしまう。

ヴィクター様は私のことを鋭く睨みつけてくる。

「男同士の場に？」

『エレノア嬢……何故？　筋肉がもしや……エレノア嬢も好きなのか？』

違います。私はスンと心を平静に保とうと表情をどうにか抑える。

「男も女もありませんわ。ヴィクター様とこうやって直接お話しできるのも少しの期間ですし、ぜひご一緒したいと思っただけです」

「エレノア？」

『ちょっと待って。え？　え？　ヴィクター殿と、話がしたいってこと？　え？』

ちょっと焦ったようにアシェル殿下は目を丸くすると、私とヴィクター様とを行ったり来たりして見つめた後に、眉を下げた。

「待って。だめです。エレノア。うん。だめです」

『分かんないけど、うん、分かんないけど、だめだよ?』

私は恋敵としてヴィクター様とアシェル殿下を二人きりにすることはできないと思っていると予想外の声が聞こえてきた。

『む?……っふ。もしやエレノア嬢。俺のこの筋肉に惚れたか?』

「え?」

私は頭の中がこんがらがってしまう。

何故かヴィクター様はにやにやと嬉しそうに頬を染め始めた。

『罪な筋肉だ。ふふふ。さすがはアシェル殿の婚約者。いや、婚約者か……エレノア嬢と俺は結ばれぬ運命。俺のこの美しき筋肉に惚れてしまうなんて……なんて罪作りな俺の筋肉』

よくわからない勘違いがヴィクター様の中で生まれ始めており、私はそれ故にヴィクター様を見つめていたのだけれど、アシェル殿下に突然目をふさがれてしまう。

「ちょっと待って。エレノア。ごめん。二人で話をしよう」

『意味が分からないし、ヴィクター殿と見つめ合うのは、むぅ。納得できない』

首を振ろうとした時、ヴィクター様が口を開いた。

「っふ。アシェル殿。令嬢が逞しい男に惹かれるのは道理。仕方がないことだ」

『アシェル殿の婚約者でなければ結ばれる運命もあっただろうが、仕方あるまい。まぁ……エレノア嬢に惚れられるとは、俺としては嬉しいが』

その言葉に、私は驚きながらも慌てて反論する。

「違います！　たたたたた逞しい男性に惹かれるのが道理⁉　えっと、違います。あの、私は、アシェル殿下が好きであって、逞しい男性が好きなわけではありませんわ！」

「ふふふ。そのように恥ずかしがらなくてもいい。では、せっかくだ！　見せて差し上げようこの筋肉を！」

『アシェル殿下にもこの仕上がった筋肉を是非見ていただきたかったのだ！　エレノア嬢。君の恋心に思いは返せないが筋肉で返そう！』

次の瞬間、ヴィクター様が上着を脱ぎ一瞬でシャツを脱ぎ、上半身が露になる。

鍛え抜かれた盛り上がった筋肉がシャツの下から姿を見せ、私はその衝撃で目を丸くして固まってしまった。

アシェル殿下もあまりに突然なことと、俊敏な上着とシャツの脱ぎ方に驚いていたけれど、私のことをぎゅっと抱き込むと、ヴィクター様から隠した。

「憧れのアシェル殿に恥ずかしい筋肉を見せるわけにはいかないと、一心不乱に鍛え上げたこの筋肉！　エレノア嬢！　アシェル殿！　とくとご覧あれ！」

『っふ。罪な筋肉だ』

「……洋服を早々に着たまえ」

アシェル殿下の冷ややかな声が部屋に響いた。

その声の冷気の帯びた雰囲気に、テンションの上がっていたヴィクター様は身を硬くするとアシェル殿下の方へとゆっくりと視線を向ける。

「えっと、アシェル、殿？」

『怒っている!?　何故？　おおお怖い怖い！　そのように凛々しい顔も出来るのか！　さすがは完璧王子！』

私はどのような表情なのかと疑問に思ったけれど、アシェル殿下の胸に顔を押し当てる状況になっているので見えなかった。

「はぁ……失礼する。今後令嬢の前で洋服を脱ぐなどと言う愚行を続けるのであれば、国交間にも亀裂が入ると認識してくれ。君のその行動は女性の名誉を傷つける行動であると認識を改めるべきだ」

アシェル殿下からは心の声は聞こえず、相当に怒っているのだということが伝わってきたのであった。

それもそうだろう。

年頃の令嬢が異性の裸体を見たなどという噂や状況が出回れば、その令嬢の未来は陰ることにもなりかねない。

もしこの状況を他者が見ていて外に洩れでもしたら、私とヴィクター様との関係を勘繰る者も出てくるであろう。

ヴィクター様は自分の軽率な行動に、気づいたのか慌てて洋服を着だしたけれどアシェル殿下は私のことを抱き上げると部屋から何も言わずに出た。

怒っている雰囲気が伝わってくる。

アシェル殿下は侍女の控えている休憩室へと入ると、お茶を頼み、それから人払いをすると私を膝の上にのせたままソファーへと座る。

私は下りようとするけれど、アシェル殿下は私のことをぎゅっと抱きしめる。

「ごめん。はぁぁぁぁ」

『ちょっと待ってね』

何度か深呼吸を繰り返したアシェル殿下は顔をあげると、私の頬を指で撫でた。

「エレノア。大丈夫ですか？」

『ヴィクター殿が何を考えているのか分からない。あんな軽率な行動……』

私はうなずくと、頬を撫でるアシェル殿下の手に自らの手を添えて言った。

「大丈夫です。少しびっくりしましたけれど。ヴィクター様も、わざとではないのは分かっているので」

アシェル殿下は私のことをじっと見つめて小さく息をついた。

「あの、ごめん。気になってしょうがないんだ。ヴィクター殿は一体どのような考えの持ち主なんだい？　全然分からなくて」

『こんな時に人前で脱いで筋肉を見せるとか、ありえないだろう』

私はヴィクター様の恋心を勝手に伝えてしまうのはいけないと思い、端的に伝えた。

「えっと筋肉がとてもお好きなようです」

するとアシェル殿下が私の方を疑うようにじっと見つめてくる。

私は、何といったらいいのだろうかと思っていると、少しすねたような口調でアシェル殿下が言った。

「……どうしてヴィクター殿と話したいと思ったの？」

『……なんで？』

ないはずなのに、耳としっぽが垂れてすねているようなそんな子犬殿下の雰囲気に、私の心臓がドキドキとしながら、可愛いとさえ思ってしまう。

私は、どう答えたらいいかが分からず、白状してしまった。

「アシェル殿下を……ヴィクター様に取られたくなかったんです」

「え？」

そう言ってしまえば、本当にただの私の身勝手なやきもちであり、もしもアシェル殿下がヴィクター様に迫られたら？　とか思うと、不安だったのだ。

私は素直にそう伝えたのに、アシェル殿下に視線を向けると、先ほどまで項垂れていたように思えた妄想上の耳はたち、しっぽはぶんぶんと振られているように見えた。

急激に私は恥ずかしくなり、この話はおしまいにしようと思った時であった。

大きな揺れが起こり、アシェル殿下は私のことをしっかりと支えると、ぎゅっと抱きしめた。

「はぁ。ヴィクター殿のおかげで緊張がある意味ほぐれたや。エレノア。ふふ。またこの話の続きは後でしよう。まずは、古竜からだ」

『さて、作戦が上手くいくかどうか』

私はアシェル殿下に支えられながらうなずき、どうかうまくいきますようにと願ったのであった。

私はその後アシェル殿下と共に急いでココレット様の元へと戻った。

会場内は緊迫した雰囲気となっており、周辺諸国の王族達はそれぞれ自国へと魔術具を使い指示を出し、カザン様は古竜を眠らせるための作戦の最終的なまとめを取り仕切っている。

アシェル殿下はすぐにその輪の中へと加わり、私は氷嚢をもってココレット様の元へと戻った。

「ココレット様。大丈夫ですか?」

額を押さえているココレット様に声をかけるとココレット様はうなずき、顔をあげると笑みを浮かべた。

「大丈夫です。少し、緊張しているだけです」

『きばらんと。はぁ。大丈夫。きっと上手くいく』

緊張が伝わってくる。

私は氷嚢を手渡すと、ココレット様はそれを受け取り笑顔を浮かべた。そして自身の頭にそれを当てて息をついた。

「ありがとうございます。未来がごちゃごちゃとしていて、頭が痛かったんです。少し和らぎました」

それから少しして、ココレット様が皆に向かって声をあげる。それは、古竜を眠らせるための戦いが始まる合図であった。

噴火する火山や、その被害を最小限にする避難場所など、鮮明にココレット様には見えるようであった。

指輪をつけてから一気に見えるものが鮮明になったと言っていた。

そしてココレット様は一番不確かな古竜を眠らせる為の作戦に自らも一緒に同行することを願った。

どうやら、古竜については未来が見え隠れしているのだという。

古竜を眠らせる手段として、体力の消耗作戦と魔術によっての催眠が検討されており両方を同時進行的に行う予定となっている。

古竜という未知の存在に対して、各国は優秀な騎士と魔術師を転移魔術によって呼び出し、最善を尽くすべく精鋭が揃えられた。

普段神々の島には武器はご法度だけれど、緊急事態ということであり武器の装備が認められた。

反論する国もあったけれど、獣人の国、サラン王国、アゼビア王国が筆頭に出てきたことで反論した国も黙った。

その三国を敵に回してまで反論できるほどの大国はない。


「「エレノア様!」」

サラン王国からは魔術師であるダミアン様とオーフェン様が緊急転移装置によって姿を現した。

緊急事態につき転移装置を使ったけれど、この装置も頻繁に使えるようなものではないらしい。だからこそ、呼び出された人数も限られている。

「ダミアン様、オーフェン様。よく来てくれました」

アシェル殿下はすでにカザン様と合流して体力を消耗させる作戦の方の部隊編成などの話し合いに参加している。

「僕達も作戦について話を聞いてきます。はぁ……この世界は本当にいろんなことが起こりますね」

『まぁ、そもそもが魔術も妖精も獣人とかもファンタジーの世界だもんなぁ。乙女ゲームからは逸脱しているけれど、そりゃー色々あるよなぁ』

「本当にねぇ。エレノア様。私達は後方部隊にて魔術を展開させる予定ですが、出来ればエレノア様の傍にいられるように配置の希望を出しておきますね」

『本当は安全な場所にいてほしいけれど、アシェル殿下の近くにいようとされるでしょうね』

私はうなずき、そして二人と別れるとココレット様の元へと戻った。

カルちゃんはずっと私の傍にいてくれている。横をついてきてくれていて、私は一緒にいるだけで心強く思った。

ココレット様の横にはオリーティシア様の姿もあった。

私達が現在いるのは、城の外の広々とした庭なのだけれど、先ほどから小さな揺れが断続的に続いている。

ココレット様曰く、間もなく地中から古竜が目覚めるのだという。そして暴れまわる。

それに従って魔術師達は魔術をその場に仕掛けていく。何重にも出来るだけ丁寧に、そして迅速に。しかし魔術が古竜に本当に効くのかという疑問を、誰もが抱いていた。

けれど、やらなければ、ここで古竜にもう一度眠ってもらわなければ甚大な被害が出るのは目に見えていた。

人間の営みに基本的に不可侵な神々が、神託を落としてまで防ごうとした事態。

被害がどれほどのものになるのかなど、想像に難くない。

ここで古竜をもう一度眠らせて地脈を落ち着かせなければ、どのような事態になるのか分かっているからこそ、戦うことが当たり前のように皆が動き、協力し準備をしている。

次第に私は、手が震え始めていた。

『……死ぬかもしれない』

『けれど、ここで死んだとしても、国にいる家族が助かるならば』

『国が亡びるかもしれないほどなのだろうな……はぁ。本当に、予言の乙女を信じていいのか。死にたくないからこそ、迷う』

様々な声が聞こえてくる。

現在ここに滞在するのは王族が多い。そして戦えない王族が多いのも事実。そうした王族は火山によって危ない個所へ支援物資を送る手配や、もしもの時に備えての避難民の受け入れの対応策などに追われている。

現代の魔術では転移装置で呼び出すことの出来る数は限られており、各国が精鋭の騎士や魔術師を呼び出したが、その数は少ない。

そして平和が続いていたからこそ、戦うことに怖気づくものも多い。

体力消耗部隊、魔術師部隊とがいよいよ戦いが始まるということで最終的な全体の確認の為にココレット様の前に集まる。

ココレット様の手は私と同じように震えているのだろう。拳をぎゅっと握る姿が見られた。

簡易的に用意された小さな舞台。それにココレット様は上がる。

『……大勢の前に、立つなんて……はは……わっぜか……怖い』

小柄なココレット様。そんな彼女に皆の視線が集まっていく。

『本当に信じていいのか』

『予言の乙女か』

『あぁ、この小さな少女に自分たちの運命が握られているのか……くそ……』

戦いを前にして、予言の乙女を信じられず、動揺するものが多くなってきている。

戦いたくなんてないのだ。死にたくないから。生きていたいから。

けれど、そんな揺らぐ心の声とは全く真逆の声も聞こえてくる。

『エレノア。大丈夫。絶対に守るよ』

『ぼん、きゅ、ぼん！』

『我が筋肉は、必ず皆を守る！　ココレットを俺は信じている』

心の声は、私にいろんなことを教えてくれる。人の醜さ、あざとさ、愚かさ。けれどそればかりではない。

慈しみ、優しく、温かな、人の心。その中にはいつだって、希望がある。

人々の視線がココレット様に集まるのだけれど、緊張から言葉が出ないのか、シンとその場は静まり返ったままの時間が流れる。

『しゃ……しゃべ……らないと……怖い』

次第に、皆の心に疑問が生まれ始める。

『なんだ？　おいおい本当に大丈夫か？』

『はぁ。こんな戦場に女は来るべきじゃないんだ。予言の乙女だか何だか知らんがな』

私は背筋を伸ばすと舞台下でココレット様の横に立つ。

大丈夫。人の心という物は、空気一つで、言葉一つでいつだって変えることが出来る。

「私はサラン王国第一王子アシェル殿下の婚約者、エレノア・ローンチェストと申します。ココレット様、少しだけ、発言の許可をいただけますでしょうか？」

私がそう言うと、ココレット様が驚いた表情で小さくうなずいたのが見えた。

私はそれにこくりとうなずき返すと、皆の方を真っすぐに見つめて、笑顔を向ける。

私には何の力もない。ただ人の心の声が聞こえるだけ。本来の私は、ただの女であり、出来ることと言えばたかがしれている。

けれど、それでも私はうつむきたくはない。

これまで私は、幾度となく自分に自信が持てず、自分の運命を恨み、呪いのようなこの能力に苛まれてきた。

けれど今は違う。

私を思い、私のことを愛し、信じてくれる人がいる。

だからこそ、私はもう、うつむかない。

「皆様、私には何の力もございません。古竜に立ち向かうことも、剣を持つことも。ですが、ここでは生死は皆、一蓮托生になるでしょう。皆様が勝てば生き、負ければ死ぬ」

何人もの人が息を呑む音が聞こえる。

『エレノア様……そうだぁ。勝てば生きて、負ければ……死ぬんだ』

ココレット様に私は視線を向けた。笑顔は消して、真っすぐに見つめる。

「けれど、神々は私達にココレット様という希望をくださいました。本来ならば火山のことなど分からずただ死ぬ運命だった。それを覆す機会を得たのです」

人々のそれぞれの思い、考え、いろんな感情の心の声が聞こえる中、私は言った。

「ココレット様、貴方が今、私達の希望です」

ココレット様は、唇を噛むと、ぐっと力を入れて声をあげた。

「勝ちましょう。神々は古竜を止められる未来を私に見せてくださいました。皆様は必ず古竜を眠らせることが出来ます！　この戦いの先にあるのは明るい、未来です！」

皆の歓声が上がるのが聞こえた。先ほどまではばらばらだった心の声が、今は悪い方向へと向くのではなく、未来へと向いている。

そして、その後皆が配置へと就き、ココレット様の予言した時間が近づくのを、待つこととなる。

地面が震え、そして今、その時が来た。

事前にココレット様から、どこから古竜が出現するのかについてや、どのような攻撃があるのか、どのような動きをするのかについては皆情報共有している。

古竜を飛び立たせてはいけない。飛び立たせてしまえば、そこで私達の負けが確定する。

その為に少人数ではあるけれど、部隊を編成してカザン様を中心に攻撃の陣営が組まれている。また古竜の攻撃が人にあたらないように、攻撃力を分散する魔術が組まれており、また魔術師達が持ってきた防御の魔術具や攻撃増強の魔術具なども騎士達は身に着けている。

私とココレット様、オリーティシア様はダミアン様とオーフェン様の後ろへと待機する。

私達の周辺に二人は魔術具を配置した。

「いいですか。何があってもここからはでてはいけません」

『古竜とかもう、本当になんなんだよ。あー。明日はオーフェンとデザート食べまくるか』

「無事に生きて帰りましょうねぇ～」

『明日は自分へのご褒美に最高級のデザートを購入してやるわ！　ダミアンがお財布よ！』

二人の心の声に私は多少和みながら、ココレット様の横に待機する。その時、後ろからオリーティシア様の声が聞こえた。

「お待たせしました」

振り返ると、そこには髪の毛を一つにくくり、女性用の騎士服に身を包み防具をつけ、手には剣を構えるオリーティシア様の姿があった。

ココレット様と私は驚いてしまう。

どうやらココレット様の未来にはそれが見えていなかったらしく、声をあげた。

「オリーティシア様、え？　私の知らない未来……です」

『どうして？　あ……オリーティシア様との関係が修復されたから？』

オリーティシア様は苦笑を浮かべると、私達の横に立ち言った。

「私、ジークフリートより強いんですよ？　でも、女だからと剣を持つことを許されず、王国の為に神官の道を選びました。我が国は今信仰が不安定な状況なので。ですが、私は今神に背中を押されている気分なんです。自分らしくいなさいって」

『どうせここで死ぬかもしれないのだから。せっかくならば自分らしく今はいたい』

こちらに向かって笑顔を向けるオリーティシア様は、最初に見た時の印象とは違い明るくそして溌溂としていた。

「物理的な攻撃があれば、私が二人を守ってあげるわ。ココレット様。私、恩はしっかりと返すタイプなの」

『ふふふ。大丈夫。絶対に生き残ってみせるわ』

ココレット様も笑い返し、そして身構える。

「始まります」

魔術具で、ココレット様の声は全体に響くように仕掛けられている。ココレット様は大きく深呼吸すると、目を見開いた。

その瞬間、瞳の中が淡く金色に輝き始めた。

「来ます！！！」

次の瞬間地面から耳が痛くなるほどの音が響き始め、体はその揺れに堪えかねて地面へと倒れた。

ココレット様の体は光に包まれており真っすぐにそちらを見つめている。

爆音と共に炎の柱が天を貫くように上がる。雲は裂け強風が吹き抜けていく。

「構え！　第一陣！　前へ！」

「魔術師は破壊された魔術の修復！　防御を強めろ！　来るぞ！」

炎の塊の中から、地面から這い出るように姿を現したのは、赤い鱗に身を包んだ巨大な古竜であった。

その瞳は虚ろであり、口からは黒い煙がぷすぷすと音を立てている。

ココレット様が声をあげる。

「古竜はまだ完璧には目覚めていません！　きっと今ならばまだ眠らせられます！」

魔術師達は催眠の魔術を掛ける部隊が前へと進み、魔術を展開させていく。それを守るべく騎士達が前へと立つ。

あまりにも巨大なその体が地中から這い上がってきた時、皆が一歩後ろに下がりそうになる。

その時、アシェル殿下の声が聞こえた。

「下がるな！　下がれば自分の大切なものが死ぬと思え！　この場の死守こそが未来を守る唯一の道！　前を向け！」

『絶対に、守る』

手が、震えた。

皆がその声に鼓舞され古竜を見据える。古竜は炎を吐き、長いしっぽは岩を薙ぎ払う。

カザン様達獣人は爪と牙を露にすると、咆哮をあげた。

「行くぞ！　前へ出ろ！　我々の爪は岩をも砕く！　古竜を止めるのだ！」

巨大な古竜を押さえつけるために、騎士達は魔術具の縄をその体へと投げ、地面に設置されている固定魔術具へとつなげる。

人間がこの世界を生き残る上で発展してきた魔術具は多種多様である。

だからこそ、強大な敵への対応魔術具もまた進化を続けていた。

「魔術を発動させる！」

古竜に掛けられた縄には光が走り、古竜の体を地面へと押さえつける。

「炎が来ます！　前方の騎士達は退避！」

ココレット様の声に従って騎士達は行動する。ココレット様は変化した未来を見つめながら声をあげている。

おそらくかなりの体力を使うのであろう。ふらつくココレット様の体を私は支える。

オリーティシア様はこちらに飛んできた炎や岩を剣で防いでくれている。

歯がガタガタと音を立てて鳴る。心臓が煩いくらいに鳴り、恐怖が胸の中を渦巻くけれど、前を見ることを私はやめない。

怖くても、出来ることなど限られていても、私は目を背けてはいけないと思った。

その時、ココレット様が息を呑むのが分かった。

ココレット様の予言通りに、皆がそれぞれの指示に従いながら攻撃をよけ、古竜を眠らせるように奮闘する。

倒すことが目的ではない。

「……何か、何か足りない」

ココレット様がそう呟くと、爪を噛み、震える手を押さえながら目を凝らす。

「あと少し、何かが、見えそうなのに……」

そうココレット様が呟いた時、古竜がこちらの方へと頭をぐっと向けた。

その赤い瞳がこちらをぎょろッと見つめたかと思うと、口の中でくすぶる炎が大きくなり始めるのが見えた。

「ココレット様！　だめだ！　狙いを定められました！　退避！」

ダミアン様がそう叫び、さすがにオリーティシア様も無理だと判断したのだろう。ココレット様を軽々しく抱き上げると走り始めた。

私はオーフェン様に抱えられる。

二人の魔術具を使っても竜の炎を止められるわけではないので、退避の為に移動魔術具を使おうとした時であった。

「ダメ！　戻ってください！　私達は囮でいい！　その間に反対側の魔術具を発動させ、地面を砕き、古竜を地中へと落とします！」

ココレット様の声に、ダミアン様とオーフェン様が息を呑む。

私とオリーティシア様も、ココレット様を見つめた。

皆が足を止め、そして竜の方へと視線を向けると、今にも口の中の赤々とした炎が吐き出されようとしている。

「ははは……あれを、どうしろと」

『まじかよ』

「無茶を言うわねぇ～」

『死ぬわね～。美味しいケーキ予約したのに……ダミアンと一緒に、行くつもりだったのに』

「ははっ！　ココレット様って意外とおちゃめね！」

『勇敢なのかそれとも無謀なのか』

オリーティシア様は飛んできた岩を片腕で持っていた剣で砕き、ココレット様を地面に下ろすとまた剣を構えた。

「古竜の背中を狙ってください！　地面を砕き、地中へ落とします！　魔術でその瞬間に催眠を！」

ココレット様の声に皆が呼応するように動き始めた。魔術師達は全力を地中の魔術と催眠の魔術へと向ける。

この一瞬で決める。

そう皆が思って行動をしているが、私達の前へと獣人のカザン様やアシェル殿下、それに他の騎士達が現れると古竜へと攻撃を仕掛けていく。

背後からの部隊と正面からの部隊に分かれた様子である。

正面からの部隊は明らかに危険である。

アシェル殿下が古竜に剣を構え向かっていく姿に、私は声をあげた。

「アシェル殿下！」

声が届くことはない。

皆が危険な状況で、皆が命を懸けている。

それは分かっている。けれど、手が震える。体が震える。

心臓が痛い。

「エル様。ユグドラシル様。お願いです。お願い。力を貸して」

精霊であるエル様の力が弱っているのは分かっていた。

妖精であるユグドラシル様がこの国には来たくないと思っていることも知っている。

けれど、この命を懸けてもいい。今の私にできるのは、お願いすることしか出来ない。

私は声をあげた。

「エル様、ユグドラシル様！　お願いします。力を、貸してください！」

第七章　声

額が熱くなる。そして次の瞬間光が溢れたかと思うと、扉が現れ、ユグドラシル様が姿を現すと、他の妖精達も楽しげな様子で飛んでくるのが見えた。

私の横にはエル様が立ち、私を支えてくれている。

「エレノア！　来たわよ！　ちょっと呼ぶのが遅いのではなくて？」

『これはかなり危ない状況ねぇ〜。エレノアが呼んでくれたら道が出来た。良かったわ。あんなのが暴れたら、妖精の国だって荒れちゃうもの』

「大丈夫か？」

『すまない。私の力が及ばぬばかりに』

私は唇をぐっと噛み、涙を堪えると声をあげた。

「ごめんなさい。自分勝手に呼んで。何でも差し上げます。何でもします。ですから、お願いします。力を貸してください」

堪えようとするのに、涙が零れ落ちてしまう。

「私は、私は無力だから、頼ることしか出来なくて、でも、でもお願いします」

そう伝えると、ユグドラシル様は宙を舞って笑い、私の涙を一滴、どこからか出したのか小瓶に入れる。

「ふふふ。無力なんかじゃないわ。だって、こんな貴重なもの、あなた以外からは採取出来ないのよ？」

『純粋な乙女の涙。これがあれば、呪いに汚れた妖精がもし次現れても助けることが出来るわ。エレノア、貴方のおかげよ』

エル様も微笑み、私の背中を優しく叩く。

「私はエレノアの味方だ。契約をした主を助けるのは精霊の務め。心配するな」

『自分勝手な願いはしないくせに、誰かの為には必死になる。そんなエレノアだから私は主に選んだのだ』

妖精達の体が金色に輝く。そしてユグドラシル様を先頭に古竜に向かってまるで弓矢のように飛んでいく。

カルちゃんは私の肩へと飛び乗った。

「我もついていく」

『人間よりは役に立てる』

私の体をエル様は抱き上げる。私はココレット様に視線を向けると尋ねた。

「私は行っても大丈夫ですか？　これで、悪い方向へは行かないですよね？」

ココレット様は大きくうなずいてから、笑顔を私に向けた。

「未来が、未来が大きく動きました！　エレノア様、行ってください！　お願いします！」

『眩しい。あぁぁ。光だ。わっぜか』

「エレノア様!?……とにかくご無事で！」

『誰!?　妖精!?　エレノア様、一体何者なの？』

私はうなずきかえすとエル様と共に、古竜の方に向かったのであった。

爆音と共にもがく古竜。近くに行ってみると、騎士達が古竜の口を魔術具の縄で地面に押さえつけて、炎を吐かないようにとどめている。

アシェル殿下もすすにまみれながら、古竜の暴れる巨大なしっぽをよけ、襲い掛かる爪をかいくぐって剣を振りかざすのを見た。

古竜の後ろでは確かに魔術師と騎士達が下へと落とすために動き始めており、あと少しだというのは分かる。

けれど、古竜の口からはマグマのような熱い液体が漏れ始めた。

「ユグドラシル様！」

声をかけると、妖精達は古竜の上で妖精の金色の粉を撒き始める。

「さぁ！　妖精の粉よ！　催眠効果があるから！　あ、古竜にしか効かないように調整してあるから安心してね！」

『ふふふふ。さぁ、一気に降らせるわよー！』

古竜の瞳が閉じ始めるが、その体は未だにもがいており、しっぽを大きく揺らすだけで地面がひび割れる。

その時、地面を砕き地中へと古竜を戻すための魔術が発動する。古竜の体が大きく揺れ、そして落ちる。

そう、思った。

「え？」

巨大な翼が、地中から現れる。

「ダメだ！　空を飛ばれたらもう、戻せないぞ！」

カザン様の声に、アシェル殿下とノア様が竜の翼に魔術の縄を協力して巻き付けていく。

二人は声をあげた。

「発動しろ!」

「今しかない!」

ためらうことなく叫んだ二人の言葉に、私は息を呑んだ。

今魔術を発動させれば、古竜の背中に乗っている二人が落ちるのに巻き込まれないとは限らない。

魔術の発動により縄がぎゅっと翼を縛り、古竜の体は大きく傾く。そして二人の声に呼応するように、次々に地面に仕掛けられた魔術が発動し、地面を砕き、地中へと古竜を落とす穴が広がった。

誰もが未来の為に動く。だからこそアシェル殿下もノア様もためらいなく発動をと叫んだのだ。

その時、アシェル殿下とノア様の姿が見えなくなる。

私は声をあげた。

「アシェル殿下!　ノア様!」

二人のことが心配になる。今すぐにでも助けに行きたいという気持ちが生まれる。

けれど。

『チャンスはこれきりだ!　くそっ!　あと少し!』

『家族を、国を守るんだぁあっ!』

『ダメだ!　落ちない!　ここまでか!　このままじゃ国が!　くそ!』

アシェル殿下とノア様も、皆と同じ気持ちで、だからこそあの時、自分の危険も顧みずに古竜の背に乗ったのだ。

私は、大きく息を吸うと、エル様に言った。

「エル様！　上から古竜を押すことはできますか⁉」

「わかった。エレノア、行くぞ」

『やるしかないか』

次の瞬間、私の肩に乗っていたカルちゃんが飛び降りるのを感じた。

「カルちゃん！」

私はそう叫ぶけれど、エル様と共に上空へと飛び上がる。

カルちゃんの姿が一瞬で見えなくなるけれど、私はぐっとこぶしを握ると今目の前のことに集中をする。

私とエル様は上空から古竜を見下ろすと、それに向かって風の壁をぶつける。そしてそれをぐっと押すように進めていった。

古竜が大きくもがくけれど、それに押し負けないように踏ん張る。

「エル様！　あと少しです！」

「あぁ！」

『っく。バカ力が！』

その時、更に地上の魔術も次々に発動を始めた。

青白い魔術具から発動の光が溢れ、そして次の瞬間、地面に巨大な亀裂が入った。

「離れろ！　崩れるぞ！」

カザン様の声に合わせて、騎士や魔術師達が後ろへと下がる。

まさに間一髪。

古竜の周囲の地面が砕け、そして地中へと古竜が落ちていく。そして地面に衝突したであろう大きな衝撃音が響き渡った。

その瞬間、皆から歓声が上がり、古竜を地下へと戻したことに皆が喜んだ。

地上では歓声が上がる中、古竜が再び目を覚まさないようにと、魔術師達は次々に穴の中へと降りていく。そして、古竜が深い眠りに落ちるように、更に何重にも魔術を発動させていく。

空中からそれを見ていた私は、大きく息をつき、それから顔をあげるとエル様に言った。

「エル様本当にありがとうございます。地上に下ろしてくださいますか?」

「わかった……少し、眠る」

『やっと眠ったか。はぁ……ぎりぎりだったな』

「ありがとうございます。エル様」

地上へと降りた後エル様は姿を消した。

私は、辺りを慌てて見回す。

空を見上げると、上空を飛ぶノア様の姿があった。無事でよかったと思う半面、焦った様子で空を飛ぶ姿に、不安が過る。

見回してみてもカルちゃんの姿もない。ただ、カルちゃんは元々動きが俊敏であり、巻き込まれていなければ大丈夫だろうとそう思えた。

歓声を上げる騎士や獣人達。皆が満身創痍であり、土にまみれているがそれでも力を合わせて戦い抜いたことで、古竜を地下へと押し戻すことに成功し、皆が歓喜している。

『やったぞ！　勝った！　生き抜いた！』

『これも予言の乙女のおかげだ！　だが、空に人が浮いていたような』

『妖精が突然加勢してくれるなど思ってもみなかった！』

様々な声が聞こえてくるけれど、私が聴きたい声が聞こえない。

私は震える手を押さえながら周囲を見回し、駆けだした。

人と人との間をきょろきょろと見回しながら駆けていく。

「どこ……どこに」

聞こえない。

次第に胸の中が不安で押しつぶされそうになり始める。

悲しみが込み上げてきて、涙が零れそうだ。

「どこに……お願い……聞こえて」

私はハリー様との特訓を思い出しながら、瞼を閉じて、集中していく。

色々な人の心の声が渦巻く中で、たくさんの声、音がまじりあう。それを糸を手繰るように集中して、声を、手繰り寄せる。

それなのに……。

聞こえない。

私は瞼を開けた。

聞こえないのだ。

瞳から、涙が、零れ落ちていく。

大切な人の心の声が、聞こえない。

胸の中が締め付けられて、最悪の事態が脳裏をよぎっていってしまい、私の瞳からは音もなく涙が、落ちていく。

嫌だ嫌だ嫌だ。

怖い。怖い。怖い。

アシェル殿下の心の声が聞こえない。

エレノアと呼ぶ声が聞こえない。

可愛らしくて、愛しい人の声が、聞こえない。

「ぃ……や。お願い……聞こえて……アシェル殿下……」

世界から音が消えた。誰の心の声も聞こえない。まるで真っ暗闇の中に自分一人がいるようで、その瞬間、私は言いようのない孤独感の中へと落とされる。

「いや、いや、いやあぁっ。お願い、お願いです。神様、アシェル殿下の声を……聴かせて」

私はアシェル殿下に出会って、世界が変わったのだ。

色が付いた美しい世界。なのに……嫌だ。

一つ一つ色が消えていくような感覚。体から、力が抜けていく。

その時であった。

『エレ……ノ』

私は振り返った。確かに今、聞こえた。私の世界はその瞬間に色を全て取り戻し、私の体は動き出す。

私は走り出し、周囲を見回す。

「どうなさいましたか？」

『何故ここに？』

「あの、ご令嬢。大丈夫ですか？」

『美しい人だなぁ』

声を掛けられるけれど、私は返事をする余裕もなく、周囲を見回し、そしてまた駆け出した。

先ほどの声はどこから聞こえたのか、私は必死で走り続けた。その時、また、声が聞こえ、私は足を止めると、耳を澄ませる。

全神経を耳に集中させて、目を閉じる。

今度こそ絶対に聞き逃しはしないという思いを抱く。

「見つけた」

私は目を開けると、駆け出し、そして大きな岩の下にある隙間を必死で手で掘り始めた。

「誰か、誰か手伝ってください！　ここに、人がいるんです！　お願いします！」

声をあげながら、私は必死に土を掘り進めていく。近くにいた騎士の方々がこちらをぎょっとした表情で見ていることに私は気づきながらも、掘り続けた。

爪が割れてしまったけれど、そんなことは関係ない。

『突然なんだ？』

『さっき、走りながら突然目をつぶったかと思えば、穴を掘り始めたぞ？』

そんな心の声が聞こえるけれど、私は声を上げ続けた。

「お願いします。ここにいるんです！　手伝ってください！」

手は震え、怖くて声も震える。

けれど、どうにかして助けなければと私は必死になって手で掘り続けるしかない。

「ここを掘ればいいのだな？」

「エレノア様？　ここ⁉」

ハッと横を見ると、そこにはカザン様とリク様の姿があり、二人は私と共に穴を掘り始めてくれた。

私は、泣くのをぐっと堪えて頷いた。

「はい。ここに、ここにいるんです」

「誰か！　スコップになりそうなものはないか！」

「岩をどけた方が早いのでは、力を合わせるぞ！」

「魔術具のあまりを集めてこい！」

次々に声が聞こえ始め、私が顔をあげると、皆が、協力してくれていた。

疑心的な声もあるけれど、それでも、私の言葉に耳を傾けて、手伝ってくれた。

「あり……がとうございます」

私も必死に掘り進め、そして魔術具を使って巨大な岩を取り除いた瞬間、その下の隙間に、アシェル殿下がカルちゃんを腕に抱き、ぐったりとした様子で倒れているのが見えた。

私は血の気が引き、声を震わせながら叫んだ。

「アシェル殿下！　カルちゃん!?　今、今助けます！」

先にカルちゃんの耳がピクリと動く。

『はぁ。良かった生きている。エレノアちゃんの番守ってあげたよ。ふふふん。崇め奉ってくれてもいいんだから……この声……聞こえている？』

「カルちゃん！　聞こえています！　聞こえていますよ！」

私が身を乗り出そうとすると、後ろからいつ来たのかヴィクター様に止められた。

「俺が行こう。下がるのだ」

『アシェル殿！』

ヴィクター様は隙間にいたアシェル殿下を担ぎ上げると、地上へと登り、地面へとアシェル殿下を寝かせた。

カルちゃんは一瞬よろめくが、立ち上がると言った。

「落ちる時、ちゃんと守ってやったから、岩などは当たっていない。隙間に引っかかったのは運が良かった。ただ、風圧がすごかったからな……我も意識が吹っ飛んだ」

『はぁ。疲れた』

カルちゃんの言葉に、私はうなずく。

「カルちゃん。ありがとうございます……危険な中、本当に」

私がエル様と空へと高く飛びあがる瞬間、カルちゃんはアシェル殿下を助けに向かってくれたのだと今になって気づく。

危険な中、向かってくれたのだ。

カルちゃんはうなずくと、アシェル殿下の頭の横にちょこんと座った。

私はアシェル殿下の頬へと手を伸ばす。

「アシェル殿下……」

私は震えながらそう名前を呼ぶけれど、反応はない。

「アシェル……殿下」

私がアシェル殿下の手をぎゅっと握った瞬間、エル様が姿を現し、笑みを浮かべた。

「大丈夫だ。集中して。体を癒すイメージだ。さぁ、大丈夫」

『エレノアならば癒しの風も使えるだろう』

いつもよりもエル様の姿は薄れており、恐らく限界が近いのだろうと思う。それなのに、私の元へと助ける為に現れてくれた。

力を貸してくれる。

私はエル様と共に集中していくと、手が温かくなり、次第に風が私達の周りに吹くのを感じた。

そしてそれはアシェル殿下を包み込んでいく。

「エレノア。私はここまでだ」

『もう、大丈夫だろう』

私が返事をする前にエル様は消えてしまい、その時、アシェル殿下の瞼がピクリと動き、口元が動く。

「エレ……ノア？」

「アシェル殿下！」

私は手をぎゅっと握り、アシェル殿下をじっと見つめていると、アシェル殿下はゆっくりと瞼を開け、そして体を起き上がらせた。

私はその瞬間に、全身から力が抜け、緊張から強張っていた顔と涙腺が崩壊するのを自身でも感じた。

「あ……しぇ……る……でんかぁぁぁ」

声が震えて涙がとめどなく溢れ、私は両手を伸ばすと、アシェル殿下に抱き着いた。

「え？　え？　エレノア!?　ごめん。どうしたの!?　えええ？」

私を抱きとめてくれたアシェル殿下は、戸惑っている様子だったけれど、私は構わずにぎゅーぎゅーと抱き着いてしまう。

怖かった。アシェル殿下が死んでしまうかと思って、本当に怖かったのだ。

「ふぇ……ご、ごめんなさい……怖くて、怖くて……すみません。アシェル殿下……ご無事でよかったです」

涙が止まらず、私はアシェル殿下の腕に抱かれて泣き続けた。

そこへ空を飛んでいたノア様が慌てた様子でやってくると、声をあげた。

「良かった。ご無事で！　申し訳ありません！」

『あの時、アシェル殿下の手を掴むことが出来れば』

ノア様の言葉に、アシェル殿下は首を横にふり、にこりと優しく微笑んだ。

「あのような突然の場面では難しいですよ。大丈夫。でも、心配してくれてありがとうございます」

『心配かけちゃったなぁ』

私はアシェル殿下の腕の中から顔をあげて見上げると言った。

「心配しました」

「う……ごめんね。けど、落ちる瞬間、カーバンクルが僕の周りにある岩を蹴飛ばしてくれて……

ごめん記憶が曖昧で、カーバンクルは⁉」

アシェル殿下は慌ててそう言うと、自分のすぐ横に座っているのを見てほっと胸をなでおろした。

「よかった……ごめんな。ありがとう」

アシェル殿下が手を伸ばすと、その手を前足でカルちゃんは上からぐっと押さえつける。

「よい。エレノアちゃんの番だからな」

『崇め奉れー』

アシェル殿下はその様子に笑い、私へと視線を戻した。

「エレノアも無事でよかった」

『本当に、無事でよかった。けがはしてない？』

アシェル殿下は私の頭を優しく撫でて、もう一度ぎゅっと抱きしめてくれた。私は、皆が見ていることは分かっていたけれど、アシェル殿下と離れるのが嫌で、もう一度ぎゅっと抱き着くと、しばらくの間その胸元に顔を埋めた。

「エレノア？」

『えーっと……皆、見てるよ？』

アシェル殿下の言葉に、私は小さく返した。

「ごめんなさい……離れたくありません……あと少しだけ」

その場が急に静かになったかと思うと、突然心の声の嵐が巻き起こった。

『っぐ……可愛すぎるでしょう！　エレノア！　だめ！　こんなところでそんな無防備に可愛いをまき散らしたら！』

『……可愛い』

『え？　何それ、可愛い』

『エレノア様……可愛い。あー！　アシェル殿下が羨ましい！』

『エレノアちゃんは番と仲がいいのだな。ふむふむ善きことだ』

私は急激に恥ずかしくなり、そっと、アシェル殿下から離れると、うつむいた。

「ごめんなさい。わがままを言いました」

次の瞬間アシェル殿下が私のことをもう一度抱きしめると、その後立ち上がり、私のことを横抱きに抱えた。

「きゃっ」

そして耳元でささやかれた。

「はぁ……エレノアが可愛すぎて、誰かに連れ去られないか心配だよ」

『やっぱり可愛いっていうのは、罪なんだねぇ。はぁ。僕の前だけでそういう可愛い姿は見せてほしい』

「あ、アシェル殿下！　体に障ります！」

そう伝えると笑みを向けられた。

「大丈夫。エレノアが治してくれたから」

なんとなく、アシェル殿下に可愛いと思ってもらえることは嬉しくて、私はつい笑ってしまうと、アシェル殿下は小さな声で囁くように言った。

「けど、本当に、もう少し危険性を意識して。自分が狼の群れの中に交ざっている羊だって考えてごらんよ」

『大量の狼に囲まれていることをもう少し意識すべきだと思うよ！』

私はどう返すべきだろうかと思っていると、私達の前にユグドラシル様が姿を現した。

「エレノア。古竜は最後の仕上げに、金の粉で埋めてあげたから、安心してね」

『妖精の粉を大量にプレゼントしてあげたわ』

私はその言葉に、古竜はどうなったのだろうかと尋ねたのであった。

ユグドラシル様曰く、古竜の上に大量の妖精の粉を撒くと、古竜は面倒くさそうに一瞬目を開いてから眠りに落ちたとのことであった。

私達は魔術師達と共に古竜の近くへと降りると、ユグドラシル様が飛んできた。

「エレノア、古竜は眠ったから、活動的になっていた火山も次第に落ち着くと思うわ」

『古竜は火山を抑える役割を果たしてるから、あのまま飛び立っていたら地上は大変なことになっていたでしょうね』

「ユグドラシル様！　ありがとうございます……あの、古竜はどこへ行こうとしていたんですか？」

気になっていたことを尋ねると、ユグドラシル様が答えてくれた。

「古竜とは古の存在。貴方達がいう神々が生み出した火山を安定させる役割を果たす存在なの。だから本当はずっとここにいなくちゃいけないのに、たまに、寝ぼけて空に飛んでいこうとするのよ」

『その間に地上は大変なことになるのに。だから、貴方達のいう神は毎回それを止めようと必死よ。ふふふ。古竜なんて不安定なものを生み出してしまうからおかしいのよ。神様という存在も万能ではないということよね』

古竜の方へと視線を向けると、今では最初と同じように眠っている。

魔術師達はその周りを取り囲み、また起きてはたまらないと催眠の魔術をしっかりとかけなおしている。

私達はそれを見てほっと胸をなでおろしたのであった。

その日は各国に火山の被害の確認や、負傷者の手当てなどに追われて過ごすことになった。

そして、それらがやっと落ち着いた頃、私達は泥のように眠り、翌朝はまた支度を済ませてから、各国が集まってそれぞれの被害状況の整理等を話し合った。

私はゆっくり休むようにとアシェル殿下に言われたけれど、最後まで自分でも手伝える箇所を担い参加したのであった。

カルちゃんは部屋へと早々に戻っていたようで、ふかふかの布団の上でごろごろと転がっている。

そしてようやく後片付けが落ち着き、アシェル殿下も一度部屋で休むというのを聞き、私も下がり、今日はゆっくりと過ごすことになったのだ。

お風呂に入れてもらい、香水を振り掛け、そして髪の毛も結って、美しいドレスへと着替えた。

甘い香りを感じながら、私はほっと息をついて侍女に入れてもらった紅茶を飲んだ時であった。

ドアがノックされ誰かと思えば、ココレット様とオリーティシア様が一緒にお茶でもどうかとのお誘いであった。

私はすぐに了承し、廊下へと出るとてとてとカルちゃんもついてきた。

美しい純白のドレスを着たココレット様と、神官服ではあるけれど、下はスカートではなくズボンをはき、髪の毛も一つにくくっているオリーティシア様の姿があった。

「ふふ。お二人共素敵な装いですね」

私がそう声をかけると、何故か二人共頬を赤らめた。

「えっと、はい。用意していただいて……エレノア様も、とても、お美しいです」

『はぁぁぁぁっ。エレノア様。お美しいがよ。あ、そうだ。この声も聞こえて⁉』

「私も、もう少し自分らしくいようと思いまして。エレノア様も、今日は更に一段とお美しいですわ」

『私はもっと私らしく生きたい。あと……エレノア様可愛いわ。ふう。可愛い』

二人共どうしたのだろうかと思いながらも、私は二人と一緒に過ごせることが楽しみであった。

今回の一件で二人とはすごく親しくなれた気がする。

カルちゃんは当たり前のように私の肩に飛び乗った。

オリーティシア様はカルちゃんをじっと見つめながら尋ねた。

「あの、この島に住んでいる聖獣ですよね。カーバンクル、ですか？」

カルちゃんはオリーティシア様をちらりと見ると言った。

「我はカーバンクル。エレノアちゃんのカルちゃんだ。崇め奉れ」

『島で生まれれば魔物であろうと聖獣。不思議なものだな』

二人共カルちゃんの言葉に目を丸くして私へと視線を向けてくる。

「カルちゃんは、ちょっと言葉はあれなのですが、とても可愛いカーバンクルの女の子です。危険ではありませんわ」

「カルちゃん。あの、先日はありがとうございました。カルちゃんの言葉で、私、なんだか一歩踏み出せたように思います」

『可愛いがよ』

ココレット様の言葉に、カルちゃんはじっと瞳を見つめたのちに答えた。

「……レプラコーン曰く、我の役割は、予言の乙女に助言することだったらしい」

『一匹捕まえて聞いた』

私はその言葉に内心でやっぱりそうだったのかと思いながら尋ねた。

「役割とは、一体何なのです？」

カルちゃんは私を見つめて答える。

「セレスティアル島に生まれる存在は、皆が、神の声を聞くことが出来る。けれど、我は聞こえない、特殊能力もなにも使えない、それなのに、役割はあったらしい」

『皮肉なものだ。神とはなんと無慈悲なものか』

カルちゃんがそう言いたくなるのも仕方がないだろう。

生まれながらにして自分と他人に大きな違いがあり、そしてそれ故に、仲間に入れてもらえずにカルちゃんは一人で生きてきたのだ。

そしてだからこそ、カルちゃんからはあの言葉が出たのだと私は思う。

たとえ役割であろうと、納得できるものではない。ただ、カルちゃんの言葉が私とココレット様の考えを変えたのは間違いない。

ココレット様は、カルちゃんの頭を優しく撫でると言った。

「私はカルちゃんに救われました。だから、ありがとうございます」

『自分に自信を持てなかったけれど、考え方を改めることが出来たがよ』

それは私もだ。

「カルちゃん……」

私はカルちゃんを肩から下ろすとぎゅっと抱きしめた。

カルちゃんは私の腕の中でしばらくの間じっとしていたけれど、少しするとまた肩に戻った。

「我はエレノアちゃんが好きだ」

『ずっと一緒にいたい』

カルちゃんが可愛くて、私がきゅんとするとそれはオリーティシア様とココレット様も同様のようであった。

「エレノア様に懐いているのですね」

『可愛いわ。カルちゃん。ふふふ。可愛い』

カルちゃんはしっぽをパタパタと揺らす。

「可愛いです。あの、私も一度だっこさせてもらえませんか」

『可愛いがよ』

カルちゃんは可愛く笑う。

「やぶさかではない」

『抱っこというものが好きになってきた』

可愛い。

可愛すぎる。

その後、私達はしばらくカルちゃんを中心に話をしていたのだけれど、飽きてしまったのだろう。

「我は散歩をしてくる。またな」

『運動をするか』

そう言ってカルちゃんは森へと走って行ってしまった。

私達はそれを見送ると、歩き出した。

「では行きましょう。せっかくなので庭園を見てからお茶にしませんか？」

カルちゃんが行ってしまって二人共がっかりしているようであった。

ただ、私がそう提案すると、二人は私の両脇に立ちうなずいて、私の手をそっと握り嬉しそうに同意した。

「はい。行きましょう」

『ふふ。幸せだがよ』

「えぇ。せっかくなので庭にお茶の席を準備してもらいましょう」

『可愛い。可愛いわ。エレノア様も可愛い！　どうしましょう。私こんなときめき初めてかもしれないわ』

両側から手を握られて、私はなんだか仲良しみたいだなと思い、嬉しい気持ちのまま庭へと向かったのであった。

庭を散策していると、他の王族の方々も見に来ておりかなり人が多かった。

『わぁぁ。麗しの乙女が三人集結だぁ。はぁ。あの戦場のような場所に恐れることなく挑み、そして最後まで戦い抜いた乙女よ』

『お美しい。そして気品が溢れておる』

『予言の乙女ココレット様！　勇ましき神官オリーティシア様！　そして精霊と妖精の愛し子エレノア様！　はぁぁぁ。今世三大女傑と言っても過言ではないな！』

たくさんの声が聞こえてきて、私はそんな大げさだなと思っていたのだけれど、その声は止まらず、すれ違う人は皆私達のことをキラキラとした瞳で見つめてきた。

私は別段何もしていないのになと内心思ってしまう。

私はエル様やユグドラシル様の力であって私の力ではないと思い、その後のお茶会の席でそう言うと、ココレット様とオリーティシア様にはっきりと否定された。

「私が頑張れたのは、エレノア様がいたからです」

『背中を押してもらえなかったら、私は今でも以前のままだったがよ』

「えぇ。私もです。そもそも私はエレノア様がいなかったら、もしかしたらあの場で死んでいたかもしれません」

『謙虚な方だわ。はぁぁ。可愛いのに謙虚って、もう、もう！』

お二人共優しいなぁと思った時であった。遠くから声が聞こえて、私は振り返るとアシェル殿下が見えた。

少し小走りでアシェル殿下はこちらへと来ると、笑顔で言った。

「今日は三人でお茶をしているんですか？」

『いいなー。僕もエレノアとゆっくりお茶したいー。あ、邪魔はしないよ？』

「はい。アシェル殿下も散策に来られたのですか？」

「えぇ。やっと落ち着いたので、その予定です」

『中々この島を散策出来る機会はないからね。記憶に残しておこうと思ってさ』

私が口を開く前に、ココレット様とオリーティシア様に挟まれる。

二人は私の腕に自身の腕を絡めると、楽し気な口調で言った。

「アシェル殿下ごきげんよう。エレノア様をお借りしております」

『完璧王子様かぁ。エレノア様にはピッタリね』

「楽しいひと時を過ごさせていただいておりますわ」

『ちょっとだけエレノア様を独占させてくださいませ。ふふふ。こんな機会ありませんもの』

アシェル殿下は二人の様子に少しだけ驚いたようだったが、優しく微笑んだ。

「仲良くなったようですね。ではお邪魔虫は退散いたします。楽しんで。でも、少ししたらエレノア、私とも一緒に過ごしてくださいね」

『エレノア仲良くなって良かったね。ココレット嬢もオリーティシア様もなんだか雰囲気が変わったね』

小さく私はうなずき、アシェル殿下は手を振って私達と別れた。

そんな背中を見送りながら、後から一緒にゆっくりと過ごせるかななんてことを考えていると、ココレット様がにやにやとしながら言った。

「エレノア様は、アシェル殿下が大好きなんですね」

『恋する乙女がいるがよ』

「本当に。最初はアシェル殿下の婚約者の席、私がもらい受けようと思っていましたが、相思相愛には付け入る隙がなさそうですね」

『私も考えが本当に変わったわ。死にそうな経験をして、私自分の為にもっと生きようと思えたわ』

ココレット様の言葉に少し照れながらオリーティシア様の言葉に私は背筋を伸ばした。

「もしオリーティシア様とアシェル殿下を奪い合う形になっても、負けませんわ」

はっきりとそう言うと、二人は噴き出すように笑いだした。

私は何か違っただろうかと首をかしげると、二人は優しい瞳を浮かべている。

「いつか私もそんな恋がしたいですわ」

『でもどちらかと言えば、今はエレノア様にときめいているわ。はぁ、一緒の国で暮らせたらいいのに』

「私は、恋よりも自分の生き方を見直したいわ」

『女性の地位を高めたいのは、変わらないし、恋は……ふふ。エレノア様ともっと仲良くなりたいわ。ある意味、アシェル殿下とは恋敵になりそう』

どういう意味だろうか。私は首をかしげるけれど二人は楽しそうに笑うばかりであった。

その後、国交会はというと数日後に今後の為にも周辺諸国は連携を図るべきだとして続行された。

怪我をした者達は医療班の治療によって無事に回復をしており、手厚く待遇を受けた。私の手の怪我もすぐに治療してもらい、アシェル殿下は申し訳なさそうに、私の手当てをずっと項垂れて見つめていて、何度大丈夫だと告げても心配そうで、逆に申し訳なくなった。

私はその後アシェル殿下と共に国交会へと参加したのだけれど、最初の頃よりも多くの人から話しかけられることとなり、元々の目標であった、人の名前と声とを一致させて覚え、心の声を聴き、その人がどういう考えの方なのか把握することに努めたのであった。

ただ、ココレット様とオリーティシア様と私を前にすると、皆が色めき立っているのを感じ、これは正常な状態ではないなという思いから、正確にその人の人となりを把握するのは難しいなぁと感じたのであった。

ココレット様とヴィクター様は相変わらず仲が良いのだけれど、私は最後までヴィクター様という人が良く分からないことの方が多かった。

国交会にて、ヴィクター様は何度も何度もアシェル殿下と会話をしようと試みていた。

そしてようやく、アシェル殿下を前にヴィクター様は言った。

「あああああアシェル殿。その……昔のようにまた手合わせをしたいのだ！」

勇気をもってヴィクター様がそう言ったのが私にはわかっていた。

しかしアシェル殿下はというと、ヴィクター様とは熱量が天と地ほども離れているようだった。

「えっと、はい。ではまた我が国に来た時か、そちらの国に出向く機会があればぜひ」

『え？　だって手合わせしたのなんてかなり昔のことだけど……というかちょっと待って。ねぇやっぱりヴィクター殿の記憶改ざんされてない？　僕とヴィクター殿の間に特別な何かとかないからね?』

以前私は気になりすぎてヴィクター様と何かあったのかアシェル殿下に尋ねたことがあったのだ。

けれどアシェル殿下は首をかしげるばかりで、特別な何かなど何もなかったと言っていた。

それなのに一体何故?

そう思っていると、横にいたココレット様が心の中で言った。

『エレノア様すみませんがよ。一緒に鍛錬したのが相当楽しかったみたいで、それから筋肉にさらに取りつかれたんです。あと幼い頃からアシェル殿下は完璧な王子様で、兄上の憧れの存在になったんです』

ココレット様の言葉になるほどなと思っていると、ヴィクター様は言った。

「たたたた楽しみにしております! また、よろしくお願いします!」

『言質は取った! 行くぞ! 俺はまたサラン王国へ行くぞ!』

勢いのあるその心の声に、絶対にヴィクター様は来ると思っていると、ココレット様は楽しそうな様子で言った。

「では、また兄と一緒に遊びに行かせていただきますね」

『私もエレノア様に会いたいがよ! 絶対に会いに行くが!』

なんだかんだ、二人とも仲がいいなと、私は改めて思ったのであった。

会話を続けていると、そこにジークフリート様を伴ったオリーティシア様がやってきた。

「楽しそうですわね」

『はぁぁ。エレノア様ともっと一緒にいたかったわ』

オリーティシア様の心の声に、私もですと答えたいなと思っているとジークフリート様がちらちらと私を見つめてくる。

『相変わらず……はぁぁぁぁぁ。どっかに美女いないかなぁぁぁ』

突然の大音量の心の叫び声に私は内心で驚いていると、オリーティシア様が心の中で呟く。

『エレノア様、アシェル殿下やめてジークフリートの下に嫁いできてくれないかしら。ふむ。そうね。良い考えだわ。そしたらエレノア様が妹⁉　最高ではなくって⁉』

いやいやいや。だめですと叫びたくなるのを私はぐっと堪えたのであった。

その後、私とアシェル殿下は国交会場を回っていくけれど、アシェル殿下が他の方々と話していると、私もいろんな方に話しかけられるようになった。

「エレノア様。今回の一件、本当にありがとうございました」

『すばらしい女性だ。アシェル殿下が羨ましいな！　美しいばかりではなく賢いとは！』

「本当に皆が感謝しております」

『どうにかエレノア様と今後も連絡を取れる手段はないものか』

「今度ぜひ我が国にも遊びに来てください」

『お一人でもいつでも歓迎する〜する〜。はぁぁぁ。こんな人が嫁に来てくれたら最高だろうなぁ』

好意的であり、見た目だけとは思われていない雰囲気から、私も昔よりは成長しているのだろうかと思った。

自国では妖艶姫と言われ、見た目だけに執着されていたあの頃。

私は独りきりだった。

けれど、私が囲まれているとすぐにアシェル殿下が戻ってきて支えてくれる。

「皆さんに私の婚約者であるエレノアが美しく賢く素晴らしい女性なことを理解していただけて嬉しい限りです」

『だめだよ！　下がって！　近寄りすぎだよ！　エレノアの手をさりげなく握ろうとしないで！』

傍にいてくれたから、私はあの頃から脱することが出来た。

自分を見た目だけで判断されてきた私の人生。それは今ではすっかり変わった。私の人生はアシェル殿下と出会ってから、色をどんどん変えていく。

人との出会いで、こんなにも変わるなんて思ってもみなかった。

〝略奪ハーレム乙女ゲームの悪役令嬢〟その配役の自分。そして周りから妖艶姫と呼ばれ、見た目で判断されてきた。

けれど、アシェル殿下と出会い、ナナシやチェルシー様やカシュと対峙し乙女ゲームを乗り越えた。

そして今、私の世界は乙女ゲームの世界から脱して新たに人生を進んでいく。

「ふふ。私もアシェル殿下のように素敵な方の婚約者でいられて幸せですわ」

周りをけん制するために言ったアシェル殿下の一言に、私がそう返すと、周りの方々がにやにやして心の中で呟く。

『ラブラブというわけか』

『相思相愛かぁ～』

『甘いなぁ～。はぁ。俺も甘々の恋がしたいー！　羨ましいなこのやろめい！』

アシェル殿下は耳元を赤らめ、こほんと息をつく。丁度、サラン王国の音楽が会場に流れ始めた。

「では、美しい婚約者殿。一緒に一曲踊っていただけますか？」

『不意打ちはずるいよ～。あー！　もう、大好きすぎて辛い』

私は差し出された手を取るとうなずいた。

「もちろんです」

私達はダンスホールへと進んでいく。

舞踏会とは違った雰囲気の国交会のダンスホールでは流れる曲も、各国の曲が演奏されている。踊れる者はその音楽に合わせてダンスホールへと進み皆に踊りを披露する。

サラン王国の曲に合わせて、私達は皆にサラン王国のダンスを披露する。

美しく、楽しく、笑顔で。

サラン王国の代表として今ここにいることを私は嬉しく思った。

「アシェル殿下。国交会一緒に来れて嬉しかったです」

そう伝えると、アシェル殿下が笑った。

「僕もだよ。色々あって大変だったけどね！」

次の瞬間私の体はふわりと浮いて、アシェル殿下に支えてもらいながら空中を大きく回ると花が開くように美しくスカートがふわりと広がる。

周囲から感嘆の声と拍手が起こる。

「ふふふっ。楽しいですね」

「そうだね。ふふ。エレノア。ありがとう」

『一緒にいてくれて、僕の婚約者でいてくれて』

ありがとう。

私の方こそ。

あなたに出会って私の世界は色づいた。そしてあなたがいるから私は前を向ける。

きっとアシェル殿下には私がどれだけ感謝し大好きか伝わらないだろうなと思いながらも、ちょっとでも伝わるように、これから言葉にしていこうと思ったのであった。

私達が踊り終わると、会場からは拍手が湧き起こった。

皆に向かって私達は美しく一礼し顔をあげた。

そして顔をあげた瞬間、まぶしい光が会場を照らし、美しい光が天井からキラキラと舞い落ちてきた。

ココレット様が、一歩前へと出て、口を開いた。

瞳の色が変わり、美しく輝いている。

「神々です」

私達はその場で頭を下げる。

祝福の鐘の音が鳴り響いて聞こえ、私達が顔をあげるとココレット様が言った。

「神々が我々を祝福しております。あぁ……本当によかった。大丈夫です。未来は変わりました。危機は去ったのです。未来が、明るいものに変わりました」

天井から溢れた光が、まるで光の妖精のように飛び回り、私達の元を駆け回る。

そこからは小さな声が聞こえ、神々が私達を祝福し喜んでいることが伝わってくる。

不思議な感覚であった。

「「「「「幸せにおなり」」」」」

不意に、耳元でそう聞こえ、私は驚いたのだけれど横を見るとアシェル殿下も目を丸くしていた。

『エレノア。今の聞こえた？』

私がうなずくと、アシェル殿下はにっと歯を見せて笑った。

『もちろん幸せになるよね』

私はその心の声に笑ってしまった。

アシェル殿下の横なら。

幸せになるのは間違いないなと思った。

そしてアシェル殿下に幸せにしてもらえる分、私もアシェル殿下のことを幸せにしてさしあげたいと思った。

支え合えるように、これから共に歩いて行けるように。

私は、心からそう思ったのであった。

翌日、私とアシェル殿下の元にはダミアン様とオーフェン様が魔術具をもって来ていた。二人とも目の下にはいつもよりも濃ゆい隈が出来ている。

今日の国交会は午後からとなっており、それまでの時間は各国の人と交流をもったり、庭を散歩したりと各自自由となっている。

そんな中、私とアシェル殿下は現在の古竜の様子と魔術具の設置について話を聞くために二人を呼んでいたのである。

「まずは、現在の古竜の様子ですが深い眠りについています。妖精の粉が体の上に積もっている状態でして、それも影響しているのだと思われます」

『眠い……眠い』

「また、魔術具に関してですが、少なくとも五年、長くて三十年持つ封印の魔術具を古竜の周りに設置してあります。また調べたところによると、古竜自身にも火山を鎮静化させる魔力と活性化させる魔力とがあるのではということに行きついています」

『眠いわぁぁ』

二人の説明にアシェル殿下は渡された資料を見つめながら言った。

「とりあえず五年、次の国交会まで魔術具はちゃんと機能しますか?」

『これは絶対条件だ』

ダミアン様もオーフェン様もそれに大きくうなずいた。

「もちろんです。改良に改良を重ねて、少なくとも五年は確実に持ちます」

「天才ダミアンと私の自信作です」

二人は鼻息荒くそう言い終わると奥歯で欠伸をかみ殺している。

不眠不休で魔術具の完成に勤しんでいるとの話を聞いていた。二人のテンションは少しおかしく、楽しそうですらある。

「絶対次目覚めるとしても、今回のようにばたばたとならないように魔術具も二重三重にと組んでありますす」

「我々の力作を近くでお見せしたいですわぁ」

心の声すら聞こえなくなっており、二人は興奮したようにそう言う。

私は大丈夫だろうかと心配すると、ダミアン様が言った。

「エレノア様、お願いがあるのですが！」

「出来たらお願いしたいのです！」

二人は目をらんらんとさせながら言った。

「ユグドラシル様にお願いをして妖精の粉を手に入れてもらえませんか？」

「改良すれば、魔術具として作り出せる気がするのです！」

らんらんとした瞳は、明らかに睡眠不足である。

アシェル殿下は答えた。

「それについては私からもユグドラシル様に依頼してみます。二人共、本当にご苦労様です。一旦、しっかりと眠ってください」

『頑張ってくれてありがとう。でもとにかく一度寝よう』

「「大丈夫です！」」

そう答えた二人であったけれど、強制的にベッドの上に寝かせられることになると、二人ともそろって一瞬で大きないびきをかき始めたのであった。

二人は目覚めるとまた魔術具の改良と、ユグドラシル様からもらった妖精の粉を基に研究に明け暮れるのだけれど、アシェル殿下が監視をつけて、定期的に必ず休ませるように伝えたのであった。

他の国の魔術師達とも協力し、古竜が最低でも五年は目覚めないようにしっかりと魔術具を設置したとの報告をその後受けることとなった。

私は国に帰ったら二人に、美味しいお菓子屋さんのケーキを差し入れに持っていこうと思ったのであった。

海風を感じながら、私は大きく深呼吸をした。

横にはアシェル殿下が立ち、一緒に船に乗るとセレスティアル島を見つめる。

「あっという間でしたね」

「そうだね。色々なことがあったから、本当に一瞬だったね。でも、エレノアと一緒にどうにか乗り越えられて良かったよ」

『疲れたねぇ〜』

私達は島をじっと見つめながらどちらともなく手をつないだ。

本当にあっという間の国交会であった。

当初の目的であった他国の要人との関係を深めること、そしてその声を覚え、出会った際に心の声を把握していくこともおおよそは達成できたように思う。

それになにより、災害を防ぐということを皆でやり遂げたことによって、周辺諸国との関係はかなり深まったように思う。

何かを共同で行うことは、緊急の時、相手国がどのように動くのかがよくわかった。

中心となる国、支える国、指示に従う国、そうした様子を見るだけでも今後の国交のやり方について学びにつながった。

国とは多種多様である。

だからこそ、国の在り方が違う。違いを理解するということは相手とどのように付き合っていったらいいかの指針にもなる。


他の国々の方とも仲良くなり、今回の国交会は本当に有意義なものとなった。

獣人の国のカザン様やリク様と別れる時、また獣人の国にも遊びに来てくれと誘われたことを思い出す。

リク様は以前よりも少し幼い雰囲気で、しっぽと耳を垂れさせると、上目遣いで言われた。

「忘れないでくださいね。獣人の国にも、来てください」

以前までは少し強気な感じだったのにどうしたのだろうかと思い、私はリク様の頭を優しく撫でた。

「どうしたの？　もちろん行くわ。ぜひ、行かせてちょうだい」

そう答えると、次の瞬間嬉しそうにリク様はしっぽをぶんぶんと振って、アシェル殿下の方へと視線を向けた。

「エレノア様が来てくれるとのことですので、よろしくお願いしますね。ご婚約者様」

『ふふふ。言質取ったよ。エレノア様』

にっこりと笑顔で言われ、私は苦笑を浮かべたのであった。

「そうだね。エレノア。機会があったらぜひ行きたいね」

『エレノアが行くときには僕も行く時だよ！　ふふふ。子どもだからってエレノアは渡さないよ！』

「お待ちしています」

『エレノア様だけ来てくれればいいんだけどね！』

二人のやり取りに、私はくすくすと笑ってしまったのであった。

ココレット様やオリーティシア様とは文通の約束をした。そして二人は是非サラン王国にも遊びに来たいと言ってくれた。

また会える日を私は本当に楽しみにしているのだけれど、ヴィクター様はココレット様について来ようと考えているし、ジークフリート様はオリーティシア様に私と結婚してはどうかとたきつけられているようであった。

ただ、オリーティシア様はあくまでも私の幸せを願ってはくれているので、強引なことはしないと思っている。

その後、船に乗った私はアシェル殿下に言った。

「獣人の国にも、それにアゼビアにも、あとマーシュリー王国にも行ってみたいですね。行ってみたいところがたくさんで困ってしまいますね」

私の言葉に、アシェル殿下は肩をすくめた。

「行ったら最後、エレノアを取られそうで怖いよ」

『リク殿も、本気になりつつありそうだし、オリーティシア様はジークフリート殿をけしかけようとするし、ヴィクター殿は……まぁ置いておいて、恋敵が多いなぁ』

船が動き始め、ゆっくりと島が遠ざかり始めた。

私はアシェル殿下の方へと視線を向けると、アシェル殿下も私の方を見ていた。

しばらくの間私達は見つめ合っていたのだけれど、アシェル殿下はふと思い出したかのように口を開いた。

「エレノア。僕さ、古竜の羽を縛って転げ落ちた時さ、情けないけど死んだらどうしようって、すごく不安になったんだ」

『うん。あの時は、本当に死ぬと思った』

笑っているけれど、声は真剣であった。私はその声にうなずくと、アシェル殿下は空へと視線を向けた。

「そう思ったら、怖かったよ。あと、なんか色々想像して死ねないって思った」

「色々、ですか?」

アシェル殿下はそっと私の手を引くと私のことをぎゅっと抱きしめながら言葉を続けた。

「うん。エレノアの取り合いが始まるだろうなとか、そしたらエレノアは誰かと結婚するのかなとか……幸せにはなってほしいけれど、エレノアを幸せにするのは僕がいいって思ってさ。そしたら死ねないなって思ったよね」

自分で話しながらアシェル殿下は笑う。

海風が強く吹き抜けていく。

「エレノア。これからたぶん、エレノアを欲しいっていう人や国が増えてくると思うけれど、僕を選んでくれる?」

『僕はもう君以外は考えられない』

今回の一件で私が精霊にも妖精にも愛されていることが他国にも気づかれてしまった。

心の声が聞こえるという事は気づかれていないけれど、私のアシェル殿下を捜す様子から他にも何かあるのではと勘繰っている国があるとのことだ。

けれど、たとえどのような条件を出されようとも、私はアシェル殿下の横にいたい。

「もちろんです。私は……アシェル殿下の傍にいたいです。これからずっと一緒にいられたら私はきっと幸せです」

「ありがとう。幸せにするから」

『もっと頑張るよ。よーし! 僕頑張るよー!』

「私も、アシェル殿下を幸せにしますわ」

私達はくすくすと笑い合い、そして船は神々の島を出発して広い海へと出た。

寄り添い合いながら、船の甲板にあるベンチに腰掛けて私達は海風を感じる。

美しく広い海を見つめていると自分という者が小さく思える。

「不思議なものですね……私、ほんの一年前は、これから自分はどうなるんだろうって自分の能力のことや乙女ゲームのこととかで頭を悩ませていたのに……」

自分はこの略奪ハーレム乙女ゲームの世界でどうやって生きていったらいいのだろうかと考え、何故自分には心の声が聞こえる能力があり、悪役令嬢という配役なのだろうかと悩んでいた。

心を病みそうになった時もあった。

本物の悪役令嬢エレノアと同じように、心が苦しかった。けれど、アシェル殿下と出会って私は自分でも変わったと思う。

アシェル殿下は嬉しそうに微笑むと、私の手をぎゅっと握る。

私は握り返しながら、心臓が煩くなっていく。

きっと悪役令嬢のエレノアはこんな感情知らなかったのだろうなと思う。

触れるところから自分の想いが伝わってしまうのではないかと思う。

「これからもよろしくね。エレノア」

『こうやってこれからも君と一緒に過ごせていけたら、幸せだろうね』

「はい」

私の方こそ幸せだと思う。

アシェル殿下は知らないのだろうけれど、今でも私の心は、アシェル殿下の言葉や仕草一つ一つに翻弄される。

手を握っている今だって。

「エレノア？」

つい視線がアシェル殿下が握ってくれている手へと向いているとそう声を掛けられて私はハッとした。

つい、手が大きいななんてことを思ってドキドキとしていた。

「はいっ」

視線を彷徨わせると、アシェル殿下は可愛らしく笑い、それから私の額にキスを落とした。

「エレノア。その顔は反則だよ」

『はぁぁぁ。本当に可愛い。あー。オリーティシア様もココレット嬢もエレノアにメロメロになっちゃうしさ。はぁぁ。もう。僕は大変だよ〜』

「メロメロ？」

小首を傾げると、アシェル殿下は両手で自身の顔を覆った後に、私のことをぎゅっと抱きしめた。

「あー。もう、しんどい！」

『むぅぅ』

よくわからなかったけれど、アシェル殿下に抱きしめられると幸せに包まれているようでとても心地がいい。

私はぎゅっと抱きしめ返しながら、このまま幸せがずっと続きますようにと思ったのであった。

「コホン」

『狼殿下、ぼん、きゅ、ぼーん』

そう心の声が聞こえて、私はハッとすると慌ててアシェル殿下と距離を取る。

いつの間にか後ろにはハリー様が控えており、私達は苦笑を浮かべた。

ちなみに、今回の騒動の間ハリー様は火山付近にある各国と連携を取り被害を最小限に抑えられるようにとかなり奔走していたらしく、私達とは別で大変だったらしい。

仕方がないこととはいえ、一人別行動だったので少しすねているらしいハリー様はいつもよりも少しだけ唇が尖っている。

私は平和が一番だなぁと、笑いながら思ったのであった。

「エレノア様。帰ったらまた特訓再開しますよ」

『ぼん、きゅ、ぼーーーん！！！』

「望むところです。ちゃんと友好的か、好戦的か、批判的なのか各国の心の声は振り分けてノートに記録してありますわ」

初志貫徹。私はにっこりとハリー様に向かって微笑むと、ハリー様が一瞬眉を寄せた。

『つく……小悪魔め』

「エレノア！　もう！　だめ！」

『ハリーまでエレノアの魅力に！　つく。小悪魔めー！』

私はなんのことかと、首をかしげるしかなかった。

そんな私だけれど、城についてから一大事に気付くことになる。

「ふわぁぁぁ。良く寝た」

『あぁぁ。疲れた』

私は、侍女が運び込んだ荷物のカバンの中から出てきたカルちゃんを見て、目を丸くした。

カルちゃんは大きく背伸びをして、毛を震わせている。

「え？　か、カルちゃん？」

実のところカルちゃんは途中から姿を現さなくなり、何も言わずに森に帰ってしまったのかと思っていたのである。

ちゃんと別れも出来ないなんてと思っていた。

だけれども、今、目の前にカルちゃんがいる。

一体どういうことなのだろうかという疑問が頭の中でうずまくけれど、答えが出てこない。

私が動揺していることが分かったのだろう。

首を可愛らしくこてんと傾げた。

「どしたの？　エレノアちゃん」

『顔色悪いよ～』

以前ほど、口から呟かれる言葉に棘がなくなり、可愛らしい雰囲気がさらに増している気がする。

「エレノアちゃん。我、エレノアちゃんと一緒にいる」

『いいでしょ？』

「か、カルちゃん……でも、貴方は聖獣で……だから、神々の島にいるべきなのでは？」

私の言葉に、カルちゃんはしっぽを振った後、毛づくろいをしながら言った。

「あそこにいても一人だもん」

『群れには入れないしね』

見栄を張ることを止めたのか、カルちゃんは可愛らしい口調に変わる。

そしてカルちゃんは、毛並みを整えると私を真っすぐに見上げた。

「特殊能力も何もないカーバンクルは、聖獣とは名ばかりで、居場所はない」

『エレノアちゃん』

うるうるとした瞳で見つめられるけれど、だからと言って、ハイいいですよとはならない。

私だって、カルちゃんと一緒にいられるものならばいたいというのが本音である。

だがしかし、神々の島というものはそもそも不可侵条約によって守られている国であり、それを私が破ることはできないのだ。

「カルちゃん……でも」

私が言葉にしようとした時、カルちゃんは言った。

「これまで、ずっと一人だったの」

真っすぐな瞳。

「生まれてすぐ、特殊能力のない無能な子だと気づかれた。そしたら、谷底に捨てられた」

私は、その言葉にショックを受けた。

「神々の島であろうと、聖獣。けれど獣の世界は弱肉強食。足手まといは仲間にはいられない。だから群れから捨てられた」

カルちゃんの瞳は、私のことをじっと見つめている。

その瞬間、カルちゃんの心の中の声が、映像として見える。

暗い谷底に一人取り残される。それを、当たり前だと、自分の運命だと受け入れるしかない現実。

だけれど、死にたくないからと必死に一人で生きるその生活は、過酷なものだった。

雨に降られ、獣に追いかけられ、生と死の狭間を行ったり来たりすることもあった。

けれどそれが自分の運命だからとカルちゃんは受け入れて生きてきた。

そして飛ばされ、一匹人間の国へと降り立つ。そこから、一気に場面は飛び、私の姿が見える。

自分を自分で見るという体験に、私は衝撃を受けながらも、その時のカルちゃんの感情が流れ込んでくる。

一緒に過ごしてきた日々、カルちゃんがどのように感じていたのかが、流れ込んでくる。

「エレノアちゃん……我はエレノアちゃんと一緒にいたい」

カルちゃんにキラキラとした瞳で見つめられた私は、一体どうすればいいだろうかと天を仰いだのであった。

その後、私はアシェル殿下にカルちゃんのことを報告に行くために、カルちゃんをカバンの中に隠して、アシェル殿下の執務室に向かって歩いていった。

いつもならば堂々と歩ける廊下を、私はこっそりと、人に会わないように進んでいく。

アシェル殿下の部屋の前には騎士が常駐しており、私が来たのに気付くとすぐに部屋の中にいるアシェル殿下へと伝え、そして入室が許可された。

私が突然訪ねてきたことにアシェル殿下は驚いた様子だったのだけれど、私が持っているカバンを見て、ハッとした様子で、部屋にいた侍女を下がらせる。

扉を少しだけ開けておき、私達は部屋に二人きりになる。

「アシェル殿下……実はお話があるのです」

カバンを私は机の上に載せ、そしてあけると、カルちゃんが楽しそうな様子でアシェル殿下の肩の上へと乗った。

「わぁっと……わぁぁ。やっぱり」

『やっぱりついてきてたか!』

アシェル殿下の肩に乗ったカルちゃんは言った。

「エレノアちゃんと一緒にいたかったのでついてきた」

『エレノアちゃんの番。……アシェルが良いって言ったら、エレノアちゃんも良いって言ってくれるよね?』

心の中で私に訴えかけてくるカルちゃんは策士である。

すりすりとアシェル殿下の頬に体を擦り寄せるカルちゃんのその姿に、アシェル殿下は笑い声をあげた。

「あははっ! カルちゃん。ここに残りたいから僕に媚びをうっているのか! はは! 頭いいなあ！」

『可愛いなぁ』

カルちゃんの思惑を言ってのけたアシェル殿下は、カルちゃんを抱き上げるとにっこりと笑った。

「カルちゃんはエレノアが好き？」

『ふふふ』

カルちゃんは耳をぴんと立てて言った。

「好き！　大好き！」

『だから一緒にいたい！』

アシェル殿下は笑い声をあげた。

私はその様子を見ながら笑い事ではないのにと内心で思う。

それはアシェル殿下もわかっているはずだ。

「あの……」

私が口を開こうとすると、アシェル殿下が先に口を開いた。

「エレノアに、とっておきの情報があるよ」

『ふふふ』

アシェル殿下は楽しそうな様子で、カルちゃんをソファーの上へと下ろすと机の上から書類を持ってきてそれを私に手渡した。

一体なんだろうかと思い、書類へと目を通す。

そこには予言の乙女となったココレット様により、周辺諸国への今後起こる災害などの情報が記載されていた。

ココレット様は古竜を止めた後、力は弱まったものの、予言の能力は未だに弱いながらも有していることを発表している。

それに伴い、見える未来に限り周辺諸国に出来る限り協力する旨が伝えられた。

その対価として、周辺諸国はココレット様の住むマーシュリー王国と友好な関係を築いていくことを約束したのだ。

そんなココレット様からの予言が一つ、書かれていた。

〝サラン王国に、一匹の神々の島の聖獣が棲み着く。それは神の意思であり、それを尊重すべきである〟。

私はアシェル殿下を見ると、アシェル殿下は言った。

「神々も、きっとカルちゃんの意思を尊重してあげたかったのかなって。だからココレット様から周辺諸国に伝わるように、こうやって書かれているのだと思う。一応事前に他の周辺諸国とは協議して、神々の神託ということで、サラン王国にカルちゃんがいることが受け入れられたよ」

『ちょーーーーーっと大変だったけどね』

アシェル殿下のその言葉に、私の知らないところでそのような話し合いがあったのかと驚いた。

「いつ、そんな話が？」

アシェル殿下はカルちゃんを私の膝の上へと乗せると、楽しそうな様子で言った。

「出発二時間前。ふふふ。僕その時間いなかったでしょ？　本当に緊急に集まってさ、会議で大変だったよ！　でも、ちゃんと周辺諸国に了承はとったから大丈夫。カルちゃんはサラン王国にいられるよ」

『エレノア。ずっと寂しそうにしていたから、本当によかった』

私は嬉しくてカルちゃんをぎゅっと抱きしめた。

「エレノアちゃんと一緒にいられるの？」

『本当に？　我は、ここにいてもいいの？』

カルちゃんの言葉に、私は大きく頷いた。

「えぇ！　カルちゃんの家はこれからサラン王国です！　そして私とアシェル殿下とずっと一緒です！」

そう告げると、カルちゃんが嬉しそうにしっぽをぶんぶんと振った。

「嬉しい！　嬉しい！」

『我の家族！　我の群れ！　エレノアちゃんとアシェルは家族！』

その言葉に私はうなずく。

カルちゃんの家族になりたい。

「はい！　私達は家族ですよ！」

そう告げると、カルちゃんは喜んだ。

「エレノアちゃん！　アシェル！　我と家族！　嬉しい！」

そしてカルちゃんは私の手からくるりと回転して飛び出ると、その場で何回もジャンプしながら喜ぶ。

「嬉しい！　嬉しい！」

その様子が可愛くて、私もアシェル殿下も笑ってしまう。

「これからよろしくねカルちゃん」

私がそう告げると、アシェル殿下も言った。

「よろしくね。カルちゃん」

『公の場ではどんなふうに呼ぶかはまた考えよう』

カルちゃんは何度も何度も跳び上がると、くるりと回転した。

「ふふふ！　家族！　我はエレノアちゃんとアシェルと家族！」

そうカルちゃんが言って喜んでくれるのが、私もアシェル殿下も嬉しくて、これから一緒に暮らしていくことが楽しみになったのであった。

そしてその後、カルちゃんは疲れたのか私の膝の上で眠ってしまった。

その寝顔はとても可愛らしくて、私は優しく撫でながら言った。

「可愛いです。カルちゃんには幸せになってほしいです」

「うん。そうだね」

『エレノアは、面倒見も良いよねぇ』

アシェル殿下の言葉に、私はふと思う。

「子どもが生まれたら、きっとカルちゃんのように可愛く、愛おしいって思うんでしょうね」

「え？」

「へ？」

不用意に、考えなしに呟くべきではない。

私はその後、アシェル殿下と二人、顔を真っ赤にしながら、しばらくの間、無言で過ごすことになるのだけれど、心臓がばくばくしてどうしようもなかったのであった。

書き下ろし番外編

お泊り女子会の夜

時は国交会が終わる数日前の夜のこと。

私とオリーティシア様、そしてココレット様は一緒に夜を過ごす機会は今後あるか分からないということで、一緒にお泊り女子会をすることを計画していた。

今までそのような経験をしたことのなかった私は、オリーティシア様から提案された時に、内心わくわくとしながら準備を進めていた。

「今日の夜は楽しんでね」

『ふふふ。わくわくしてるエレノア可愛い』

一緒に準備をしてくれていたアシェル殿下には楽しみにしているのがすぐに分かったようで、私は少し恥ずかしく思いながらも、夜の為に侍女と共に部屋を整え、お菓子や飲み物も準備したのであった。

「エレノア。どこかの伝統行事で、枕をたくさん準備して投げ合うというのがあるらしいよ。枕、多めに部屋に運んでもらおうか」

『すごく楽しそう』

私はアシェル殿下に提案され、不思議な行事もあるのだなと思いながら、枕も多めに準備をしたのであった。

部屋の準備が終わり、私はアシェル殿下とお茶を飲みながらしばらくの間談笑していたのだけど、夕暮れが近づき、そろそろ約束の時間であった。

「すごく、楽しみです」

私がアシェル殿下にそう告げると、嬉しそうに微笑みを浮かべた。

「うん。良かったね。じゃあ今日は晩御飯も三人で食べるのでしょう？　ゆっくり楽しんでね」

『エレノア。すごく楽しそう。仲良くなれてよかったねぇ』

「はい。ありがとうございます。アシェル殿下」

アシェル殿下はひらひらと手を振って部屋を出ると、しばらくして、オリーティシア様とココレット様が部屋へと訪れた。

二人は両手いっぱいにバスケットを抱えており、一体なんだろうかと思いながら部屋に招いた。

「どうぞ！　お待ちしていましたわ」

「ふふふ！　今日は楽しみですね。失礼いたしますわ」

『楽しみだわ！』

「ありがとうございます！　楽しみです」

『わくわくするがよ』

二人を招き入れた私達はソファーへと腰掛けたのだけれど、お互いに少し緊張していて、ドキドキしているのが伝わってくる。

「私……こんなふうに夜を他の令嬢と共に過ごすの、初めてなのです」

正直にそう告げると、二人も大きく頷いた。

「私もです。でもせっかくの機会ですもの！　お互いに立場もありますし、こうやって過ごせることなんてきっと一生に一度の機会ですわ！」

『昔読んだ小説で書いてあったのよね。うふふ。あー楽しみ！』

「一生に一度の機会。確かにそうですよね……」

『あぁ。こうやって過ごすのも、一生に一度なのけ……』

私は確かにそうだなと思った。

貴族の令嬢として生まれた以上、このように他国のしかも王族と一緒に夜を過ごせると言う機会はほとんどない。

一生に一度。

今日を逃したらもう二度と訪れないであろう三人だけの夜。

私は、オリーティシア様とココレット様の手を握ると笑顔で言った。

「一生の思い出にしましょう。オリーティシア様とココレット様という素敵な方と知り合えて、その、お友達になれて、とても嬉しいです」

「「エレノア様」」

お二人は私の手をぎゅっと握り返してきてくれた。

『一生の思い出！　素敵だけれど、どうにかまた三人で集まれないか、機会を考えましょう』

『こうやって過ごすのが一生に一度なんて嫌だがよ。どうにか方法を考えるがよ』

二人の予想外の心の声に、私は驚きながらも笑ってしまった。こうやってまた一緒に過ごせる日がきたらそれはそれでとても嬉しいことだ。

「そうだ。あの、私、こちらを用意しましたの。食事が終わったら、一緒にこれにお着替えしましましょう」

『うふふ。我が国のナイトドレスをぜひ着ていただきたいわ。国交会で他国の貿易の資料として持ってきて良かったわ』

そういってオリーティシア様が手に持ってきたバスケットの中から、美しく可愛らしいナイトドレスを取り出した。

白く軽いドレスに金色の美しい刺繍が施されており、裾の所には可愛らしい花があしらわれている。

アゼビア王国のドレスはとても美しいなと思っていたので、とても嬉しい。

「可愛いです！」

「素敵ですねぇ」

私達は喜び、すると今度はココレット様がバスケットを開いた。

「私はいろいろと自国のゲームを持って来てみました。カードにボードに、兄としようと思って色々持ってきていたんです」

『する機会なかったから持ってきて良かったがよ』

兄妹仲が本当にいいのだなぁと思いつつ、国交会の夜でも遊ぼうという発想が可愛らしいなと思った。

私達はボードゲームの使い方で話が広がり楽しい時間が進んでいった。

そして私達は晩御飯を一緒に部屋で取った後、オリーティシア様が用意してくださったナイトドレスへと着替えた。

侍女がそれに合わせて髪の毛をアゼビア風に結ってくれて、私達は鏡の前ではしゃぎ合った。

「素敵ですねぇ。なんだか肌触りもいいし、それにとても軽いです」

「本当に！　素敵なドレスありがとうございます」

『素敵だがよー！　あ……エレノア様が着ると、あれ？　オリーティシア様も、あれ？　なんだか二人が着ると色っぽい……私は』

ココレット様が鏡に映った自分を見てからぱっと視線をこちらへと戻す。

「やはり、エレノア様とオリーティシア様って、本当に、美人さんですよね」

『わっぜか。私とは違い魅力的で羨ましいがよ～』

するとオリーティシア様はココレット様の方へと視線を向けてにこっと笑った。

「ココレット様も可愛らしいですよ。あとそうですわねぇ。エレノア様は妖艶姫と謳われるだけありますわ。アゼビアの衣装もとっても似合っていますわ。あぁ、エレノア様が我が国に嫁いできたらいいのに」

『本当に可愛いわ。あぁ～。エレノア様、ジークフリートとかどうかしら。いえ、むしろ私の下に来てくれたらいいのに』

意外と目が本気なオリーティシア様に、私は笑って答えた。

「私にはアシェル殿下がおりますわ。ふふふ。オリーティシア様とココレット様とこうやって一緒に楽しく過ごせるのもアシェル殿下のおかげですしね」

そう言うと、二人は肩をすくめた。

私達は三つがつなげられたベッドへと移動すると、そこに座りながら話し始めた。

ベッドの上で会話するということもしたことがない私は、なんだかそれだけで悪いことをしているような気持ちになる。

「こんなの初めてです」

私の言葉にココレット様がくすくすと笑いながら言った。

「うちは小国の王族で、家族仲がすごくいいんです。なので、小さい時には兄上とこうやってよく遊んでましたよ」

『小さい時には枕投げもしたなぁ。……この部屋枕多くないけ？』

ココレット様は枕投げを知っているのだと思い、アシェル殿下に枕投げというものがあるらしいとの話を聞いたことを伝えた。

するとオリーティシア様が小さく息をつく。

「本当に、アシェル殿下とエレノア様は仲がよろしいのね」

『妬いちゃうわ〜。あとアシェル様って完璧すぎちゃって困るわ』

「本当に羨ましいです」

『相思相愛かぁ〜。うちの兄ではアシェル殿下には到底敵わないしなぁ〜』

「仲は良いかと思います……私、アシェル殿下がいなかったらきっと、こんな自分になれなかったと思います。今の私があるのはアシェル殿下のおかげなのです」

アシェル殿下がいたから、私は今の自分でいられるのだと思う。

きっと出会っていなかったら、本物の悪役令嬢のエレノアのように心が壊れてしまっていたかもしれない。

だから、こうやってオリーティシア様やココレット様と出会えたのもアシェル殿下がいたから。

「私、アシェル殿下のことが大好きなんです」

ついそう呟いてしまう。私は口にしてから慌てて口をふさぐ。そして恥ずかしくなってゆっくりと視線をあげると、オリーティシア様もココレット様もにやにやとしている。

『可愛いわぁ』

『はわわわわわ。可愛いがよぉ！』

私は恥ずかしさでいてもたってもいられず、近くにあった枕を掴むとそこに顔を埋めた。

「ごめんなさい。恥ずかしいですぅぅ」

そう言うと、二人は楽しそうに笑い声をあげ始めた。

「いいですねぇ。私、恋なんてしたことないからわからないですわ」

「私も。私の近くにいる男性ってお兄様にあたるので……もう男性が筋肉にしか……」

ココレット様の言葉にオリーティシア様は噴き出した。

「筋肉！　ふふふ。ココレット様のお兄様って本当に面白い方ね！」

『はぁぁ。この前のアシェル殿下との思い出話も面白かったし、ココレット様のお兄様とも今度話してみたいわ』

「えぇ。面白いです。ただ……筋肉に取り憑かれてしまっているので」

『筋肉バカとは我が兄のことですがよ』

私はその言葉に笑ってしまう。するとココレット様はにっこりと笑った後に言った。

「では、これだけ枕があるのですから、お泊り会でやるべき遊び！　枕投げをいたしましょう！」

『やるがよ！』

その言葉に私は手をあげて尋ねた。

「あの！　枕投げとはどうやるのですか⁉」

「こうやるのです！」

『ふふふ！』

次の瞬間、顔にばふんと柔らかな枕が当てられて、私は目をぱちくりとする。

ココレット様はにやっと笑うと、ヴィクター様によく似ているのだなと思った。

「枕投げとは、枕を投げ合って遊ぶ遊びです！　さぁ行きますわよ！　もうここでは貴族令嬢という肩書は不要です！　行きますよ！」

「え？　え？　え？」

私は戸惑っている間に、オリーティシア様はなぜかすでに要領を掴んでおり、私とココレット様から少し距離を取ると、枕を自分の陣営へといくつか集めている。

「ふふふ。では勝負と行きましょうか！」

「えぇ！　エレノア様、オリーティシア様！　いざ尋常に勝負！」

いつの間にか心の声が聞こえないほどに二人は臨戦態勢に入っており、私が戸惑っている間にすでに二人はやる気になっている。

私は慌てて枕を握り締める。

「は、はい！　私も頑張ります！」

枕を投げ合うなんてしたこともない。だけれど、三人でわちゃわちゃとしながら枕を投げ合って遊ぶのは、とても楽しかった。

「きゃっ！　危ないですよ！」

「ふふふ！　勝負ですわ！　てぃ！」

「キャッチ！　ふふふ。今投げてくると、未来が見えていましたわ！」

「才能の無駄遣いですわ！」

私はお腹の底から笑い声をあげるなんて、こんなこと初めてで、すごく楽しかった。

枕投げは結局皆で息が切れてベッドに倒れこみ、勝ち負けなんてなかったけれど、それも楽しかった。

私達はベッドに寝ころびながら笑い合い、そして、寝返りを打つとお互いに顔を見合わせてまた笑う。

「すごく楽しいですね」

「まだまだ。次はボードゲームしましょうよ」

「いいですね」

寝転がったまま、貴族令嬢らしからぬ姿勢で私達はしゃべった。今だけはただの女の子になれたような気がした。

「不思議ですよね。こうやって、遊ぶなんて」

私がそう言うと、二人も笑ってうなずいた。

「本当に。私がこんな姿勢で笑っているのを見たら、多分神殿の皆は失神してますよ」

「あ、私もです。私の場合は、そんな姿見せたら結婚できないぞー！　って言われます」

不思議と二人の心の声は、思ったことをそのまましゃべっているからなのか聞こえなかった。

「立場って、大変ですよね」

私がそう言うと、オリーティシア様につい眉間に寄った皺を人差し指でぐりぐりと伸ばされてしまう。

「今はただの女子会ですよ。楽しいことだけを考えましょ」

「そうですそうです！　さ、次の勝負と行きましょうか！」

「ええ！」

私達は、その日の夜、夢中で遊び笑いあった。

こんなふうに友人と楽しく過ごすなんて初めてで、私はとても楽しくて、夢のような時間だなと思った。

そして遊び疲れた私達は、いつの間にかベッドの上で眠りに落ちた。

私は夢の中でもオリーティシア様とココレット様と共にいて、幸福な夢の中で子どものように遊んだのであった。

ちなみに、カルちゃんはというと、ずっと机の上に並べられたお菓子を食べたり、私達が枕を投げ合っているのを見てけらけらと笑い、そしていつの間にか寝床に入ってすやすやと眠っていた。

そして次の日から、夜カルちゃんが私に枕を投げつけるようになったのであった。

書き下ろし番外編

魔術具はおもちゃにしてはいけません！

少しほこりっぽい臭いのする中を進んでいき天井を見上げると、赤青黄色と、様々な色が光に反射して窓から差し込んできていた。

宙に浮かぶガラス細工の中には、不思議な動きをする光の玉が入っていたり、何かの生き物のように動くものが入っていたりする。

所狭しと並んだ魔術具を見て回りながら、何のための魔術具なのだろうかと考えるのも楽しい。

「僕とあいつの共同の魔術具研究室へようこそ。アシェル殿下。エレノア様」

『色々準備してありますよ〜！』

そう言ったダミアン様が楽しそうに口を開く。

「魔術具に興味を持ってもらえて嬉しいです。色々と説明させてもらいますね」

『もう、ダミアンったら張り切りすぎて前日から徹夜じゃない。もう〜お肌に悪いわ』

張り切るダミアン様とは裏腹に、オーフェン様は小さくため息を漏らす。

「ダミアン。あまり張り切らないで。貴方ってば張り切ると碌なことにならないのよ」

『落ち着きないわねぇ。まぁそういうところは好きなんだけどさ』

「オーフェン。そんなことはない。さぁ！　では隣の部屋へ移ります！　こっちは色々置いているので、隣の部屋にはおすすめのものを並べてあります！」

『よーし！　張り切っていこう！』

私とアシェル殿下はそんな二人のやり取りに笑ってしまう。

隣の部屋へと移動をすると、そこは広々とした部屋であり、台の上には等間隔で魔術具が並べられている。

「ここにある魔術具は危険なものは置いてありませんから、好きに使って大丈夫です！」

『厳選したからね！　どれを触っても大丈夫！』

ダミアン様がそう鼻息を荒くして言うと、オーフェン様もうなずく。

「うふふふ。面白い物ばかりですよ」

『遊んでも大丈夫なものばかりよ』

そういって私達に魔術具を一つ一つ説明していってくれるのだけれど、どれもこれも面白い物ばかりであり、それについて語り出したダミアン様はヒートアップしていく。

「これは面白いんです！　妖精のクッキーをエレノア様が以前食べられたという所でその成分を解析し、それを利用して生み出した魔術具！」

『面白かったなぁ。この研究』

「ちょっとダミアン落ち着いて」

『鼻息荒すぎるわよ』

「少し試してみましょう！」

そうダミアン様が言った時、呼び鈴のようなものが聞こえそしてどこからか声が響き渡る。

どうやら、魔術具を使った声を拡大する装置らしいのだが、私は突然した声に内心でかなり驚いていた。

「魔術師ダミアン殿、並びにオーフェン殿、至急魔術会議室二まで来るように。繰り返す～」

その言葉に、ダミアン様とオーフェン様は驚いたように目を丸くする。

「え？　何かしたか？」

「わからないわ。でもこれ緊急呼び出しの魔術具を使っているわ。……やばいわね。怒られるのかしら」

「そう言えば……さっきまでやってた魔術の実験用具……出しっぱなしにしていたかもしれない」

『わぁ。やってしまった。何度もやっているからさすがに怒られる』

ダミアン様の声にオーフェン様が大きくため息をつく。

「魔術具の出しっぱなしで、怒っているのかもしれないわね」

『……ダミアンが怒られる時、私、保護者のように怒られるのよね……はぁ』

二人はそわそわと焦りだし、アシェル殿下はそれに微笑むと言った。

「ここで大人しく待っていますから、どうぞ行ってきてください」

ダミアン様とオーフェン様は大きくうなずくと、移動を始めたのだけれど、扉から出て行く前にダミアン様が言った。

「ここにある物は、触っても安全なものばかりですから、遊んでいていいですよ」

『暇つぶしにどうぞ！』

私とアシェル殿下は扉が閉まるのを見送りながら、顔を見合わせてくすくすと笑った。

魔術師というものは本当に忙しそうだけれど、楽しそうなお仕事だなと思った。

「見て回ってみようか？」

「はい！」

二人きりになったので、アシェル殿下は思ったことをそのまま口にしていく。

私とアシェル殿下は魔術具を見て回りながら、そこに書いてある説明にも目を向けた。

「へぇ。シャボン玉の魔術具とかあるんだ。こっちはほら……」

アシェル殿下もはしゃぎながらそう声をあげた時であった。

先ほどダミアン様が説明しながら触っていた魔術具が突然動き始め、奇怪な音楽が流れ始めた。

「え？　何？　え？　怖いんだけど」

「アシェル殿下、あの、光ってます」

「エレノアちょっと部屋を出よう」

「は、はい」

私達は部屋を出ようと急いで移動をしようとしたが、遅かったようである。

次の瞬間、まばゆい光に部屋は包まれて、ピンク色の煙が充満する。

「エレノア！」

「アシェル殿下！」

私達はお互いを抱きしめあった。

そして、ぎゅっと目を瞑る。

けれど、何かが起こるわけではなく、私はおそるおそる目を開けると、世界が巨大化していた。

「え？　おかちいですわ！」

私は慌てて口をふさいだ。

「エレノア？　え？　おかちい！　エレノア！　ちびたんになってるよ！」

アシェル殿下も慌てて口をふさぐ。

私達はお互いの姿を見て、目を丸くしたまま固まった。

「エレノア……」

「アシェル殿下……」

私達の体はかなり小さくなっていて、目の前にいるアシェル殿下は、とても可愛らしい姿に変わっていた。

子どもの姿に変わったからか、ほっぺたがぷっくりしていて、目も切れ長の瞳が可愛らしく丸くなっている。

そして不思議なのが、洋服も同様に小さくなっていることであった。

妖精のクッキーを研究して作られた魔術具と言っていたような気がするけれど、より改良されている。

私の手は自然とアシェル殿下のほっぺたへと伸びた。

「ぷにぷに」

「え、エレノア？　ほっぺた、ぷにぷに」

私とアシェル殿下は、心ではお互いにこんなことしている場合ではないというのが分かるのに、何故かお互いの顔をぷにぷにしてしまう。

思考がおかしくなっていると気づいたのはその後すぐのことであった。

「エレノア！　楽しそうなものがいっぱーいあるよ！」

「わあぁ！　本当ですわぁ！」

私とアシェル殿下は近くにあった椅子を踏み台にして台の上へと上ると、魔術具へと手を伸ばした。

「エレノア！　しゃぼーんだま！」

「ふわぁぁぁ。きれいですー！」

私とアシェル殿下は二人でシャボン玉の出る魔術具でひとしきり遊ぶ。ふわふわ飛ぶシャボン玉に包まれるととても楽しい。

「今度はこれしよ！　なんだろー」

「えっと、このボタンを押すのでは？」

「本当だ！　いっくよー！」

「はい！」

ボタンがたくさんある魔術具を手に取ったアシェル殿下は、私と一緒にそれを押す。すると、カタカタと音がし始めたかと思うと、形が次々に変わり、最終形態はたくさんの筒が出来た。

「これ、なんだろ」

「んー？　あ、穴を覗いてみてください！」

私達は筒の中を覗き込むと、中はきらきらと光っていた。横にあるボタンを押すと、色が変わったり模様が変わったりする。

「万華鏡みたい！」

「すごい！」

「次に行こう！」

「はい！」

私とアシェル殿下は次々に魔術具を動かしていく。

次の魔術具はぷにぷにとしていて、アシェル殿下が面白そうに床に打ち付けた次の瞬間、壁や床に跳びはねて、最終的に天井に引っ付いた。

私達はそれを眺めていると、ゆーっくりとそれが垂れてくる。

「すごい……あとちょっとでここまで垂れてきそうだ」

「あ、垂れてきました！」

アシェル殿下と私はそれを掴むと、引っ張った。けれど落ちてくることはなくて、私達は笑い合う。

「あははは！　見て！　ぶら下がれるよ！」

「本当です！　私もやりたいです！」

謎の物に私達はぶら下がったり登ったりして遊んでいるうちに、他の魔術具を蹴飛ばしてしまい、次々に連動するように魔術具が動いていく。

次の瞬間、大きな魔術具まで動き始めてしまい、それはゴゴゴゴと音を響かせると、部屋中を駆け回るように動き始めた。

「わぁぁ！　エレノア！　あれに乗ろう！」

「はい！」

私とアシェル殿下はそれに飛び乗ると、部屋の中を駆け巡る。

結構な速さで走る物だから面白くて、私達はけらけらと笑い声をあげた。

「あはははっ！　面白い！」

「きゃー！　速いですー！」

楽しくて楽しくて、そうしているうちに、廊下へと続く扉へとぶつかると、それがぶつかった拍子で開き、私達は外へと飛び出た。

「わっぁぁぁ！　廊下ながーい！」

「楽しいー！」

長い廊下を魔術具に乗って爆走していく私達を見た魔術師達は驚きの声をあげる。

「子どもだ！　なんでこんなところに⁉」

『魔術具が暴走しているぞ！』

「止めろ！　危ないぞ！」

『なんで⁉　どういうことだ⁉』

魔術師達は大慌てで私たちの乗る魔術具を止めようとするが、煙を噴き始め、次の瞬間辺りは白い煙で包まれ始める。

「げほげほげほ！　なんだこれ⁉」

「っく……全然見えん！」

私たちを乗せた魔術具はさらに進んでいき、そしていつの間にか私達は外へと飛び出していた。

太陽の光の下、魔術具は庭を駆け巡り、そして噴水の前までつくと、ゴゴゴゴプシューと音を立てて止まった。

「あれれ？　止まった」

「止まっちゃいましたね」

私とアシェル殿下は首を傾げた後、噴水の縁の所に座ると、笑いあった。

「面白かったね」

「はい！　すごい速さでしたねー」

遠くから魔術師達がざわめく声が聞こえ始め、そしてダミアン様とオーフェン様の声も聞こえ始めた。

「なんだこの騒ぎ⁉」

『えええええ？　ぼぼぼぼぼ僕の魔術具だって騒がれているけど、そんなわけないよな⁉』

「どういうこと……え？　まさかとは思うけれど……」

『アシェル殿下とエレノア様の身に何か起こったの⁉』

私とアシェル殿下は一緒に笑い合うと声をあげた。

「ダミアン殿ー！」

「オーフェン様ー！」

「「ここにいるよー！」」

私達の声に、魔術師達は集まり始め、青い顔をしたダミアン様とオーフェン様は悲鳴を上げた。

「アシェル殿下！　エレノア様⁉」

「どどどどどうしてそんなお姿に⁉」

そんな二人に、私達は何があったのかをけらけらと笑いながら伝えた。

ダミアン様は両手で顔を覆うと、その場ですぐに土下座した。

「申し訳ありませんー！　僕が魔術具を間違って起動させたんだー！」

『どうしよう、これ、僕、首飛んだ？』

「わ、私からも謝罪いたします」

『あぁぁぁぁぁぁ』

私達はけらけらと笑い続けていたけれど、ダミアン様もオーフェン様もおかしいくらいに青ざめていたのであった。

その後、私とアシェル殿下は魔術具研究室に連れていかれると、元に戻るための魔術具を使い、大人の姿へと無事に戻ることが出来たのであった。

元の姿に戻った私とアシェル殿下は、両手でお互いに顔を覆う。

「すみません……何故こんなことになったのか」

『エレノアと思い切り遊んでしまった』

「私も申し訳ありません」

ダミアン様とオーフェン様も私達に向かって何度も謝罪を繰り返す。

「こちらこそ申し訳ありません……この魔術具は改良しなければなりませんね……」

『精神年齢が下がるだけではなく、思考も出来なくなる感じだな……はぁぁぁ』

「本当に申し訳ありません……」

『試しに使った時には正常だったのに……はぁぁぁもう』

今回の事件は、魔術塔内で起こったことであり、私とアシェル殿下にはなんの怪我もなかったこと、そして私達が逆に魔術具をめちゃくちゃにしてしまったことから、内々で処理されることになった。

私とアシェル殿下は、帰りの馬車の中で大きくため息をついた。

「魔術具は、おもちゃにしてはいけないね」

『はぁぁぁ。あ、でもエレノアは可愛かったよ』

アシェル殿下の言葉に私は同意するようにうなずく。

「はい……でもアシェル殿下は可愛かったです」

私達はお互いに顔を見合わせると、ため息をついたのちに苦笑を浮かべたのであった。


楽しかったけれど、魔術具は不用意に素人が触ってはいけない上に、おもちゃにしてはいけないと私達は学んだのであった。

自分の部屋に帰り、食事を済ませ、入浴を済ませ、そして夜寝る前になった私はベッドに横になりながらふと自分の手を見つめた。

「ぷにぷにほっぺ、可愛らしかったですわ……」

あの魔術具が完成したら、アシェル殿下にお願いをして、小さくなったアシェル殿下を抱っこさせてもらえないか交渉してみよう。

私が瞼を閉じながらそんなことを考えてしまったことは、ここだけの秘密である。

あとがき

【心の声が聞こえる悪役令嬢は、今日も子犬殿下に翻弄される3】をお手に取っていただきありがとうございます。

お久しぶりです。作者のかのんです。

1巻、2巻、3巻と書くことが出来て本当に幸せです。

読者の皆様が、エレノアとアシェル殿下の物語を読んでくださったからこそ、3巻も出すことができました。ありがとうございます。

巻が進むごとにエレノアは本当に成長をしているなと感じております。

1巻の頃のエレノアは、自分はこれからどうなるのだろうという不安の中を生きていました。ですがアシェル殿下に出会うことで彼女は自分の運命を切り開こうと前に歩み始めました。一歩ずつ前に進み、アシェル殿下に相応しい自分になりたいと努力を続けて3巻では本当に一人の女性として魅力的になったなと思いました。

そしてエレノアが前を向く傍らには、必ずアシェル殿下がいます。アシェル殿下はエレノアという一人の女性を大切にし、彼女のことを心から尊敬しています。

お互いに相手に相応しい人でありたいと努力をする姿は、小説を書きながらとても素敵な関係性だなと思っておりました。

3巻では神々の島で行われる国交会が舞台となっております。自国とは違う場所だからこそ見える世界。そして立ちはだかる問題。

今回もエレノアとアシェル殿下は力を合わせてそれを乗り越えていきます。

作者である私の今回のお気に入りは、カーバンクルのカルちゃんです。白いふわふわのカルちゃん。可愛いだろうなぁと想像していましたら、Ｓｈａｂｏｎ先生がイラストにしてくださって、なんと可愛いのだろうかと身もだえました。


今回の３巻も美しいイラストを描いてくださったのはＳｈａｂｏｎ先生です。毎回ながら、各キャラクター達が生き生きとしていて、Ｓｈａｂｏｎ先生に担当していただけたことは本当に光栄なことだなと思っております。

ＴＯブックス様、担当編集者のＯ様、関係各所の皆様方のおかげで３巻を出せたこと感謝申し上げます。

毎回書店に並ぶのを楽しみにしながら、書店に並ぶまでにたくさんの方が力を貸してくださったのだなと、感慨深く思い、心の中で感謝の気持ちを持ちながらたくさんの人に読まれますようにと祈っております。

コミカライズも好評連載中でございます。嬉しいことに単行本も発売となります！　漫画家の百畑先生は乙女心を射抜く天才ではないかと私は思っておりまして、ぜひ皆様にも読んでいただけたらなと思います。

最後まで読んでくださりありがとうございました。

またどこかでお会いできる日を楽しみに小説を書いていきたいと思います。

失礼いたします。

巻末おまけ

コミカライズ
第二話試し読み

漫画
百畑うな

原作
かのん

キャラクター原案
Shabon

第2話

エレノア嬢
アシェル殿下
わぁ！
エレノア嬢は今日も
可愛いなぁ
お待たせしました
行きましょう
はい
初めて出会った
舞踏会から
1ヶ月後

私たちは
正式に婚約を誓った
フフフフフフフかれた…

爵位が釣り合う令嬢が
私以外にいなかったため
すんなりと婚約が決まり
先ほど婚約式を
終えたが
体力を使うわ
ごろっ
婚約式の簡素なドレスが
ますます美貌を
引き立てているな
人を惑わす
妖艶姫とは
よく言ったものだ
男性の心を
惑わすだなんて
きっと悪女に
違いないわ
慣れたけど
やっぱり疲れる
まるで「呪い」だわ

エレノア嬢
ガ
コンコン
ダッ
はっ
はい…！
アシェル殿下がお会いしたいと
はい！
今行きます…！
ガ
チャ
！
エレノア嬢
お疲れのところすみません

大丈夫ですわ
アシェル殿下は
何かご用が…？
わざわざ
どうしたの
だろう
…伝えたい
ことが
ありまして
す
るっ
エレノア嬢
とても美しいです
ドキッ
ちゅっ
今日は私たちにとって
新たな門出と
なるでしょう
あなたと共に歩んで
いけること
とても光栄に思います

わぁ!
何度見ても
すごく綺麗だ
ウェディング
ドレスならなおさら
綺麗だろうなぁ
かあ〜〜〜〜
…
ウェディング…
…ありがとう
ございます
アシェル殿下は
結婚か…
ぎゅうっ
恋愛というものは
よくわかってないけど
「違う」

アシエル殿下となら
？
きっと明るい
未来を描けそう
これからも
よろしくお願いします
はい
はた
「これから」
心の声が聞こえるという
事実を
これからずっと
隠しとおさなければならない
のだろうか

言うべきか
秘密にしておくべきか
どうかされました?
今はまだ打ち明ける
勇気がない
…いいえ
でもきっと
いつかは―

王城
ここで停めてください
ガラ
ガラ
ここからはひとりで殿下の元へ行きます
かしこまりました
予定より遅れてるわ
おや
これはエレノア嬢
あなたに会えたことを神に感謝しなくては
ひゅ〜
今日もお美しい
…ありがとうございます
殿下の元へ参りますので失礼いたしますわ
時間がない!!

よかったら
お茶でもいかがですか？
眺めるだけでも
最高だな
えっと…
あなたと過ごせる
殿下が羨ましいです
これだけいい女なら
隣にいるだけで
価値があるよな
その…
どうしてみんな
話しかけてくるの…!?
ニコニコ
そんなこと
ありませんわ
ささっ
私は殿下の元へ…
おや
では
ご案内いたしますよ
どうぞ手を
いつになったら殿下の元に
たどり着けるのかしら…
ああもう！

ちらっ
いい加減にして…
ぱあっ
!
きょろ
きょろ
エレノア嬢 お待ちしていました
…アシェル殿下
…どうかされました？
お待たせしてしまって申しわけございません
ちらっ
すすすっ
いや構わないが何かあったのかな？

引き留めてしまい
申しわけございません
失礼いたします
逃っ
…なんだ？いつも遅いと思ったらエレノア嬢は毎回引き留められていたということか？
…エレノア嬢 こうしたことはよくあるのですか？
えっ
あの
アシェル殿下に誤解されたくない…！
アシェル殿下だけには—
皆様心配してくださるようで
では次回からは私が馬車まで迎えに行きましょう

気が回らなかった…
他に誰が声を掛けたのか
調べなきゃな
む―
今まで引き留められ
無下にすることもできず
話を聞いていると
毎回この様子じゃ
大変だったんだろうな…
淫乱だとか男に
媚《こび》を売っているだ
とか噂されてきた
でも
アシェル殿下は
噂ではなく
私を見てくれる
続きは CORONA EX コロナEX TObooks にてお楽しみください!

心の声が聞こえる悪役令嬢は、
今日も子犬殿下に翻弄される3

2023年9月1日　第1刷発行

著　者　**かのん**

発行者　**本田武市**

発行所　**TOブックス**
〒150-0002
東京都渋谷区渋谷三丁目1番1号　PMO渋谷Ⅱ　11階
TEL 0120-933-772（営業フリーダイヤル）
FAX 050-3156-0508

印刷・製本　中央精版印刷株式会社

ISBN978-4-86699-919-7

Printed in Japan